APÔLION

Também de Jennifer L. Armentrout

SÉRIE COVENANT

Vol. 1: *Meio-sangue*
Vol. 2: *Puros*
Vol. 3: *Divindade*
Vol. 4: *Apôlion*

JENNIFER L. ARMENTROUT

APÔLION

Tradução

VITOR MARTINS

Copyright © by 2013, 2022, 2024 by Jennifer L. Armentrout

Publicado por Companhia das Letras em associação com Sourcebooks USA.

Grafia atualizada segundo o Acordo Ortográfico da Língua Portuguesa de 1990,
que entrou em vigor no Brasil em 2009.

TÍTULO ORIGINAL   Apollyon

CAPA   Nicole Hower e Antoaneta Georgieva/Sourcebooks

FOTO DE CAPA   Daniel Grizelj/Getty Images, stockcam/Getty Images,
powerofforever/Getty Images, Nerthuz/Getty Images, Ivan Yarovyi/Getty
Images, Jose A. Bernat Bacete/Getty Images, kjpargeter/Freepik

ADAPTAÇÃO DE CAPA   Danielle Fróes/BR75

PRODUÇÃO EDITORIAL   BR75 TEXTO | DESIGN | PRODUÇÃO

Dados Internacionais de Catalogação na Publicação (CIP)
(Câmara Brasileira do Livro, SP, Brasil)

Armentrout, Jennifer
   Apôlion / Jennifer Armentrout; tradução Vitor Martins. –
São Paulo: Bloom Brasil, 2025. – (Série Covenant ; 4)

   Título original: Apollyon
   ISBN 978-65-83127-18-1

   1. Ficção norte-americana I. Título. II. Série.

25-260658   CDD-813

Índice para catálogo sistemático:
1. Ficção : Literatura norte-americana   813

Cibele Maria Dias – Bibliotecária – CRB-8/9427

Todos os direitos desta edição reservados à
EDITORA SCHWARCZ S.A.
Rua Bandeira Paulista, 702, cj. 32
04532-002 – São Paulo – SP
Telefone: (11) 3707-3500
facebook.com/editorabloombrasil
instagram.com/editorabloombrasil
tiktok.com/@editorabloombrasil
threads.net/editorabloombrasil

*Para as minhas amigas que me mantiveram sã
enquanto eu brincava em mundos imaginários.*

1

Meu sangue fervia por uma briga. Músculos gritando por combate. Meus pensamentos estavam cobertos por uma névoa de poder, inebriante e âmbar. Eu era o Apôlion. Eu controlava os quatro elementos, e o quinto e mais poderoso — *akasha*. Eu munia o Assassino de Deuses. Era sua fonte de poder — seu trunfo. Eu era o princípio, e ele, o fim. E juntos nós éramos *tudo*.

Mesmo assim, tudo o que eu conseguia fazer era andar de um lado para o outro. Enjaulada e incapacitada pelos sinais entalhados no cimento acima de mim e pelas barras criadas por um deus.

— Alex.

E, claro, eu não estava sozinha. Ah, não. Meu inferno pessoal tinha convidados... dois. Bom, na verdade, três... ou quatro. Não era tão divertido quanto poderia parecer. Vozes... havia tantas vozes na minha cabeça.

— Você lembra?

Virei a cabeça para a direita, sentindo os músculos alongarem e os ossos estalarem. Então, repeti o movimento para a esquerda, movendo os dedos — mindinho, médio, indicador... de novo e de novo.

— Alex, eu sei que você está me ouvindo.

Olhei por cima do ombro, curvando os lábios ao avistá-lo. Caramba, eu precisava ter uma conversa séria com aquele puro-sangue. Aiden St. Delphi estava parado do outro lado das barras. Ali, ele era uma força imóvel. Mas sem as proteções de Hefesto ou Apolo entre nós dois, ele se tornaria um zé-ninguém inconsequente.

Não. Não. Não.

Minha mão tocou a rosa de cristal sem que eu percebesse, sentindo as bordas delicadas. *Ele* era tudo.

Uma dor aguda atravessou minhas têmporas e eu rosnei. Lancei um olhar furioso para ele e depois encarei a parede.

— Você deveria ter me deixado sob o efeito do elixir.

— Eu nunca deveria ter te dado o elixir — ele rebateu. — Não era o jeito certo de te pegar.

Soltei uma risada fria.

— Ah, mas você me pegou direitinho.

Uma pausa.

— Sei que você ainda está aqui, Alex. Por trás desse vínculo, você ainda é você. A mulher que eu amo.

Abri a boca, mas não tinha palavras — apenas memórias de mim mesma parada na correnteza e dizendo a Aiden que o amava, e então uma corrente infinita de pensamentos e ações centradas nele.

Meses, talvez anos, de pensamentos num ciclo sem fim até que eu não conseguisse mais diferenciar passado, presente e o que seria do meu futuro.

Como se adivinhasse o rumo dos meus pensamentos, ele disse:

— Alguns dias atrás você disse que me amava.

— E alguns dias atrás eu estava chapada pra cacete e me escondendo num armário, graças a você. — Me virei bem a tempo de vê-lo se encolher. Que bom. — Você me colocou sob o efeito do elixir.

Aiden respirou fundo, mas não desviou o olhar com vergonha ou culpa. Ele me encarou, fixado nos olhos que eu sabia que ele odiava com cada fibra do seu ser.

— Coloquei.

Suspirei pesarosamente.

— Uma hora eu vou sair daqui, Aiden. E vou te matar. Bem devagar.

— E vai matar todas as pessoas importantes para mim. Eu sei. Já tivemos essa conversa. — Ele se apoiou nas barras.

Dessa vez, não havia sinal de barba por fazer em seu rosto liso. Ele vestia o uniforme de sentinela, todo preto. Mas havia olheiras sob aqueles olhos marcantes.

— Sei que você não vai me machucar se sair daqui — ele continuou. — Acredito nisso.

— Que triste.

— O quê?

— Um gato como você ser tão burro. — Sorri enquanto ele semicerrava os olhos.

Quando seus olhos ficaram prateados, eu soube que tinha cutucado o ponto certo. Aquilo me deixava toda animada e arrepiada por mais ou menos três segundos, até perceber que eu estava numa maldita jaula. Perturbar o Aiden ajudava a passar o tempo, mas não mudava nada.

Eu poderia estar fazendo tanta coisa melhor.

Só precisava esperar e ganhar tempo. Aquela frequência estava na minha cabeça. Constantemente. Eu só precisava acessá-la, mas no instante em que sequer achava que eu poderia fazer isso, Aiden já começava a falar de novo. Fui até o colchão no chão e sentei, com o queixo apoiado nos joelhos. Observei Aiden me observando. E tentei calar a voz que surgia toda vez que ele estava perto. Eu não gostava nem entendia aquela voz.

Aiden passou a mão pelo cabelo e depois se afastou das barras.

— Você sabe o que está acontecendo lá fora, nesse momento?

Dei de ombros. E eu lá me importava? Só queria saber de sair dali e me conectar com meu Seth. Depois, se meu pai ainda estivesse escravizado nas Catskills, nós iríamos libertá-lo. Meu Seth havia me prometido.

— Você se lembra o que Poseidon fez com a ilha Divindade?

Como diabos eu poderia me esquecer daquilo? Poseidon havia dizimado o Covenant.

— Bom, e vai piorar, metade dos Doze Olimpianos quer declarar guerra contra Seth e Lucian, Alex — ele continuou. — E tenho certeza que ele sabe disso. Talvez seja até o que *ele* quer, mas é isso que *você* quer? Sabe quantas vidas inocentes serão perdidas? Quantas *já foram* perdidas? Tanto de mortais quanto de meios. Você seria capaz de viver com isso?

Eu não estava vivendo exatamente, considerando que estava numa *jaula*.

— Porque, lá no fundo, eu sei que você não aguentaria esse fardo, sabendo que ajudou a causar a morte de milhares, ou milhões; especialmente daqueles meios. Você queria ser sentinela por causa do tratamento que eles recebiam. Se Seth continuar com isso, eles vão morrer. — A convicção na voz dele era irritante. Assim como a paixão que alimentava aquelas palavras. — Caleb... Lembra como você se sentiu depois que o Caleb...

— Não fala dele!

Ele arqueou as sobrancelhas. Com o rosto chocado, se aproximou e agarrou as barras.

— Sim, *Caleb*, Alex! Lembra como se sentiu quando ele morreu? Como você se culpou?

— Cala a boca, Aiden.

— Lembra que ficou tão arrasada que não saiu da cama por cinco dias? Seu coração foi dilacerado quando ele morreu. Você acha que ele gostaria de te ver fazendo isso consigo mesma? A morte dele foi uma fatalidade, mas isso? Serão milhares de Calebs, e a culpa será *sua*.

Pressionei o rosto contra os joelhos e tapei os ouvidos. Mas não impediu em nada a onda de emoções que me amedrontava ou o desconforto nas têmporas que estava rapidamente se transformando numa dor aguda e perfurante.

E também não o fez parar de falar.

— E a sua mãe, Alex?

— Cala a boca! — gritei.

— Ela não queria isso! — As barras trepidaram quando ele as acertou com o que imaginei serem os punhos. *Deve ter* doído. — Ela morreu para te proteger disso. Como ousa dar as costas e permitir que ele faça isso com...

Meu corpo inteiro estalou como um elástico sendo puxado com muita força.

— Cala...

O zumbido nos meus ouvidos rugiu, expulsando Aiden e todo o resto. E, num instante, *ele* estava lá, correndo pelas minhas veias como mel quente.

Me escuta. As palavras estavam nos meus pensamentos, suaves como uma brisa de verão. *Me escuta, Alex. Lembra do que faremos juntos assim que nos ligarmos. Libertaremos os meios... e o seu pai.*

— Alex — Aiden gritou.

Pelos deuses, ele não tem nada melhor pra fazer? O suspiro exausto de Seth estremeceu pelo meu corpo. *Bota ele pra fora. Ele não importa. Nós importamos.*

Agarrei meu cabelo.

— Ele está aí agora, não está? — A raiva agravou a voz de Aiden. As barras balançaram de novo. Desse jeito, os punhos dele virariam geleia. Assim como o meu cérebro. — Não dá ouvidos a ele, Alex.

A risada de Seth era como lascas de gelo.

Ele está indo aí? Acaba com ele, anjo. E depois sai correndo. Ninguém será capaz de te parar.

Puxei o cabelo até sentir agulhadas no couro cabeludo.

— Alex, olha pra mim. — O tom desesperado na voz de Aiden alcançou uma parte de mim que eu não conhecia muito bem. Meus olhos se abriram e encontraram os dele. Estavam prateados, como o luar. Olhos lindos. — Juntos nós podemos quebrar o vínculo entre você e o Seth.

Diz pra ele que você não quer quebrar o vínculo.

Era incrível... e bizarro o quanto meu Seth era capaz de ver e ouvir quando estávamos conectados. Era como ter outra pessoa vivendo dentro de mim.

— Alex, mesmo se vocês dois se reencontrarem, ele vai te sugar como um daímôn. Ele pode até não querer, mas vai.

Meu coração descompassou. Já havia sido alertada antes — pela minha mãe, meses antes. Era um dos motivos pelos quais ela queria me transformar em daímôn. Um motivo esquisito, com uma lógica falha, mas ainda assim...

Eu jamais faria isso com você, Alex. Tudo o que eu quero é te manter segura, te fazer feliz. Você quer libertar seu pai, não é? Juntos podemos fazer isso, mas apenas juntos.

— Eu não vou desistir — disse Aiden. Um silêncio abençoado se estendeu por algumas batidas do meu coração. — Tá me ouvindo, Seth? Não vai rolar.

Ele é tão irritante.

Vocês dois são irritantes.

Então, eu disse em voz alta:

— Você não tem nada do que desistir, Aiden.

Ele semicerrou os olhos.

— Tenho tudo.

Estranhei aquelas palavras. "Tudo" era o fantasma do que nunca aconteceu. Tudo mudou no momento em que me conectei com o meu Seth. Era difícil explicar. Meses antes, quando eu tinha dificuldades para dormir, e o vínculo entre nós dois relaxava meu corpo e minha mente? Bom, era como aquilo, vezes cem.

Não havia *eu* ali. Assim como não havia Seth antes do meu despertar. Agora eu entendia. Como ele tinha sofrido quando estava perto de mim, lutando para não ser sugado por tudo o que estava acontecendo comigo. Agora éramos apenas nós — um único ser existindo em dois corpos separados. Uma alma dividida ao meio. Solaris e o Primeiro...

Uma pontada de dor explodiu atrás dos meus olhos.

Não. Os sussurros dele se espalhavam pelas minhas veias. *Não pensa neles.*

Franzi a testa.

E então meu Seth continuou falando. Aiden também. Mas ele não era estúpido de entrar na cela. Mesmo cansada e presa pelos sinais nas paredes, eu tinha certeza que conseguiria acabar com ele. Minutos se passaram, talvez horas, enquanto os dois massacravam meus neurônios.

Quando acabou, afundei no colchão. Uma enxaqueca dos infernos latejava na minha cabeça. Aiden só foi embora porque alguém — meu tio? — abriu a porta no andar de cima, o que geralmente significava que algo estava acontecendo. Me deitei de lado, esticando o corpo lentamente.

Finalmente, Seth suspirou.

Estiquei os dedos. As juntas doíam. *Daqui a pouco ele está de volta*

Não precisamos de uma eternidade, anjo. Só temos que descobrir onde você está. E então ficaremos juntos.

Um sorriso fraco curvou meus lábios. Se eu me concentrasse com força o bastante, poderia sentir meu Seth no final do cordão vibrante que estava sempre presente. Às vezes ele se escondia de mim, mas não naquele momento.

Minha memória resgatou a imagem dele. A pele dourada e as sobrancelhas levemente arqueadas se formaram em meus pensamentos. O maxilar forte demandando ser tocado, e o sorrisinho arrogante. Pelos deuses, o rosto dele era fora do normal de tão lindo — frio e duro como as estátuas de mármore que ficavam ao redor do Covenant.

Mas não... não havia mais estátuas na ilha Divindade. Não havia nada. Poseidon destruiu e devolveu tudo para o oceano. Prédios, estátuas, paredes e pessoas — tudo se foi.

Perdi a imagem do meu Seth.

Um mal-estar tomou o meu estômago. Aiden estava certo — mais ou menos. Algo nessa situação toda me irritava, fazia com que eu me sentisse incapaz, e eu não era incapaz.

Eu era o Apôlion.

Volta a pensar em como eu sou lindo. Eu estava gostando.

Algumas coisas nunca mudam. O ego do meu Seth continuava enorme como sempre.

A imagem dele desabrochou diante de mim. Seu cabelo cacheado emoldurando as têmporas, como fios de ouro. Ele me lembrava pinturas de Adônis. Mas Adônis não era loiro. Pelo conhecimento compartilhado dos Apôlions anteriores, eu sabia que o cabelo dele era castanho.

Onde você está?, perguntei.

A caminho do norte, anjo. Você está no norte?

Suspirei. *Não sei onde estou. Tem uma floresta me cercando. Um lago.*

Não ajuda muito. Ele fez uma pausa, e eu imaginei o toque dele na minha bochecha, traçando a curva do rosto. Senti um calafrio. *Senti sua falta, anjo. Essas semanas em que você se escondeu me deixaram louco.*

Não respondi. Não senti falta do meu Seth. Enquanto estava sob a influência do elixir, nem sabia que ele existia.

Assim você acaba com a minha autoestima. Você deveria dizer que sentiu minha falta também. Seth riu.

Me deitando, tentei aliviar o desconforto na perna. *Como vai ser quando eu transferir meu poder para você?*

Um silêncio se arrastou e comecei a ficar nervosa.

Não vai doer, a voz dele sussurrou. *Será como das outras vezes em que nos tocamos, quando as runas apareceram. Você gostou.*

Gostei mesmo.

Algumas palavras serão ditas, nada de mais, e então eu pegarei seu poder. Não vou te sugar, Alex. Jamais faria isso.

Eu acreditava nele, então relaxei.

Qual é o plano, Seth?

Você sabe qual é o plano.

Ele queria acabar com os Doze Olimpianos antes que eles encontrassem um jeito de nos derrotar. A lenda dizia que nós só éramos vulneráveis a outro Apôlion, mas nenhum de nós acreditava totalmente naquilo. Os Apôlions já haviam descoberto brechas e mitos menos conhecidos. E assim que os deuses estivessem fora do jogo, nós governaríamos. Ou Lucian governaria. Eu não sabia nem me importava. Só queria estar perto do meu Seth. Sofria com a ansiedade causada pela nossa separação.

Não. Qual é o plano para ficarmos juntos?

A aprovação de Seth tomou conta do meu corpo como se eu tivesse acabado de ser banhada pelo sol do verão. Me aproveitei disso, como um filhotinho satisfeito com a barriga cheia.

Uma hora ou outra eles mostrarão alguma fraqueza. Sempre mostram. Especialmente St. Delphi. Você é a fraqueza dele.

Sim, eu sou. Me encolhi.

E quando tiver a chance de fugir, aproveita. Não se segure, anjo. Você é o Apô-lion. Assim que estiver livre, eles não vão poder te deter. Confia. E no momento em que você tiver alguma ideia de onde está, eu estarei aí.

Eu confiava no meu Seth.

Lá vinha aquela névoa agradável e inebriante de novo, me invadindo.

Você viu o Apolo ou qualquer outro deus recentemente?

Não. Não desde que eu tinha saído da onda do elixir, e aquilo era es-tranho. Apolo andava na minha cola desde o meu despertar, mas fazia um tempo que eu não o sentia nem o via — nem ele, nem qualquer outro deus.

Abri os olhos e encarei as barras. Será que Hefesto precisaria reforçar as barras em breve?

Pelos deuses, eu esperava que sim. Se elas enfraquecessem, os sinais enfraqueceriam também. Assim, eu poderia sair.

Seth disse algo que fez meus dedos do pé se contorcerem, para que eu voltasse a prestar atenção nele.

Aonde você foi?

Mostrei a ele as barras e meus pensamentos. Ele estava em dúvida. O trabalho do Hefesto raramente se enfraquecia, mas eu tive esperanças... por um rápido segundo. Aquela... aquela ligação era séria mesmo. Embora meu Seth estivesse dentro de mim, não estava ali de verdade. Eu estava sozinha — sozinha numa cela.

Ele nunca vai me deixar sair. Aiden nunca vai deixar eu me aproximar de você. Lágrimas queimavam meus olhos e uma onda infinita de desamparo ex-plodiu. *E eu nunca mais verei meu pai.*

Sim, você vai vê-lo. Não importa o que ele faça. Eu vou te buscar. Os deuses dizem que só pode existir um de nós, mas estão errados. Uma estranheza sufocante, e depois relaxante, tomou conta de mim. *Você é minha, Alex. Sempre foi e sempre será. Fomos criados para isso.*

Parte de mim se aqueceu em resposta. E outra parte, a fonte da outra voz que surgia quando Aiden estava por perto, se escondeu do meu Seth, encolhida enquanto eu tocava a rosa de cristal no meu pescoço.

2

Algum tempo depois — não fazia ideia se era noite, dia, ou por quanto tempo havia dormido — eu estava sozinha. Não havia Aiden sentado na cadeira me observando. Nem Seth na outra ponta do cordão âmbar. Que maravilha.

Minha mente estava, de certa forma, clara.

Me levantei e fui a passos largos até as barras. Elas pareciam normais — titânio prateado —, o problema era a delicada tela que as circundava.

A corrente de Hefesto era escrota.

Respirando fundo, agarrei as barras e apertei. Um lampejo de luz azul ricocheteou das barras, subindo pelo teto e atingindo os sinais como uma fumaça cintilante.

— Merda — murmurei, dando um passo para trás.

Tentei invocar akasha. Nada aconteceu dentro de mim, nem mesmo uma fagulha. Levantando a mão, optei por algo mais simples. Bom, mais simples para mim.

Invoquei fogo.

Eeeeeee... nada.

Quando despertei, o poder que se quebrou e dominou minhas veias tinha sido como uma onda — como uma droga tão maravilhosa que eu poderia ter lambido o teto, uma onda sem igual. Entendi o porquê dos daímônes desejaram tanto éter. Eu provei bem pouco. E depois nunca mais senti aquilo, desde que Apolo me apagou por uma semana com um maldito raio divino.

Filho da puta.

Ele também estava na minha lista de exterminação.

Fui ao banheiro. De banho tomado e vestida, voltei a testar as barras. Até que a luz azul cintilante era bonita. Pelo menos alguma coisa para admirar.

Suspirei, prestes a bater a cabeça na parede. Procurei pelo meu Seth na outra ponta do cordão — nada ainda. Poderia chamar por ele, e ele responderia, mas com certeza estava ocupado tentando me libertar. Sem nada mais para fazer, voltei a testar os vãos entre as barras.

Depois do que pareceram horas, uma porta se abriu no andar de cima. Ouvi vozes. Uma era do Aiden, mas a outra...

— Luke? — chamei.

— Vai embora — foi a resposta ríspida de Aiden.

A porta se fechou, e passos pesados desceram as escadas. Juro pelos deuses que o som que saiu da minha garganta foi um rosnado animalesco.

Aiden apareceu, segurando um prato de plástico com ovos e bacon. Ele arqueou a sobrancelha.

— Acha mesmo que vou deixar um meio-sangue se aproximar de você?

— Me deixa sonhar. — Meios eram mais suscetíveis a coações, e agora eu tinha uma coação como ninguém.

Ele segurou o prato no vão entre as barras. Da última vez que eu tentei isso de ficar sem comer, não deu muito certo. Eu praticamente tinha morrido de fome e acabei sob efeito do elixir por causa disso. Dessa vez, eu estava de boa com a comida.

Estendi o braço para pegar o prato.

Aiden deu o bote e me agarrou. A mão dele era tão grande que engoliu meu punho. Ele não disse nada, mas seus olhos nublados me imploravam para que eu fizesse *alguma coisa*. O quê? Lembrar do nosso tempo juntos? Lembrar do quanto ele consumira meus pensamentos? Como eu ansiava por estar com ele? Ele queria que eu me lembrasse de quando me contou da noite em que os daímônes atacaram e massacraram sua família? Ou como era a sensação de estar nos braços dele, de ser amada por ele?

Eu me lembrava de tudo aquilo em detalhes.

Mas as emoções que pertenciam àqueles eventos e lembranças não estavam lá. Sumiram por completo. Desapareceram no passado... Aiden era meu passado.

Não. Não. Não. Aquela voz distante estava de volta. *Aiden era o futuro.* Por algum motivo, pensei naquele maldito oráculo — vovó Piperi. *Entenda a diferença entre necessidade e amor*, ela dissera. Não havia diferença. Ela não poderia ter me ensinado como me livrar desta cela?

Aiden me soltou, os olhos firmes como as paredes de cimento. Ele deu um passo para trás enquanto eu levava a comida até o colchão. Surpreendentemente, me deixou comer em silêncio.

Depois disso, nem tanto.

Naquele dia Aiden queria falar sobre nossa primeira sessão de treinamento e como, aparentemente, eu tinha enchido o saco dele porque não parava de falar. Quando chegou na parte em que eu imitava a voz dele, comecei a sorrir. Ele ficara *mesmo* irritado e incerto sobre como lidar comigo.

Os olhos de Aiden brilharam no momento em que meus lábios se curvaram.

— Você disse que eu parecia um pai falando. — Disse mesmo. — Também disse que precisaria abandonar o vício em craque quando comecei a passar as regras. — Aiden sorriu.

Meus lábios quase responderam com gentileza. E eu não gostava daquilo. Hora de mudar de assunto.

— Não quero falar sobre isso.

Aiden recostou na cadeira dobrável de metal. Aquele troço parecia muito desconfortável.

— Quer falar sobre o que, Alex?

— Por onde anda Apolo? Já que ele é meu tatara-qualquer-coisa, estou me sentindo abandonada.

Ele cruzou os braços.

— Apolo não vai aparecer.

Ah, por essa eu não esperava. Passei a prestar atenção.

— E por que não?

Ele me encarou.

— Acha mesmo que vou te dizer, só pra você ir correndo contar pro Seth?

Coloquei os pés descalços no chão frio e me levantei.

— Não vou dizer uma palavra.

Aiden me lançou um olhar sonso.

— Pode me chamar de doido, mas não acredito em você.

Fui até as barras, encarando-o. Enquanto me aproximava, ele perdia o olhar insípido. Seu maxilar enrijeceu, como se estivesse rangendo os dentes. Foi estreitando os olhos e franzindo os lábios. Quando toquei as barras, o raio de luz estava mais fraco. De alguma forma, a cela sabia quando eu estava apenas tocando e quando eu queria fugir. Correntes espertinhas.

— O que você está fazendo? — Aiden perguntou.

— Se me soltar agora, juro que você e todos com quem se importa serão poupados.

Ele não disse nada por um instante.

— Mas eu me importo com você, Alex.

Inclinei a cabeça para o lado.

— Mas eu sairei ilesa.

— Não. Você estará em perigo.

A tristeza se espalhou pelos olhos dele antes que os cílios espessos a varressem para longe. Meu instinto borbulhou em alerta. Relembrando fragmentos de informações que tinha ouvido enquanto estava sob o efeito do elixir, eu sabia que ele não estava me contando tudo.

— O que você sabe, Aiden?

— Se você sair daqui ainda vinculada com o Seth... vai morrer. — A última parte saiu num tom rouco.

Eu ri.

— Você está mentindo. Nada pode ferir... — *Mitos e lendas, Alex. Dã.* No que eu estava pensando mais cedo mesmo? *Sempre* haveria equilíbrio de poder pelo próprio controle, de alguma forma. Era por isso que criaram o Apôlion para começo de conversa. — O que você sabe?

Ele arregalou os olhos brilhantes e prateados.

— Não importa. Tudo o que você precisa saber é que estou falando a verdade.

Abri a boca, mas logo a fechei. Aiden estava tentando me provocar. Era isso. Se Tânatos e sua ordem não encontraram o calcanhar de Aquiles dos Apôlions depois de séculos procurando, um puro-sangue não seria capaz. A ordem não teria...

Ou teria?

Mas eles não contavam. Meu Seth e seus sentinelas os dizimaram sistematicamente da Terra.

Levantei o olhar e encontrei Aiden me encarando. Era difícil negar o desejo inexplicável de fazer careta.

— Posso perguntar uma coisa?

— Mesmo se eu disser que não você vai perguntar. — Dei de ombros.

— Verdade. — Um sorriso contido. — Quando você estava com o Lucian, antes da reunião do conselho... ele te levou para a casa dele contra a sua vontade, não foi?

— Sim — disse lentamente, desconfortável.

— Como se sentiu com isso?

Minhas mãos agarraram as barras.

— Que isso? Virou psicólogo agora?

— Só responda a pergunta.

Fechando os olhos, me apoiei nas barras. Eu poderia mentir, mas não fazia sentido.

— Eu odiei. Tentei matar Lucian com uma faca de carne. — Obviamente, o plano não deu muito certo. — Mas eu não entendia ainda. Agora entendo. Não tenho o que temer.

Silêncio, e então Aiden estava bem na minha frente, sua testa tocando a minha por entre as barras. Suas mãos grandes sobre as minhas e, enquanto ele falava, sua respiração estava quente. Eu não me afastei, e não entendi o porquê. Estar perto assim dele era errado em muitos níveis.

— Nada mudou — ele sussurrou.

— Eu mudei.

Aiden suspirou.

— Não mudou.

Abri os olhos.

— Você nunca vai cansar disso? Uma hora ou outra, tem que cansar.

— Nunca — ele respondeu.

— Porque você não vai desistir de mim, independentemente do que eu te disser?

— Exato.

— Você é *tão* teimoso.

Os lábios de Aiden se curvaram num meio-sorriso.

— Eu costumava dizer a mesma coisa sobre você.

Franzi as sobrancelhas.

— E não vai mais dizer?

— Às vezes nem sei o que dizer. — Ele passou o braço pelas barras e acariciou minha bochecha com a pontinha dos dedos. Em seguida, repousou a mão inteira no meu rosto. Me encolhi, mas ele não tirou a mão. — E tem momentos em que eu quase duvido de tudo o que faço. — Ele afastou a cabeça para que meus olhos encontrassem os dele. — Mas não duvido nem por um segundo de que estou fazendo a coisa certa.

Muitas respostas vieram até a ponta da minha língua, mas morreram assim que a pequena voz dentro de mim sussurrou. *Eu abriria mão de tudo por você...*

Senti um nó se formando na minha garganta. De repente, a cela parecia pequena demais. O porão ficou apertado, e a pequena distância entre mim e Aiden, sufocante. Com o coração pesado, procurei pelo cordão...

— Não — Aiden sussurrou. — Sei o que você está prestes a fazer. Não faça.

Joguei o corpo para trás, desfazendo o contato entre nós dois.

— Como sabe o que estou fazendo?

Ele manteve as mãos estendidas, como se ainda conseguisse sentir minha bochecha.

— Eu simplesmente sei.

Minha raiva borbulhou, alimentada pela frustração de uma boa dose de "que porra é essa?".

— Olha, você é especial também — debochei.

Balançando a cabeça, Aiden baixou a mão. Seus olhos me acompanharam até o colchão, e eu me joguei. Encarei de volta com raiva, desejando a ele tudo de pior que eu conseguia imaginar. Havia coisas que eu poderia dizer que sei que o magoariam, que o fariam perder o controle e ficar despedaçado. Coisas que o meu Seth havia sussurrado e coisas que eu tinha dito a ele que queria fazer. Eu poderia soltar os cachorros — ah, sim! Eu poderia *destruir* Aiden. Mas, quando abri a boca, todas aquelas coisas cruéis e destrutivas ficaram presas em um nó na minha garganta.

Sentada ali, não me sentia bem comigo mesma, como se eu não fosse parte daquilo tudo. E o único momento em que eu me sentia confortável era quando estava vinculada a meu Seth. Sem ele, eu queria me livrar daquela pele, rasgá-la até sangrar.

Queria bater em alguma coisa. Com força.

Numa respiração ofegante, me concentrei nos sinais no teto. Havia duas luas desenhadas, entrelaçadas. Como vários deuses estavam atrelados à lua, eu não sabia o que o sinal representava ou como tinha o poder para arrancar os *meus* poderes.

— O que é isso? — perguntei, apontando para o teto.

Parte de mim não esperava que Aiden fosse responder, mas ele respondeu.

— É o símbolo de Phoebe.

— Phoebe? Não é aquela de *Charmed*, né?

Ele soltou uma risada.

Nossa, eles trouxeram o armamento pesado. Me senti toda especial enquanto encarava os sinais.

Tinham um tom vermelho-azulado.

— Então, uma titã...

— Sim.

— E isso é sangue de titã, não é? — Inclinei a cabeça para Aiden. — Se importa de explicar como é possível ter sangue de titã no teto? Os olimpianos têm jarras de sangue guardadas?

Aiden soltou uma risada rouca.

— Quando os olimpianos derrotaram os titãs, a maioria deles foi aprisionada no Tártaro. Phoebe foi uma delas. E ela tem uma afeição especial por seus filhos.

Revirei o cérebro na tentativa de me lembrar de quem ela era mãe, mas deu um branco.

— Quem?

— Leto — ele respondeu. — Que deu à luz Apolo e Ártemis.

Eu grunhi.

— Mas é claro. Por que não? Então, Apolo pediu um pouco de sangue pra vovó? Ótimo. Mas não entendo como isso funciona. — Gesticulei ao meu redor. — Como isso consegue anular meus poderes?

— Sangue de titã é muito poderoso. Sabia que lâminas mergulhadas em sangue de titã conseguem matar um Apôlion? — Quando mandei um olhar de *dããã* para ele, Aiden conteve um sorriso. — Mistura isso com o sangue da sua própria linhagem e, bom, ele ganha a habilidade de impedir que você se machuque.

— Ou que eu *te* machuque — rebati. Aiden deu de ombros.

A fúria invadiu meu sangue como veneno. Sem ter como colocar para fora, eu estava seriamente a poucos segundos de enlouquecer. Alonguei as pernas, depois os braços. Na minha mente, me imaginei pegando impulso e chutando Aiden no queixo.

Ele suspirou do outro lado das barras. Às vezes eu me perguntava se ele tinha a habilidade de ler mentes.

— Eu odeio isso — Aiden admitiu tão baixinho que nem sei se o ouvi direito. Ele deu meia-volta, ficando de costas para mim. — *Odeio* como Seth não fez nada além de te enganar, de mentir para você, e você confia nele. Odeio que esse vínculo seja mais importante do que tudo o que está acontecendo lá fora.

Estava prestes a discutir, mas meu Seth tinha *mesmo* mentido para mim. Ele provavelmente vinha me enganando desde o momento em que descobriu que eu era o segundo Apôlion. Lucian, sem dúvidas, me enganou.

Um desconforto subiu pela minha espinha, causando calafrios.

— Isso... não importa mais agora — eu disse.

Aiden se virou para mim.

— O que não importa?

O encarei de volta.

— Que Seth tenha mentido para mim. Não importa. Porque o que ele quer, o que eu quero... Se eu...

— Cala a boca — Aiden rosnou.

Pisquei, surpresa. Não me lembrava de outro momento em que Aiden havia me mandado *calar a boca*. Nossa. Eu odiei aquilo por um milhão de motivos.

Os olhos de Aiden brilharam com um prateado intenso.

— *Você* não quer o que o Seth quer, porque não tem espaço para *você* nisso. Só tem espaço para ele.

O choque me atravessou, roubando qualquer resposta que eu pudesse dar. Não havia eu. Só nós. Aquela vozinha maldita dentro de mim rugiu, furiosa, e se jogou para todo o lado.

Não havia *eu*.

3

Quando meu Seth decidiu dar o ar da graça, eu estava ranzinza e ele estava... bom, ele estava bem nervoso. Ele disse, hum, *coisas* durante o vínculo que não achei corretas.

Perturbadoras? Sim.

Aceitáveis no humor em que eu me encontrava? Não.

Quero sair daqui, disse a ele, o empurrando para longe mentalmente. *Não vou aguentar por muito mais tempo. Aiden... ele...*

O que tem o Aiden? A reprovação de Seth era como lâminas golpeando meu crânio.

O que eu poderia dizer a ele? Que Aiden estava me fazendo pensar?

Aiden fala demais.

A risada dele fez cócegas na minha nuca.

Fala mesmo. Anjo, não vai demorar muito. Lucian conseguiu um grande favor para nós.

Com quem? O Clube dos Mantos Brancos? Outra risada agradável me atravessou.

Digamos que ele tenha me dado um estoque infinito de iscas e influência.

Revirei os olhos mentalmente.

Tá, não entendi.

Houve uma pausa, então sentir o que o Seth estava querendo com aquele vínculo. Ele estava pra brincadeiras, mas aquela conversa era importante demais para diversão. Finalmente, ele respondeu: *Os puros que se levantaram contra nós, se provaram úteis.*

Como assim?

Lembra como Telly não acreditou que os daímônes podiam bancar os bonzinhos e trabalhar juntos para organizar um ataque coeso contra o Covenant?

Sim... e Marcus não acreditou que eram apenas eles tramando contra nós.

Eu também não acreditei. Na reunião emergencial que Lucian havia convocado antes de Seth limar os membros do conselho, eu cheguei a suspeitar que meu padrasto estava por trás dos ataques daímônes de alguma forma, mas não tinha nenhuma prova. Além do mais, meu ódio por Lucian era o responsável por aquela ideia.

Bom, obviamente Telly estava meio certo. Sem a motivação correta — digamos, um estoque infinito de éter —, eles provavelmente se contentariam com qualquer puro que conseguissem pegar.

Mais um silêncio, e a intensidade do que ele estava sentindo, do que desejava, rugiu através do vínculo. Por um momento, cheguei a acreditar que eu podia senti-lo, e a emoção me inundou, sugando meus pensamentos e me enchendo com o prazer do vínculo.

Alex. A voz dele saiu contida, meio satisfeita. *Está prestando atenção?*

Sim. Daímôn... éter... essas paradas...

Muito bem. Vou fazer uma pergunta, anjo. Você acha mesmo que os daímônes orquestraram aqueles ataques sozinhos?

O quê? Como assim? Parte da névoa reconfortante que meu Seth estava criando se desfez, como se um vento congelante tivesse soprando minha nuca.

Até os daímônes mais racionais não conseguiriam elaborar o que fizeram nas Catskills. Eles precisariam de ajuda, não acha?

Meu pulso acelerava de uma forma que eu não conseguia pensar. Então eu estava certa? Um gosto amargo invadiu minha garganta.

Não fica triste, anjo. Lucian precisava discordar para que tudo isso acontecesse.

Pensando no ataque nas Catskills, tentei me lembrar de onde Lucian estava no meio daquele caos. Presumi que ele estivesse no salão do baile com o restante dos puros-sangues, mas não o vi lá. Eu só sabia que o meu Seth tinha conseguido falar com ele...

Todos aqueles servos meios-sangues mortos, os guardas e sentinelas... todos inocentes... me levantei, quase perdendo o vínculo com meu Seth.

Anjo, como você acha que os daímônes entraram nas Catskills para começo de conversa? Você viu a segurança de lá. E o salão do baile? Só havia duas entradas, e as duas estavam protegidas. Uma das portas pertencia à guarda de Lucian.

Suspeitar que Lucian estava por trás daqueles ataques era uma coisa — eu não duvidava de nada vindo daquele homem —, mas meu Seth? Ele não poderia concordar com aquilo. Acreditar que tinha dedo dele na morte de todas aquelas pessoas inocentes era aceitar algo horrível. O que meu Seth queria, eu queria, mas os daímônes... eles eram e sempre seriam os inimigos.

Inimigos podem ser aliados na guerra, anjo.

Ai, meus deuses. Uma parte enorme e assustadora de mim não conseguia processar o que Seth estava dizendo.

Lutei contra a correnteza de emoções dele, subindo para a superfície como se eu estivesse me afogando e puxando o ar.

Tantas pessoas inocentes estavam lá, pontuei.

Imagens chocantes do massacre apareciam, uma após a outra — os servos no corredor com as gargantas dilaceradas, os sentinelas e guardas que foram eviscerados e depois jogados pela janela.

Eles não importam, anjo. Só nós importamos, só o que nós queremos importa.

Mas aquelas pessoas *importavam.*

Nós poderíamos ter morrido também, Seth. Meu pai poderia ter morrido.

Mas não morreu, e eu nunca deixaria nada acontecer com você. Nada aconteceu.

Estávamos separados durante o ataque. E, se não me falha a memória, eu quase fui pisoteada até a morte. Sem falar que tive que lutar contra as Fúrias sozinha. Não sei ao certo como ele impediria a minha morte naqueles casos.

Anjo, precisamos que isso aconteça. Os daímônes vão me ajudar a te encontrar. Não é isso que você quer? Nós dois juntos?

Sim, mas...

Então confia em mim. Nós queremos as mesmas coisas, anjo.

Lembrei das palavras de Aiden e me contorci.

Seth? Você... você não está me forçando a querer essas coisas, está? Não está me influenciando?

Ele não respondeu imediatamente, o que fez meu coração perder o compasso.

Se eu quisesse, anjo, até que poderia. Você sabe disso. Mas não estou te influenciando. Nós apenas queremos as mesmas coisas.

Mordi o lábio. Nós queríamos de verdade as mesmas coisas, exceto a coisa com os daímônes... contive aqueles pensamentos. Como se dois braços fortes estivessem empurrando meus ombros para baixo, eu me deitei. E então me afoguei nos sentimentos de Seth de novo.

Aiden retornou com comida e, desta vez, trouxe companhia — meu tio, Marcus. O homem até que estava sendo decente comigo. Que ironia. Comi e bebi água como uma boa prisioneira.

E não soltei nenhum desaforo.

Eu merecia um prêmio, como um tempinho fora da cela ou algo assim, mas aí já era pedir demais. Em vez disso, Marcus saiu para ver o que os outros estavam fazendo. Assim que fechou as portas lá em cima, Aiden se sentou com as costas apoiadas nas barras.

Que homem corajoso... corajoso ou muito burro — era difícil dizer. Eu poderia facilmente transformar o lençol da cama num nó e enrolá-lo no pescoço de Aiden antes que ele tivesse tempo de reagir.

Mas me sentei com as costas quase coladas nas dele. A luz azul das correntes pareceu mais fraca. O silêncio se arrastou, curiosamente confortável. Minutos se passaram e os músculos tensos das minhas costas relaxaram. Antes que pudesse me dar conta, estava apoiada nas barras... e nas costas de Aiden.

Minha conversa com Seth mais cedo deixou um gosto ruim na minha boca e uma série de nós no meu estômago. Talvez por isso eu estivesse alimentando pensamentos assassinos com o lençol e a garganta do Aiden? Oportunidade perdida, acredito.

Abaixando o queixo, suspirei. O que meu Seth queria, eu queria, mas... daímônes? Esfreguei as mãos nos joelhos dobrados e suspirei de novo — mais alto, como uma criancinha petulante.

As costas de Aiden se torceram quando ele virou a cabeça.

— Que foi, Alex?

— Nada — murmurei.

— Nada coisa nenhuma. — Ele voltou a se recostar, apoiando a cabeça na barra. — Você está usando aquela voz.

Franzi a testa olhando a parede.

— Que voz?

— Aquela voz de *queria dizer uma coisa, mas não deveria.* — Uma pitada de humor tomou conta do tom dele. — Já estou bem familiarizado com ela.

Bom... que droga. Encarei minhas mãos. Os dedos estavam bem, eu acho. Mas minhas unhas estavam lascadas e curtas. Mãos de uma sentinela — uma sentinela que matava daímônes. Subi as mangas do suéter. Marcas de mordidas esbranquiçadas cobriam meu braço direito. As marcas em forma de lua crescente eram um saco de esconder e estavam nos dois braços, assim como no meu pescoço. Eram tão feios, um lembrete horrível de que eu era prisioneira deles.

E, por mais que eu tentasse, não conseguia apagar da mente os rostos de todos aqueles meios-sangues massacrados nas Catskills... ou esquecer o olhar de Caleb quando viu a lâmina cravada em seu peito — uma lâmina que fora manejada por uma daímôn.

Caleb ficaria tão... *decepcionado* não é nem a metade.

Mas meu Seth ficaria puto. Ele bisbilhotaria minhas memórias, e eu queria que ele ficasse feliz comigo. Queria que...

Eu não queria *trabalhar* com daímônes. Aquilo era como um tapa na cara de todos os que morreram nas mãos deles — minha mãe, Caleb, os servos inocentes — e minhas cicatrizes.

Meu Seth... ele só precisava entender aquilo. E entenderia, porque ele me amava.

Decidida, respirei fundo.

— Só pra você saber, vou te dizer uma coisa, mas ela não tem nada a ver com você. Tá bom?

Ele soltou uma risada sombria.

— Eu jamais pensaria numa loucura dessas.

Fiz uma careta.

— Só estou te contando porque não acho isso certo. Vai de encontro a algo... a uma certeza em mim. Preciso dizer alguma coisa.

— O quê, Alex?

Fechando os olhos, respirei bem fundo.

— Lembra que Marcus acreditava que havia algo estranho nos ataques dos daímônes, principalmente aquele nas Catskills?

— Sim.

— Eu meio que achava que era Lucian por trás daquilo, especialmente na reunião dele com o conselho. Fazia sentido. Criar o caos e qualquer coisa que facilitasse para que as pessoas se rebelassem e tomassem o controle. — Passei o dedo sobre a etiqueta na dobra do tecido. — Enfim, os ataques dos daímônes aparentemente foram orquestrados por Lucian... e por Seth.

A coluna de Aiden se enrijeceu contra a minha. Nenhuma resposta. Ele ficou quieto por tanto tempo que eu tive que me virar.

— Aiden?

— Quantos? — A voz dele saiu ríspida.

— Todos eles, acho — respondi, sentindo a culpa me consumir. Eu estava traindo Seth, mas não conseguiria ficar quieta. — Eles encontraram um jeito de controlar os daímônes.

Ele baixou a cabeça, curvando os ombros largos.

— Como?

Me ajoelhando, segurei as barras e ignorei o pulsar fraco da luz azul.

— Eles... eles estão usando puros-sangues como motivação. Aqueles que estão contra eles... nós, que estão contra nós.

Aiden se virou tão rápido que eu soltei as barras e me joguei para trás. Seus olhos prateados queimavam.

— Você sabe onde eles estão mantendo os puros?

Balancei a cabeça.

Ele fechou os olhos.

— Você sabe por que eles fariam algo desse tipo?

A aversão na voz dele era compreensível. Esfreguei as mãos sobre as coxas. *Por que* estavam fazendo aquilo? Para criar discórdia, ódio. Com os daímônes atacando de todos os lados, o conselho tinha se distraído. Os deuses não confiaram na habilidade dos puros em controlar as hordas de daímônes e, em resposta, mandaram as Fúrias. E agora seria uma distração para que eu pudesse fugir. Como eles fariam aquilo, eu não sabia. E, se a luz azul fraca era algum tipo de indicação, não seria necessário saber.

— Não. Eu não sei.

Os olhos de Aiden encontraram os meus, e nos encaramos.

— Por que você está me contando isso? Aposto que o Seth não aprovaria.

Desviei o olhar.

— Já te disse. Não é certo. Aqueles puros...

— São inocentes?

— Sim, e o Caleb... ele foi morto por uma daímôn. Minha mãe foi transformada por um. — Minha respiração estremeceu, e eu me levantei. — Eu quero o mesmo que Seth, mas não posso aceitar isso. Ele vai entender.

Aiden jogou a cabeça para trás.

— Vai mesmo? Vou passar essa informação adiante. Irá atrapalhar os planos dele.

Enrosquei os braços na cintura.

— Ele vai entender.

A tristeza se espalhou pelo seu rosto, e Aiden olhou para baixo.

— Obrigado.

Por algum motivo, a raiva borbulhou dentro de mim e eu quis colocar para fora.

— Não quero sua gratidão. É a última coisa que eu quero.

— Sou grato a você mesmo assim. — Ele se levantou num movimento fluido. — Sou grato a você por mais coisas do que imagina.

Confusa, o encarei de volta.

— Não entendi.

O sorriso de Aiden era apertado, com aquela tristeza sempre presente quando olhava para mim, como se eu fosse uma criatura desafortunada que provocava desgosto onde quer que passasse. Porém, por trás da tristeza, havia uma determinação de aço.

— O quê? — perguntei, já que ele não respondeu.

— Você me deu a esperança que eu precisava.

Meu Seth não ficou bravo por eu ter contato tudo. Nem sequer tentei esconder dele. Assim que nos conectamos, contei a ele o que fiz. Na verdade, ele parecia já estar esperando. E *isso* eu não entendi muito bem, mas, de qualquer forma, ele não quis conversar a respeito.

Quando me contava sobre sua infância, ele virava um Seth diferente — um lado dele que eu raramente via. Quando ele começou a falar sobre sua mãe, a vulnerabilidade ficou palpável no nosso vínculo, como se o assunto o desconcertasse.

Qual era o nome dela?, perguntei.

Callista.

Que nome bonito.

Ela era muito linda. Alta e loira, exuberante como uma deusa. As palavras dele se perderam por um momento. Considerando o verbo no passado, presumi que ela havia morrido. *Mas ela não era gentil, anjo. Era fria e distante, e, acima de tudo, quando olhava para mim, sempre havia ódio nos olhos dela.*

Estremeci conforme confirmava minhas suspeitas, e eu queria fazer com que ele se sentisse melhor.

Aposto que ela não te odiava. Ela...

Ela me odiava. A resposta direta soou como um balde de água fria. *Eu era um lembrete constante da vergonha que ela sentia. Ela provou o fruto proibido e depois se arrependeu.*

Meios e puros eram proibidos de se misturarem. Apenas recentemente eu tinha descoberto que era porque, juntos, um homem meio e uma mulher puro geravam o Apôlion.

Quando ele falou de novo, sua voz saiu suave como um cobertor.

Ela não se parecia em nada com a sua mãe, anjo. Não existiu um grande caso de amor. Ela costumava me dizer que só ficou comigo porque recebeu a visita de um deus depois que eu nasci. O homem mais lindo que ela já vira, era o que ela dizia. O deus avisou que ela deveria me proteger a qualquer custo, que eu seria muito poderoso um dia.

Enquanto ele falava, relembrei os vislumbres do seu passado que eu tive quando despertei. Seth ainda criança, a pele toda dourada e os cachos loiros, brincando na margem de um lago ou curvado sobre um brinquedo em um quarto cheio de móveis desconfortáveis. Ele sempre estava sozinho. As noites em que ele acordava chorando por um pesadelo e ninguém aparecia para reconfortá-lo. Dias em que a única pessoa que ele via era a babá, tão indiferente quanto a mãe. Ele nunca conheceu o próprio pai. Até aquele momento, nem sabia o nome dele.

Meu coração chorava por ele.

Então, aos oito anos, ele tinha sido levado diante do conselho para determinarem se ele entraria no Covenant. Sua experiência não foi nem um pouco parecida com a minha. Não teve cutucadas e beliscões. Ele não chutou um ministro. Simplesmente olharam para Seth e souberam o que ele se tornaria.

Estava nos olhos dele.

Os olhos de um tom amarelo-acastanhado, cor de âmbar, que carregavam uma sabedoria que criança alguma seria capaz de ter — olhos de um Apôlion. As coisas melhoraram para ele depois que foi enviado para o Covenant na Inglaterra, e depois para o de Ashville. É tão curioso termos vivido tão próximos por tantos anos e nunca termos nos cruzado.

Mas algo parecia estranho. Quando despertei, aprendi tudo o que os Apôlions anteriores aprenderam durante suas vidas, como se eu tivesse sido ligada a um computador e feito download de tudo. E nenhum deles nasceu com olhos de Apôlion. Os olhos de todos ficaram âmbar *depois* do despertar.

Meu Seth era diferente.

Mas agora aquela dor bruta em seu peito estava o devorando.

Onde você nasceu?, perguntei, esperando levar a conversa para longe de sua mãe. *Você nunca me contou.*

Ele riu e eu sorri. Um Seth feliz era um Seth melhor.

Você não vai acreditar, mas sabe como as moiras amam brincar com as pessoas?

Eu sabia muito bem.

Eu nasci na ilha de Andros.

Um calafrio dançou pela minha espinha.

Que... ironia.

Não era nenhum absurdo considerar que meus ancestrais também vieram daquela ilha, já que muitos pegavam para si o nome do local onde nasceram. Ou, em outros casos, as ilhas eram nomeadas em homenagem às famílias fundadoras. De qualquer forma, era irônico. E algo chocante veio à tona. Andros tinha impressionantes 380 metros quadrados.

Você não acha que somos parentes, né?

Quê? Seth caiu na gargalhada. *Não!*

Como pode ter certeza? Se a gente estiver dando uma de Luke e Lea, juro que vou vomitar.

Minha família não está ligada à sua de forma alguma. Além do mais, sua linhagem vem de Apolo.

E de quem vem a sua? Ele não respondeu, apenas se manteve num silêncio arrogante. *Por que você esconde isso de mim?*

Seth suspirou. *Te conto quando estivermos juntos. Vou te mostrar tudo, anjo. Responderei a todas as suas perguntas.*

4

Depois do almoço no dia seguinte, vaguei sozinha pela cela. Algo estava rolando no andar de cima — portas abrindo e fechando, pés saltando e gritos de alegria.

Curiosa, fui até as barras para tentar escutar melhor. A conversa estava abafada demais para identificar as vozes, mas alguém havia chegado. E não era um deus. Eu saberia se fosse. A essência dos deuses é forte, algo que eu seria capaz de sentir *dentro* de mim.

Tocando as barras, analisei como respondiam. O brilho azul estava *de fato* enfraquecendo. Toma essa, Seth! Será que os sinais no teto também enfraqueceriam se não fossem refeitos? Pelos deuses, eu esperava que sim. Procurei a cordão para me conectar, querendo contar a ele sobre minha mais recente descoberta. Seth estava lá, porém não estava muito falante. Pelo que percebi, ele estava com Lucian. A conversa dos dois ficou abafada para mim.

Um desgosto tomou conta de mim assim que notei a presença de Lucian. Eu teria que superar aquilo, mas seria difícil. Eu nunca seria fã do meu padrasto.

Desligando o vínculo, me perguntei o que Aiden estaria fazendo. Ele geralmente passava boa parte do dia sentado na cadeira dobrável, cismando comigo.

Você me deu a esperança que eu precisava.

Esperança do quê? De um "felizes para sempre" para nós dois?

Me peguei no pequeno banheiro branco, encarando o espelho de plástico vagabundo sobre a pia. Aquele troço estava quase chumbado na parede, plástico ruim para que eu não pudesse transformá-lo em algum tipo de arma.

Me apoiando sobre a pia, praticamente colei meu rosto no espelho. Meu reflexo estava ondulado, distorcido pela qualidade barata, mas eram os meus olhos que eu encarava.

Eles eram âmbar, assim como os de todos os outros Apôlions após o despertar. Era meio estranho vê-los daquele jeito, mas também me parecia certo. Como se eu tivesse me tornado o que estava destinada a ser. O que, bem, era verdade.

Inclinei a cabeça para o lado. O que meu Seth pensaria quando finalmente me visse — quando me visse de verdade — toda Apôlionzada? Ele ficaria feliz, ao contrário do Aiden, que odiava meus olhos...

Um sentimento agudo e repentino se espalhou pelo meu peito. *Puta merda...* fiquei tonta ao me agarrar à pia. Não era uma dor física, era mais como a sensação de sentir o chão sob os pés desaparecendo. Ou quando se recebe notícias realmente pavorosas.

Era a sensação de um coração sendo aniquilado sem nenhuma possibilidade de reparo.

Minha respiração ficou estridente. O sentimento não fazia sentido. Meu coração não estava partido. Eu estava inteira e pertencia ao meu Seth. E ele me amava de volta. Ele nunca me contou o que tinha feito, mas precisou fazer. Nós estávamos destinados um ao outro e, assim que estivéssemos juntos, seríamos perfeitos. Governaríamos tanto o Olimpo quanto o mundo mortal.

— Nós seremos deuses — sussurrei.

— Nossa, Alex, estou surpreso com o tamanho desse seu ego. Pelos deuses, se eu fosse completamente corpóreo, eu com certeza daria um chute na sua bunda agora.

Dei meia-volta, achando que encontraria Caleb no banheiro, porque aquela era a voz *dele*. Mas não havia ninguém ali. Com o coração acelerado, dei uma espiada na cela. Vazia.

— Caleb?

Nenhuma resposta.

Sai do banheiro, torcendo para que Caleb aparecesse caso estivesse realmente ali. O silêncio se arrastou, e quando eu estava prestes a admitir que havia perdido a cabeça de vez, um calor me atravessou.

Caleb tinha... passado *através* de mim?

— Hum...

Ouvi uma risadinha leve atrás de mim. Me virei, só conseguia... encarar.

Caleb estava ali, as sobrancelhas loiras arqueadas de um jeito doloroso de tão familiar. Ele vestia uma camisa num estilo túnica e calças de linho branco. Era o Caleb, mas... não era.

Dava para enxergar as barras através dele. Que bizarro.

— Caleb?

Ele olhou para o próprio corpo.

— Sim, sou eu, em forma fantasmagórica ao seu dispor.

— Você está mesmo aqui ou eu enlouqueci?

Um sorriso lento e tranquilo se formou naqueles lábios pálidos.

— Estou aqui. Bom, estou aqui do jeito que dá.

Tentei respirar fundo, mas não consegui.

— Posso te tocar? — Minhas pernas andavam para a frente num movimento brusco. Nenhuma graciosidade de Apôlion. — Posso te abraçar?

Ele cerrou as sobrancelhas.

— Não, Alex, não pode. Você passaria direto por mim. — Ele sorriu. — Embora você tenha curtido da primeira vez.

Eu ri, quase o tocando.

— Pelos deuses, queria tanto te abraçar.

— Eu sei. — O sorriso dele se desfez. — Mas não temos muito tempo. Nunca tivemos. Me apoiei sobre os calcanhares, sorrindo.

— Você está aqui para me libertar, não é?

— Ah, não. Não estou aqui para te libertar.

O sorriso sumiu do meu rosto.

— Por quê? Não entendo. Preciso sair daqui. Meu Seth precisa...

— Estou aqui como o último recurso, Alex. — Ele estendeu a mão como se fosse me tocar, mas parou. — Apolo me enviou.

Cruzei os braços e fechei a cara.

— O que ele tem a ver com isso?

— Ele espera que eu consiga fazer você entender, Alex.

— Sabia que ele me atingiu com um raio divino?

Caleb fez uma careta.

— Sim, fiquei sabendo. Todo mundo no Submundo ficou sabendo, mas, Alex, você meio que mereceu. — Quando abri a boca, ele me silenciou. — Apolo estaria aqui se pudesse.

— E por que ele não pode? — Virei de costas, tentando conter minha raiva, como se estivesse lacrando uma caixa. Não estava dando certo. — Ele tem medo de mim, não tem? Pois deveria mesmo. Apolo está na minha listinha do ódio.

— Tá ouvindo o que você está falando? Um deus com medo de *você?* — Ele parecia estupefato. — Apolo não está aqui porque Aiden, o amor da sua vida, o baniu daqui.

Me virei para ele, cerrando os olhos.

— Ele não é o amor da minha vida.

Caleb balançou a cabeça.

— Ele sempre foi seu, Alex. E você sempre foi dele.

Contorci a boca, como se tivesse provado algo azedo.

— É para isso que veio do grande além? Para conversar sobre a minha vida amorosa?

— Bom, o amor da sua vida baniu Apolo de entrar nesta casa porque Aiden está com medo de que o deus possa te machucar. — Ah, sim, Caleb, percebeu minha cara de surpresa. — E Apolo mandou uma das dríades dele até o Submundo, para me arrancar bem debaixo do nariz de Hades só para te ajudar. Os dois, Aiden e Apolo, estão fazendo maluquices para te salvar.

— Mas... não preciso ser salva por ninguém.

— Exato! — Caleb jogou os braços para o alto. — Foi o que eu disse!

Tá bom, eu não estava conseguindo acompanhar aquela conversa.

— Então por que não está me ajudando a fugir? Você pode atravessar as paredes até onde guardam as chaves. Aposto que estão com Aiden.

Ele revirou os olhos, que desapareceram por um instante. Eca.

— Você consegue se salvar. Só você. E é melhor começar a botar a mão na massa.

Pressionei os lábios. Lá estava Caleb, meu melhor amigo — meu melhor amigo *morto*, mas tudo bem —, que eu não via há praticamente uma eternidade, e nós estávamos discutindo. Eu não queria discutir com ele.

— O que você está fazendo, Alex? Você não é assim. Nunca quis nada disso.

Respirei fundo.

— É isso que eu quero agora.

Caleb grunhiu baixinho. Ele parecia querer me estrangular.

— Se continuar desse jeito, você e Seth vão acabar mortos. Sim, é isso mesmo! Você não é invencível. Nem ele! Tem uma guerra se formando no Olimpo, e o pau vai comer aqui na Terra. Quer mesmo ser a responsável por isso?

Cerrando os punhos, o encarei com raiva.

— Nós queremos mudar as coisas, Caleb! Você, entre todas as pessoas, deveria entender isso! Juntos, eu e Seth vamos libertar os servos. Meu pai! Podemos derrubar o conselho. Podemos...

Ele soltou uma risada como um rosnado. Daquele tipo que só usava quando estava prestes a me colocar contra a parede.

— Você acha mesmo que é isso que vai acontecer quando vocês conseguirem dizimar todos dos conselhos? Que Lucian vai libertar os meios e todo mundo vai se amar?

Abri a boca, mas ele continuou:

— Mas vamos fingir que essa ideia não é absurda, que todos serão felizes para sempre. Os deuses nunca permitiriam isso. Eles irão arriscar se expor para todo o mundo mortal só para impedir vocês. Pessoas inocentes irão morrer. *Você* irá morrer.

Meu coração descompassou um pouquinho.

— Então é melhor não fazer nada?

— Não. Você não sabe? A arte suprema da guerra é dominar o inimigo sem lutar.

— E quem inventou isso é um completo idiota. Para vencer a guerra, o inimigo deve ser destroçado até os ossos e completamente destruído.

Ele cerrou os olhos.

— Você é uma idiota.

Meus lábios estremeceram.

— Cala a boca.

Caleb flutuou até mim.

— Alex, você precisa quebrar seu vínculo com o Seth. Faça isso e vai entender tudo.

— Não. — Dei um passo para trás, cobrindo os lábios com a mão. — Você me disse para não desistir dele. E agora quer que eu desista?

— Não quero que você desista dele — disse Caleb, com um tom de súplica na voz. — Ainda há esperança para ele, mas apenas se você conseguir alcançá-lo de verdade. E ser a presidente do fã clube do Seth não ajuda em nada.

Soltei uma risada.

— Isso foi tão você na época em que ainda estava... sabe, por aqui. Você idolatrava ele.

— E ainda idolatro. Ele é demais, mas agora está entorpecido de poder. Como um noiado. Não. Melhor ainda: como um cracudo e um noiado ao mesmo tempo. Ele está fora de controle. Pelos deuses, ele está trabalhando com daímônes! E se você sair daqui e se conectar com ele... transferir seu poder para ele?! Aí já era, Alex. Ele vai te sugar inteira sem nem perceber.

Suspirei.

— Ele nunca faria isso.

— Não de propósito, Alex. Mas faria. E, depois que fizer, ele se tornará o Assassino de Deuses e você será inútil. — Ele balançou a cabeça com pesar. — Isso se você conseguir encontrá-lo. Apolo vai te impedir. *Todos* os deuses descerão até aqui para te impedir.

Balançando a cabeça, me recusei a acreditar naquilo. Meu Seth jamais me sugaria. Ele precisava de mim como eu precisava dele. E, juntos, seríamos imbatíveis. Poderíamos mudar as coisas. Sendo o Apôlion, eu não perderia as pessoas como perdi Caleb e minha mãe.

Balancei a cabeça.

— Alex — ele implorou delicadamente.

— Não. Não! É por eu ser poderosa o bastante agora que ninguém que eu amo vai morrer!

— Alex...

Lágrimas fracas e idiotas queimavam meus olhos.

— Se eu já fosse Apôlion quando fomos atacados, eu poderia ter salvado você!

A silhueta dele estremeceu.

— Não, Alex, não poderia.

— Não diga isso. *Nunca* diga isso. — Senti um aperto no peito. Ele ficou um pouco mais translúcido. — O que está acontecendo?

— Tenho que ir. — Caleb parecia assustado. — Quebre o vínculo, Alex. É o único jeito de salvar vocês dois.

Balancei a cabeça tão rápido que meu cabelo estapeou meu rosto. Antes de poder dizer mais uma palavra sequer, ele estremeceu e desapareceu. Fiquei parada ali por minutos, talvez horas, encarando o lugar onde ele estava, lutando contra as lágrimas e tudo o que ele disse. Eu não... não conseguia acreditar nas palavras dele.

Caleb não entendia. Ele nunca perdeu pessoas como eu perdi — pessoas como ele. Enquanto ele jogava Mario Kart no Submundo, eu estava enjaulada, atolada até o pescoço na dor e na angústia de ter perdido minha mãe e ele. Eu estava lidando com o fato de que meu pai era um maldito servo.

Ele não entendia!

Estar vinculada a meu Seth era o único jeito de nos salvar. Quando eu e meu Seth terminássemos tudo aquilo, não haveria mais dor.

5

Depois que ele se foi, fiquei com a impressão de que Caleb tinha falhado de alguma forma e torci para que não fosse punido. Não achava que Apolo faria alguma coisa com ele, mas do que eu sabia?

A visita de Caleb me deixou arrasada. Agitada e sem ter como liberar a energia nervosa, perambulei pela cela. Parte de mim queria enfurecer e gritar. Outra parte queria sentar e chorar feito um bebê. Ver o Caleb foi um presente, mas nós só discutimos. A conversa me deixou num mal-estar que só piorava.

Quando Aiden apareceu carregando um saco de papel com um lanche, quase joguei a refeição na cara dele, mas eu estava faminta. E... tive o estranho desejo de contar a ele sobre Caleb.

— Quem está aqui? — perguntei entre uma mordida e outra daquela carne misteriosa entre os pães empapados. Ele não respondeu.

Revirei os olhos, terminando o hambúrguer. Abrindo o saco de papel, pesquei uma porção grande de batata frita. Com o pouco exercício que eu estava fazendo, minha fuga envolveria sair rolando de lá.

— Eu sei que alguém apareceu.

Enfiei uma mãozada de fritas na boca, e depois outra. Meus dedos ficaram cobertos de sal e óleo. Que delícia!

— Não vai falar nada? Só ficar sentado aí me encarando feito um tarado?

Aiden abriu um meio-sorriso.

— Você já me chamou assim antes.

— Sim, porque você *é* um esquisitão e *estava* agindo como um tarado esquisitão. — Franzi a testa para a caixinha quase vazia. Nunca haveria batatas fritas o suficiente.

— Na verdade, eu só estava observando para ter certeza de que você não escaparia da ilha.

Eu me lembrava. Tinha sido na festa na casa do Zarak, quando as coisas pareciam bem mais simples. Zarak... me perguntei o que tinha acontecido com ele. Não acreditava que estivesse na ilha quando Poseidon deu aquele chilique, mas eu não sabia.

Terminando as batatas, lambi o sal dos meus dedos enquanto levantava o olhar.

Os olhos de Aiden brilhavam, prateados, e um calor subiu pelo meu peito. Coloquei outro dedo nos lábios...

Pelo amor dos bebês daímônes! O que eu estava fazendo? Peguei um guardanapo, limpando os dedos furiosamente. Do outro lado, o calor emanava de Aiden.

Quando finalmente olhei para ele de novo, Aiden parecia estar de boa — o mestre da frieza. Ele até arqueou a sobrancelha para mim. Bom para ele. Enfim... ele armou um belo xeque-mate, mas pelo menos agora eu sabia quem estava lá em cima: Laadan e Olivia. Me lembrei que, quando eu estava sob o efeito do elixir, Deacon disse a Aiden que elas viriam. Então, me escondi no armário porque Aiden levantou o tom de voz.

Eu me escondi num *armário*. Juro.

— Você parece feliz — Aiden comentou enquanto desembrulhava um sanduíche de frango.

Cara, quem tirava a maionese do lanche e comia só pão e carne? Aiden. O próprio.

— Ah, eu só estava lembrando de como foi aprender a jogar xadrez e me esconder em armários.

Ele só tinha dado duas mordidas, mas jogou o restante de volta no saco de papel. Seu maxilar ficou tenso.

— Alex, eu odiei te ver daquele jeito. Tanto quanto odeio te ver assim agora. Então, se quer que eu me sinta culpado, já me sinto. Se quer que eu me odeie por essa decisão, eu já me odeio.

Eu deveria estar fazendo uma dancinha da vitória ou algo do tipo, porque acertei o ponto certo ali, mas meus ombros tombaram. As palavras estavam na ponta da minha língua, palavras que eu não deveria dizer. Então, não disse nada. Passamos o restante do seja lá qual momento do dia fosse em silêncio. Quando ele se foi, não tentei falar com Seth. Juntando a visita-surpresa de Caleb e o lance com Aiden, eu não estava a fim.

Momentos mais tarde, talvez umas duas horas, ouvi a porta se abrir e se fechar rapidamente — rápido e silencioso demais para ser Aiden, que sempre descia as escadas como um guerreiro se preparando para a batalha.

Me levantei do colchão, prendendo o ar.

Alguém de pernas esguias e vestindo jeans apareceu. Usava também uma camisa branca esvoaçante enfiada para dentro da calça. As botas na altura dos joelhos denunciavam quem era a visita. Eram botas *belíssimas*.

Olivia.

A oportunidade bateu à porta.

Ela parou no final da escada, com os cachos presos para trás. A pele amarronzada de Olivia era linda, mesmo quando pálida. Ela parecia estar encarando uma horda de daímônes.

— Alex — ela sussurrou, engolindo em seco.

Lentamente, para não assustá-la escada acima, me aproximei das barras. Eu percebi o exato momento em que olhou bem no fundo dos meus olhos, porque ela deu um passo para trás, batendo no primeiro degrau.

— Não vai embora! — exclamei, agarrando as barras. Luzes azuis pálidas brilharam. — Por favor, não vá.

Ela engoliu de novo e olhou rapidinho para trás antes de voltar a olhar para mim.

— Meus deuses, é verdade. Seus olhos...

Abri um sorriso irônico.

— Leva um tempo para se acostumar.

— Sem dúvidas. — Ela respirou fundo e deu mais um passo. — Aiden... ele vai me matar se descobrir que estou aqui embaixo, mas precisava ver com meus próprios olhos. Ele... eles estão dizendo que você precisa ficar aqui... que você é perigosa.

Pela primeira vez, a impulsividade de outra pessoa era um benefício para mim.

— Não sou perigosa.

— Disseram que você ameaçou fazer uma coroa com as costelas do Deacon.

Ai, inferno...

— Eu não fiz nada.

Ela parecia em dúvida.

— Tudo bem. Você me conhece. Eu digo coisas cruéis quando estou brava.

Os lábios dela tremeram.

— Sim, você faz isso mesmo. Alex... — Seu olhar passou pelas barras. — Caramba...

Eu tinha que seguir com cautela, mas precisava agir rápido. Sabe-se lá quanto tempo eu teria até que Aiden percebesse que Olivia estava ali embaixo e arruinasse toda a minha diversão. Usar coação seria fácil, e o jeito mais rápido de lidar com tudo aquilo, mas... uma parte de mim, aquela parte *estúpida* de mim, queria conversar com ela... minha amiga.

E havia algo que eu não tive a chance de contar para ela, algo importante. Olivia se aproximou mais um pouco da cela.

— Você está... você está horrorosa.

Franzi a testa.

— Sério?

— Tá dormindo bem? — O olhar dela me analisou. — Você perdeu peso.

Aliviada ao ouvir que não ganhei uns quilinhos, dei de ombros.

— Você está ótima.

Ela tocou a bochecha.

— Não me sinto ótima. Você não tem ideia do que está rolando lá fora. Tá todo mundo surtado por causa de...

— Por causa de nós.

— Nós?

— Eu e Seth. — Apoiei a cabeça nas barras. — Você foi para Nova York, não foi?

Olivia balançou a cabeça.

— Até começamos a ir, mas a coisa está feia lá. Não estão deixando ninguém entrar. O lugar está em isolamento, mas soube que está rolando muitas brigas lá dentro. — O elixir tinha parado de funcionar lá, cortesia do Lucian e do meu pai... meu pai estava lá. — Os deuses, eles colocaram umas *coisas* ao redor dos Covenants. — Ela estremeceu e colocou os braços ao redor da cintura esbelta.

Aquilo me interessou.

— Que coisas?

— Não sei. São, tipo, metade touro, metade homem... mas são máquinas. Nós encontramos com eles no caminho para Nova York. Minha mãe continuou, mas ela não queria que eu fosse. Me mandou para cá com Laadan.

Uma lembrança turva veio à tona, de Apolo e Aiden conversando sobre aquelas criaturas. Me perguntei se meu Seth sabia sobre elas. Provavelmente. Soltei as barras e joguei meu cabelo embaraçado para trás. As pontas cacheadas já passavam da altura do meu peito e precisavam de um corte. Perto de Olivia, era inevitável me comparar a ela.

— Alex, as coisas vão piorar. Você...

— Eu vi o Caleb.

Ela ficou boquiaberta, se esquecendo de seja lá qual fosse o sermão que estava prestes a dar.

— Quê?

— Eu vi o Caleb duas vezes desde que ele... se foi. — Precisava colocar aquilo pra fora, e então saberia o que fazer.

Meu Seth chamaria aquela necessidade de fraqueza, e era, porque eu estava perdendo tempo precioso, mas Olivia precisava saber. Eu prometi a Caleb que falaria com ela, e não sabia se a veria novamente depois que eu escapasse.

— A ordem me atacou enquanto eu ainda estava no Covenant. Um dos membros me matou. Eu fui para o Submundo...

— Você *morreu*?

Estremeci com o tom estridente.

— Sim, eu estava morta, depois não estava mais. Longa história. Mas eu vi o Caleb.

A mão dela tremia sobre o peito.

— Você está brincando comigo? Porque juro pelos deuses, Alex, eu *vou* te machucar.

Fofa, considerando que ela não podia me tocar, mas sorri mesmo assim.

— Caleb está bem. Está bem mesmo. Passa a maior parte do tempo jogando videogame, e ele parecia ótimo. Nada como... — Minha garganta queimou. — Ele está bem mesmo.

Os olhos dela cintilaram sob a luz fraca.

— Você viu Caleb de verdade?

Assenti.

— Ele queria que eu te contasse uma coisa. Mas não tive chances, com tudo o que está acontecendo...

— Compreensível. — Ela prendeu o riso. — O que... o que ele te disse?

Olivia sempre mantinha as unhas muito bem-feitas, mas desta vez o esmalte estava velho e descascando. Mantive os olhos neles.

— Não sei o que significa, mas ele me pediu para dizer que teria escolhido Los Angeles.

Ela respirou fundo, e o silêncio se estendeu por tanto tempo que, por fim, precisei olhar para ela e, quando olhei, quase desejei não ter olhado.

Lágrimas escorriam pelas bochechas de Olivia, descendo pelos dedos que agora pressionavam seus lábios. Uma reação emocionada subiu pela minha garganta e mordi o lábio. Los Angeles deveria representar algo muito importante. Queria estar do outro lado das barras, não para fugir, e sim para abraçá-la. Mas eu precisava estar do outro lado das barras — e precisava escapar. Não havia mais tempo.

— Olivia — eu disse, e minha voz saiu diferente, até mesmo para os meus próprios ouvidos, mais suave, lírica. Vibrando com poder.

Ela enrijeceu, e então suas mãos deixaram os lábios enquanto me encarava. Lágrimas se acumulavam em seus cílios espessos, mas não eram elas que estavam deixando seu olhar vítreo naquele momento. Era a coação na minha voz, uma habilidade que se tornara inata depois do despertar. Parte de mim abominava o que eu estava fazendo. Olivia era minha amiga. Usar coação nela era errado, mas não tinha outro jeito. Eu precisava chegar ao meu Seth. Uma hora ou outra ela entenderia.

— Você sabe onde estão as chaves, Olivia? — Ela assentiu lentamente. — Que bom. Muito, muito bom. — Atravessei o braço pelas barras, chamando-a para mais perto. Quando ela colocou sua mão gelada na minha, apertei com delicadeza. — Onde elas estão?

— Com Aiden. — Suas palavras saíam lentamente.

Droga. Aquilo não era bom.

— E onde ele está?

— Ele está com seu tio e Laadan. — Um suspiro delicado saiu dos lábios dela.

Merda. Eu nunca conseguiria pegar aquelas chaves. Meus olhos passearam pela porta da jaula, e eu tive uma ideia. Soltando sua mão, agarrei as barras e observei o brilho da luz. Estava fraco e não alcançava a marca de titã no teto.

— Olivia, você me ajudaria? — Joguei todo o poder que eu tinha na minha voz, e ela arregalou os olhos. — Você vai me ajudar, não vai?

— Sim.

— Ótimo. — Sorri enquanto corria até a porta. O ponto mais fraco era onde a tranca estava, se nós duas trabalhássemos ao mesmo tempo, poderia ser o suficiente. — Preciso que você puxe essa porta, Olivia, o mais forte que conseguir.

Ela caminhou até a porta num torpor, colocando a mão na maçaneta em obediência.

— Vai com tudo — demandei com delicadeza. — Puxa. Puxa com força.

E ela puxou. Os meios-sangues eram inacreditavelmente fortes, e o metal retorcia enquanto as barras tremiam. Olivia curvou a cintura, firmando as botas no chão. Dei um passo para trás, desejando estar de sapatos porque aquilo iria doer.

— Continua puxando — ordenei e, então, respirei fundo.

Me virando de lado, girei e golpeei as barras ao redor da tranca com meu calcanhar. A dor se espalhou pelo meu pé enquanto a luz azul brilhava e se apagava rapidamente. Um vão de quase três centímetros se abriu entre a porta e as barras.

— Puxa mais forte, Olivia.

Ela grunhiu, puxando mais. Caleb iria me assombrar por causa daquilo.

Me inclinando para trás, golpeei a porta de novo. Mais uma fresta. Com o pé ficando dormente, dei mais um chute. O metal rangeu e cedeu. A força repentina mandou Olivia para o chão e a porta... se abriu.

Sem perder tempo, saltei pela fresta, esperando ser derrubada por algum sistema de segurança inesperado, mas lá estava eu, do outro lado das barras.

Queria fazer uma dancinha da vitória e gritar, mas me abaixei e segurei as bochechas da Olivia. Ela encarou meus olhos, completamente rendida ao meu controle.

— Fica aqui, tá bom? Fica aqui até alguém vir te buscar.

Olivia assentiu.

Comecei a soltá-la, mas parei.

— Você não vai se culpar por isso. Você irá me culpar.

— Tudo bem — ela respondeu, suave e sonolenta.

A soltei e corri para as escadas. Senti um gosto amargo na boca quando olhei por cima do ombro. Olivia continuava no chão, com os olhos fixos em mim.

— Obrigada — eu disse, não que fizesse diferença.

Olivia não me ouviu nem me entendeu. Ela não faria nada até que alguém descesse até lá, e então seria como se estivesse acordando de um sonho.

Eu a veria de novo. Assim que eu e meu Seth mudássemos as coisas, eu a encontraria e pediria perdão.

Tranquilizada com esse pensamento, subi as escadas estreitas, parando à porta. Não ouvi vozes do outro lado. Por um segundo, testei meu vínculo a Seth. Ele não estava lá e eu não tinha tempo para esperar até que aparecesse. Assim que eu estivesse lá fora e descobrisse minha localização, eu o chamaria.

Abrindo uma fresta da porta, espiei o corredor. Vazio. Era estreito, com quadros pendurados nas paredes. O corredor se dividia em duas direções. À direita, a luz natural entrava por uma janela pequena, acenando para mim. Atravessei a porta, a fechando silenciosamente enquanto analisava os arredores. Da última vez em que estive ali em cima — a única vez, na verdade —, eu estava sob o efeito do elixir e lembrei vagamente que aquele corredor dava numa cozinha e numa espécie de sala de estar. Depois da cozinha, ficava o solário, que dava para o lado de fora. Uma sensação estranha se desdobrou dentro de mim, e veio a memória de estar com Aiden no solário. A empurrei para longe e atravessei o corredor. Queria muito que alguém tivesse deixado uma adaga ou qualquer coisa do tipo de bobeira por ali. Não tive tanta sorte. Pensando em retrospecto, eu poderia ter perguntado a Olivia onde estávamos. Revirei os olhos. Pelos deuses, às vezes eu era meio burra, mas estava tão concentrada em me libertar...

Enquanto me aproximava de uma das portas fechadas, pensei ter escutado a risada de Deacon, e depois Luke. Mordendo o lábio, deslizei pela escada que levava ao andar de cima.

A porta se abriu e me vi frente a frente com Lea. Merda.

Boquiaberta, Lea piscou e deu um passo para trás, batendo na parede.

— Não...

Seu grito agudo e estridente de guerra me interrompeu, e então ela saltou na minha direção. Literalmente, deu um salto em cima de mim. Pelos deuses. Sem tempo para uma coação, desviei do ataque com um golpe brutal que a fez girar. Ela bateu contra a parede e grunhiu. Dei uma rasteira em Lea antes que pudesse recuperar o equilíbrio, no momento em que o rosto chocado de Deacon surgiu no corredor.

— Ai, merda — disse Deacon, recuando tão rápido quanto Luke avançava.

Luke tentou me agarrar, mas eu era rápida.

— Alex, não faça nada que...

Ao fim do corredor, a última porta se abriu, batendo contra a parede de gesso. Avistei as calças pretas. *Sentinelas*. Sem pensar duas vezes, joguei o braço para o alto, e o que estava mais perto de mim recebeu o impacto do elemento ar.

Luke voou para trás, com os olhos arregalados e assustados. Ele foi de encontro a Lea, que havia entrado na frente de Deacon para protegê-lo. Ouvi vários grunhidos, um grito de dor, e então alguém berrou meu nome.

Dando meia-volta, disparei para a cozinha. Meus pés descalços batiam no chão enquanto eu desviava da mesa para alcançar o solário. Cheguei à porta em segundos, mas só então percebi que estava trancada. Murmurando um xingamento, destranquei e abri a maldita porta.

Aiden chegou na cozinha.

— Alex! Não!

Ele chegou tarde demais. Eu saí. Estava livre.

6

No momento em que a luz do sol tocou minha pele, pisei em falso. Era como se eu tivesse passado anos sem sentir o calor da luz natural. Meus sentidos ganharam vida. A grama estava molhada e fria sob meus pés. Olmos altos e espessos viraram um borrão enquanto eu corria até uma pequena garagem com chão de terra, dando a volta num hummer e adentrando a floresta fechada que cercava a cabana.

Com os braços e pernas pulsando, continuei correndo. Meu cabelo esvoaçava atrás de mim enquanto eu prosseguia, prestando atenção e procurando qualquer pista de onde eu estava. Não achei nada.

Uma pontada de pânico se instalou em mim. Saltei sobre uma árvore caída, os pés derrapando sobre as folhas de pinheiro pontiagudas.

Como eu iria dizer ao meu Seth onde eu estava, se naquele lugar só tinha um monte de árvores...

— Alex! Para!

Perdi o fôlego e ousei olhar para trás. Era ele — Aiden.

— Merda! — xinguei, aumentando a velocidade.

Mais à frente, havia um lago — *o* lago. Me lembrei dele. Milhares de anos de Apôlions e suas habilidades tomaram conta de mim. Acessar aquelas habilidades era fácil demais, como vestir um jeans velho, o que era meio irritante considerando o treinamento insuportável que precisei encarar ao me preparar para despertar e, é claro, meu Seth sabia daquilo. Vacilão.

Estendendo o braço, conjurei a água, torcendo para que ela me obedecesse.

A superfície da água se mexeu e, então, um jato explodiu pelo ar, formando um arco acima de mim. A parede de água continuava se erguendo, secando o lago raso em segundos. Ela se torceu como um funil, batendo na terra atrás de mim. Um problema a menos. Aquilo me daria algum tempo.

Correndo sobre o lago vazio, a lama sujava meus pés e meu jeans. Galhos baixos agarravam meu cabelo, puxando mechas, e minha camiseta. Roupas foram rasgadas, mas continuei mesmo assim. A luz do sol atravessava os galhos espessos enquanto eu adentrava a floresta, longe da cabana... longe *dele*.

Sem avisos, o vínculo se estabeleceu. *Alex?*

Escapei. Saltei sobre uma pedra à beira de um barranco e aterrissei agachada. Ganhando impulso, corri.

Não sei onde estou, mas eu saí. Seth, eu...

Eu conseguia escutar Aiden. Ele se aproximava rápido, energizado por algo mais forte do que éter e eu sabia que, se o paredão de água não tinha sido capaz de detê-lo, mesmo sendo rápida, não conseguiria correr mais do que ele por muito tempo. Eu teria que lutar. Mas eu não estava sozinha. Meu Seth estava comigo.

Derrapando até parar, me virei. O vento jogou meu cabelo para trás enquanto eu respirava o ar fresco da montanha. Aiden passou pelo pequeno barranco, aterrissando num agachamento ágil a alguns metros de mim. Água escorria pelo seu cabelo escuro grudado na testa, e sua camisa preta estava grudada nos músculos rígidos do peito e da barriga. Sob o tecido fino e encharcado, os ombros dele se tensionaram.

Nossos olhares se encontraram.

Ele se levantou graciosamente, de braços abertos.

— Você não vai querer fazer isso — alertei. — Vai embora.

Aiden avançou.

— Não vou te deixar. Eu jamais faria isso.

Senti um friozinho na barriga que não deveria estar ali. Dei um passo para trás, sentindo o calor emanando dos meus dedos.

A voz do meu Seth vibrou através do vínculo, eu sabia o que ele desejava que eu fizesse. Mais do que isso, entendi o porquê de ter que fazer aquilo.

Respirando fundo, ergui o queixo.

— Então, chegou o seu fim.

— Que seja.

Me atirei na direção do Aiden.

Ele estava preparado. Desviou para a esquerda, se esquivando do meu ataque. Ele era rápido e muito habilidoso. Eu sabia disso porque ele que havia me treinado, mas agora eu era melhor que ele. Eu estava em *outro nível*.

Me movendo rápido como um raio, avancei em suas pernas. Aiden pulou, e me levantei, dando um soco que atingiu sua barriga. Ele cambaleou para trás, mas recuperou o equilíbrio com rapidez. Meu próximo soco foi evitado. O terceiro o atingiu no maxilar, jogando sua cabeça para trás.

A luz do sol refletiu nas adagas presas em suas coxas, e avancei para pegá-las.

Aiden girou para a esquerda no último segundo, e meus dedos só conseguiram tocar o cabo de uma delas. Ele segurou meu punho, torcendo o suficiente para me fazer gritar antes de me soltar. Inclinei a cabeça para cima com a pontada surpreendente de dor. Isso refletiu nos olhos cinza-metálico dele. Por algum motivo, não esperava que ele fosse me machucar. Achava que... não sei o que eu estava pensando.

Ele me empurrou e, como se pudesse ler meus pensamentos, disse:

— Não quero fazer isso.

A fúria disparou dentro de mim como um foguete.

— Você não *consegue* me machucar.

Aiden saiu do caminho quando avancei. Girei, dando um chute alto na lombar dele. Tentei dar mais um, mas Aiden segurou minha perna e me jogou para trás. Caí no chão e me levantei, inclinando a cabeça.

A energia tomava conta do meu corpo. Akasha borbulhava sob a superfície, esperando ser conjurado, implorando para que fosse.

Avancei na direção do Aiden e partimos um para cima do outro — brutalmente. Mais da minha parte, a abordagem de Aiden era muito mais defensiva do que ofensiva, mas trocamos golpes, um seguido do outro.

As lembranças de nossos treinos juntos vieram à tona. Não sabia se aquilo ajudava algum de nós, porque éramos capazes de prever os movimentos um do outro e, assim, ninguém ganhava vantagem. Eu golpeava, e ele esquivava. Ele tentava me imobilizar, e eu fugia antes que conseguisse. Seguimos dessa forma, golpe após golpe e, lá no fundo, eu sabia que poderia conjurar os elementos, mas não o fiz. Talvez toda a fúria que acumulei aprisionada por tanto tempo me fazia querer lutar. Talvez fosse outra coisa.

Escorria sangue dos lábios de Aiden. Uma marca vermelha no maxilar. Sua camisa estava rasgada no meio, mostrando o abdômen firme, mas ele não mostrava sinal de que iria parar tão cedo.

Frustrada, me apoiei numa árvore, recuperei o fôlego e virei, percebendo meu erro já tarde demais. Enquanto me virava, Aiden se aproximou, me pegando pela cintura e me girando no ar. No treinamento, jamais tinha conseguido me livrar dele dessa forma. Eu deveria ter sido mais esperta.

Joguei meu peso para a frente e nós dois caímos de joelhos. Senti o gosto de sangue, mas Aiden não havia me golpeado. Nenhuma vez. Meu olhar, porém, se conectou com o dele várias vezes.

— Desista — grunhi, levantando o queixo.

Seus braços me seguravam com força.

— Já era para saber que eu nunca vou desistir de você. Você não é tão estúpida assim.

— Não posso dizer o mesmo de você. — Afastei as coxas e recuperei a força. — Você não vai ganhar.

O fôlego dele dançava sobre a minha bochecha.

— Quer apostar?

Rangi os dentes.

— Você não pode ter a mim. Eu não...

— Você não pertence a ele, Alex. Você não pertence a ninguém além de si mesma!

Ele estava tão, tão errado. Eu pertencia ao meu Seth. Fui criada para ele, só para ele, e Aiden estava atrapalhando.

Me lançando para a frente, abri distância suficiente entre nós dois e impulsionei os pés, me soltando dele. Jogando o braço para trás, o acertei na bochecha com um punho fechado. O impacto feriu as juntas dos meus dedos.

Aiden caiu com um joelho no chão e cuspiu sangue.

— *Deuses...*

Dando meia-volta, comecei a correr, ignorando as pedrinhas afiadas que perfuravam as solas dos meus pés. Consegui avançar por cerca de um metro e meio antes de ser atacada por trás.

Aiden me içou, pressionando minhas costas contra o peito dele.

— Já vai embora? Logo agora que começou a ficar divertido?

— Eu te odeio! — Me debati violentamente, tentando alcançar o chão. Eu espalhava terra conforme me balançava, parecendo um animal capturado numa rede. Horas de treinamento para nada. — Eu te odeio!

— Pode me odiar o quanto quiser. Isso não muda nada. — Ele firmou os pés no chão e começou a me arrastar, e eu sabia que me arrastaria de volta à cabana, até a prisão. — Não vou deixar você fazer isso consigo mesma.

Me balancei, jogando o corpo de um lado para o outro, mas em poucos segundos já estávamos de volta à mata fechada.

— Você não vai me impedir! Não vai conseguir!

— Você não entende, Alex. Você não pode sair. — Acertei uma cotovelada nele, que grunhiu, mas não me soltou. — Eles vão te matar. Tá entendendo? — Ele me balançou. — Eles virão para te matar!

— Não me importo! — gritei até ficar rouca. — Preciso ir. Preciso ficar com ele.

Aiden respirou fundo, e sua pegada se afrouxou só um pouquinho.

Usando a força do abdômen, me levantei com as pernas e o esforço combinado nos fez tropeçar. Aiden caiu no chão primeiro e rolou antes que eu pudesse me libertar, pressionando as mãos nas minhas costas e me prendendo no chão. Minha boca ficou cheia de terra e grama.

— Para com isso! — ele chiou no meu ouvido. — Isso não funciona, Alex. Você pode não se importar de morrer, mas eu me importo o bastante por você.

— Não tô nem aí! Só o Seth importa. Se eu não puder ficar com ele, prefiro morrer.

— Você tá se escutando? — Ele pressionou as mãos sobre os meus ombros. — Você prefere morrer se não puder ficar com ele? Tem noção do quão fraco é isso? A Alex que eu conheço jamais sentiria uma coisa dessas!

O que ele disse me atingiu lá no fundo e quebrou *alguma coisa* dentro de mim. Enfurecida, enfiei as mãos no solo e senti a terra tremer. Um grande rugido ressoou embaixo de mim, e o chão desnivelou como um mar agitado. Fomos afastados um do outro. Bati numa árvore e caí de quatro no chão.

Um relâmpago perfurou o céu, me cegando por um instante. As nuvens se fecharam, bloqueando a luz do sol, e tudo ficou escuro. Os céus se abriram e uma tempestade torrencial caiu sobre nós.

Não sabia se tinha sido eu ou alguma outra coisa. Não poderia me importar menos. Uma bola gigante de emoções confusas se formou dentro de mim, girando com uma velocidade estonteante. Raiva. Frustração. Medo. Tudo isso me atravessando.

O ar passou por baixo de mim, e me levantei do chão. Subiu a energia estática. Fagulhas voaram. O mundo ficou colorido em tons de âmbar. Não era eu. Eu não era mais nada.

Aiden se levantou a alguns passos de distância, com os olhos prateados fixos em mim. Uma expressão de horror e admiração estampava suas feições marcantes.

Eu era uma deusa, como Seth disse. Nós éramos deuses.

Faça. O sussurro de Seth penetrou meu sangue. *Chegou a hora.*

Meus pés tocaram o chão, e dei um passo adiante — um, e depois outro. E Aiden não se moveu. Ele esperou. Estava estampada em seus olhos a conclusão de tudo aquilo. Ele não venceria, não conseguiria, e ele sabia disso. Aiden aceitou.

Quando o alcancei, a chuva parou e as nuvens se abriram. O sol seguiu meus passos.

— Alex. — A voz de Aiden estava fraca.

Como uma cobra dando o bote, dei uma rasteira em Aiden e ele caiu de costas no chão antes que pudesse respirar de novo. Montando em cima dele, coloquei as mãos sobre seus ombros. Os sinais do Apôlion brilharam num azul vibrante, se espalhando pela minha pele.

Me inclinei para baixo, colocando meus lábios em cima dos dele, e as palavras que saíram da minha boca eram minhas... mas também não eram.

— Todo momento tem seu fim, St. Delphi. E agora chegou a sua vez. — Pressionei meus lábios no canto da boca dele, e ele estremeceu. — Você é fraco porque você ama.

Aiden me encarou, sem piscar.

— Amar não é fraqueza. Amor é a coisa mais forte que existe.

Meus lábios se curvaram num sorriso. Idiota.

Akasha veio à tona. Minha pele estava em chamas, *eu* estava em chamas. Uma luz azul brilhante se formou sobre meu braço direito, espiralando enquanto se espalhava até a ponta dos meus dedos. A luz brilhou mais forte, tão intensa e linda quanto destrutiva.

A luz do sol nos cobriu, e eu me afastei. Akasha cobria minha mão direita. Quando eu o soltasse, ele arrancaria a vida de tudo o que estivesse em seu caminho. Havia morte em toda aquela beleza. E Aiden não se moveu para defender a própria vida.

Com os olhos fixos em mim, ele estendeu o braço lentamente. As pontas de seus dedos, calejadas de anos treinando e lutando, acariciaram minha bochecha com ternura.

— Eu te amo, Alex. Eu sempre vou te amar.

Pisquei. Meu coração estremeceu. Eu não entendia como ele poderia dizer uma coisa daquelas, me tocar com tanto... amor, segundos antes de morrer.

Faça isso, Alex, e poderemos ficar juntos. Vamos libertar os meios — seu pai. Vamos mudar o mundo. Eu e você, anjo. Juntos para sempre.

Meu olhar caiu no espaço entre nós dois. O colar de rosa pendurado, exposto pela gola rasgada da minha camiseta. Um raio de luz atravessou as bordas do cristal vermelho da rosa desabrochada — uma coisa tão delicada, esculpida pelas mãos de um verdadeiro guerreiro.

O ar deixou meus pulmões e meu braço começou a tremer.

Estamos nessa juntos, Alex, até o fim. Aquelas palavras não eram do Seth, mas aquele *era* o fim. Meus olhos queimavam como se estivesse chovendo ácido, mas o céu estava limpo. Eu estava a poucos segundos da liberdade... mas tanta coisa, tantas memórias invadiram minha mente.

Não conseguia parar de encarar a rosa.

Imagens da primeira vez que eu vi Aiden, enquanto eu treinava com Caleb, e depois quando ele atravessou a parede de fogo e me salvou — salvou minha vida. Memórias da paciência dele, do apoio, e até mesmo das suas frustrações comigo.

Seth me chamou, mas eu abafei sua voz. Aquelas memórias eram importantes. Significavam alguma coisa — todas as coisas — para mim, certo? Não havia nenhum sentimento atrelado a elas antes, mas agora estavam banhadas em emoções. Me concentrei nelas, me lembrando de como ele cuidou de mim depois de Gatlinburg, como esteve ao meu lado quando eu desabei depois que minha mãe... *minha mãe*. A primeira vez que ele me abraçou — que me beijou. Nunca existiu julgamento nos olhos de Aiden, como se me visse igual a ele.

Sempre fui igual a Aiden.

Meu peito inflou rápido. O dia no zoológico me atingiu em cheio, e depois o Valentine's Day. O amor que compartilhamos. Tinha que significar alguma coisa.

Não conseguia respirar.

Abriria mão de tudo por você.

Seth me chamou de novo, mas eu estava me afastando. Estilhaçada. Tudo estava se desfazendo. Pedaços de quem eu era repelidos por quem me tornei. O passado e o presente não poderiam coexistir com o futuro.

Eu estava ao meio

Seth gritava, a voz rugindo na minha cabeça, e não tinha como escapar dele. Ele estava em toda parte, me chamando em cada célula e pensamento. Mas eu não conseguia respirar e embaixo de mim... *ele* estava embaixo de mim, e eu não conseguia pensar direito. Havia tantas vozes de novo. Tantas vozes diferentes, algumas eram minhas... e eu não conseguia *pensar*.

Seth estava furioso. A dor atravessava meu crânio como se alguém estivesse batendo na minha cabeça com uma picareta, e eu sabia que ele odiaria aquilo, mas eu precisava de *tempo*. Ele gritou por mim, mas eu imaginei aqueles muros. Paredes rosa-neon cravejadas de brilhantes, subindo e ficando cada vez mais altas. Os imaginei grossos e preenchidos com titânio e, no topo, coloquei arame farpado, e mais uma cerca elétrica, tudo isso protegido pelo poder dos deuses. Uma camada de luz azul cintilante drapeada sobre as paredes.

O cordão se partiu dentro de mim, recuando como um chicote, e então ele sumiu.

Exceto por um murmúrio grave, houve silêncio, e era só eu, sozinha com tudo o que eu havia feito.

Jogando a cabeça para trás, gritei.

O grito vindo das profundezas da minha alma não parava de sair. Eu não conseguia detê-lo. Não conseguia compreender o que eu havia me tornado — as coisas que eu havia feito. E, quando parei, foi só porque minha garganta estava ardendo.

Saí de cima de Aiden, incapaz de olhar para ele, porque eu... as coisas...

Com o corpo tremendo, me rastejei pelo chão enlameado e me encolhi sob a copa de uma árvore. Pressionando o rosto contra os joelhos, tentei respirar, mas meu peito doía e a pressão só aumentava.

— Alex? — Aiden chamou, a voz rouca e cansada.

Me escondi, desejando que ele fosse embora. Ele precisava me abandonar, fugir o mais rápido que conseguisse. Mãos fortes tocaram meus ombros e, então, escorregaram pelos meus braços, envolvendo meus punhos gentilmente. Aiden separou minhas mãos e, mesmo sabendo que eu não seria capaz de olhar para ele, meus olhos se abriram.

Foi como se eu estivesse vendo Aiden pela primeira vez depois de meses. Sua imagem estava clara para mim. As curvas fortes do rosto, as covinhas, a linha rígida do maxilar — feições que eu havia memorizado eras antes. Cachos escuros sobre a pele naturalmente bronzeada... pele marcada por machucados e linhas vermelhas de sangue. Machucados que eu tinha causado, mas ele ainda mantinha aquela beleza máscula que sempre me derretia.

Aiden estremeceu e depois segurou meu rosto. Seus olhos prateados procuraram os meus. Estavam cobertos por um leve brilho — como se fossem lágrimas, mas Aiden nunca chorava.

— Alex... ah, pelos deuses, Alex, você está aqui?

Comecei a chorar.

7

Bem, ao que tudo indicava eu não pararia de chorar tão cedo. Era aquele tipo de choro intenso, de chacoalhar o corpo e de soluços humilhantes. Aquele que me deixava sem conseguir pensar ou enxergar as coisas — que inferno, nem sequer respirar eu conseguia. Aiden me segurou o tempo todo, seus braços eram um contato estranho e sólido. Ele murmurou palavras em grego antigo. Entendi "ágape mou" várias vezes, e o resto fez tanto sentido quanto as palavras que eu tentava pronunciar entre os soluços. Eu sabia que seria capaz de entendê-las se não estivesse engasgando nas minhas próprias lágrimas, mas no momento eu mal conseguia entender a minha língua.

Encharquei a camisa do Aiden.

E, mesmo assim, ele continuou me abraçando, recostado na árvore, acariciando meu cabelo, apoiando sua bochecha no topo da minha cabeça. Ele nos balançou para a frente e para trás. Acho que nós dois precisávamos daquilo.

Em algum momento, escutamos passos e vozes, e me enrijeci nos braços dele. Não sabia quem estava chegando, mas senti Aiden balançar a cabeça, e então os passos se retiraram.

Meus deuses, eu conseguia pensar — pensar de verdade — pelo que parecia a primeira vez numa eternidade. Mas todos os pensamentos eram ofuscados pela dor dentro de mim. A mesma dor perfurante que senti no banheiro — e que agora eu entendia. Meu coração e minha alma estavam gritando, tentando falar comigo. Aquela dor estava por toda parte agora, me esmagando por todos os lados.

Eu não tinha como fugir de todas as coisas que tinha dito e feito desde o despertar. No momento em que me conectei a Seth, me transformei na personificação do meu maior medo, e nem percebi. Seth e seus desejos me consumiram até que não restasse nada em mim, e eu achava que seria mais forte do que aquilo.

Ai, deuses, as coisas que eu disse a Aiden me deixaram horrorizada e enojada. As coisas que Seth disse que queria fazer comigo — que eu gostaria que ele fizesse, quando estávamos conectados... naquele momento, eu queria arrancar minha própria pele, passar anos tomando banho, e acho que mesmo assim jamais voltaria a me sentir a mesma de antes.

O porquê de Aiden continuar me abraçando estava além da minha compreensão. Me lembro com clareza de ter ameaçado matar Deacon umas vinte vezes. Meu comportamento o forçou a fazer o inimaginável — me colocar sob efeito do elixir. Eu sabia que aquilo havia matado uma parte dele.

Eu me lembrava de todo em detalhes. *Meu Seth?* Que ridículo. Queria poder esfregar meu cérebro com detergente. E as coisas que eu gritei quando briguei com Aiden — quando, de fato, briguei com o *Aiden*? Esfregar o cérebro, só? Pode colocar minha boca e minha alma na listinha da faxina!

— Shhh — Aiden sussurrou, acariciando minhas costas. — Tudo bem. Tá tudo bem, *ágape mou*. Você está aqui agora, e eu estou com você.

Agarrei a gola da camisa rasgada dele com minhas mãos doloridas.

— Desculpa. Me desculpa, Aiden. Me desculpa.

— Para. — Ele afastou o corpo, mas eu o segui, mantendo o rosto pressionado em seu peito. — Alex. — Balancei a cabeça, a respiração engasgada em mais choro. — Olha para mim.

As lágrimas escorriam pela minha face e, cuidadosamente, ele afastou meu rosto, me fazendo olhar para cima. Eu queria fechar os olhos, mas também precisava olhar para ele, mesmo se fosse apenas enxergar seu rosto embaçado.

— Como você consegue olhar para mim? — perguntei. — Como suporta me tocar?

Ele cerrou as sobrancelhas e ficou muito sério.

— Como não tocaria, Alex? Eu não te culpo pelo que aconteceu. As coisas que você fez e disse... aquela não era você. Eu sei disso. Sempre soube.

— Mas *era* eu.

— Não. — A voz dele saiu firme, os olhos pura prata. — Era apenas sua casca, Alex. Você estava lá, no fundo, mas não era você. Não era a Alex que eu amo, mas você está aqui agora e só isso importa. Só isso. Nada mais.

A fé cega que ele tinha em mim, sua aceitação e seu perdão trouxeram mais uma onda de lágrimas. Chorei tanto que achei que nunca mais choraria de novo, e quando finalmente acabou, não consegui desencostar a cabeça do peito dele.

O sol estava começando a se pôr e a temperatura estava caindo quando Aiden pressionou os lábios no topo da minha cabeça.

— Está pronta?

Não, eu queria dizer, porque achei que nunca mais estaria pronta para encarar todo mundo. Além de me tornar a Alex do mal, também fui a Alex idiota que se esconde em armários.

Mas respirei fundo e até que me senti bem.

— Ok.

— Ok — ele repetiu e se levantou, me mantendo aninhada no peito, minha bochecha descansando no ombro dele.

Aiden deu um passo e uma fissura de energia sobrenatural atravessou minha espinha — energia divina. Os sinais do Apôlion ganharam vida, dominando minha pele. Os braços dele se enrijeceram ao me redor enquanto ele se virava, olhando para o céu. Deuses poderiam esconder suas presenças se quisessem — Apolo fizera aquilo por meses —, mas nós dois sentimos a rajada de poder.

— Isso não é nada bom — eu disse, estremecendo nos braços dele.

Ele me colocou de pé, com as mãos na minha cintura. Bastou um vislumbre dos olhos tempestuosos dele e eu já sabia que Aiden estava pensando a mesma coisa que eu.

Antes que ele pudesse abrir a boca, um grito agudo estremeceu os galhos das árvores. O ar ao nosso redor se acalmou e, então, o som de asas batendo arrancou o ar dos meus pulmões num golpe doloroso.

Aiden me empurrou para trás dele — ele de fato *me* empurrou para trás *dele*.

— Volta para a casa agora, Alex. Os encantamentos irão mantê-las do lado de fora.

Que? E deixá-lo ali? Ele estava louco. Com o coração batendo na garganta, balancei a cabeça.

— Não. Não...

Outro grito fez meu sangue gelar. Então, um urro barulhento atravessou as árvores, bagunçando meu cabelo.

As Fúrias chegaram, como mísseis direcionados a mim. Cada uma delas pousou agachada no chão, levantando uma nuvem de poeira e cascalhos.

Elas eram lindas — as duas Fúrias. A pele pálida e brilhante, e cachos longos, loiros e esvoaçantes enquanto se levantavam ao mesmo tempo. Seus corpos se movendo sinuosamente enquanto uma delas dava um passo à frente, afundando os pés no solo.

Um trovão rachou o céu, e um clarão ofuscante explodiu. Tropecei, jogando o braço para cima e me agarrei em Aiden. Com o pulso acelerado, meus dedos afundaram no antebraço forte dele.

Quando a luz diminuiu, avistei um deus de pé entre as duas Fúrias, e senti que meu coração parava de bater ali mesmo. Eu já o tinha visto antes. Ai, deuses, eu já o tinha visto.

O cabelo cor de mel tocava seus ombros, emoldurando o queixo quadrado e obstinado, feições angelicais e puras — reconfortantes, até.

Tânatos.

A eletricidade soltava faíscas de seus olhos completamente brancos.

— Posso não conseguir te matar, Apôlion, mas posso garantir que você não alcance o Primeiro.

— Espera! — Aiden gritou, com uma das mãos se curvando sobre o punho da adaga. — Ela quebrou a ...

As Fúrias voaram adiante, a pele brilhante se retraindo para revelar os tons cinzentos como de cadáveres que ficaram boiando na água por tempo demais. O cabelo longo e brilhante se encolheu até virar cachos curtos que estalavam no ar, com presas vivas ao redor dos seus rostos esqueléticos. Garras se formaram — garras que poderiam rasgar pele e osso como se fossem de papel.

Elas avançaram sobre nós.

Aiden se jogou para o lado e se virou para mim.

— Alex! — Ele jogou uma das adagas.

Num salto, peguei a arma enquanto a primeira Fúria alcançava Aiden com as unhas afiadas mirando a garganta dele. Ele se virou, levantando a lâmina em formato de foice. Num único movimento delicado e elegante, ele moveu a lâmina afiada para baixo, rasgando o braço da Fúria.

Ela soltou uma mistura de choro de bebê com grito de hiena ao se curvar, cobrindo o machucado sangrento. Caramba.

Sem tempo para correr até Aiden e dar meus parabéns, dei meia-volta e me abaixei enquanto a segunda Fúria tentava agarrar meu cabelo. Me levantando no momento exato em que a Fúria saltava sobre mim, enfiei a lâmina bem fundo em sua barriga esquelética.

Com o rosto distorcido a centímetros do meu, a Fúria abriu a boca, revelando os dentes de serra, e riu.

Segurei o riso.

— Meus deuses, esse bafo tá de arrasar, hein? — Puxei a lâmina, revoltada com o som oco. — De verdade.

Jogando a cabeça para o lado, a Fúria piscou.

— De arrasar?

— Sim. — Dando uma volta, levantei o pé esquerdo e dei um chute, atingindo a Fúria na barriga.

Ela caiu para trás, batendo numa árvore.

— Viu só? Arrasei.

A outra Fúria avançava rumo ao Aiden com seu braço bom, o encurralando enquanto evitava a foice perigosa. Ele olhou para mim, e aquele pequeno movimento custaria caro.

Com um golpe, ela arrancou a foice da mão dele.

— Puro-sangue bonitinho...

Me esquecendo do deus e da outra Fúria, me esquecendo de tudo que não fosse Aiden, corri, ignorando a dor crescente em minhas pernas.

Aiden esquivou de um golpe passando por baixo do braço da Fúria, e se levantando atrás dela, mas ela se virou muito rápido e atacou, atingindo Aiden no peito com o braço largo.

Ele caiu de joelho, desequilibrado pelo golpe.

Pegando a foice no chão, gritei seu nome e retribuí o favor jogando a lâmina para ele. Aiden pegou a arma no ar e rolou no chão, escapando da Fúria por pouco. Ela voou para o alto e se jogou em cima dele, agarrando um chumaço do seu cabelo. Ela puxou a cabeça dele para trás.

— Não! — Meu coração parou. Meu mundo parou.

Akasha surgiu sob a minha pele e os sinais começaram a brilhar. Cada um deles queimando e formigando com o poder do quinto elemento.

Algo explodiu dentro de mim; minha visão ficou turva e depois mais clara. Não escutei mais nada além do meu coração tempestuoso e o zumbido no fundo da minha cabeça.

Estendendo o braço, um raio de luz azul intensa disparou da palma da minha mão num arco. Minha mira estava meio ruim, eu queria acertar a cabeça daquela vadia, mas o raio de energia atingiu a asa da Fúria, a fazendo rodopiar.

O que se deu a seguir foi insanidade pura.

Tânatos rugiu de raiva. A Fúria voou, mas, com apenas uma asa, desceu rodopiando. Aiden se jogou para o lado, mas não rápido o bastante. Ele já estava cansado por ter lutado comigo, assim como eu estava cansada por ter lutado com ele, e a Fúria caiu em cima dele. Os dois rolaram num emaranhado de braços, lâminas e garras afiadas e mortais.

Pelo canto do olho, avistei algumas figuras surgindo no topo da colina — Solos e Marcus trazendo suas foices.

Marcus? Como...?

Avancei na direção do emaranhado à minha frente.

Tânatos deu uma volta e estendeu o braço. Ele não encostou em Solos fisicamente, mas, nossa, o cara voou como se tivesse sido atingido por uma bola de canhão. O sentinela meio-sangue atingiu uma árvore com um grunhido alto e caiu de joelhos.

O deus virou seus olhos bizarros para o meu tio e levantou outra mão.

— Parado, puro-sangue, ou você encontrará seu destino final.

Marcus inclinou o rosto para a frente.

— Perdão, mas ela é minha sobrinha. Isso não vai acontecer.

Alguma coisa com garras afiadas e bafo podre agarrou meu cabelo e puxou com força. Caí no chão num piscar de olhos, com o ar sendo arrancado dos meus pulmões. Abatida de joelhos, no segundo seguinte o pé descalço da Fúria atingiu meu queixo, jogando minha cabeça para trás.

Um gosto metálico inundou minha boca. A adaga caiu da minha mão e a dor irradiou pela minha espinha, explodindo todos os meus nervos.

O pânico se instalou — bruto e desenfreado.

Ao meu redor, os sons da luta aumentavam. Grunhidos e gritos de dor. A Fúria que me chutou se levantou, estendendo os dedos. Encarei, entorpecida e imóvel, a morte...

Morte? Só, então, minha ficha caiu. Eles não podiam me matar. Sim, podiam me machucar feio, mas me matar? Não. Eu era o Apôlion. Eu controlava os quatro elementos, e o quinto e mais poderoso — akasha. Eu munia o Assassino de Deuses. Era sua fonte de poder — seu trunfo. Eu era o princípio e ele, o fim. E juntos... não havia mais "juntos".

Era apenas eu.

Encarei a Fúria nos olhos e sorri. Ela hesitou. Me coloquei de pé.

— Ah, sua vaca.

A Fúria ficou boquiaberta, e conjurei o elemento ar, deixando fluir. Ventos com força de um furacão atingiriam a Fúria e a mandaram para o meio das árvores, como se ela estivesse amarrada por uma corda e o próprio Zeus tivesse dado um bom puxão.

— Uma já foi — eu disse, me virando. — Quem é a pró...?

Tânatos jogou Marcus no chão, se esquivou do ataque de Solos e, num milésimo de segundo, se virou para mim.

Foi bem épico.

Um raio de luz branca voou da mão dele, nada no mundo seria capaz de se mover rápido o bastante para evitá-lo. Nem mesmo Seth, imaginei.

O raio me atingiu bem abaixo do peito, e minhas pernas cederam. Uma dor dilacerante atravessou minha pele e eu caí de cara no chão. Nem sequer senti. Nada além da dor destruidora travando meus músculos.

Raios divinos eram um *saco*.

Aiden gritou meu nome, e então ouvi alguém me chamar de novo, só que dentro da minha cabeça, alto e com muita raiva... parecia Seth.

Sem nenhum alarde, o chão tremeu sob meu corpo convulsionando. Um raio de luz dourada desceu pela clareira. O calor dominou meu corpo. Fraca, levantei a cabeça.

Duas pernas vestidas de couro pararam à minha frente.

— Já basta, Tânatos. — A voz de Apolo soava calma, mas era aquele tipo de calma estranha e mortal que jamais gostaria de ter direcionada a mim.

— V-va-valeu por a-apa-aparecer — suspirei.

— Cala a boca, Alex. — Apolo seguiu andando. Um raio de luz seguia seus passos.

Tânatos não se moveu.

— Se não podemos matá-la, ela precisa ser neutralizada. Deixa isso comigo, Apolo. Precisamos fazer algo para prevenir a guerra.

— Ela quebrou o vínculo, seu idiota.

O outro deus bufou.

— Como se isso importasse. O tempo vai passar, e ela irá se conectar a ele de novo.

— Importa! — Apolo rugiu. — Se ela não estiver vinculada com o Primeiro, não devemos machucá-la! Você... — Apolo grunhiu para o som de chiado cada vez mais perto. — Recolha suas Fúrias ou elas irão se juntar à irmã. Te prometo.

— Nós devemos...

Fraca demais para manter a cabeça levantada, apoiei a testa no chão, mas eu não precisava ver o que estava acontecendo para saber que Apolo perdeu a paciência. O vento ficou mais forte e o chão tremeu. Os dois deuses colidiram um contra o outro num baque.

Fechei os olhos e torci para que Apolo tivesse vencido a primeira rodada, porque eu não tinha chances de voltar a lutar. Nem ferrando.

Alguém foi jogado no chão, seguido de uma rápida sucessão de estalos. O ar crepitou com eletricidade e, então, surgiu o silêncio, o doce silêncio.

Mãos fortes seguraram meus braços e, delicadamente, me rolaram para que eu me deitasse de costas. Encarei os olhos prateados.

— Alex?

— Eu tô bem. Só... só um pouquinho eletrificada. E você?

Aiden já tinha visto dias melhores. Escorria sangue do canto da boca. Havia um hematoma no maxilar, e sua camisa estava rasgada, mas ele estava vivo e bem.

Ele analisou meu estado antes de me pegar no colo, sem nem se dar ao trabalho de me colocar de pé.

Me segurando bem perto, ele se virou e eu encarei o estrago.

Solos e Marcus estavam perto de Apolo, que segurava uma das adagas do Covenant. Pingava sangue da ponta da lâmina, o que chamou minha atenção.

Apolo olhou para o sangue e deu de ombros.

— Ele vai superar. — Mudei meu foco e encarei Apolo. — Mas imagino que vou ter que responder por isso. — Apolo entregou a adaga para Solos, todo machucado. — E isso pode levar alguns dias...

Apolo seguiu adiante, marchando na nossa direção, e Aiden me colocou no chão e se posicionou entre nós dois. O deus deu uma risadinha.

— Sei que ela quebrou o vínculo. Bom te ter de volta, Alex.

— Sim — suspirei.

Ele virou a atenção para Aiden.

— Mantém a barreira na casa até eu voltar. Enquanto isso, se preparem para a batalha.

Batalha? O que diabos ele achava que tínhamos acabado de fazer? Aiden concordou.

O deus respirou fundo e flexionou as mãos.

— E você estava certo. Eu estava errado.

— Eu sei — disse Aiden, e eu o encarei, confusa.

Apolo se virou para os outros homens e assentiu. Sua figura começou a desaparecer.

— Espera! — chamei.

Eu tinha muitas perguntas, mas tudo o que ele fez foi olhar por cima do ombro e sorrir.

8

Não me lembro de muita coisa da volta até a cabana. Em algum momento, me contorci para me libertar e ir andando, mas estava me movendo tão lenta e patética que Aiden finalmente parou de resmungar e me pegou no colo de novo.

Depois disso, não relutei mais. Ir andando era mais um entrave.

A cabana estava quieta quando voltamos. Marcus e Solos seguiram mancando, certamente para cuidar de seus ferimentos. De alguma forma, o restante dos ocupantes sabia que aquele não era o melhor momento para me dar as boas-vindas ao mundo das pessoas sãs e lógicas. Aiden me carregou escada acima, atravessando o corredor estreito, até o quarto onde ele dormiu quando eu estava sob o efeito do elixir. Me lembrei de que, mesmo estando alterada pela poção da feliz, procurei sua presença e me aninhei a ele no sofá. Meu coração disparou.

Aiden começou a me levar para a cama, mas eu o impedi.

— Banho! — eu disse, rouca. — Preciso de um banho.

— Sim, precisa mesmo... nós dois precisamos. — Dando meia-volta, ele caminhou para o banheiro. Lá, ele me colocou de pé, com os olhos cheios de preocupação enquanto eu me balançava um pouquinho. — Você está bem?

— Sim, só cansada. Nada muito grave. — Era verdade. Eu estava machucada e dolorida, mas só isso. E tive sorte, considerando que enfrentamos o deus da morte e duas Fúrias numa batalha letal. — E você...?

— Estou bem. — Ele me encarou por um momento e, depois, tascou um beijo na minha bochecha. — Já volto.

— Tá bom. — De pé, eu era um zumbi.

Os olhos dele analisaram meu rosto com um alívio tão gritante que precisei agarrar a pia.

— Vê se não gasta toda a água quente, tá bom? — disse ele.

Aquilo me fez sorrir um pouco. Quando ele saiu, me virei lentamente para o chuveiro e abri as torneiras. Tirar as roupas rasgadas foi uma experiência dolorosa. Todos os músculos doíam, e demorei alguns minutos. Quando finalmente entrei no box, o banheiro já estava embaçado com o vapor.

Era provável que eu usasse o equivalente a uma semana de água quente, enquanto Aiden deveria estar se reunindo com a tropa e os convencendo de que eu não era mais uma sociopata.

Estremeci embaixo da água, pressionando o rosto com as mãos. Elas tremiam. Eu tremia. Desci as mãos até o colar no pescoço, passando os dedos pela rosa. Algo tão pequeno foi a única coisa capaz de quebrar o vínculo.

Não era a rosa em si, mas o que ela simbolizava — o amor do Aiden por mim e como eu me sentia em relação a ele — algo puro e natural, uma emoção que não era forçada. Isso porque foi ela que quebrou minha ligação com Seth.

Levando o cristal aos lábios, beijei a rosa.

O vínculo foi *de fato* quebrado, mas Seth ainda estava lá... na outra ponta do cordão, largado. Meus deuses, ele ficou tão furioso, mortalmente furioso na verdade, mas o choque ondulou pelo nosso vínculo um segundo antes de acabar. E então, quando Tânatos me atingiu com o raio divino, ele permaneceu *ali* como um perseguidor bizarro com uma passagem só de ida para o meu cérebro.

Seth não acreditou que eu seria capaz. Até onde aquilo teria ido se eu não tivesse quebrado o vínculo?

Eles virão para te matar. E, embora Tânatos não tivesse a força necessária para isso, ele não via problema algum em me machucar — ou machucar qualquer um que me defendesse. Pessoas poderiam ter morrido hoje por minha causa.

Respirei fundo.

E por que Aiden baniu Apolo da cabana? Aqueles dois não estavam *se amando* agora?

Meus deuses, eram tantas perguntas, e eu estava esgotada demais para todas elas. Precisava de um momento para me recompor. *Precisava* de uma cama depois do banho.

A água escorreu pelo meu corpo, pela pele que estava tão machucada quanto eu por dentro, grudando meu cabelo nas minhas costas. Fechando os olhos, levantei o queixo e deixei os jatos fazerem seu trabalho, lavando as lágrimas que ficaram agarradas nos meus cílios, limpando minha mente de tudo.

Haveria tempo para fazer todas as perguntas, para planejar uma morte muito dolorosa para Seth, e para encontrar meu pai, porém agora, eu não conseguia lidar com isso. Não conseguia pensar em mais nada além do momento atual, porque tudo estava bruto e fresco demais para resolver.

Ouvi a porta do banheiro sendo fechada, mas não abri os olhos. As batidas do meu coração subiram para territórios desconhecidos. Cruzei os braços e prendi a respiração.

Notei um movimento suave atrás de mim. Pele tocando a minha pele. Um calafrio leve subiu pela minha espinha. Uma fagulha infinita passava entre nós dois, algo que não podia ser replicado ou forçado. Como eu poderia ter me esquecido disso quando me conectei a Seth? Senti um peso no peito.

Aiden afastou meu cabelo molhado e tocou com os lábios o espaço entre o ombro e o pescoço. Suas mãos escorregaram pela pele macia dos meus braços, tocando meus cotovelos e, depois, meus pulsos. Delicada e lentamente, ele abaixou meus braços.

Mordi o lábio e minhas pernas começaram a tremer. Mas ele estava lá. Como sempre, me segurando quando não conseguia ficar de pé e me soltando quando sabia que eu precisava. Ele era mais do que apenas um abrigo. Aiden *era* minha outra metade, meu igual. E ele não precisava de nenhum vínculo esquisito de Apôlion.

Aiden esperou, imóvel como uma estatura, paciente como sempre, até meus músculos relaxarem, um a um. Então, suas mãos deslizaram para a minha cintura, e Aiden me virou de frente para ele. Em uma batida de coração, ele tocou meu queixo, jogando minha cabeça para trás.

Abri os olhos, piscando para expulsar a água dos cílios, e o ar ficou preso na minha garganta. Feridas levemente arroxeadas cobriam o maxilar dele. Havia um corte acima do nariz. Sem dúvidas, feridas que eu provoquei.

— Eu sinto muito, Aiden. — Minha voz falhou. — Não canso de dizer. Eu sei, mas eu sin...

Ele abaixou a cabeça, e sua boca tocou a minha, silenciando minhas palavras. Meus lábios se abriram para os dele, assim como o meu coração e todo o resto. Aquele beijo doce e carinhoso, bem, aliviou o peso, apagou um pouco da culpa e da vergonha. Minha pele e meu interior estavam arranhados e doloridos, mas o toque dele suavizou um pouco. Imaginei que a sensação era a mesma para Aiden. Deuses, provavelmente era pior para ele, considerando tudo o que eu fiz e disse. Tudo o que ele precisou fazer e sacrificar só para me manter em segurança.

O beijo ficou mais intenso, me revirando por dentro numa bagunça prazerosa, foi como a primeira vez que nos beijamos. As sensações atravessavam minha pele, meu coração cantou, e o sentimento que se desdobrava no fundo do meu ser era melhor do que akasha, mais forte e mais viciante. Ele me beijou como se achasse que nunca mais me beijaria outra vez, como se pudesse, de alguma forma, compensar todas as últimas semanas.

Apoiei minhas mãos nos braços dele. Seus músculos tensionaram sob o meu toque enquanto ele me levantava e eu enroscava as pernas ao redor do seu corpo. Desejo não era a única coisa entre nós dois. Havia muito mais: perdão, aceitação, alívio e, o mais importante, amor.

Não o tipo de amor motivado por um desejo, capaz de destruir cidades e civilizações inteiras, mas o tipo que reconstrói; era uma certeza.

Mantendo o braço ao redor da minha cintura, ele mergulhou os dedos no meu cabelo. E não paramos de nos beijar, porque era *certo* e era tudo o que importava. Meu coração batia rápido demais, mas era perfeito, era como voltar para casa depois de não acreditar que eu voltaria.

Não sei como chegamos à cama nem se desligamos o chuveiro. Mas estávamos juntos, com os corpos escorregadios, nossos cabelos molhados encharcando o lençol onde os emaranhamos. E, então, *nos* emaranhamos, nossas pernas e nossos braços. As mãos dele estavam em todo lugar, reverenciando as várias cicatrizes no meu corpo. Seus lábios faziam o mesmo, e matei a saudade dos músculos duros do abdômen dele, na sensação de tocá-los.

Abaixei o olhar para o meu corpo, surpresa ao ver os sinais do Apôlion se acenderem suavemente, percorrendo a minha pele e formando um símbolo depois do outro.

— Que foi? — Aiden tocou minha bochecha, guiando meus olhos de volta para os dele. — Rápido demais? Acha melhor eu...

— Não. Não, é só que... os sinais do Apôlion. Estão meio que fazendo a parada deles agora.

— Devo me preocupar?

Dei uma risada tímida, me sentindo uma daquelas cobras nas quais as cores vibrantes denunciam o seu veneno.

— Acho que eles gostam de você.

A mão de Aiden deslizou da minha bochecha para o meu pescoço, até logo abaixo do meu peito. Os sinais seguiam sua mão, como se fossem atraídos por ele. Talvez fossem. Eu não sabia ao certo como funcionavam. A resposta, provavelmente, estava escondida em milhares de anos de memórias, mas seria como procurar por uma agulha em um palheiro.

— Eu vi os sinais — disse ele, com a voz rouca e grave, e os olhos eram como piscinas de prata líquida. — No seu despertar, e quando tomou o elixir. — Ele franziu as sobrancelhas enquanto acariciava meu quadril. — Eles são lindos.

— Sério? — Eu me sentia linda quando ele olhava para mim, mesmo toda tatuada.

— Sim. Foi a coisa mais linda que eu já vi.

Um momento demorado e agonizante se passou enquanto ele flutuava sobre mim, os olhos fixos nos meus, o corpo tenso como um elástico prestes a arrebentar. E, quando ele arrebentou, seus lábios encontraram os meus, e ouvi um som saindo do fundo da garganta dele que me queimou. Nossos corpos se encontraram e, por alguns momentos, ninguém se mexeu, e quando nos movemos, nossas vozes saíram como sussurros delicados no quarto escuro.

Algum tempo depois, estávamos deitados um de frente ao outro, com sua mão entrelaçada com a minha, menor. Nossos corpos estavam colados. A exaustão chegou com tudo para mim e para o Aiden também — já estava assim há semanas. A luta e tudo o que rolou foram a gota d'água. O sono me dominou primeiro. Eu só sabia disso porque pude sentir seu olhar no meu rosto e, segundos antes de eu cair no sono, senti os lábios dele na minha testa.

Eu o ouvi sussurrar:

— *Eíste pánta mou...*

Você é tudo para mim.

9

Não importa quão complicada minha vida tinha se tornado, uma coisa permaneceu a mesma: meu cabelo parecia o refúgio de um bebê gambá que convidou alguns amigos e deu uma festa. Esse era o preço de dormir com o cabelo molhado.

Fiz uma trança grossa e respirei fundo.

Sem dúvida, já tive dias melhores. Bom, meu rosto, com certeza. A maioria do estrago, fui eu que causei a mim mesma. Aiden não levantou um dedo contra mim durante toda a luta. Ele apenas se defendeu. Mas nós dois tivemos sorte de sobreviver após termos encarado Tânatos e as Fúrias.

Meu reflexo estremeceu.

Aiden já tinha saído do quarto na hora em que me arrastei para fora da cama. Queria ficar embrulhada nas cobertas, sentindo o aroma dele, de mar e folhas queimadas, segurando o travesseiro que ele usou bem perto do meu peito. Queria esperar até que ele voltasse, só para me agarrar nele, e repetir toda a noite passada.

Mas a realidade não faria uma pausa para esperar por nós. Havia muito a ser feito, e eu precisava encarar todo mundo. Respirei fundo e me afastei do espelho. Encarar meu rosto por horas não ajudaria em nada.

Encontrei a mala de roupas que levei quando fiquei na casa dos pais do Aiden, e ele se lembrou de trazer para cá quando saímos de Divindade. Havia alguns itens ali que eu não tinha guardado na mala nem reparado antes — um deles era um uniforme de sentinela. Aquilo me fez sorrir. Vesti um jeans, surpresa ao notar como estava folgado. Calçando um par de botas que não era nada parecido com o de Olivia, caminhei até a porta e hesitei. *Olivia.* Ai, meus deuses, usei coação nela. Eu esperava seriamente que ela ainda não estivesse no porão.

Me arrastei pelo corredor silencioso, coçando um machucado na bochecha. Eu nem sabia em que mês estávamos. Quando estive lá fora no dia anterior, estava frio, mas não congelante. Que inferno. Eu nem sabia onde eu estava.

Segurando minha trança, desci os degraus, mexendo nos fios de cabelo. No final das escadas, avistei um sentinela alto com cabelo castanho preso num rabo de cavalo baixo. Solos. Até onde eu me lembrava, não ameacei causar nenhum dano físico a ele — não pessoalmente, pelo menos.

Ele virou o corpo para mim.

— Hum, olha só quem voltou!

Minhas bochechas coraram, e parei no último degrau, incerta do que dizer.

Solos sorriu, distorcendo a cicatriz funda em sua bochecha.

— Não vou te morder, pequenininha.

O calor se espalhou pelo meu corpo e, ergui a cabeça. Deuses, qual era o problema comigo?

— Que bom. Porque mordo de volta.

— Fiquei sabendo. — Os olhos azuis dele cintilaram. Fiquei corada por outro motivo. — Aposto que está com fome. Você dormiu por quase um dia inteiro. Está todo mundo na cozinha.

Meu estômago roncou só de pensar em comida, mas depois senti uma azia.

— Não tem talheres cortantes nem nada?

A risada de Solo era profunda e rica.

— Não. É noite de delivery, então você deu sorte.

Juntando coragem, eu o segui pelo corredor. Ele entrou primeiro na cozinha, e espiei pelo cantinho. Deacon e Luke estavam sentados de um lado, com várias caixas de comida chinesa espalhadas sobre a mesa. Laadan estava ao lado deles. Marcus, Lea e Olivia, do outro lado da mesa. Eu não tinha ideia de onde estava o Aiden.

— Temos companhia — Solos anunciou, pegando um daqueles bolinhos deliciosos e jogando na boca.

Todos se viraram, pararam de comer e me encararam.

Larguei a trança e dei ao grupo o oizinho mais constrangedor do mundo.

— Oi.

Luke largou o par de hashi em cima do macarrão. Havia um machucado feio na lateral do rosto dele, desaparecendo pela linha do cabelo.

— Fui eu que fiz isso? — Entrei na cozinha. — O machucado?

— Sim — disse ele, lentamente. — Quando você me jogou contra a parede... sem encostar em mim.

Estremeci.

— Sinto muito sobre isso.

— Ah, relaxa. — Deacon sorriu enquanto se recostava na cadeira e a reclinava nas pernas traseiras. — Ele está bem.

— Meu ego não está. — Ele lançou um olhar feio para o irmão de Aiden. — Ela nem encostou em mim.

Deacon deu de ombros.

— Bom, ela é o Apôlion. Dã.

Uma cadeira arrastou sobre o piso, e minha cabeça girou bruscamente na direção do som. Marcus deu a volta na mesa e parou na minha frente. Bom, eu o ameacei algumas vezes, mas ele ainda apareceu para lutar ontem, assim como Solos.

Me senti péssima.

Marcus apoiou as mãos nos meus ombros. Havia um leve tremor nelas.

— Alexandria...

Meu tio sempre se recusou a me chamar pelo apelido, e eu sempre o chamei de diretor, por causa de sua posição no Covenant, mas as coisas... estavam diferentes agora.

— Marcus?

Um breve momento se passou, até ele me envolver num abraço forte. Para variar, não foi um daqueles abraços sem jeito, com meus braços caídos ao lado do corpo. Eu o abracei de volta, com força, e lágrimas queimaram o fundo da minha garganta.

Eu e Marcus... bom, tínhamos muita, muita história.

Quando ele se afastou, contive um suspiro. Aqueles olhos cor de esmeralda normalmente eram frios, mas, naquele momento, não. Era como encarar os olhos da minha mãe.

Ele respirou fundo.

— É bom ter você de volta.

Assenti, engolindo em seco.

— Estou feliz de estar de volta.

— Cara, nisso podemos todos concordar. — Luke pegou um donut. — Não há nada mais bizarro do que ter um Apôlion psicótico enjaulado no porão.

— Haha.

Luke piscou e, depois, jogou um donut para mim. Peguei. Voou açúcar por toda parte.

— Ou esperar que ele se liberte e saia correndo — Deacon acrescentou enquanto eu dava uma mordida. Ele olhou para o outro lado da mesa. — Ou esperar até que alguém, sem citar nomes, desobedecesse e fosse lá dar um oizinho.

As bochechas de Olivia ficaram vermelhas enquanto se levantava. Ela se aproximou lentamente, esperou que eu terminasse de mastigar.

Comecei a me desculpar.

— Sinto muito...

Ela deu um soco na minha barriga. *Com força.* Me encolhi, perdendo o fôlego.

— Meus deuses...

Solos e Marcus deram um passo adiante, mas eu os dispensei com um aceno.

— Tá tudo bem. Eu mereci.

Só, então, percebi que eles não estavam se aproximando para me proteger, mas para proteger Olivia. Acho que ninguém estava cem por centro relaxado perto de mim. Não poderia culpá-los, eu dominava a arma mais poderosa da Terra e, no dia anterior, estava disposta a usá-la contra eles.

— Você supermereceu! — A voz de Olivia estremeceu. — Tem noção de como me senti péssima quando o Marcus desceu e me encontrou no porão caída como um saco de batatas? Eu te ajudei a fugir!

Achei que ela fosse me socar de novo, então dei um passo para trás.

Olivia passou as mãos pelos cachos.

— Mas estou melhor agora, principalmente depois de ter te dado um soco. — Então, ela se aproximou e me abraçou.

Parada ali, acariciei as costas dela, torcendo para que Olivia não mudasse de ideia e golpeasse minha coluna.

— Sinto muito, muito mesmo.

— Eu sei. — Ela se afastou, sorrindo. Seus olhos estavam marejados.

Laadan foi a próxima. Bela, de cabelo preto brilhante, estava elegante como sempre. Vestindo uma gola alta vermelha ajustada ao corpo e calças brancas, ela me embrulhou num abraço quentinho. Ela cheirava a rosas de primavera e, quando se afastou, eu não quis soltá-la.

— A gente conversa mais tarde. Prometo — disse, e eu sabia que ela estava falando sobre o meu pai. Segurando minha mão, ela me guiou até o assento vazio ao lado da Olivia. — Senta. Come.

Olhando ao redor da mesa, observei um prato de plástico sendo passado de mão em mão. Cada um colocava um pouco de comida nele. Até Lea, que ainda não tinha falado uma palavra sequer, colocou alguns camarões no prato.

Quando chegou para mim, minha boca salivava, mas eu precisava dizer algo antes.

— Gente, eu sinto muito por tudo. — Olhei para o meu prato, mas me forcei a levantar a cabeça. — Sei que fui aterrorizante, não queria... não queria que vocês tivessem passado por tudo aquilo.

Marcus voltou ao seu lugar.

— Sabíamos que não era você, Alexandria. Nós entendemos.

Ao lado dele, Lea pigarreou.

— Na real, prefiro a versão Apôlion maluco do que a versão do elixir, sendo bem sincera. — Ela olhou para mim, com os cílios espessos escondendo os olhos ametista. — Foi meio bizarro ver você se escondendo atrás do Aiden.

— Você ficou muito diferente — Luke concordou e, então, estremeceu. — Cara, o elixir não é brincadeira.

— Você se escondeu num armário — Deacon sentiu a necessidade de me informar.

Cutucando o macarrão, franzi a testa enquanto os fragmentos do meu tempo sob o efeito do elixir se encaixavam em seus devidos lugares.

— Aposto que foi divertido de assistir.

— Não sei se eu chamaria de "divertido" — uma nova voz acrescentou.

Levantei a cabeça num movimento rápido e meu coração se atropelou nas batidas. Aiden surgiu na porta da cozinha, vestido como sempre — como sentinela. Ele caminhou até a mesa, pegou uma caixa de arroz integral e se recostou no balcão, com o maxilar rígido, os olhos como pedra.

Seu olhar encontrou o meu. Ele apontou para o meu prato.

— Come. Você precisa comer.

Todos encararam o próprio prato quando peguei o garfo que não percebi que havia derrubado. Ousei espiar Aiden enquanto girava meu garfo no macarrão. Ele estava me observando, sempre observando.

Deacon me ofereceu um par de hashis.

— Comida chinesa não é para comer de garfo.

Lancei um olhar sonso para ele.

— Eu tenho cara de quem sabe comer de hashi?

Ele riu.

— Até parece. — Deu um sorrisinho.

— Idiota — rebati.

Ele revirou os olhos.

— Não é tão difícil. Aqui, deixa eu te mostrar.

A aula improvisada de hashi e meu fracasso absoluto em aprender suavizaram o clima tenso na mesa. Rindo, desisti quando Aiden finalmente mandou seu irmão me deixar comer em paz.

Atacando a comida, escutei a conversa ao meu redor. O assunto não era nada importante, e imaginei que estavam me esperando terminar de comer antes de iniciarem as conversas reais e necessárias.

Terminei tudo, comi o restante do arroz que Aiden tinha colocado no meu prato enquanto ele caminhava ao redor da mesa e, depois, devorei os donuts de sobremesa.

De barriga cheia, me recostei na cadeira e suspirei.

— Isso era tudo o que eu precisava e mais um pouco.

Olivia deu um tapinha na minha barriga.

— Você estava precisando... tem espaço aí para uns dois Big Macs ainda.

Arregalei os olhos.

— Huumm, Big Macs... por favor, me diz que tem um McDonald's aqui por perto. Na real, onde estamos?

Todos ficaram em silêncio e ninguém olhou para mim.

— Quê? *Quê?* — Ajustei a postura, olhando ao redor da mesa. Então, a ficha caiu. — Vocês não confiam em mim, né?

Lea foi a primeira a olhar nos meus olhos.

— Beleza. Serei a estraga-prazer da vez. Como vamos saber se você ainda não está vinculada com o Seth?

— Ela não está — disse Aiden, pegando as caixas vazias e jogando num saco de lixo preto que estava carregando. — Acreditem em mim: ela não está mais vinculada a ele.

Deacon riu. Eu olhei feio para ele.

Lea se recostou na cadeira de braços cruzados.

— Há alguma prova concreta além da sua palavra?

Aiden olhou para mim e, rapidamente, desviei o olhar. Duvido que a Lea ia querer ouvir sobre aquele tipo de prova concreta.

— Não estou vinculada a Seth. Prometo.

— Promessas são fracas, você pode estar fingindo — ela rebateu.

— Lea, querida, ela não tem motivos para fingir. — Laadan sorriu de modo gentil. — Se estivesse vinculada ao Primeiro, nem estaria sentada aqui.

— E meu irmão não estaria aqui limpando nossa bagunça, né?

Deacon jogou o corpo para trás, como se só então tivesse percebido que Aiden estava perto de morrer. Quis me esconder embaixo da mesa. Deacon balançava a cabeça, desacreditado.

— Meus deuses, melhor arrumarmos uma empregada, então.

Aiden deu um tapa na nuca de Deacon ao passar por ele.

— Você me ama, que eu sei.

O irmão jogou a cabeça para trás, rindo.

Respirando fundo, estiquei as costas e me apoiei no recosto da cadeira.

— Não estou vinculada a ele, e tenho certeza que ele não consegue passar pela barreira. Mas sei que ele está lá. Posso senti-lo.

Aiden parou e se virou para mim.

Ops... Melhor esclarecer isso.

— Quer dizer, consigo senti-lo, mas ele não consegue me alcançar. É só um zumbido de leve. Nada como antes. Ele não consegue me dominar. Tenho certeza.

— Certeza? — Marcus perguntou, pigarreando.

Assenti e respirei de novo.

— Olha, não posso garantir que algo estranho não vai acontecer. Não sei do que ele é capaz, mas ele vai ter que se esforçar bastante para atravessar a barreira.

— Você vai ficar bem — disse Aiden. Ao amarrar o saco de lixo, os músculos dos braços saltaram. — Ele não vai atravessar.

Forçando um sorriso, eu sabia que Aiden acreditava naquilo.

— E, no segundo em que ele conseguir, vocês saberão. Acho que não tenho paciência para tentar enganar todo mundo.

Luke soltou uma risada breve, que parecia um latido.

— Sei bem.

— Vamos mudar o foco da conversa, então. — Marcus se levantou, pegando uma taça do que presumi ser vinho. Encarei o líquido com desejo. — Sei que todos nós temos muitas perguntas.

O grupo seguiu Marcus, mas fiquei para trás, recolhendo as latas vazias e as levando até a lixeira onde Aiden estava colocando um saco vazio.

— Decidiu limpar? — ele perguntou, encaixando o saco na lixeira. — Isso é novidade.

— Eu sou uma nova garota agora. — Joguei as latas. — Você está bem?

Aiden enganchou o dedo no cinto do meu jeans e me levou até a pia. Então, ele arregaçou minhas mangas, ligou a torneira e pegou o detergente.

Revirei os olhos, mas coloquei as mãos sob a água morna mesmo assim.

— Aiden?

— Quê? Sua mão vai ficar grudenta, colando em tudo. — Ele espremeu um pouco de detergente de maçã nas minhas mãos. — Vai deixar digitais por toda parte.

Observei minhas mãos desaparecerem sob as suas mãos, e meio que me esqueci do que eu ia perguntar. Quem diria que lavar as mãos poderia me deixar tão... distraída?

— Está com medo do csi invadir a cabana?

— Nunca se sabe.

Deixei que terminasse e, então, sequei as mãos.

— Você está bem?

— E você?

Cerrei os punhos recém-lavados.

— Sim, estou bem. Responde à minha pergunta.

Ele inclinou a cabeça para o lado.

— O que quis dizer sobre ainda conseguir sentir Seth?

Então, foi aquilo que o deixou nervoso do nada?

— Sabe quando você está em casa com a tv ligada no mudo? Aquela frequência estranha que você sente? — Quando ele assentiu, sorri. — É tipo isso. Ele está lá, mas não consegue me alcançar.

Ele fez uma pausa.

— Você teve alguma dor de cabeça?

Confusa, balancei a cabeça.

— Não. Por quê?

— Nada — disse ele e, então, sorriu. — Estou bem, Alex. Sou a última pessoa com quem você deveria se preocupar.

— Mas eu me preocupo. — Havia muita coisa para me preocupar.

Virando para a geladeira, me estiquei para pegar uma garrafa d'água. Quando puxei a garrafa, avistei outra atrás, mas essa era diferente.

O líquido original tinha sido descartado e substituído por outro, de um azul vibrante. A inspiração aguda de Aiden foi como um sopro de ar gelado.

— Alex...

Ignorando, soltei minha garrafa e peguei a outra. Com as mãos trêmulas, envolvi os dedos no plástico. Eu sabia o que estava na garrafa. Sabia que o líquido que se agitava ali de maneira inofensiva carregava um aroma enjoativo de tão doce e poderia me roubar de quem eu era de verdade em questão de minutos.

Aiden murmurou um palavrão.

Encarando-o, segurei a garrafa.

— Isso aqui é o elixir, não é?

Ele cerrou os punhos ao lado do corpo.

— Sim.

Olhei para a garrafa. Tinha dois medos na vida: me perder para Seth e me perder para o elixir. Já havia passado pelos dois e, de alguma forma, tinha me arrastado para fora daqueles buracos escuros. Mas, segurando em minhas mãos, não dava para negar o gosto do medo se formando no fundo da minha garganta.

Era como segurar uma bomba — uma bomba projetada para destruir minha mente.

Aiden parecia querer arrancar a garrafa das minhas mãos, e abri um sorrisinho fraco.

— Melhor a gente guardar isso?

— Quê? — Ele emanava tensão e alguma outra coisa. Nojo? Os pedacinhos das lembranças de quando eu estava sob o efeito do elixir não eram nada bonitos.

— E se precisarmos de novo? — perguntei, lutando contra o nó gelado na minha garganta. — Não foi por isso que você... que vocês estavam guardando?

— Não. Coloquei na geladeira e esqueci. — Então, tirou a garrafa das minhas mãos. Com rapidez, levou até a pia e abriu a tampa.

— Aiden?

Sem dizer uma palavra, ele entornou o que restava do elixir. O aroma doce tomou conta do ar, diluindo quando ele ligou a torneira. Torci para que ele não estivesse cometendo um erro.

Apoiei a mão no braço dele.

Os músculos ficaram tensos quando ele se virou para mim, tocando meu queixo, mas antes que ele pudesse dizer qualquer coisa alguém pigarreou atrás da gente. Me virei, avistando Solos na soleira da porta.

— Só vim ver se vocês dois estão bem — disse ele, com a sobrancelha arqueada.

Uma onda de vergonha e culpa atingiu meu estômago.

— Não vou matar ele e enfiar o corpo na geladeira.

— Bom saber — Aiden murmurou.

— Segurança nunca é demais. — Solos deu meia-volta. — Bora, crian-çada, a galera tá ficando ansiosa.

Suspirei.

— Meus deuses, até que sinto saudades do Apolo. Pelo menos, ele não achava que eu queria te matar.

— Sim, bom, quanto a isso...

Encarei Aiden lentamente, me lembrando de que ele, de alguma for-ma, baniu Apolo.

— O que você fez? Você baniu ele, não foi? Como? Por quê?

Ele arqueou as sobrancelhas.

— Acho que não vai querer saber o que provocou isso.

Cruzando os braços, eu esperei.

Aiden inclinou a cabeça para o lado, o maxilar tenso.

— Apolo não foi cem por cento honesto sobre várias coisas, uma delas sendo como um Apôlion pode ser morto.

Algo naquilo não me cheirava bem.

— Apolo pode te matar, Alex. Ele estava planejando isso caso eu te tirasse do elixir e você se conectasse com Seth de novo. E quem quer que esteja responsável por Seth pode matá-lo também, mas parece que aquele deus está trabalhando com eles. — Ele pausou, fazendo uma careta. — En-tão, eu bani Apolo da casa.

Meu estômago queimou. Sim, talvez teria sido melhor ter esperado a comida assentar antes de ouvir aquela explicação.

10

Depois que pressionei Aiden a soltar aquela bomba, entramos na grande sala de estar. Eu estava atônita. Apolo podia me matar? Apolo *queria* me matar? Então, por que apareceu e meteu a porrada em Tânatos? Meus deuses, por que eu estava tentando ser lógica em relação a tudo aquilo? Apolo era um deus. Quem teria as respostas?

Me sentei ao lado de Deacon e decidi deixar o assunto Apolo de lado por enquanto.

— Beleza, posso começar pelo básico? Que dia é hoje?

Marcus se apoio na mesa. Me dei conta de que ele estava de calça jeans e eu não conseguia me lembrar de tê-lo visto tão casual assim antes.

— Hoje, é 5 de abril.

Piscando algumas vezes, recostei. Um mês... eu basicamente perdi um mês inteiro. Meus deuses, o que estava rolando no mundo fora da cabana? Pigarreei.

— E onde estou? Se preferirem, podem só dizer o estado.

— Apple River — Aiden respondendo, observando a janela grandona.

Cruzei os braços, o que meio que doía.

— Tá bom. Você só pode ter inventado esse nome.

Um sorrisinho leve se formou nos lábios de Aiden.

— É real. Você está em Illinois.

— Illinois? — Meu cérebro ainda estava processando o fato de que "Apple River" era um lugar real.

— E é tão vazio e sem graça quanto parece — disse Deacon, virando a cabeça para Luke. — E é bem no meio da floresta. Saí só uma vez. É assustador. Tem lenhadores, e isso já diz tudo que precisa saber.

Solos fez uma careta.

— Essa é a cabana de caça do meu pai. Uma de muitas. E não é tão assustadora assim.

Assenti lentamente.

— Entendi. E os deuses? Quantos estão irritados agora?

— Todos eles. — Marcus riu, balançando o conteúdo da sua taça. O sorriso desapareceu do seu rosto rapidinho. — Todos eles, Alexandria.

— Não temos visto muitos deuses ultimamente, mas Hefesto reforçou as barras — disse Lea, analisando as próprias unhas. — Ele foi meio assustador.

Eu já deveria estar fora da cela quando ele apareceu.

— Não acredito que Apolo me atingiu com um raio divino.

— Não acredito que Aiden deu um soco nele — Marcus comentou, virando o restante do vinho.

— Quê? — Fiquei boquiaberta. — Mentira.

O meio-sorriso se espalhou até uma covinha aparecer na bochecha esquerda dele.

— Verdade.

— Você vivia gritando comigo por bater nas pessoas, daí você vai e bate num *deus*? — Não conseguia acreditar.

O meio-sorriso virou um sorriso inteiro.

— Era uma situação diferente.

Ah... Tá bom. Balançando a cabeça, segui em frente.

— Beleza, aconteceu mais algum ataque como... como o que aconteceu ao Covenant?

Laadan me encarou.

— Ele... ele não te contou?

Imaginei que "ele" significava o Seth.

— Não sei ao certo. Ele me escondia muita coisa.

— Só não escondeu que estão trabalhando com daímônes — disse ela, e assenti. Ela olhou para Marcus e suspirou. — Têm muitas coisas acontecendo lá fora, querida. E poucas delas são coisas boas.

Me preparando para o pior, envolvi os dedos na rosa de cristal.

— Me conta.

— A gente não precisa te contar. — Lea pegou um controle remoto e o apontou para a tv de tela plana na parede. — Podemos mostrar.

Lea escolheu um dos canais de notícias. Não acreditei que teria alguma coisa acontecendo bem naquele instante, mas aparentemente muita coisa aconteceu, e o noticiário falava sobre isso o tempo todo.

Imagens de prédios destruídos e carros tombados apareceram na tela. Era em Los Angeles. Três dias atrás, tinha acontecido um terremoto catastrófico de magnitude 7.0. Um dia depois, outro atingiu o oceano Índico, provocando um tsunami destrutivo que afogou uma ilha inteira.

E tinha mais.

Incêndios devastadores se espalhavam pelo centro-oeste, pegando parte da Dakota do Sul — perto da universidade. Imaginei que os autômatos de Hefesto tivessem alguma coisa a ver com aquilo, considerando que eles cuspiam bolas de fogo ou sei lá o quê. Vários conflitos no Oriente Médio. Diversos países à beira da guerra.

Na parte inferior da tela, uma série de manchetes em tempo real — atividades sísmicas começaram sob o monte Santa Helena. O medo de erupções vulcânicas fez as pessoas deixarem as cidades próximas.

Pelo amor do bebê daímôn...

O âncora do jornal estava entrevistando um fanático pelo fim do mundo.

Recostei no sofá, processando tudo, horrorizada pelo que estava acontecendo. Tudo aquilo por causa de Seth — e de mim —, e muitas vidas inocentes foram perdidas, muitas mais estavam em risco. Havia uma boa chance de eu vomitar o macarrão todo no chão.

Lea desligou a tv.

— Os deuses são responsáveis por tudo isso? — perguntei.

Laadan assentiu.

Cara, os deuses estavam *putos*.

— Tem mais — disse ela gentilmente, e uma risada de desespero borbulhou na minha garganta. Como assim *mais*? — Muitos sentinelas foram mortos pelo Lucian... pelo exército dele. E muitos puros-sangues simplesmente desapareceram. Aqueles que conseguiram chegar aos Covenants estão resistindo, mas ninguém está a salvo. E tem os casos com mortais que parecem ataques de animais selvagens, mas acreditamos que sejam trabalho dos daímônes. Parece que estão tentando provocar os deuses.

Em algum momento, Aiden foi para trás do sofá. As mãos dele estavam apoiadas na almofada. Sua presença era reconfortante, mas eu estava completamente chocada. Apolo poderia aparecer pelado na minha frente e eu não daria a mínima. Seth não mencionou nada daquilo, mas Aiden *tentou* me contar enquanto eu estava na cela.

E eu tinha dito que não me importava.

Comecei a me levantar, mas minhas pernas não cooperavam.

— É muita coisa para processar, né? — disse Luke enquanto encarava suas botas pretas. — Em menos de um mês o mundo inteiro foi pra merda.

— Ainda há tempo. Os deuses estão nos mostrando o que eles querem. — Lea soava madura demais para aquela garota que eu tinha atacado com uma maçã meses atrás. — Eles querem Seth morto.

Eu sabia que aquilo não era bem o caso. Eles queriam um de nós morto, de preferência antes de nos encontrarmos. Revirei o cérebro em busca de algo útil. Depois do meu despertar, aprendi a história de todos os Apôlions, mas nada daquilo era útil. Nada exceto algo relacionado ao Solaris...

— Não é tão simples como "só matar o Seth". — Solos coçou a barba por fazer. — Se aproximar é o grande problema. Dionísio disse que Lucian tem muitos sentinelas e guardas, a maioria meio.

Dionísio? Quem chamou esse cara? Ele não era o Deus dos Bêbados ou algo do tipo?

— E se chegarmos perto demais... se a Alex chegar perto demais, aí... — Marcus perdeu as palavras.

Aí ele tomaria meu poder, possivelmente me sugaria, eu não tinha mais tanta certeza de que conseguiria impedi-lo se ele quisesse. Não importava o que tinha me dito quando estávamos conectados, eu não poderia contar com as promessas dele — o papo-furado —, porque não acreditava que Seth sabia o que estava fazendo.

Então, me levantei porque eu não conseguia mais ficar sentada. Caminhando até a janela, encarei a paisagem sombria enquanto enroscava o colar na ponta do dedo. A noite havia caído e, mesmo com minha visão aprimorada, as árvores eram escuras e ameaçadoras. Meu reflexo me encarou de volta, pálida e desconhecida. Era eu — Alex, com as bochechas levemente redondas e lábios cheios. Com a exceção dos olhos âmbar esquisitos, eu parecia a mesma.

Mas me sentia diferente.

Havia uma tranquilidade *dentro* de mim que nunca esteve lá. Eu ainda não sabia ao certo o que aquilo significava.

— Então, o que faremos? — Luke perguntou. — Vamos esconder a Alex pra sempre?

Meus lábios se retorceram num sorriso sombrio. Aquilo não iria funcionar.

— Eu topo essa ideia, desde que alguém traga um videogame pra cá — Deacon brincou, mas ninguém riu. — Ou não...

Após uma pausa, Lea disse:

— Pelo amor dos deuses, me digam que vocês não continuam contra a ideia de matar o Seth.

— Agora não é a melhor hora para fazer isso — disse Marcus.

— Quê? — A ouvi se levantando, e sua raiva inundou a sala. — Alex, você precisa entender, principalmente depois de tudo o que ele fez com você.

— Lea — Aiden interrompeu, finalmente se envolvendo na conversa.

— Nem vem! Seth tem que morrer, e Alex é a única capaz de matá-lo!

Soltando o colar, eu os encarei.

— Eu sei que... precisamos lidar com ele. Entendo isso. — Todos, incluindo o Aiden, me encararam. Ele começou a falar, mas fechou a boca.

Verdade seja dita: àquela altura, eu odiava a ideia de matar qualquer pessoa. Isso não significava que não mataria um daímôn de novo, mas, apesar de Seth ter sido um desgraçado em relação a tudo, eu sabia que lá no fundo ele era apenas um garotinho que não recebeu amor e que queria ser aceito. E, sim, era megaviciado em akasha, mas também uma vítima do contexto. A única pessoa que eu mataria com prazer, assim de leve, era o Lucian. Sim, ele eu mataria.

Mas chegar até o Lucian não seria possível.

— Alex — disse Marcus com delicadeza.

Respirei fundo, incapaz de colocar em palavras o que precisava ser dito.

— O que faremos? — Olhei para Aiden e depois para Solos. Eles eram os sentinelas com experiência ali. Era hora de um pouco de estratégia de batalha, coisa que não era meu forte, já que eu era uma lutadora do tipo "cair de cabeça nas coisas e dar de cara no muro". — Temos que deter Seth e Lucian, mas não podemos nos aproximar deles. Precisamos chegar perto sem que eles saibam, e nós... *eu* preciso saber lutar contra Seth sem transferir meu poder para ele.

Aiden parecia não gostar do que estava ouvindo, mas ele se virou para Solos e assentiu.

— Apolo disse que deve demorar alguns dias para voltar, mas pediu para a gente manter a proteção até ele chegar. A proteção os detém de nos encontrar, e agora ela é a *única* coisa impedindo os deuses de nos encontrarem.

— Como Tânatos me encontrou? — perguntei, curiosa.

— Você saiu daqui, atravessou a proteção — disse Aiden. — Com sorte, Apolo terá mais coisas para nos contar quando voltar.

— Então a gente espera aqui sem fazer nada? — Lea afundou nas almofadas, cruzando os braços. Seu rosto estava tomado por um olhar petulante.

— Não vamos esperar sem fazer nada — Solos respondeu, olhando para ela. — O que precisamos fazer é treinar e nos preparar para... para o que está chegando. É isso que Apolo quer.

Porque alguma coisa *estava* chegando, e essa coisa era a guerra.

— Vamos torcer para Apolo conseguir convencer os deuses — disse Aiden, mexendo o maxilar. — No momento, precisamos dos deuses do nosso lado.

— Isso — metade da sala disse.

Senti uma fagulha de esperança no peito.

— Vocês acham que eles irão parar com esse... apocalipse zumbi iminente se perceberem que não estou mais no Time dos Doidos?

Ninguém pareceu esperançoso, mas Aiden sorriu para mim, e eu sabia que ele só estava sorrindo para que eu me sentisse melhor, porque era o que eu queria ouvir. Precisei me segurar para não atravessar a sala e pular no colo dele.

Prioridades, Alex, prioridades...

Todos concordaram em começar o treinamento o quanto antes. Fazia sentido. Lutar não era como andar de bicicleta. Músculos enfraqueciam, reflexos ficavam mais lentos. Sinceramente, não tínhamos escolha. Com sorte, nenhum outro deus apareceria, liberando uma boa e velha fúria divina.

Me sentei na beirada do sofá e comecei a mexer no pingente de rosa de novo. Eu sabia que todos estavam esperando ouvir qualquer plano que Seth tivesse compartilhado comigo. Eles ficariam bem decepcionados.

— A única coisa que Seth me contou foi sobre os daímônes, e ele sabia que eu contaria para Aiden logo depois. Acho que ele não estava preocupado com isso. Ele não me contou mais nada. Os planos que ele... os planos que fizemos, eram sobre libertar o meu pai.

Os olhos de Laadan marejaram, e torci para que pudesse conversar com ela em breve. Eu tinha tanto a perguntar.

Solos nem sequer tentou disfarçar seu desgosto.

— Bom, isso não ajuda em nada.

— Não é culpa dela — Aiden rebateu.

O sentinela abriu um sorriso retorcido.

— Baixa a bola, namoradinho.

Abri a boca para negar que Aiden era meu namoradinho. A reação foi imediata, natural. Me forcei a fechar a boca antes que pudesse dizer qualquer coisa. Todos na sala já sabiam que eu e Aiden estávamos *juntos*. Caramba, o mundo inteiro provavelmente já sabia, graças ao anúncio de Lucian antes do Seth explodir o conselho, transformando Aiden no Inimigo Público Número Dois.

Era estranho ser tão aberta com aquilo tudo — não estranho de um jeito ruim, mas algo que eu levaria um tempo para me acostumar. Eu não era mais o segredinho de Aiden.

Nunca fui o segredinho dele.

Deacon riu.

— Nossa, você vai ser o próximo a levar um soco. Aposto nisso.

— Você deveria colocar seu nome nessa lista. — Aiden parecia setenta por cento sério.

— *Nisso*, aposto dinheiro — Luke opinou.

Me inclinei para a frente, agarrando meus joelhos.

— Lembrei de uma coisa! Não é nada demais, mas Seth estava indo para o norte. Provavelmente para as Catskills.

— Já é alguma coisa. — Marcus encarou sua taça, como se não entendesse por que ela estava vazia. — Ele não vai chegar lá. Não com os khalkotauroi cercando o lugar.

Olivia estremeceu.

— Você acha que eles podem deter Seth de verdade?

— Vão, no mínimo, atrasá-lo. — Marcus se levantou da mesa e caminhou até a porta. — Alguém quer beber alguma coisa?

— Vai dividir? — Deacon se animou.

Para minha surpresa, Aiden não o censurou. Talvez uma tacinha de vinho para menores de idade não fosse nossa maior preocupação no momento. Nosso grupo se espalhou, alguns seguindo Marcus na busca pelo vinho. Só depois que saíram foi que me dei conta de que o diretor do Covenant estava oferecendo álcool para os alunos.

Aquele era mesmo um universo alternativo.

Depois de alguns minutos, fiquei a sós com Aiden. Ele se sentou ao meu lado, soltando o ar lentamente.

— Você está bem?

Pensando em quantas vezes ele iria me perguntar aquilo nas próximas vinte e quatro horas, me virei para ele.

— Estou bem, de verdade.

Ele parecia querer dizer alguma coisa, mas em vez disso se aproximou e beijou minha testa.

— Vou checar as redondezas.

— Vou com você.

— Fica aqui e relaxa, Alex. Só por hoje, tá bom?

Senti vontade de protestar.

— Você não deveria fazer isso sozinho.

— Não vou sozinho. — Ele abriu um sorrisinho. — Solos vai comigo.

— Ele não estava com você mais cedo. Era isso que estava fazendo quando todo mundo estava na cozinha, né? Conferindo as redondezas, se certificando de que não há nenhum daímôn por perto?

— Duvido que tenha algum daímôn por aqui.

Mas ele continuava patrulhando, porque era o que sentinelas faziam, e pensei em como ele estava disposto a deixar aquela vida... por nós dois. Aposto que, se morássemos em algum lugar tipo Apple River, ele ainda checaria o quintal toda noite. A ideia colocou um sorriso nos meus lábios.

— Senti saudade dos seus sorrisos — disse ele, se levantando.

Olhei para cima, com vontade de agarrar a mão dele e fazê-lo ficar.

— Te espero aqui.

— Eu sei.

Ele lançou um olhar estranho para mim e depois saiu, me deixando sozinha... sozinha com exceção do zumbido baixinho no fundo da minha mente. Tentei não prestar muita atenção naquilo, porque representava um caminhão de problemas em potencial. O maldito zumbido significava que Seth ainda estava lá, e eu não sabia o que aquilo significava em termos do contato dele comigo.

Observando a janela, inspirei fundo, mas o ar ficou preso. E se Seth ainda conseguisse me alcançar? Será que eu seria capaz de lutar contra o que ele queria? Se sim, será que eu conseguiria, de alguma forma, argumentar com ele? Ou apenas me perderia de novo e dessa vez não teria volta? Uma dor atravessou meu peito.

Incapaz de pensar naquilo, peguei o controle remoto e liguei a tv. O noticiário continuava focado no terremoto aterrorizante em Los Angeles e nos desdobramentos do que estava acontecendo no noroeste do país.

Absorvendo a destruição que os deuses estavam causando, eu só sabia de uma coisa — e me magoava mais do que deveria, de um jeito que eu não conseguia explicar ao certo: Seth tinha que morrer. Mas eu não tinha ideia de como fazer aquilo... ou se eu de fato conseguiria, quando chegasse a hora.

11

Passei a noite inteira na frente da TV, cansada, mas sem sono. Aiden apagou na poltrona reclinável ao lado do sofá por volta das três da manhã. Eu duvidava que ele estivesse de boa em me deixar sozinha por longos períodos. Não sabia se tinha medo que eu me tornasse a Alex do mal de novo ou se só precisava ficar perto de mim. De uma forma ou de outra, o ressoar suave dele me confortava. Acho que ele estava esperando que eu me cansasse da fascinação mórbida pelas notícias, mas não me cansei.

Cada noticiário tinha algo diferente a acrescentar. Mais imagens de diversos lugares do planeta. Mortais lotando as ruas de Los Angeles, protestando e se rebelando, enquanto no Oriente Médio se ajoelhavam nas ruas e rezavam.

Agarrando o controle remoto até as juntas dos meus dedos doerem, tentei — tentei de verdade — me imaginar no lugar daqueles mortais. Estar no meio de algo muito maior sem ter ideia de que, a qualquer segundo, tudo poderia ser tirado de mim.

Eu tinha mais em comum com eles do que imaginava.

Parecia mesmo ser o fim do mundo. Nenhum mortal conseguia explicar a série de eventos catastróficos que, com seu conhecimento limitado, não estavam correlacionados.

O que estava acontecendo no mundo era muito mais do que aterrorizante, e a destruição era culpa minha e de Seth. Talvez as coisas não tivessem chegado àquele ponto se ele não tivesse atacado o conselho. Talvez os deuses tivessem nos deixado em paz, vivendo nossas vidas.

Quem sabe eles teriam encontrado um jeito de nos matar mesmo assim.

Eu não sabia, e não importava. Aquele era o ponto em que estávamos, e tudo estava uma merda. Embora todo o conhecimento dos Apôlions flutuasse pela minha mente, nada ali era útil em termos de consertar o que estava acontecendo.

Laadan apareceu à porta, vestindo calças e um suéter branco. Seu cabelo estava perfeitamente escovado, apesar de o mundo estar virado de cabeça para baixo. A mulher era deslumbrante.

Ela olhou para Aiden e sorriu.

— Quer tomar um cafezinho comigo?

Como eu poderia recusar cafeína? Assentindo, caminhei para fora da sala, mas voltei até onde Aiden estava descansando e arrumei o cobertor que eu havia colocado sobre ele algumas horas antes. O homem deveria estar exausto, porque não acordou, o que era raridade.

Segui Laadan até a cozinha e a observei enquanto preparava o café com habilidade. Com as canecas fumegantes em mãos, fomos até o solário, por ser um lugar mais reservado. Nos sentamos no banco abaixo da janela, uma de frente para a outra e com as pernas cruzadas. Enfim, iríamos conversar sobre o meu pai, e eu não tinha ideia do que sairia de sua boca.

Eu estava até um pouco assustada, por mais idiota e fraco que isso parecesse, e meu estômago estava revirado do avesso. Eu não sabia nada sobre meu pai, e, havia alguns meses, tinha descoberto que ele era um meio-sangue e estava vivo.

Laadan tomou um gole de café e piscou diversas vezes.

— Primeiro, quero pedir desculpas pelo que aconteceu com você no conselho. Eu...

— Não precisa se desculpar. Não foi culpa sua. — E não foi mesmo. Laadan tinha sido obrigada a me dar uma poção, tipo um boa-noite Cinderela dos deuses, por um dos guardas de Telly, provavelmente aquele que matei...

— O que tentaram fazer com você foi horrível. — Os olhos dela se encheram de lágrimas, brilhando como cristais. — Se ao menos... eu soubesse. Sinto muito.

— Laadan, sério, não precisa se desculpas. Sei que você nunca faria algo assim por vontade própria. E sei que não se lembra de quem fez. Tá tudo bem.

E, pelos deuses, eu não queria falar sobre aquela noite. Além do fato de me fazer lembrar do guarda que matei, se eu não tivesse acabado vomitando minhas tripas, eu e Seth... teríamos feito aquilo e, depois de tudo o que aconteceu, não sei se eu conseguiria superar.

Apoiei meu café na pequena mesa de palha enquanto meu estômago borbulhava.

— Quero saber sobre o meu pai.

A expressão de Laadan mudou de maneira notória. Um tipo diferente de brilho surgiu nos seus olhos. Ela bebeu mais um gole, tamborilando com o dedo indicador na janela. A demora estava me matando.

— Seu pai é... um homem incrível, Alex. Você precisa saber disso acima de qualquer coisa.

Minha respiração ficou ofegante.

— Eu sei. — Eu sabia, porque ele tinha que ser incrível para quebrar as regras e amar minha mãe. — O elixir não funcionou no meu pai, certo?

Laadan abriu um sorriso nostálgico.

— Seu pai, Alexander, bom, ele sempre foi bem cabeça-dura, como você. O elixir fez efeito, mas ele nunca caiu por completo na coação. Não sei como, mas ele resistiu desde o começo.

Uni minhas mãos.

— Acho que o vi nas escadas uma vez, e depois mais perto do fim, durante o ataque. Ele estava lutando...

— Foi ele mesmo que você viu. — Seu olhar passou para a janela atrás de nós. O sol da manhã atravessava o vidro coberto de geada. — Ele estava na biblioteca na noite em que falamos sobre ele e sua mãe.

Só consegui encará-la. Eu sabia que alguém tinha estado lá.

— Os livros que caíram... foi ele?

Ela assentiu.

Quantas vezes eu estive perto daquele homem — do meu pai — sem saber? Um furacão de decepção girou dentro de mim.

— E... ele sabe que eu sou filha dele?

— Sim, ele sabe. — Ela estendeu a mão e tocou com delicadeza o meu rosto, perto de um machucado que já estava começando a sarar. — Ele seria capaz de te reconhecer em qualquer lugar. Você se parece muito com a sua mãe.

Aquela pontada de tristeza ficou mais forte, e me afastei.

— Então, por que ele não falou comigo?

Laadan desviou o olhar, abaixando a cabeça.

— Tentei falar com ele, Laadan. Na escadaria. Mas ele apenas... me encarou. E por que não veio até mim na biblioteca? Sei que ele não poderia chegar anunciando quem era, mas por que... — Minha garganta fechou. — Por que ele não quis conversar comigo, pelo menos?

Ela virou a cabeça para mim.

— Ah, meu bem, ele queria conversar com você mais do que tudo, só que não é tão simples assim.

— Me parece bem simples. É só abrir a boca e falar. — Era difícil me manter parada. Ele ficou sabendo das minhas aventuras? Só os deuses sabiam como os rumores sobre minha desobediência à autoridade se espalharam. Será que ele se sentia envergonhado como um sentinela? Ou pior, como meu pai? — Simplesmente não entendo.

Ela respirou fundo.

— Ele esteve bem próximo quando você estava lá, e você nem sabia, mas também era perigoso para ele ser visto perto de você. A verdade sobre quem ele é, e quem sua mãe foi, e quem você é... era tudo arriscado demais. Já tinham muitos olhos em cima de você.

A conversa que eu e Seth escutamos me veio à tona. *Já temos um aqui.* Soltei fagulhas de raiva, e era fácil iniciar o fogo dentro de mim. Marcus...

Marcus sabia, e agora que tudo foi revelado, a gente teria uma conversinha sobre aquilo.

— O que eu te disse na biblioteca aquela noite? Ele estaria orgulhoso de quem você se tornou, e não de quem você se tornaria. — Ela cobriu meus punhos cerrados com um toque gentil. — Isso é verdade. No momento em que você retornou ao Covenant no verão passado, fiz meu melhor para mantê-lo atualizado sobre como estava. Sua mãe... ela não sabia o que tinha acontecido com ele, e Alexander queria que fosse assim. De certa forma, a morte era mais fácil do que a verdade.

Pisquei para espantar as lágrimas repentinas, querendo soltar minha mão, mas, como sempre, a natureza tranquila de Laadan me desarmava.

— As coisas são mais complicadas do que você imagina, Alex. Ele não podia falar com você.

Balançando a cabeça, tentei entender aquilo e falhei. Eu acreditava que um pai faria qualquer coisa para falar com sua filha, nem que fosse apenas uma vez.

Laadan apertou minhas mãos antes de soltá-las.

— Os mestres sempre suspeitaram que seu pai era diferente, e que talvez ele estivesse influenciando outros servos. Eles o trataram com muita crueldade. Ele não pode falar com você, Alex. Retiraram metade da língua dele.

O que ela disse me fez hesitar. Eu só podia ter escutado errado. Não havia outra opção.

— Não. Ele estava falando com outro servo no refeitório, eu vi.

Ela balançou a cabeça com tristeza.

— Você deve ter visto um servo falando *com* ele.

Me esforçando para lembrar com mais clareza da manhã seguinte após ter bebido a poção, tentei visualizar meu pai e o servo mais jovem. As coisas pareciam tensas e ele ficou de costas para mim na maior parte do tempo. Presumi que era ele quem estava falando, pela reação do outro servo.

Não cheguei a vê-lo falando.

Me levantei rápido e Laadan soltou um pequeno gritinho de surpresa. Até eu me assustei com o quão rápido me movimentei. Os sinais do Apôlion apareceram na minha pele, formigando enquanto deslizavam em várias direções. Ela não conseguia enxergá-los, mas recuou por instinto.

— Cortaram a língua dele? — O poder percorreu minha pele.

— Sim.

Estava decidido. Eu iria acabar com o conselho e com todos os malditos mestres no planeta. Eram pensamentos ruins e perigosos, mas, pelos deuses, como eles puderam fazer algo do tipo?

— Por que estou tão surpresa? — disse em voz alta, antes de rir. — Como tudo isso me surpreende, Laadan?

Ela não respondeu.

Me virando, lutei para controlar minha fúria. Já conseguia escutar os galhos batendo na lateral da cabana. Conhecendo minha sorte, eu provavelmente causaria um terremoto. Controlar os elementos era fácil, mas aprendi com o despertar que minhas emoções os afetavam, os tornavam violentos e imprevisíveis.

Assim como a quantidade de éter, a essência dos deuses, que corria em minhas veias.

Nossa sociedade sempre foi cruel com os meios-sangues. Os puros sempre dominaram, e as coisas que eu sabia que rolavam por baixo dos panos de alguns puros-sangues — coisas das quais ninguém falava, que me deixavam furiosa — aconteciam todos os dias. E, como todo meio, passei a vida inteira em submissão. Cresci sendo ensinada a aceitar aquelas coisas, porque não havia escolha para mim ou para qualquer outro meio. Mesmo depois de viver no mundo mortal, eu tinha voltado a fazer parte da manada, sem nem perceber quando passava por servos.

E eu só tinha interferido uma única vez. Recebi um soco no maxilar por isso, mas impedir um mestre de bater numa serva não era nada comparado com o que aqueles meios-sangues passavam.

Recuando, passei a mão pela lateral das minhas coxas. Inspirei bem fundo. Aquilo era maior do que eu mesma e do que meus problemas em me tornar sentinela enquanto outros da minha espécie eram escravizados. Aquilo era maior do que o meu pai. Era a lei da ordem de raça.

— Isso precisa mudar — eu disse.

— Concordo, mas...

Mas, naquele exato instante, não havia nada que eu pudesse fazer. A verdade é que tínhamos problemas maiores. A ordem de raça e a maneira como os meios eram tratados não teriam importância se estivéssemos todos mortos.

Encarando Laadan, me dei conta de algo importante — para mim, pelo menos. A antiga Alex, provavelmente, sairia pisando firme para chutar o saco de algum mestre. Uma grande parte de mim queria fazer isso, mas a nova Alex — essa garota/mulher/tanto faz que surgiu do nada sabia que algumas batalhas precisavam ser planejadas.

A nova Alex esperaria.

Eu meio que me deixei sem palavras.

Laadan, mais observadora do que imaginei, sorriu e deu um tapinha no lugar vazio ao seu lado.

— Você está crescendo.

— Estou? — Parecia um pouco tarde para aquele tipo de absurdo. Me sentei, e quando ela assentiu, suspirei soando dez anos mais velha. — Se é assim, crescer é um saco.

— Há uma ingenuidade no egoísmo jovem.

Arqueei as sobrancelhas. Eu estava inquieta, como se tivesse me enfiado numa pele mais responsável e madura, e não gostava muito daquilo. Deixando o sentimento de lado, voltei a falar sobre o meu pai.

— Você fala bastante com ele?

— O tanto quanto posso. Às vezes, a comunicação é unilateral, mas ele pode escrever, é claro. Sei que recebeu sua carta, mas, infelizmente, com tudo o que está acontecendo, não sei se respondeu ou se teve a oportunidade de responder.

Assenti bruscamente.

— Você sabe onde ele está agora?

Ela tocou a renda na barra do suéter.

— Alexander está no Covenant de Nova York.

— Ele ainda está lá? — Quando ela assentiu, tive vontade de me levantar e descobrir como chegar a Nova York, mas a lógica interveio bem rápido. Seria praticamente impossível buscá-lo. E com o Seth por aí, procurando por nós? Sair correndo seria a mais pura estupidez.

— Quando o elixir parou de fazer efeito, houve muita confusão entre os servos. Alguns como ele resistiram às coações. Aqueles que passaram por um despertar, de alguma maneira, precisam de um líder, e esse é o seu pai. Com o ataque recente, e tudo o que o Primeiro está fazendo, tudo está tumultuado por lá.

Quis gritar que eu precisava dele comigo. Eu não era mais importante? A filha dele, havia tanto tempo perdida? Franzi a testa. Enfim, era bom ver que parte do meu *egoísmo jovem* ainda se fazia presente.

— Ele ainda ama minha mãe? — perguntei, olhando de soslaio para ela.

A expressão de Laadan era contida.

— Acho que parte dele sempre irá amá-la.

— Você ama ele? — questionei.

Laadan engoliu em seco, numa longa pausa. No silêncio, ouvi alguém na cozinha.

Comecei a sorrir.

— Você gosta dele.

Desviando o olhar, ela apertou os lábios.

Dei uma cutucada nela com o cotovelo.

— Você gosta *muito* dele.

Ela se endireitou.

— Seu pai...

— É o amor da sua vida?

— Alexandria — ela pontuou, mas seu tom não foi acalorado de verdade.

Eu ri enquanto me recostava na janela gelada. Eu sabia que meus pais tinham vivido um caso de amor maravilhoso e proibido que começou bem antes do almofadinha aparecer em cena. E se não fosse pela lei... a maldita lei da ordem de raça, eles ainda estariam juntos. Pelos deuses, muitas coisas seriam diferentes. A começar pela minha mãe... ela ainda estaria viva, porque aposto que meu pai era como Aiden. Ele nunca deixaria algo acontecer com ela.

Os lábios de Laadan se curvaram.

— Você é tão parecida com o seu pai. Sua teimosia e sua determinação. — Ela encarou a porta fechada. O cheiro de café fresquinho ficou mais forte. — E, assim como seu pai, você se atreveu a amar um puro-sangue.

Minha boca se abriu. *Touché*.

— Bom, foi meio por acaso.

Acho que ouvi uma risadinha de deboche, mas deveria estar enganada, porque aquilo seria muito deselegante da parte dela.

Por algum motivo esquisito, parte do peso sobre meus ombros desapareceu, e passei de uma Alex vingativa, porém mais madura, para uma garotinha apaixonada em dois segundos.

— Eu amo o Aiden. De verdade. Mais do que... mais do que deveria.

Ela deu um tapinha na minha mão.

— É impossível amar alguém mais do que se deve.

Eu não estava tão certa quanto aquilo.

— Ele te ama com a mesma intensidade. Era óbvio desde o começo.

— Era?

— O Aiden que eu conhecia, aquele de antes da viagem até Atlanta para te resgatar, sempre respeitou e viu os meios-sangues como iguais, mas nunca tiraria tempo de sua responsabilidade como sentinela para ajudar um.

Sabendo o que fizeram com seus pais na frente dele, quando ainda era um garotinho, eu entendia o porquê de pensar assim. Se tornar um sentinela e vingar seus pais havia se tornado seu único objetivo.

— Então, vi o jeito como ele ficava perto de você em Nova York. — O sorriso dela ficou nostálgico de novo. — Dava para ver como ele olhava para você, como ele *constantemente* olhava para você. Você era o mundo dele, provavelmente desde antes de vocês dois perceberem isso.

— E você percebeu tudo isso só pelo jeito como ele me olhava? — Eu poderia estar parecendo incrédula, mas, nossa, aquela garotinha apaixonada dentro de mim estava pulando e dando gritinhos.

Laadan riu, soando como sinos de vento.

— Ele te observava como um homem faminto encarando a única coisa que poderia matar a fome.

Meus olhos se arregalaram, e meu corpo corou nuns mil tons de vermelho.

— Ah, nossa...

Aquilo já era compartilhar demais. Como as pessoas não repararam? E, então, a ficha caiu. Laadan saberia, porque era como ela olhava para o meu pai... e provavelmente tinha presenciado ele olhando para a minha mãe do mesmo jeito.

De repente, fiquei muito triste por ela.

Deslizando para mais perto, passei os braços ao redor dos seus ombros esguios. No começo, foi meio esquisito, porque eu dava os piores abraços do mundo.

— Obrigada.

Os olhos dela se encheram de lágrimas de novo.

— Conversar com você sobre o seu pai é o mínimo que eu poderia fazer. Se quiser, tenho muitas histórias para te contar. Seria um... prazer falar abertamente sobre todas elas.

— Eu adoraria — sussurrei.

Laadan apoiou a bochecha no topo da minha cabeça, e naquele momento, ela me lembrou tanto a minha mãe que foi quase impossível conter as lágrimas, mas não consegui impedir a pergunta que se formou na ponta da minha língua.

— Você acha que, um dia, irei me encontrar com ele.

Ela me abraçou mais forte.

— Sim. Vocês dois são determinados o bastante para conseguir. Não tenho dúvidas.

Fechando os olhos, me agarrei às palavras dela. Eu queria muito acreditar — eu precisava —, mas a dúvida rodopiava como uma fumaça. Havia muita coisa entre mim e meu pai — anos de leis e segredos, um exército de seres metade-homem, metade-touro, e, mais importante, Seth.

12

Algumas horas depois, eu estava em uma clareira protegida ao lado da casa, coberta de lama e congelando até os ossos. Ao meu redor, os sons de grunhidos e quedas violentas ecoavam pela floresta silenciosa.

Encarei minhas mãos sujas e suspirei. Eu estava imunda. Quem sabe rolaria um outro banho daqueles mais tarde? Meu olhar encontrou o corpo ágil do Aiden. Ele estava lutando contra Luke. Em outras palavras, ele estava chutando o traseiro do Luke repetidas vezes.

Duvidava que uma reprise do banho fosse uma possibilidade.

Uma pontada aguda de insatisfação se formou no fundo da minha garganta. Eu realmente achei que, já que deveria estar treinando, faria dupla com o Aiden e seria como nos velhos tempos, com muitos toques insinuantes rolando. Cara, como eu estava errada.

Solos expirou alto.

— Vai ficar encarando as mãos por quanto tempo? Tô te esperando aqui.

Mas não, no momento em que pisamos fora da cabana, Aiden se juntou a Luke e Olivia, Lea a Marcus. Deacon e Laadan estavam lá dentro, supostamente fazendo o jantar.

Naquele momento, eu estava no meu modo resmungona com força total.

Avancei, fazendo uma careta enquanto a calça jeans gelada roçava a minha pele.

— Acho que esse não era o tipo de treinamento que Apolo tinha em mente.

Solos prendeu uma mecha solta atrás da orelha.

— Quando foi a última vez em que você treinou?

Sinceramente, eu não me lembrava.

— Eu estava lutando, tipo, dois dias atrás.

— Um dia só não quer dizer nada. — Galhos se quebraram sob as botas dele. — Nossos músculos precisam ser usados diariamente.

Avistei pelo canto do olho Luke caindo de bunda no chão.

— Acho que eles precisam mais da sua ajuda. Vou treinar o uso de akasha agora. Seth tem anos de experiência como vantagem sobre mim.

— E você vai praticar isso, mas não agora. — Solo não era nem de longe tão paciente quanto *alguns* dos meus antigos treinadores. Ele empatava com Romvi.

Cerrando os olhos, levantei a mão.

— Posso usar o elemento ar e derrubar o...

— Alex! — Aiden gritou, interrompendo um chute cruel do Luke só com a mão. Com calma, ele o empurrou enquanto seus olhos enevoados focavam em mim. — Eu duvido também que Apolo queria que você treinasse apenas a língua.

Vários comentários inapropriados chegaram aos meus lábios, mas fechei a boca e o encarei.

— Ele está tentando te ajudar. — Aiden ergueu uma adaga de titânio que estava cravada no chão. — O mínimo que você pode fazer é cooperar sem torturar aqueles que estão te ajudando.

Envergonhada e furiosa, eu estava a dois segundos de descontar minha raiva em Aiden antes de parar. Ele tinha razão. Eu estava sendo chorona e resmungona, uma chata.

Nossos olhares se encontraram, não havia muito calor por trás das palavras dele, mas ele estava frustrado comigo, e odiei aquilo, porque estava sendo uma pentelha. Não sabia ao certo o que havia de errado comigo. Desde a conversa com Laadan, meu humor tinha despencado. Eu precisava dormir, talvez?

Doída pelo sermão de Aiden, me forcei a encarar Solos que, por sinal, tinha tanta lama respingada pelo corpo que parecia saído de uma cena de crime. Ninguém no mundo conseguia me obrigar a fazer o que eu deveria estar fazendo tão rápido quanto Aiden.

Eu odiava um tanto aquilo. A outra parte respeitava e o agradecia por isso.

Com as bochechas queimando, assumi a posição. Solos avançou para cima de mim. Caímos para dentro, golpe atrás de golpe. Ele mergulhou. Eu girei. Por várias vezes, ele terminou caído, chutando lama e grama na minha direção. Meus músculos estavam um pouco enferrujados, mas eu era rápida — mais rápida do que me lembrava. Quando lutei contra Aiden no outro dia, não percebi o que eu estava fazendo, nem a mecânica de cada movimento. Mas naquele momento? Nossa, eu me sentia a supermulher.

Solos se levantou do chão, bufando. Prosseguimos na tentativa de desarmar um ao outro, o que geralmente costumava ser meu ponto fraco.

Passei por baixo de seu braço esticado, agarrei os dois cotovelos dele e os puxei para trás, descendo com as mãos para os punhos, enquanto fincava meu pé nas suas costas. Ele soltou as lâminas e eu as peguei.

Balançando as armas na frente dele, sorri.

— Eu meio que arraso nisso.

Ele se virou, cerrando as sobrancelhas.

— Nem sei que movimento foi esse.

Girei a adaga na mão direita.

— Se chama "sou demais" e funcionou.

— Há uma diferença entre habilidade e velocidade. — Ele pegou a adaga da minha mão. — Nem sempre você terá velocidade.

— Mas eu tenho os elementos — lembrei a ele.

— Isso você tem. — Ele abriu um sorriso torto que não alcançava sua cicatriz. Ele ficava bonito quando sorria daquele jeito. Nossa, ele era bonito até mesmo com a cicatriz, numa vibe meio pirata. — Posso estar enganado, mas usar os elementos não te cansa?

— Foi o que eu ouvi. — Olivia se sentou contra um tronco de árvore e alongou as pernas lentamente. — Bom, foi o que o Seth disse aquela vez.

Com apenas uma adaga na mão, eu a apontei para Solos.

— Usar os elementos pode nos cansar, mas não tanto quanto akasha. É por isso que ele não usa o tempo todo. Ele fica esgotado... nós ficamos, acho.

Aiden entrelaçou os dedos e se alongou, curvando as costas. Meu olhar acompanhou o movimento bem de perto. Tudo o que ele fazia parecia fluido e gracioso.

— Por isso, é importante não contar apenas com essas habilidades.

Desde que conheci Aiden, poderia contar nos dedos de uma só mão quantas vezes ele usou o elemento fogo. Cada puro tinha afinidade com um certo elemento, enquanto o Apôlion podia controlar todos eles. Aiden gostava de lutar corpo a corpo.

Ou titânio a titânio.

Lea estava recostada num carvalho enorme, com o cabelo bagunçado, enquanto Marcus recolhia as lâminas espalhadas que usaram no treino. Meu tio lidava com elas com experiência. Às vezes, me esquecia de que tinha treinado como sentinela, muito tempo atrás.

Nosso pequeno recreio terminou e, sob o céu nublado de abril, continuamos até o sol começar a se pôr a oeste. Só, então, voltamos para a cabana, e o treino com akasha teria que ficar para o dia seguinte. O cheiro de carne assada me fez salivar. Eu estava tão faminta que poderia comer um daímôn, mas, primeiro, banho!

E, como suspeitei mais cedo, fui sozinha para aquela missão.

Todos nos sentamos à mesa da cozinha e atacamos a comida. Alguém agradeceu Laadan pela refeição, e Deacon quase teve um infarto.

— Quem amaciou a carne? Quem marinou e ficou esperando? — Ele cerrou as sobrancelhas loiras enquanto apontava a faca para Luke como se fosse uma adaga. — Resposta: *eu*.

Laadan assentiu.

— Descasquei as batatas. Só isso mesmo.

— Eu não sabia que você cozinhava — eu disse para Deacon, surpresa.

Recém-saído do banho, Aiden se sentou na cadeira ao lado do irmão. Seu cabelo estava molhado e penteado para trás, revelando as maçãs do rosto acentuadas. Ele deu um tapinha no ombro de Deacon.

— Deacon é um cozinheiro e tanto!

— Hum — Olivia sorriu, enquanto pescava mais uma batata no prato. — Todo dia a gente descobre algo novo, né?

Sem nem tentar esconder o sorriso orgulhoso, Deacon olhou para Luke.

— Sou cheio de surpresas.

Arqueei a sobrancelha, mas preferi colocar um pedaço da carne suculenta na boca do que dizer qualquer coisa.

Por um tempo, sentada à mesa com todo mundo, tudo parecia... bom, tudo estava legal e confortável.

Aiden permaneceu quieto na maior parte do tempo, enquanto todo mundo contava histórias, abrindo um sorrisinho vez ou outra, mas ainda assim meio isolado do restante do grupo. Nossos olhares se encontraram mais de uma vez. Algo fervilhava sob seus olhos cinza. Eu podia facilmente ver a pontada de tristeza misturada com arrependimento antes que ele desviasse o olhar.

Depois do jantar, de barriga cheia, o grupo se dividiu em setores diferentes da casa. Lea desapareceu com um dos livros que Laadan trouxe. Olivia e os meninos se sentaram na sala de estar com um baralho. Solos e Marcus saíram para checar o perímetro com Aiden. Estava ficando tarde, e eu tentava me manter acordada até eles voltarem, mas, por fim, dei boa-noite ao grupo e me arrastei para o andar de cima.

Parei em frente ao quarto de Aiden, repentinamente incerta sobre onde eu deveria dormir. Havia outro quarto ao lado do banheiro que, supostamente, seria o meu, mas não me lembrava de ter dormido ali. Eu deveria ir para aquele quarto? E se eu ficasse à vontade no quarto do Aiden? Não estaria ultrapassando algum limite?

Balançando o corpo, mordi os lábios. Meus deuses, aquilo não deveria ser tão complicado.

Anda, Alex, você está sendo idiota. E eu me sentia idiota.

A caminho do meu quarto, descobri que eu estava desfalcada no quesito pijamas. No banheiro, encontrei algumas das camisas de manga longa de Aiden dobradas e separadas do restante das roupas dele, como se tivessem sido deixadas de fora de propósito.

Vesti uma das camisas de algodão fino, que chegava até minhas coxas, e nem sonhando eu voltaria para o quarto gelado e intocado que deveria ser o meu. Me enfiando embaixo das cobertas, me aninhei ali, sentindo o cheiro terroso que cobria a cama.

Não demorei muito para pegar no sono. Provavelmente poucos minutos, e já estava flutuando num torpor confortável, mas algo me fez abrir os olhos. E quando os abri, eu estava encarando outro par de olhos cor âmbar.

13

Seth.

Meus deuses, eu estava encarando o *Seth.* Ele estava ali. Impossível, mas ele estava ali comigo.

Meu coração acelerou num ritmo caótico enquanto eu apertava o peito. Superassustada e apavorada pela aparição dele, não conseguia respirar.

Seus braços formaram uma jaula ao meu redor. Não ousei me mover; a pele dele estava perto demais da minha; seus lábios, a milímetros de distância. Seus olhos âmbar brilhavam sob os cílios espessos e loiros. Os sinais do Apôlion subiam pelo pescoço dele, se espalhando pelas bochechas numa onda vibrante de azul sobre a pele dourada. Meus sinais respondiam à proximidade, fazendo minha pele formigar. O cordão estava ativado.

A força da presença de Seth estava em toda parte, invadindo meu corpo e meus pensamentos, mas quando enfim consegui respirar, o cheiro estava errado. O aroma era terroso, com uma pitada de sal marinho. *Aiden.*

Seth deu um sorriso de satisfação e aproximou os lábios do meu ouvido.

— Eu te disse, Alex. Vou te encontrar onde quer que seja.

Minha boca se abriu, mas o grito ficou preso pelo nó de terror na minha garanta enquanto meu corpo tombou para o lado e, no susto, eu consegui acordar... *acordar.*

Me sentei na cama com o pulso acelerado e o quarto ganhou forma de maneira devagar. Meu olhar frenético varria o ambiente, procurando nas sombras por qualquer sinal do Seth. A luz prateada do luar atravessava as cortinas, se espalhando pelo chão, atingindo a cômoda antiga. Pela fresta da porta do banheiro, uma luz amarela brilhava. Tirando os sinais formigantes, não havia nenhum rastro dele.

Foi apenas um sonho — um pesadelo. Nada além, mas a adrenalina pulsando dentro de mim discordava.

A porta do banheiro se abriu e Aiden surgiu na soleira. Iluminado pelo brilho suave da luz que vinha de trás, ele era apenas uma silhueta nas sombras — sem camisa, vestindo os shorts do pijama bem baixo da cintura.

Aquilo não ajudou a acalmar meu coração *e* minha respiração. A luz atrás dele se apagou.

— Alex? — Ele foi em silêncio até a cama, se deitando ao meu lado. — Eu te acordei?

Balancei a cabeça.

Ele inclinou o rosto para o lado, e o cabelo escuro caiu sobre sua testa.

— Tá tudo bem?

— Sim — respondi num sussurro, me sentindo ridícula por ter reagido de forma tão exagerada a um pesadelo idiota.

Aiden estendeu o braço, parando a mão perto da minha bochecha. Então se afastou, deitando-se de costas com o braço estendido, me chamando. Me deitei ao lado dele, apoiando a cabeça em seu ombro e minha mão em seu peito, bem em cima do seu coração que batia forte. A pele dele estava quente, reconfortante.

Várias batidas de coração se passaram em silêncio enquanto o pulso dele se tornava mais suave. O porquê de estar batendo tão forte, eu não sabia. Me aninhei, encaixando meu corpo ao lado do dele, e seu braço envolveu minha cintura. Senti seu maxilar roçar no topo da minha cabeça e, depois, seus lábios tocando minha testa.

Fechei os olhos com força, querendo contar sobre o sonho, mas, em vez disso, o que saiu foi outra coisa:

— Cortaram a língua do meu pai, Aiden. Não consegue falar. *Eles* fizeram isso.

Ele prendeu a respiração por um momento.

— Por que fariam algo assim? — perguntei, e minha própria voz soava incrivelmente baixa e frágil.

— Não sei. — Ele subiu a mão, pressionando a parte de cima das minhas costas, num movimento circular relaxante. — Não há justificativa para algo tão horrível. — Ele fez uma pausa. — Sinto muito, Alex.

Assenti, fechando os olhos com força. Precisávamos fazer alguma coisa sobre a lei da ordem de raça, e eu sabia que Aiden concordaria, mas discutir algo político às duas da manhã não me parecia adequado. Me esticando, coloquei meus lábios sobre os do Aiden, mas o beijo foi mais contido do que quente, como eu esperava. O braço dele ficou rígido, um leve tremor atravessou seu corpo como se estivesse lutando contra nossa aproximação.

Confusa, deixei para lá a tentativa de seduzi-lo, já que não estava funcionando, e me sentei, com o coração acelerado de novo. Por que ele não retribuiu o beijo? Ainda estava chateado com meu comportamento birrento no treino com Solos? Se era o caso, nossa, não havia nada que eu pudesse fazer. Ou será que era outra coisa? Como o arrependimento e a tristeza que via em seus olhos cinza?

— Eu te amo — Aiden disse, em meio ao silêncio que tomou conta do quarto.

Não tinha como não reparar na carga emocional na voz dele. Perdi o ar. Mesmo depois da minha tentativa fracassada de sedução, escutar aquelas três palavrinhas vindas dele era algo do qual eu nunca me cansaria.

— Eu também te amo.

Pouco tempo depois, o sobe e desce do peito de Aiden se aprofundou. Permaneci nos braços dele, encarando a escuridão na parede vazia de frente para a cama durante o que me pareceram horas, antes de, com cuidado, me desenroscar de seus braços e me levantar.

Incapaz de dormir ou me acalmar, encontrei uma calça de moletom no escuro e vesti, enrolando a barra nos tornozelos. Meus pés descalços tocavam suavemente o chão de madeira enquanto eu saía pela porta e descia as escadas.

A casa estava silenciosa e um pouco fria. Cruzando os braços, dei uma volta pela cozinha, apesar de não estar com fome nem com sede. Agitada e sem sono, sem ideia do que fazer, caminhei até o solário.

Estava mais frio, mas de um jeito diferente, cercada pelas plantas e janelas, com nada além da escuridão sombria lá fora, era tranquilo.

Me sentei embaixo da janela, dobrei as pernas na altura do peito e observei o lado de fora. Minha mente estava cheia: meu pai, a volta aos treinos, a lei da ordem de raça, Aiden e sua resistência repentina, tudo o que estava acontecendo fora daqui, e...

E me peguei pensando em Seth, cortesia da visita que recebi em forma de pesadelo.

Uma pontada de pânico atravessou meu estômago. O que aconteceu só poderia ser um pesadelo. O que era compreensível, considerando que, no momento, Seth estava dando uma de Dr. Evil. Não poderia ser outra coisa, então eu precisava parar de surtar. Mas aquele zumbido baixinho no fundo da minha cabeça — ainda estava lá e significava que, não importava o que eu fizesse ou o quão forte eu fosse, eu sempre estaria vinculada a ele.

E ele, provavelmente, ainda conseguiria me alcançar.

A ansiedade voltou, se espalhando pelo meu peito. Fechei os olhos com força. O medo deixou um gosto amargo na minha boca. Será que aquele pesadelo tinha mesmo sido o Seth me alcançando?

Conferi meus escudos mentais. Quase da mesma forma como tinha passado a língua conferindo se todos os dentes continuavam na boca depois que Jackson pisou no meu rosto durante a aula, cutuquei e empurrei o escudo, me certificando de que nada tinha saído do lugar ou ficado frouxo. O escudo estava firme, mas continuei alarmada.

Quando tinha me conectado com Seth depois do despertar, conseguia ouvir os pensamentos dele tão claramente quanto os meus.

Joguei o corpo um pouquinho para trás, apertando as pernas até meus braços doerem.

Parecia muito que o Seth estava comigo nessa noite, em cima de mim, sussurrando sua ameaça. Nem meus pesadelos sobre tudo o que ocorrera em Gatlinburg tinham sido tão reais, e foram visuais pra caramba.

Passos se aproximaram do solário, e levantei a cabeça.

— Marcus.

Ele ainda vestia a mesma roupa do jantar, jeans e uma camisa de flanela — um claro sinal de que ele ainda não tinha ido dormir.

— Acordada uma hora dessas? — perguntou, se apoiando no batente da porta.

Dei de ombros e mantive os braços enganchados nos joelhos.

— Estou sem sono.

— Você estava se arrastando de cansaço a noite toda. Achei que fosse passar mais um dia dormindo.

Não era como se eu pudesse contar a verdade para ele, então não disse nada. Marcus hesitou na porta e depois avançou, com determinação e firmeza. Cansada, o observei se sentando ao meu lado, ocupando o mesmo lugar em que Laadan tinha se sentado quando conversamos. Vários minutos tensos e desconfortáveis se passaram, e embora eu e Marcus tivéssemos uma longa história, ainda tínhamos alguns obstáculos para superar até que as coisas não fossem mais tão esquisitas entre nós dois.

Ele apoiou a mão no colo e suspirou.

— Está se sentindo bem, Alexandria?

Que formal...

— Sim, como eu disse, só estou sem sono. E você?

— Estava lá fora fazendo a patrulha, acabei de trocar de turno com Solos. — Ele me olhou rápido pelo canto do olho. — Também estou sem sono.

Me virei para a janela de novo.

— Vocês acham que as patrulhas são mesmo necessárias?

— Em partes, acaba sendo só hábito, sobretudo para Aiden e Solos, mas coisas estranhas têm acontecido.

Surpresa com a resposta honesta, o encarei. Com minha visão de Apôlion, conseguia enxergar as feições nas sombras. Fiquei surpresa ao perceber que sua expressão transmitia abertura.

— E mesmo os deuses não estando na nossa cola neste exato momento, isso pode sempre mudar — disse ele. — Então nós observamos... e esperamos.

Eu não disse nada por um longo momento.

— Odeio isso.

— O quê? — O tom dele estava marcado pela curiosidade.

Cerrei os punhos, próximos às coxas.

— Que as pessoas estejam dispostas a dar suas vidas para me proteger. Odeio isso.

Marcus se virou para mim e, depois, recostou a cabeça na janela.

— Não me leva a mal, mas você não é a única a quem estamos protegendo, Alexandria. Tem Lea e Deacon, Olivia e Luke. Três deles têm treinamento, mas não contra deuses e uma horda de daímônes. Apesar de um ataque de daímôn aqui ser bem improvável...

Coisas estranhas aconteceram. Assenti.

Ele fechou os olhos vibrantes.

— Nem tudo é sobre você.

Minha boca se preparou para rebater. Não achava que tudo era sobre mim, mas... meio que achei, ao presumir que todos estavam se arriscando por minha causa. Minhas bochechas queimaram.

— Eu não... não foi isso que eu quis dizer. — Respirei fundo. — Bom, meio que foi, mas sei que vocês também estão protegendo eles. E isso... isso é bom.

Os ombros dele relaxaram.

— Não quis soar desse jeito também.

Soltei uma risada e o som me surpreendeu. Não foi forçada nem debochada, só divertida.

— Quis sim, e entendi. Já faz um tempo que eu estou no mantra "Alex É Importante".

Ele arqueou a sobrancelha.

A vontade de rir voltou, mas me segurei e apoiei a bochecha nos joelhos.

— Eu tenho... hum, tenho dado muito trabalho, sei disso. A maioria do tempo é de propósito.

— Eu sei — disse ele.

— Sabe?

Marcus assentiu.

— Você é como qualquer criança...

— Não sou criança.

Os lábios dele se curvaram num sorriso.

— Você *era* como qualquer criança procurando um lugar para se encaixar. É ainda mais difícil para vocês, meios-sangues. Muitos vêm de lares infelizes ou sequer têm lares. Crescem num ambiente violento e agressivo. Já vi tantos... — Ele balançou a cabeça levemente. — Enfim, com você foi diferente.

— Por quê?

— Para começar, você é minha sobrinha.

— Uau. — Pisquei, soltando as pernas. — Estou surpresa que a primeira coisa que reconheceu não foi o fato de eu ser o Apôlion.

Marcus arregalou os olhos encarando os meus.

— Isso nunca foi a primeira, nem a segunda, nem a terceira. Você é minha sobrinha. Filha da minha irmã. E é tão parecida com ela... — Ele suspirou, com o maxilar tenso. — Você era tão parecida com ela quando voltou para o Covenant... e, até mesmo agora, é difícil olhar para você e não enxergar minha irmã.

Algo... algo abalou meu peito. Nunca tinha visto Marcus se abrir tanto comigo. Sempre achei que dançaria valsa com um daímôn antes de ouvir Marcus falando sobre a minha mãe, mas lá estava ele.

Pelas bundas de daímônes, estávamos nos conectando aqui.

Respirei fundo, o ar meio seco.

— Você amava muito a minha mãe.

— Rachelle era minha irmãzinha e eu... eu a amava demais. — Ele fechou os olhos de novo. — Rachelle era cheia de vida... vibrante. Éramos o oposto um do outro. Ela atraía as pessoas aos montes, e eu afastava todo mundo.

Meus lábios estremeceram.

— Ela foi, provavelmente, a única pessoa que conseguia que eu relaxasse. — Ele se endireitou de repente, apoiando as mãos nos joelhos. — Quando você era bem pequenininha, ela costumava te levar lá em casa, e se você se comportasse, o que não era muito provável, ela te levava para tomar sorvete depois. — Um sorriso pensativo se formou. — Você era uma coisinha tão pequena naquela época, mas, meus deuses, eu soube logo que você seria igual a ela. Tudo, exceto os olhos...

Revirando minhas memórias, descobri que não me lembrava de Marcus na época em que eu era pequena, apenas algumas visitas quando fiquei mais velha, e elas foram frias e impessoais. Marcus era como qualquer outro puro.

— Ela sempre afirmou que seu pai era um mortal, mas aquele sentinela estava sempre por perto, sempre atrás dela... e de você.

— Quê? — Levantei a cabeça bruscamente.

Marcus focou em algo que eu não conseguia ver.

— Você era nova demais, Alexandria, para se lembrar do seu pai.

Ouvir Marcus mencionando meu pai fez o mundo parar.

— Você era apenas um bebê. Sua mãe não conseguia dar uma voltinha fora de casa sem o Alexander logo atrás dela, especialmente se ela estivesse com você. Olhando em retrospecto, parece óbvio, mas sentinelas e guardas estavam sempre por toda parte. E eles frequentaram o Covenant juntos, dois anos abaixo de mim. Eu achava que eram só amigos. Mas acredito que, lá no fundo, sempre soube, só não queria enxergar. Toda vez que eu olhava para você, eu via a ruína da minha irmã.

Arregalei os olhos.

— Essa doeu.

— Pois é — ele suspirou. — Parece horrível, mas você, mais do que qualquer pessoa, sabe o que acontece quando meios e puros se misturam. Eu estava muito furioso com ela por ter se colocado naquela posição e ter envolvido uma criança naquilo tudo. — Marcus fez uma pausa, pensativo. — Descontei tudo em você. Foi um erro.

Era como se porcos tivessem ganhado asas e estivessem voando ao lado dos aviões. Em vez de comemorar por ele admitir que sempre tinha sido um babaca, foquei em outra coisa. Às vezes, eu me surpreendia com minha própria maturidade.

— Você... você conheceu meu pai pessoalmente?

Ele apertou os lábios.

— Treinei com seu pai antes de decidir seguir um caminho mais político. Ele era um lutador muito bom. Como você.

O encarei. Houve um tempo em que escutar aquilo teria me enchido de alegria, mas agora não era o elogio que me pegava, era ouvir que *meu pai* foi um bom sentinela.

— Acho que sua mãe esperava que não seria unida. Eu não fui. Nem Laadan. Mas, quando sua mãe foi unida com Lucian, Alexander... dava para perceber, se você conhecesse o homem por trás do uniforme.

De novo, eu não sabia o que dizer.

— Não havia nada que ele pudesse fazer além de se afastar e deixar a mulher que ele amava se casar com outra pessoa. E ele teve que viver com aquela pessoa criando a filha dele. — Marcus pigarreou. — Eu tenho certeza que Alexander sabia que Lucian não era bom com você, mas não havia nada que ele pudesse fazer. Se meter na situação teria colocado você e sua mãe em perigo. Ele estava de mãos atadas.

Meus músculos tensionavam e relaxavam ao mesmo tempo.

— O que aconteceu? Como ele acabou virando servo?

Marcus me encarou.

— Quando você tinha três anos, Alexander desapareceu. Não era incomum. Disseram que ele tinha sido morto por um daímôn.

Balancei a cabeça, franzindo as sobrancelhas.

— Como você não sabia onde ele estava? Ele estava nas Catskills, nas mãos de Telly.

— Não o vi por lá, só fui vê-lo um ano antes do seu retorno. — A sinceridade nas palavras dele me balançaram. — Eu acreditava que estivesse morto, e não sabia que um meio-sangue e uma mulher puro-sangue pudessem dar à luz um Apôlion. Mesmo quando Rachelle me procurou antes de te levar embora, eu não suspeitava o que aquilo significava. Não até ver Alexander nas Catskills, e então, o que eu poderia fazer?

— Você poderia ter ajudado ele!

— Como? Como eu poderia? O que acha que teria acontecido se todos descobrissem que seu pai é um meio-sangue? Meios e puros já tinham se misturado antes e foram pegos. Aquelas crianças não sobreviveram.

Enojada, engoli em seco.

— Isso é tão errado.

— Não discordo. — Ele passou os dedos pela folha de uma planta. — Seu pai parecia não me reconhecer. Só recentemente Laadan me contou que ele deveria estar fingindo.

Então, minha ficha caiu — e como uma bomba sobre minha cabeça. A conversa que escutei entre ele e Telly veio à tona. Marcus estava furioso com o ministro.

— Telly queria que você me entregasse, não queria? Ele até te ofereceu uma cadeira no conselho.

Ele me encarou.

Abri um sorriso.

— Escutei vocês conversando.

Me observando por um momento, ele balançou a cabeça.

— Sim.

— E você recusou.

— Sim. — O olhar dele dizia: *como poderia aceitar?*

Nossa. As coisas começavam a fazer sentido, depois de tanto tempo. Eu o fazia me lembrar da minha mãe, e ele sentia falta dela, o que o deixava desconfortável perto de mim. E Marcus não era de interagir com os outros. Ele só ficou sabendo do meu pai tarde demais. Eu acreditava naquilo. *E* ele não me entregou para o Telly. Me lembrei da forma que me pegou e me carregou depois que Seth atacou o conselho e fiquei doente.

Da forma que, assim como Aiden, ele não tinha desistido de mim.

Marcus... ele se importava comigo. E aquilo significava muito. Fora meu pai, que estava longe, Marcus era a única família que eu tinha — meu sangue.

— Obrigada — eu disse. E então, por impulso, mesmo sabendo que ele não era um homem de abraços, me joguei para a frente antes que ele pudesse se preparar e o abracei. Porém, foi rápido. Eu não queria assustar o cara.

Voltei para o meu lugar e ele me encarou, com olhos arregalados. Bom, acho que *sim*, assustei o cara.

— Por que está me agradecendo? — ele perguntou devagar.

Dei de ombros.

— Garota estranha...

Rindo, recostei nas almofadas do banco.

— Aposto que minha mãe era uma garota estranha.

— Ô, se era...

— Você pode me contar o que sabe sobre o meu pai? Tipo, se não estiver cansado e tal...

— Tenho algumas histórias para contar. — Ele imitou minha posição. — E não estou cansado. Nem um pouco. — O sorriso dele era contido, mas real, e eu não conseguia me lembrar dele sorrindo daquele jeito antes.

Sorri com gentileza.

— Seria muito legal.

Só quando o amanhecer chegou e o sol nasceu, afastando as sombras escuras, que pensei em como minha mãe ficaria feliz ao saber que eu e Marcus meio que demos um jeito em nossa relação.

E não pude deixar de acreditar que ela sabia. E que, talvez, estivesse sorrindo para nós. Assim como o sol que atravessava as janelas, aquecendo nossas costas.

14

Durante os três dias seguintes, nosso grupinho entrou numa espécie de ritmo. As coisas se acalmaram no mundo. Não ocorreu mais nenhum desastre natural, e o monte Santa Helena pareceu ter se aquietado. Apolo continuava sumido, e a cabana no meio do nada se tornou uma zona livre de deuses. O que era bom, mas eu acreditava que algum poderia aparecer do nada, provavelmente na cama do Deacon ou algo assim, onde menos esperássemos. Porém, apesar de nenhuma intervenção divina, era como assistir à contagem regressiva de uma bomba-relógio. Estávamos apenas esperando.

Cada dia era cheio de treinos, treinos e mais treinos. Parte dos treinos era pior do que qualquer um dos meus no Covenant, porque *todo mundo* parava para assistir quando chegava minha vez de liberar akasha.

Marcus e Solos alinharam diversas rochas que encontraram espalhadas, e meu trabalho era transformá-las em pedrinhas pequenininhas. E deu certo — bem de pertinho. Tipo, a um passo de distância. Quanto mais eu me afastava, pior ficava minha mira.

Suando sob a jaqueta larga do Aiden, grunhi enquanto puxava akasha do lugar onde ele repousava, bem abaixo da minha costela. O sinal do poder dos deuses formigou enquanto o quinto elemento crepitava pelas juntas dos meus dedos.

Sob as árvores, Aiden e Olivia pararam o treino para olhar.

Focando no elemento, percebi meus sentidos se apurarem. Usar akasha era como me conectar diretamente com a natureza — o tipo de conexão de quem sai por aí abraçando árvores. Eu podia sentir as vibrações da grama e do solo sob meus pés, assim como dezenas de aromas carregados no zumbido baixinho do vento, e podia *sentir* o ar voando sobre a minha pele com dedos fantasmagóricos.

Akasha crepitou sobre meu braço direito enquanto eu estendia a mão. Um raio explodiu da minha palma, que atravessou uns três metros e atingiu a borda direita da rocha. Com um estalo alto, a pedra se estilhaçou.

Luke saiu do caminho, mas ainda assim foi atingido pelos escombros. Ele se curvou, quase beijando o chão.

— Ops. — Fiz uma careta. — Foi mal.

Limpando as costas, acenou para mim e mancou até Deacon, que estava tentando disfarçar a risada.

— Cala a boca — ele resmungou.

— Você ficou perto demais. Achei que fosse mais inteligente — Deacon respondeu.

Suspirei e me virei para Solos.

— Minha mira é um lixo.

Solos assentiu.

— Só um pouquinho.

— Um pouquinho? — Arqueei as sobrancelhas.

— Você está atingindo o alvo, e acho que é isso que importa.

Espiando Aiden, vi que a atenção dele agora estava na luta entre Lea e Olivia. As duas eram lutadoras maravilhosas e bem compatíveis, e Aiden estava total em seu modo instrutor, dando comandos com a voz grave e curiosamente musical. Percebi que sentia falta daquela atenção direcionada a mim.

Caramba, eu sentia muita falta da atenção.

Uma coisa estava certa naqueles últimos três dias: definitivamente, havia algo de estranho com Aiden. Não era como se ele estivesse me evitando. Toda noite ele se deitava comigo na cama, me puxava para perto e me abraçava. Nada avançava depois disso, apesar de eu sentir que ele queria mais. Aiden apenas não tomava iniciativa, e eu não fazia ideia do motivo. Eu tinha certeza de que o jeito como eu me enroscava toda nele deixava bem claro que eu estava a fim de uma brincadeirinha.

Mordi os lábios e me virei para a última rocha, relaxando os ombros. Graças aos deuses, não tive mais pesadelos com Seth. Suspeitava um pouco ter alguma coisa a ver com o fato de que eu não me deitava antes do Aiden. Talvez saber que ele estava ali já ajudasse, mas ele sempre ia dormir tarde, o que geralmente me fazia levar umas duas horas para pegar no sono, e quando ele acordava com o primeiro raio de sol, eu acordava também. Como eu estava usando akasha todos os dias, me sentia sugada como uma vítima de daímôn.

Mas deixei o cansaço de lado. Como Marcus dizia, eu era muitas coisas, mas estúpida não era uma delas. Eu sabia por que Apolo queria que eu treinasse com akasha. Ele estava me preparando para lutar contra Seth. E eu teria que contar com todo meu arsenal para evitar a transferência de poder que seria capaz de acabar com tudo.

Havia um problema em treinar para uma batalha direta contra Seth. Como eu poderia lutar contra ele se tudo o que Seth precisava era um toque e algumas palavras sussurradas em grego?

Sim, estávamos fadados ao fracasso.

O pânico martelava no meu peito. Meu olhar passeava por todos ao redor. Se algo desse errado, o que era bem provável, todos ali estariam em risco. Lea poderia terminar como a irmã, Olivia como Caleb, Luke e Solos como todos os sentinelas que foram massacrados por Lucian e seu exército. Marcus poderia terminar como minha mãe.

Meus olhos repousaram em Aiden.

Deacon havia se levantado e estava de pé ao lado do irmão mais velho. Sob a luz do sol, seus cachos dourados eram quase platinados. Os irmãos compartilhavam a mesma cor deslumbrante de olhos, e nada mais. Lado a lado, eram como yin e yang, noite e dia.

As mãos de Deacon seguravam alguma coisa, e ele levantou a cabeça com um sorriso genuíno nos lábios e um brilho nos olhos cinza. Aiden riu de algo que ele disse.

Poderiam terminar como os pais.

O medo deixou minha pele tensa ao substituir o pânico. Esfreguei a têmpora, forçando o ar a entrar e sair na mesma medida. Ninguém iria morrer. Não haveria mais mortes. Não poderia haver. *Todos* já tinham sofrido o bastante.

Mas havia o Destino. Não existia essa história de dívidas pagas quando se tratava do Destino. Ele simplesmente não se importava ou reconhecia experiências passadas.

Saber daquilo me dava vontade de me jogar na grama molhada e fria e chorar como um bebezão furioso.

— Alex? — A voz suave de Solos me arrancou dos meus pensamentos perturbados.

Assenti e foquei na última rocha. O que eu não gostava no uso de akasha era o fato do zumbido na minha cabeça sempre ficar mais forte, como se ativar o elemento mais poderoso de alguma forma afetasse a ligação. Nenhum dos Apôlions pensou em discutir sobre isso antes, então eu não sabia se era verdade.

Invocando akasha, eu o soltei. O raio de luz azul foi incrivelmente intenso, estilhaçando com seu poder. Houve silêncio antes de mais um estalo alto. Dessa vez, acertei a rocha bem no meio e a coisa não explodiu, mas se reduziu a uma pilha de pó.

Solos assoviou ao encarar a poeira e o chão chamuscado ao redor.

— Me lembra de nunca te deixar irritada.

Abri um sorrisinho dando um passo para trás e deixando o zumbido de akasha se acalmar. Me abaixei e peguei minha água. Por cima da garrafa, observei Olivia dar um chute giratório que empurrou Lea alguns metros para trás.

Aiden aplaudiu.

— Perfeito, Olivia! — E, então, para Lea: — Você hesitou. Caso contrário, poderia ter bloqueado o chute.

Assentindo, Lea se levantou pronta para mais. Ela logo voltou à posição e atacou de novo.

Uma dorzinha irritante atingiu minha têmpora, fazendo meu olho direito tremer. Joguei a garrafa no chão e me virei para Solos. Sem mais rochas para destruir, ele me passou para Marcus, para que eu treinasse os outros elementos.

Um pouco distante do grupo principal, ele ergueu as mãos. Uma lufada de vento passou. Galhos chacoalharam e folhas pequenas e frescas rodopiaram no ar conforme o vento me envolvia.

Levantei as mãos e, ao contrário de antes do despertar, recebi o elemento ar dele com o meu. O dele enfraqueceu diante da força do meu. Era incrível como esse elemento costumava ser meu maior inimigo, mas agora era apenas uma leve irritação.

Deacon e Laadan até se juntaram na parte final do dia. Laadan treinou o elemento ar, e Deacon criou pequenas chamas de fogo e as controlou. Eu não conseguia imaginar os dois lutando, mas, naquele cenário, todo mundo teria que se tornar um guerreiro.

Aiden observou o irmão com os olhos semicerrados e o maxilar tenso, tão tenso que me perguntei se ainda tinha sobrado dentes molares na boca. Por fim, ele deixou as meios-sangues e caminhou até onde Deacon fazia vários galhos queimarem.

— O que você está fazendo? — Aiden questionou.

Deacon olhou para cima, entre os cachos.

— Me transformando num besouro de fogo.

Aiden não achou graça.

— Sei muito bem o que você está pensando.

— Ô inferno, se sabe mesmo, então é bem vergonhoso.

Aiden tensionou as costas.

— A não ser que esteja praticando para criar fogueiras de acampamento, está perdendo tempo.

— Mas...

— Você não precisa disso. — Aiden apontou para as pilhas de galhos pegando fogo e as chamas sibilaram. — Não quero você envolvido em nada disso.

Deacon esticou todo o corpo, ou seja, bateu na altura dos ombros de Aiden.

— Você não pode me impedir, Aiden.

Putz, resposta errada.

— Quer apostar? — Aiden rosnou, inclinando a cabeça para encarar o irmão.

Destemido, Deacon manteve a postura, mas baixou o tom de voz.

— Quer mesmo que eu fique jogando cartas enquanto todo mundo faz algo importante?

— Sim, quero sim.

Deacon riu sem nenhum humor.

— Posso ajudar.

— Você não tem treinamento. — Ele cerrou os punhos ao lado do corpo. — E, antes que diga, você não é igual a todo mundo.

— Sei que não tenho treinamento, mas também não sou um inútil, Aiden. *Posso* ajudar. — Os dois se encararam num nível que eu nunca tinha visto antes, sobretudo da parte do Deacon, que sempre foi super de boa. — E me pedir para sentar e ficar olhando todo mundo... pessoas importantes para mim, pessoas como *você*... se preparando para arriscarem a vida enquanto não faço nada... não é justo!

Aiden abriu a boca, mas seu irmão se apressou para continuar.

— Sei que tem boas intenções com esse seu jeito controlador, mano. Mas você não pode me proteger para sempre, e não dá para continuar me tratando como um bebê. É perda de tempo, porque, mesmo que você me proíba, não vai fazer diferença. Você não pode me parar. — Deacon respirou fundo. — Preciso ajudar, Aiden.

Algo no discurso de Deacon fez o irmão soltar um bombardeiro de palavrões. Minhas sobrancelhas foram parar na linha do cabelo. Aiden raramente xingava ou perdia o controle, mas, nossa, ele parecia uma granada sem pino.

Ele deu um passo para trás, apoiando as mãos na cintura. Quase esperei que arrastasse Deacon de volta para a cabana e o trancasse lá, mas, em vez disso, ele assentiu brevemente.

— Tá bom. Se é isso que você... precisa, tudo bem.

Fiquei chocada, em silêncio. Deacon também. Sem dizer mais nada, Aiden retornou para onde as meios-sangues o esperavam.

Os olhos de Deacon encontraram os meus, e ele deu de ombros.

Chocada por Aiden ter desistido — e, de certa forma, feliz por ele não estar vendo Deacon apenas como seu irmão mais novo que adorava uma festinha — segui Marcus até o restante do grupo.

Treinamos com o elemento ar pelo resto do dia, e cheguei até a usá-lo contra os outros meios, os forçando a quebrar minha resistência. Odiava fazer aquilo, porque sabia como me sentia impotente quando aquele elemento era usado para me derrubar, mas aqueles que dominavam o ar eram os mais comuns, ou seja, mais da metade dos daímônes usava ar. Esse foi um dos motivos pelos quais tantos meios-sangues morreram batalhando contra eles.

Então, precisávamos lidar com aquilo.

Fogo e terra eram raros entre os puros-sangues. Aiden e Deacon eram os únicos dois que eu conhecia capazes de conjurar fogo, e nunca cheguei a conhecer um puro que controlasse o elemento terra, embora já tivesse visto sendo usado antes, no Covenant de Nova York. O elemento água vinha a calhar se o puro-sangue estivesse perto da água ou na chuva. Alguns achavam que era o elemento mais merda, mas eu discordava. Era possível puxar a água dos canos — de *qualquer coisa*, na verdade.

Eu estava lutando contra Lea. Havia pouco tempo, eu teria sentido uma satisfação perversa em derrubá-la, mas as coisas... eram muito diferentes agora.

Nos encaramos por alguns segundos, e então ela assentiu.

Lenta e relutante, levantei as mãos e puxei o ar ao meu redor. Uma corrente voraz de vento se formou atrás dos meus dedos e, depois, passou por eles. Assim como akasha, minha mira não era das melhores, mas atingi Lea bem abaixo do peito, a derrubando de costas no chão.

Segui adiante, os braços tremendo enquanto eu forçava o elemento sobre ela. Era difícil encará-la, ver que estava lutando e se debatendo no chão, incapaz de se levantar.

Aiden se agachou atrás dela, berrando ordens do jeitinho delicado dele, mas tudo o que ela conseguia fazer era levantar as pernas.

O corpo de Lea tremia, e seus lábios produziam um rosnado. Ela lutou para se sentar, e eu queria que ela conseguisse, porque assim se soltaria mais facilmente, mas o elemento prendeu os ombros dela na grama.

O vento batia nela, uma lufada após a outra, e ela jogou a cabeça para trás, gritando enquanto levantava uma mão, os dedos tentando agarrar o inimigo invisível.

— Vamos, Lea! Use os músculos do abdômen — disse Aiden, me encarando com olhos de concreto. — Empurra...

Eu odiava aquilo, superodiava. Meu corpo inteiro tremia.

Ela soltou outro grito e batia com as mãos na grama. Enterrou os dedos, os afundando na terra. Alguns tufos voaram quando ela empurrou e conseguiu se sentar. Comecei a sorrir, mas Lea se recuperou rapidamente e correu na minha direção.

Ela atravessou o elemento, envolvendo os braços na minha cintura ao bater de frente comigo. Nós duas caímos, um emaranhado de braços e pernas. Minha cabeça bateu no chão. Vi estrelas. O ar saiu rápido dos meus pulmões num suspiro doloroso.

O som dos aplausos era ensurdecedor, e acho que ouvi Deacon gritando:

— Briga de garotas!

E, então, silêncio. Ninguém se mexeu. Gosto de pensar que todos estavam se preparando para um contragolpe fatal do Apôlion.

— Caramba — grunhi, piscando várias vezes. Através do cabelo acobreado de Lea, via o céu azul-claro.

Usando os braços, ela empurrou o corpo para cima numa flexão e sorriu para mim.

— Podemos chamar isso de uma pequena vingança. — Ela rolou para o lado e se levantou, ainda com um sorrisão no rosto. — Bom, foi divertido.

Continuei esparramada no chão, com a pulsação na minha têmpora direita se espalhando para a parte de trás da cabeça. Era possível que ela tivesse tirado algum parafuso do lugar — tomara que nenhum dos importantes.

A mão forte e bronzeada apareceu no meu campo de visão.

— Vamos levantar?

Dando a mão para Aiden, deixei ele me puxar e fiquei de pé enquanto ele tirava terra dos meus ombros doloridos. Pensando melhor, meu corpo inteiro doía. Um pequeno sorriso surgiu nos lábios cheios dele. Nossos olhares se encontraram, enquanto todos conversavam ao nosso redor. Naquele momento, éramos só nós dois.

Aiden se inclinou, com a respiração quente na curva do meu pescoço. Um leve arrepio atravessou minha pele, e a dor na têmpora direita aliviou. Respirei fundo, me cercando com o cheiro terroso e masculino dele. Todos ao nosso redor tinham desaparecido.

— Eu sei o que você fez — ele sussurrou.

Joguei a cabeça para trás, semicerrando os olhos. Não foram as gracinhas românticas que eu esperava que ele sussurrasse.

— O quê?

Arqueando a sobrancelha, ele se virou e saiu para se juntar ao grupo que parabenizava Lea. Coloquei as mãos na cintura, balançando a cabeça. Não tinha como ele saber. Não mesmo.

15

Mais tarde, naquela noite, fui à caça e Aiden era minha presa. Depois do treinamento, ele *desapareceu*. Depois do jantar, *desapareceu* de novo, e horas se passaram desde a ocasião. Era um pouco depois da meia-noite. Eu sabia que ele não estava fazendo a patrulha. Era o turno do Solos, e a suspeita de que Aiden estava me evitando já tinha virado paranoia total.

Zanzando pelo andar de baixo, esperava gastar boa parte do meu nervosismo e acalmar o início de uma enxaqueca. Naquele momento, era só uma dorzinha chata atrás dos olhos, mas eu tinha a sensação de que iria se tornar uma explosão na minha cabeça.

Havia mais uma longa noite pela frente, que se tornaria ainda pior com os rumos que meus pensamentos estavam tomando. Entre todas as coisas com as quais eu deveria estar me preocupando no momento, eu sabia que aquela não era uma delas, mas odiava aquele muro que se formou do nada. E era um muro estranho que...

Resisti à repentina e terrível lembrança de Aiden encarando a garrafa de elixir que eu tinha segurado na cozinha depois do meu primeiro jantar de volta à terra dos sãos. Será que, ao ver o elixir, se lembrou de que teve participação naquilo tudo? Ele não poderia estar... se culpando por ter me dado o elixir... Poderia? Aposto que qualquer pessoa no mundo concordaria que tinha sido necessário.

— Você parece nervosinha — a voz de Lea me arrancou dos meus pensamentos.

Eu estava de pé em frente a um pequeno escritório mobiliado apenas com um sofá e uma escrivaninha. Estantes de livros forravam as paredes, mas a maioria das prateleiras estava vazia. A única luz vinha de uma luminária atrás do sofá.

— Não estou irritada. — Estava confusa, frustrada e paranoica, cansada e... tá bom, um pouco nervosinha.

Ela jogou uma mecha de cabelo para trás. Um momento de silêncio se passou, e então:

— Eu sei o que você fez.

Era a segunda vez que alguém me dizia aquilo em questão de horas e, sinceramente, nenhuma das duas pessoas poderia saber de verdade. Ou poderia? Não era como se eu estivesse com uma placa pendurada no pescoço.

Encarei Lea, sem expressão.

— Não tenho ideia do que você está falando.

Devagar ela fechou o livro e o colocou de lado. Contendo um grunhido, entrei no escritório e me apoiei sobre a escrivaninha.

— O que foi? — questionei, cruzando os braços.

Minha arqui-inimiga me encarou de volta, sem nem se abalar. Todas as vezes que a provoquei ao longo dos anos, ela revidou. De certa forma, éramos muito parecidas. Duas fêmeas alfa, mirando constantemente na jugular uma da outra.

Mas era mais do que isso.

Num lampejo perturbador, eu soube por que tínhamos nos tornado inimigas tanto tempo atrás. Quando eu era mais nova, antes da minha mãe me arrancar do Covenant, antes de Lea e eu nos odiarmos, poderia dizer que éramos pessoas decentes. Até que num certo dia eu disse algo horrível para ela.

Mesmo aos dez anos de idade, Lea já amava sua madrasta e meia-irmã puro-sangue — a ponto do restante de nós, meios-sangues, acharmos que havia algo errado com ela. A maioria dos puros-sangues ignorava as crianças meios-sangues, sobretudo os puros que não geraram ou deram à luz os meios-sangues em questão. Padrastos e madrastas no nosso mundo eram monstros de verdade. Mas, no mundo de Lea, sua madrasta puro-sangue parecia amá-la muito. Toda segunda-feira, depois de passar o fim de semana com a madrasta, Lea falava de todas as coisas maravilhosas que fizeram juntas: faziam compras, assistiam a filmes, tomavam sorvete. Ninguém vivia aquilo com nossos padrastos e madrastas. Lucian costumava me trancar no quarto quando minha mãe não estava em casa.

Então, claro, morríamos de ciúmes.

Nós a importunávamos o tempo inteiro por causa daquela madrasta. Tínhamos destruído o vestido que ela comprou para Lea, entornando suco nele. Escondemos o pequeno álbum de fotos que Lea carregava para cima e para baixo. A capa era de bolinhas com listras cor-de-rosa, cheio de fotos dela com Dawn, sua meia-irmã puro-sangue. Certa vez, encontrei um cartão que a madrasta escreveu para Lea escondido em um dos livros dela.

Eu o tinha rasgado em pedacinhos na frente da Lea, rindo enquanto ela chorava.

Então, um dia, enquanto estávamos correndo em volta da pista, Lea parou e encarou um puro-sangue do conselho que estava de visita. O rosto dela foi tomado por um brilho que ninguém entendeu. Parecia respeito e admiração. Mas aquilo não fazia sentido. Porque, enquanto meios-sangues, não encarávamos os puros com tanta admiração, como se fôssemos capazes de dar nosso braço esquerdo só para parecermos com um deles.

Depois da aula, encontrei Lea sentada no pátio com os amigos. Seguida por Caleb e alguns outros, furei a rodinha e parei bem no centro. E eu disse a coisa mais cruel que eu poderia dizer a outro meio-sangue.

— Você parece mais puro-sangue que meio.

A mesma coisa que Seth tinha me dito certa vez.

Pensando bem, além disso, acho que cuspi nela.

Lea basicamente começou a me odiar a partir daí e, com sinceridade, não sei como me esqueci disso. Mas também era provável que eu tenha escolhido esquecer o que iniciou nosso ódio de anos. Sempre encarei a animosidade de Lea em relação a mim como um produto da malvadeza dela, quando na realidade era eu quem praticava bullying.

Parecia tarde demais para desculpas e, conhecendo Lea, isso não mudaria nada, e eu não esperava que mudasse.

Lea me encarou agora, com a cabeça tombada para o lado como se soubesse o que eu estava pensando. Ela abriu um sorriso tenso.

— Você enfraqueceu o elemento ar quando estávamos lutando.

Fiquei boquiaberta, mas ela continuou.

— Eu não teria me soltado se você não tivesse liberado. Senti a pressão ficar mais fraca. Não percebi na hora o que você tinha feito, mas acabei deduzindo — disse, como se quisesse provar que tinha sido esperta o bastante para notar. — O que eu não entendo é o porquê de ter feito aquilo. Você poderia ter me afundado no chão. Só os deuses sabem como nunca teve problemas em me atacar antes. O que mudou agora?

Descruzando os braços, agarrei a borda da escrivaninha. Não tinha ideia do que dizer. Lea estava certa. Liberei *mesmo* o elemento ar, e não era apenas sobre aquilo que ela estava falando. Alguns meses atrás, se eu tivesse controle sobre o elemento, teria jogado ela pela floresta só por diversão, talvez até tacaria uma maçã na cara dela. Tudo era possível.

Mexi no cabelo, colocando a trança grossa sobre o ombro. Lea estava esperando minha explicação, e senti minhas bochechas ficando vermelhas.

Ela cerrou os olhos cor de ametista.

Soltando um suspiro baixinho, revirei os olhos e joguei o cabelo para trás.

— Tá legal. Você me pegou. Liberei mesmo e fiz porque me lembrei de como é horrível ser derrubada daquele jeito, sem saída. Eu *odiava* quando Seth fazia aquilo comigo.

Ela ficou pálida sob seu bronzeado sempre presente.

— Ele... ele fazia aquilo com você?

— Nos treinos — disse, para acabar com os pensamentos que ela estava tendo. — Enfim, eu não poderia fazer aquilo com outra pessoa, mesmo se a pessoa em questão fosse uma bronzeada insuportável.

Lea me observou por um momento, e, então, abriu um sorriso.

— Nossa, e isso vindo de Alex, que abandonou o Covenant e virou um Apôlion psicopata!

Meus lábios tremeram.

— Ai. Essa doeu.

Virando a cabeça, ela escondeu a risadinha e ficou séria ao me encarar.

— Você mudou tanto, Alex.

Algo em mim queria negar, mas era verdade. Enquanto eu encarava de volta a garota de cabelo acobreado, me dei conta de como nós duas tínhamos mudado completamente. Não havia como voltar a sermos o que éramos no verão passado.

Lea suspirou e franziu o nariz.

— Nossa... que climão.

Eu ri.

— Sim. Parece que preciso te insultar um pouco mais.

Ela se recostou, toda arrogante, e levantou as mãos.

— Faz teu melhor.

— É muito fácil — respondi, soltando a escrivaninha e sentindo o sangue voltar para as pontas dos meus dedos. — Basta eu esperar você fazer algo que me tire do sério. Aposto que não vai demorar muito.

— Provavelmente, não — ela respondeu. — Me surpreende você não estar lá puxando o saco da Olivia.

Arqueei a sobrancelha.

— Já está tentando me tirar do sério? Que surpresa.

Lea deu de ombros antes de fazer uma pausa.

— Olivia contou que você viu o Caleb duas vezes. É... é verdade?

Assenti.

— Eu o vi quando fui ao Submundo, e ele me visitou pouco antes de eu escapar.

Ela abaixou os cílios espessos.

— Ele está bem?

Então, entendi. Não era uma preocupação com Caleb nem nada do tipo. O motivo pelo qual estava me perguntando só podia ser sua meia-irmã.

— Sim, está mais que bem. Mais feliz do que era antes de falecer. — Um nó se formou na minha garganta, e foquei nas estantes vazias. — Ele disse que minha mãe está lá também, então tenho certeza que seus pais e a Dawn estão lá... e eles estão bem.

Ela engasgou no meio da inspiração e, como eu, de repente focou a atenção nas bordas desgastadas do braço do sofá. Todos os meios-sangues foram treinados para não demonstrar dor, e deuses nos livrem de chorar. O mantra de "não mostrar fraqueza" era difícil de deixar para trás.

Me sentei ao lado dela no sofá e peguei o livro que estava lendo. Virando a capa, minhas sobrancelhas foram lá no teto quando avistei o gostosão.

— Peraí. Isso é um livro sobre alienígenas?

Ela pegou o livro da minha mão.

— Sim.

— Sério mesmo?

— Mas são alienígenas gostosos. — Ela apontou para o rosto do cara na capa. — E *ele* pode ser meu ET quando quiser.

Soltei uma risada, foi meio esquisito rir com a Lea, entre todas as pessoas, mas ela sorriu um pouquinho. Jamais seríamos melhores amigas, mas me perguntei se, um dia, chegaríamos a encontrar amizade uma na outra.

Uma pontada aguda de dor atingiu meus olhos, através das têmporas. Com uma careta, me levantei e respirei fundo.

— Você tem um Tylenol por aí? — Outra pontada de dor, como fogo se espalhando pelos vasos sanguíneos no meu cérebro e fazendo a náusea subir pela garganta. — Ou uma marreta? Qualquer coisa?

— Deve ter alguma coisa para... ei! *Ei!* Você tá bem? — De repente, a voz da Lea parecia tão, tão distante, mas sua mão segurava meu braço.

— Sim, eu... estou bem. — Dei um passo e senti minhas pernas tremerem. Os músculos pulsaram, cedendo.

Um clarão explodiu na sala escura, me cegando. Achei que tivesse soltado um grito de alerta. Achei que tivesse me virado para a Lea, mas quando a luz intensa diminuiu, eu não estava mais naquele pequeno escritório.

A câmara circular era feita de pedra e ladeada por pilastras de mármore. Glifos estranhos cobriam as paredes, runas parecidas com as que flutuavam sobre a minha pele. Não havia nada lá — nem sofá, nem estantes, nem Lea —, mas eu não estava sozinha.

— Que merda é essa? — indaguei.

De pé na minha frente, havia um deus, um que não parecia muito mais velho que eu. O capacete alado que ele usava cobria boa parte do seu cabelo, mas alguns fios castanho-claros escapavam. Ele vestia um clâmide branco.

O deus abriu um sorrisinho.

— Não mata o mensageiro. — E, depois, piscou várias vezes.

— Que porr...

Então, eu o vi. Estava recostado em uma das pilastras, de costas para mim. O traje preto familiar, as ondas de cabelo loiro — agora levemente maiores... Reconhecê-lo fez uma onda de choque gelada e de terrível descrença me atravessar.

— Seth? — sussurrei.

Uma batida de coração se passou e ele virou a cabeça para o lado.

— Não estou muito feliz com você, Alex. — O horror aumentou rápido, e dei um passo involuntário para trás. Antes, eu nunca tive medo dele.

Só a ideia disso me faria rir. Mas agora eu estava aterrorizada. Não por ele, mas pelo que poderia fazer.

Seth se virou para mim, seu rosto era como eu me lembrava — maxilar forte e lábios expressivos, olhos como âmbar líquido e uma beleza perfeita demais. Sempre me lembrava das esculturas que se faziam à imagem dos deuses.

Ele arqueou a sobrancelha de deboche.

— Que foi? Ficou sem palavras? Por essa, eu não esperava.

— Como? — perguntei com a voz rouca, com meu coração doendo de bater tão acelerado.

— Ainda estamos vinculados, e eu estava esperando por esse momento para... como posso dizer? Fazer uma videochamada através da nossa conexão? — Ele abriu aquele meio-sorrisinho presunçoso. — Com escudo ou sem, ainda consigo te alcançar... com uma pequena ajudinha dos meus amigos lá de cima.

O deus...

— Hermes?

Seth assentiu.

— Ele sempre foi um dos meus favoritos. Te trazer até mim com certeza vai irritar os outros deuses, isso foi tudo o que precisei para convencer Hermes. E, antes que você tire qualquer conclusão errada, Hermes não é o deus responsável por mim.

O fato de Seth ter metido Hermes na história me irritou, mas não fazia sentido. Como Hermes me encontrou? Eu estava mergulhada em confusão, porém algo tinha gosto de sangue por trás daquilo tudo.

— Não entendi. Onde eu estou?

— Você está onde eu quero que esteja. — Ele deu um passo calculado para a frente.

Me afastei alguns centímetros.

— Isso não responde muita coisa.

Seth inclinou a cabeça para o lado, cerrando os olhos enquanto continuava avançando.

— Você acha que merece uma resposta?

Então, eu soube de onde vinha aquele gosto de metal na minha garganta. Era raiva.

— Estou sonhando, Seth?

Ele riu. Quando estávamos conectados, ele ria bastante, mas agora eu conseguia perceber a diferença entre o Seth real e sua versão fantasma. A presença dele era potente, sua voz tinha uma rouquidão meio musical, e um leve sotaque. E sua risada... sua risada era grave e metida.

— Você não está sonhando, Alex. Como eu disse, usei nossa conexão e Hermes ajudou. Isso... — Ele abriu os braços e sua pele dourada estava coberta de sinais se movendo. — Isso está acontecendo aqui. — Ele tocou a própria cabeça. — É como falar pelo Skype.

Minha mão coçava para tirar o sorriso da boca dele na base do soco.

— Então, não é real?

— Ah, de certo modo, é real.

Percebi que continuei me afastando, e agora minhas costas tocavam a parede de pedra.

— Não pode ser real.

Seth parou na minha frente e se inclinou, chegando tão perto que eu tive que virar a cabeça, meus dedos se retorcendo a esmo na lateral do corpo. O hálito dele dançou na minha bochecha.

— Se está com medo de que eu transfira o poder neste estado, eu não consigo. Também não consigo tirar nada do nosso vínculo. Seus escudos — ele revirou os olhos —, continuam intactos. Eu não deveria ter te ensinado a fazer isso, mas, enfim, você não está aqui de verdade. Hermes pescou nossa conexão no seu subconsciente e puxou o seu até o meu. — Meus deuses, aquilo parecia terrível. — Senti sua falta. Então, relaxa.

Relaxar? Como eu poderia relaxar quando estava ali, onde quer que fosse, com o pirado do Seth? Virei o rosto na direção dele. Nossas faces a meros centímetros de distância.

— Você sentiu minha falta?

— Senti falta da Alex que vivia para me fazer feliz. — Ele riu do meu olhar que, com certeza, dizia *eu vou te matar*. — Tá bom. Queria ver se isso funcionava, e funcionou.

— Então, se eu te tocar, nada vai acontecer?

— Correto. — Seus olhos âmbar lampejaram. — Espera. Você quer me tocar? Agora, estou gostando da conversa.

Sorri e, no segundo seguinte, dei um soco na barriga dele com toda a força que tinha em mim. Tropeçando para trás, Seth grunhiu e xingou baixinho. Avançando, levantei o joelho, atingindo o mesmo ponto que meu punho tocou segundos antes.

— Caramba, Alex, consigo *sentir*. — Seth se endireitou, esfregando a barriga.

A satisfação era doce nos meus lábios.

— Que bom! Porque tem mais de onde veio esse, seu babaca! — Golpeei de novo.

Seth reagiu logo, segurando minha mão. Me empurrou, agarrando o outro punho que estava a caminho do rosto dele. Menos de um segundo depois, segurava meus dois punhos acima da minha cabeça.

Sorrindo como se eu não tivesse acabado de errar o soco em sua barriga, o que me deixou superirritada, ele me pressionou.

— Quantas vezes vou ter que te ensinar, Alex? Bater não é legal.

Me empurrei para longe da parede, mas tudo o que consegui fazer foi colocar nossos corpos em contato. A raiva deixou a cor dos olhos dele mais intensa, assim como outras coisas — interesse e desejo. E, embora aquilo fizesse minha pele formigar, me dei conta de algo importante. O cordão não estava vivo como geralmente ficava quando eu estava perto de Seth, em especial quando ficava quase em cima de mim. Ele permanecia dormente no fundo do meu estômago.

Aquilo era real... mas não era. Ainda assim, eu não estava gostando nada do que estava acontecendo.

— Você está no meu espaço pessoal. — Meu maxilar doía de tanto que rangia os dentes. — Me solta.

— Não. — Ele arregalou os olhos. — Você vai acabar me batendo de novo.

— Pode ter certeza! — A fúria borbulhava dentro de mim, engolindo a confusão e o terror que me imobilizaram. — Como pôde fazer aquilo comigo? — Me empurrei para longe da parede com um chute, mas Seth continuou pressionando. — Você prometeu que não iria usar nosso vínculo contra mim e fez exatamente isso! Me transformou na presidente do fã-clube do Seth.

Os lábios dele estremeceram.

— Não vejo nada de errado nisso.

Bufei.

— Eu te chamava de *meu* Seth!

— De novo, não vejo nada de errado nisso.

Cerrando os punhos, o fuzilei com o olhar.

— Era muito errado, Seth! O que você está fazendo é errado! Você não entende? Que droga! — Jogando minha mão para trás, ela bateu com força na parede. Uma dor bem real explodiu no meu braço. — Merda!

— Vai, se acalma. Você vai acabar se machucando. — Seus olhos dourados brilhavam com malícia e, por um instante, me lembrei do Seth. De quem ele era antes de ficar louco com o poder do éter, de como me provocava tanto quanto me fazia rir. O garoto que roubou um pedaço do meu coração.

Olhei para ele, sentindo parte da raiva se dissipar.

— O que aconteceu com você?

Ele piscou.

— O quê?

Me jogando contra a parede, baixei a cabeça.

— Você sempre foi arrogante pra cacete, mas...

— Valeu — disse ele numa voz seca, mas afrouxando a pegada nos meus pulsos.

116

— Mas jamais faria aquilo comigo... usar o vínculo contra mim. — Ergui o olhar. — Você jamais teria atacado o conselho ou se juntado a Lucian. *O que* aconteceu com você?

Um músculo saltou no maxilar do Seth.

— Fiquei mais esperto, Alex. O que aconteceu com *você* é uma pergunta muito melhor. A garota que conheci teria ido contra o conselho sem pensar duas vezes. Ela continuaria odiando o Lucian, mas teria percebido que ele estava tentando fazer a coisa certa.

— Não. — Virei a cabeça engolindo em seco.

— Sim! — Segurando meus punhos com uma mão, ele tocou meu queixo com a outra, me forçando a olhar para ele, e odiei aquele brilho quase febril nos olhos dele. — Ele quer mudar o mundo.

— Ele quer *dominar* o mundo, Seth! São duas coisas bem diferentes. E você não passa de um peão. — Acessei a fúria dentro de mim, me agarrando a ela. — Ele está te *usando*, Seth. Você costumava ser mais forte que isso, mas é um fraco... fraco por poder.

A raiva atingiu o rosto dele como um raio, e seu toque no meu queixo ficou mais forte.

— Não sou fraco.

— É, sim! Tão fraco que nem consegue ver o que Lucian está fazendo! Você não se importa com o que está acontecendo no mundo? Pessoas inocentes estão morrendo, Seth. — Encarando o olhar furioso dele, torci para que entendesse, para que visse como tudo estava dando errado. — Como concorda com isso? Você precisa impedir.

Ele ficou quieto como uma estátua.

— Você entende o que vou precisar fazer? — Lágrimas se acumularam nos meus olhos ao mesmo tempo que ouvi, a quilômetros de distância, meu nome ser sussurrado.

Seth também escutou e reconheceu a voz. Seus lábios se contorceram num rosnado.

— Vou ter que te matar, Seth. — Minha voz cedeu.

Ele se afastou, me soltando tão rápido que quase caí. Sua expressão era de descrença, e havia mais. Um olhar que não consegui compreender, e então sua expressão ficou fria.

— Você não pode me matar.

O som da voz do Aiden me chamando puxava cada célula do meu corpo.

— Vou encontrar um jeito, porque não posso deixar você fazer isso.

Seth cruzou os braços.

— Você irá falhar.

Meu coração se atrapalhou nas batidas.

— O que preciso fazer para que você parar? Me diz!

Os lábios dele se curvaram num sorriso cruel.

— Não há nada que você possa fazer, Alex. Você precisa aceitar o que está acontecendo, aceitar nosso Destino. Você foi feita para mim, e *vou* te encontrar. E, se alguém entrar no meu caminho, não pensarei duas vezes antes de acabar com ele.

Suspirei, enojada, triste e muito perturbada ao ouvi-lo dizer aquilo. Ele já havia feito muitas coisas horríveis, mas escutar aquilo, ver como havia acontecido, me machucou para valer.

— Seth...

Ele deu um passo à frente, agarrando meu rosto nos dois lados.

— Pode usar quantos escudos quiser. Como viu, eu ainda consigo te alcançar. — Pressionando a testa contra a minha, ele respirou fundo. — Nos veremos de novo muito em breve.

Sua expressão mudou de novo, e senti seus lábios tocando minha testa um segundo antes do clarão explodir ao meu redor.

16

Os pulmões queimavam como se eu estivesse me afogando. Respirei fundo e estremeci. Desta vez, quando o clarão dissipou, olhos cinza como metal encaravam os meus.

— Alex? — A tom de Aiden tinha uma camada de alívio, que deixava sua voz grave e firme. Seus olhos estavam sombreados pela preocupação, mas havia uma pontada de raiva lá no fundo. — Meus deuses, Alex, achei que...

Pisquei algumas vezes e a pequena sala ganhou forma ao meu redor. O escritório onde eu estava com Lea. Os braços de Aiden estavam ao meu redor, e eu estava metade no chão, metade no colo dele. Comecei a me sentar, mas ele pousou a mão na minha bochecha, pressionando minha cabeça contra a dele.

— Fica assim por alguns minutos — disse ele, se mexendo para apoiar as costas contra a base do sofá. — Você está bem?

— Sim. — Pigarreei, tentando acalmar as batidas do meu coração. — Nossa... que viagem. Cadê a Lea?

— Lá fora com todo mundo. — Com o polegar, ele traçava círculos relaxantes no meu rosto. — Ela veio atrás de mim quando você desmaiou. Disse que você estava reclamando de uma dor de cabeça antes de cair. Ela... ficou assustada. Tem certeza de que você está bem?

Eu caí? Deuses, além de conseguir me alcançar e me tocar, Seth também era capaz de me fazer desmaiar como uma coitada?

— Sim, a dor de cabeça passou. Só estou um pouco desnorteada. — Me esforçando para ficar sentada, me virei para encarar Aiden e seu abraço. — Quanto tempo passei assim?

— Alguns minutos? — Os olhos dele procuravam os meus. — Alex, você... você disse o nome do Seth. Achei que... — Ele balançou a cabeça e abaixou os cílios, escondendo os olhos.

— Quê? — Coloquei a mão na bochecha macia dele, então, me dei conta. O ar ficou preso na minha garganta. — Você achou que eu tinha me conectado com o Seth de novo?

Ele não respondeu imediatamente.

— Achei que... sim, especialmente quando te ouvi dizer o nome dele. Mandei todos para fora. — Aiden levantou a cabeça, fazendo contato visual comigo. — Eu não sabia o que ia fazer...

O elixir seria uma opção. Ele jogou o restante que tínhamos pelo ralo. O que teria feito? O olhar dele me estilhaçou.

Me aproximei, pressionando minha testa contra a dele. O gesto me lembrou Seth, mas era muito diferente, significava muito mais.

— Vi o Seth, mas não me conectei a ele.

Aiden estendeu as duas mãos, emoldurando meu rosto. Havia um leve tremor nos seus braços poderosos. Ficamos em silêncio por um longo segundo. Meu coração acelerou numa batida diferente.

— O que aconteceu? — ele perguntou por fim.

— Hermes... maldito Hermes — respondi. — Não entendi como ele fez, mas seguiu meu vínculo com o Seth e me puxou para dentro do subconsciente dele ou alguma palhaçada assim.

Tinha certeza que Aiden só ficou quieto porque estava tão enfurecido que não conseguia formar frases.

Respirando fundo, envolvi os punhos dele com as mãos e lhe contei tudo. A cada palavra, a fúria de Aiden ficava mais tangível na sala, espessa como fumaça.

Acabei abaixando as mãos dele, ainda mantendo as minhas envolvidas nas dele.

— Era real... mas não era. Não sei se ele conseguirá fazer isso outra vez ou se Hermes irá ajudá-lo de novo. E se tinha algo que eu estava fazendo ou deixando de fazer que tenha facilitado.

— Você sentiu dor de cabeça antes de acontecer? — Quando assenti, os olhos dele ficaram frios como aço. — Quando estava sob o efeito do elixir, se lembra de ter tido dores de cabeça?

Balancei a cabeça.

Ele xingou baixinho.

— Você teve dores de cabeça quando o efeito do elixir começou a passar. E também começou a ouvir a voz do Seth. Era ele tentando se conectar com você. Acho que a mesma coisa está acontecendo agora, com Hermes.

— Merda — eu disse, assustada. Então, me lembrei do pesadelo. Me mexendo mais rápido do que Aiden pôde acompanhar, me levantei e me afastei. — Tive um pesadelo algumas noites atrás.

Ele se levantou com fluidez.

— Eu lembro.

— Sonhei que Seth estava no quarto, mas talvez não tenha sido um pesadelo. Talvez fosse ele testando aquela maldita ligação a distância com Hermes? — Xinguei, me segurando para não quebrar alguma coisa. — Enfim, o lado bom é que ele não consegue fazer nada através do vínculo. Não consegue entrar nos meus pensamentos ou me controlar.

— Não tem nada de bom nisso — Aiden simplesmente grunhiu.

— Bom, eu *estava* tentando bancar a Poliana.

Ele cerrou os punhos.

— Se você conseguiu bater nele, significa que ele consegue revidar, Alex. Ele pode até não conseguir descobrir onde você está, mas isso já é uma violação das grandes.

Assenti entorpecida. Aiden tinha razão. Não dava para saber se Seth faria aquilo de novo.

— E não há nada que eu possa fazer se ele tentar isso de novo. Juro pelos deuses... — Girando rápido, Aiden pegou um bibelô e o arremessou do outro lado do escritório. Ele quebrou na parede, numa explosão de gesso e vidro.

A porta se abriu e Solos apareceu, de sobrancelhas arqueadas.

— Tá tudo...

— Cai fora! — Aiden ordenou com firmeza, então, respirou fundo, tremendo. — Alex está bem. Nós dois estamos bem.

Solos parecia estar prestes a discordar, porém olhou mais uma vez para Aiden e mudou de ideia, fechando a porta.

Lancei um olhar para Aiden.

— Tá melhor agora?

— Não — ele rebateu, respirando fundo enquanto apontava para a marca na parede. — Queria que aquilo fosse a cabeça do Seth.

Ver Aiden perder o controle era algo que eu sempre achava impressionante, sobretudo porque ele *nunca* perdia o controle, mas às vezes esquecia que ele estava longe de ser perfeito ou santo. Ele tinha um temperamento — nada tão louco como o de Seth ou meu, mas o fogo fervia no sangue dele.

Cruzei os braços, sentindo um frio repentino.

— Mas tem que haver um motivo pelo qual ele tenha conseguido fazer isso agora. E tem *mais*. Ele te escutou chamando meu nome. — Uma fagulha de esperança se acendeu no meu peito. — O controle dele sobre mim não era tão forte.

— Aposto que ele amou saber disso.

Relembrando o jeito como Seth ficou ao ouvir a voz do Aiden, ele parecia estar pronto para matar alguém.

— Tem que haver um jeito, Aiden. Só precisamos descobrir.

Aiden me lançou um olhar sombrio enquanto zanzava pelo escritório, parando diante da janela. Mordi os lábios.

— Vamos dar um jeito. Sempre damos.

Ele não disse nada, com as costas rígidas de um jeito forçado.

— Tem certeza que está bem?

— Sim — respondi, exausta. — Dá para parar de me perguntar isso? Estou bem. Mesmo. Isso foi só um contratempo, mas...

— Eu sei. — Ele olhou por cima do ombro, sua voz bem mais baixa e contida. — Eu sei, Alex. Desculpa.

— Você não tem que pedir desculpas por nada.

Ele soltou uma risada breve.

— Tenho muito a me desculpar, Alex.

Eu o encarei. Aquilo ia além do que tinha acontecido com Seth. Sim, ele estava irritado, em grande parte pela preocupação comigo, e eu era grata, mas havia algo mais. Pensei no distanciamento entre nós dois nos últimos dias.

A irritação fez minha pele pinicar.

— O que está rolando?

— Não tenho ideia do que você está falando.

— Não mesmo? — Me aproximei e estendi a mão para tocar o rosto dele. Aiden se esquivou, e senti uma pontada no peito. — Viu só? É disso que eu estou falando!

Ele fez uma careta.

Como com qualquer outra situação na minha vida, quando eu estava irritada ou assustada com alguma coisa, eu focava toda a minha energia em outra coisa.

— Você está todo estranho há dias, quase se escondendo de mim.

— Não estou me escondendo de você, Alex. — Um músculo pulsou no maxilar dele, enquanto ele encarava a janela. — Você acha mesmo que é hora de falar sobre isso?

Respirei fundo e senti meu famoso temperamento chegando com tudo.

— Tem hora melhor?

— Talvez num momento em que você não tenha sido puxada para sabe-se lá onde pelo Seth e não estejamos planejando enfrentar sabe-se lá o quê. — Ele espiou por cima dos ombros, com os olhos cinza e gelados. — Talvez nesse momento.

Nossa, eu estava a dois passos de pular nas costas dele e o estrangular por trás... com amor, é claro.

— Você acha que vamos ter um momento melhor para falar sobre isso? Que, em alguma hora num futuro próximo, tudo irá pausar para nós dois abrirmos o coração? — Aiden se virou, mas eu não precisava olhar para saber que não estava nem um pouco feliz. — Beleza. Não entendo. Você estava bem quando voltamos. Nós...

— Não deveríamos ter feito aquilo.

A dor atravessou meu peito como se ele tivesse acabado de me dar um soco. Na mesma hora, senti meus sinais respondendo, sangrando pela minha pele.

Aiden abaixou a cabeça e xingou.

— Não foi isso que eu quis dizer. Aquela noite... foi a melhor noite da minha vida. Não me arrependo, mas eu deveria ter esperado até você ter tempo de assimilar tudo. Perdi... perdi o controle.

Dei um passo à frente.

— Gosto quando você perde o controle. — Ele balançou a cabeça, amuado. — Eu estava bem, Aiden. Não estava machucada. Não estou machucada agora. Então, por que está se escondendo de mim?

— Não estou me escondendo de você.

— Até parece! Você está evitando ficar sozinho comigo, exceto de noite.

Aiden me encarou, passando os dedos pelo cabelo.

— De noite, quando estou dormindo, é o único momento em que não penso no que fiz. Você... não entende. O que fiz com você... ter te dado o elixir? Não mereço nada!

— Você...

— Eu não precisava ter feito aquilo, Alex. Fui fraco. Não acreditei que, uma hora, você quebraria o vínculo. E ver o que fiz contigo? Não consigo me perdoar!

Fiquei boquiaberta.

— Você não pode se culpar por isso! Você fez o que era certo.

A raiva brilhou nos olhos dele.

— Não foi certo.

— Aiden...

— O elixir era um dos seus maiores medos, Alex! E fiz aquilo com você!

Surpresa, dei um passo para trás. Aiden quase nunca levantava a voz, mas eu sabia que a raiva e a frustração não eram direcionadas a mim. Era a própria culpa — uma culpa que ele não deveria estar carregando.

— Como... — Ele se aproximou, abaixando a voz enquanto fixava seus olhos nos meus. — Como o que fiz contigo é diferente do que o Seth fez... e continua fazendo?

Suspirei.

— Me colocar sob o efeito do elixir não é a mesma coisa que Seth me transformar num Apôlion violento!

— Mas arranquei sua *essência*, Alex. É a mesma coisa. — O calor emanava dele em ondas, se intensificando a cada segundo. A maioria das pessoas ficaria assustada ao vê-lo assim.

Já eu, estava chateada — e triste.

— Te segurei e abri sua boca à força enquanto Marcus te dava o elixir. — Ele balançou a cabeça um pouco, como se não acreditasse nas próprias atitudes. — Você implorou para que eu parasse, e não parei. Observei o elixir tomar conta, e *eu* me tornei seu mestre. Não posso... — Ele parou de falar e se virou.

Meus olhos se encheram de lágrimas. Eu só queria tirar aquela culpa dele, eu não sabia como. Me aproximei de suas costas, querendo apenas abraçá-lo até que ele entendesse que eu não o culpava. Se existia alguém mais teimoso do que eu no mundo, era Aiden. Se a situação fosse o inverso, ele teria palavras ridiculamente solidárias para dizer. Teria usado uma combinação eloquente de frases que significavam alguma coisa e, se não funcionasse, ele mandaria a real.

Eu não tinha a palavras bonitas, então parti para a segunda... hum, terceira melhor opção.

— Olha, odeio ter que interromper seu vitimismo com uma boa dose de vida adulta.

Se virando, Aiden arqueou as sobrancelhas e abriu a boca.

— Não. — Coloquei a mão sobre os lábios dele. Lábios, quentes, muito quentes. Meu braço ficou todo arrepiado com o toque. — Você teve que tomar uma decisão difícil. Todos vocês tiveram. Eu era a Alex do mal. E me lembro de ameaçar arrancar as costelas do Deacon. Entendo por que fizeram aquilo.

Ele envolveu meu pulso com os dedos e, com delicadeza, tirou minha mão da boca dele, mas sem me soltar. Boa!

— Alex, isso não é sobre você me perdoar.

— É sobre o que, então? — Cheguei mais perto, tocando os joelhos dele com as minhas coxas. — Te perdoo. Que inferno, não tem nada para perdoar! E, no fim das contas, eu deveria estar te agradecendo.

Soltando minha mão, ele desviou o olhar e balançou a cabeça enquanto caminhava até o sofá, se sentando com força.

— *Nunca* me agradeça por ter te dado o elixir.

— Argh! — Joguei as mãos para o alto. Eu estava *por um fio* de empurrá-lo do sofá. — Eu não estava te agradecendo por isso. Estava te agradecendo por não ter desistido de mim. Por continuar ao meu lado quando eu estava agindo feito uma psicopata. — Ele me encarou, rígido como sempre. — Que vontade de te estrangular!

Aiden arqueou a sobrancelha.

Soltei um suspiro demorado.

— Todos fizemos algo de que nos arrependemos. Convivo com o fato de que ameacei todo mundo com quem me importo. Você não imagina as coisas que pensei... as coisas que acreditei quando estava vinculada a Seth. Ou talvez imagine, mas não é a mesma coisa. E, se sou capaz de superar, pelo amor dos deuses, você precisa superar também.

Ele abriu a boca, mas eu não tinha terminado ainda.

— Preciso de você agora, mais do que nunca. E não preciso apenas que você me abrace de noite. — Pausei, franzindo a testa. — Apesar de isso ser muito bom e tal, preciso que você esteja aqui de verdade.

A mágoa atravessou os olhos prateados dele.

— Estou aqui com você.

— Não está! — Balancei a cabeça. — Você não está quando fica se arrastando de mau humor por aí, se culpando por algo que precisou fazer. Preciso que você vire homem, Aiden.

— Virar homem? — Ele recostou no sofá, numa postura arrogante, mas havia tensão em todos os músculos do corpo dele. — Ainda bem que eu te amo, senão teria achado isso bem ofensivo.

— Se me ama, você vai superar isso. Vai lidar com isso, aceitar o que precisou fazer, e seguir em frente. — Fiquei ofegante. — Porque estou com medo da minha mente, Aiden, e não sei como a gente vai sobreviver ao que está acontecendo. Agora, preciso de você. De você *por inteiro*. Nós... *nós* somos mais importantes do que a sua culpa, pelo menos era o que eu achava, mas parece que estou aqui só gastando saliva.

Eu estava muito perto de virar o sofá e derrubá-lo no chão, mas ele se levantou e ficou na minha frente num piscar de olhos. Ele passou o braço ao redor da minha cintura e nossos olhos se encontraram. Todo lugar em que nossos corpos se tocaram, o calor subiu à superfície. Não era como se eu tivesse me esquecido da sensação de estar nos braços dele, só não estava preparada.

Eu jamais estaria preparada para aquilo.

Nem Aiden. Os olhos dele queimavam como prata líquida, e seu braço me segurou com mais força.

— Eu *nunca* desistiria de você, Alex. Nunca.

— Então, por que você está sendo tão...

— Tão o quê? — A voz dele ficou mais grave. — Estou sendo tão o quê? Irritante. Teimoso. Cabeça-dura. Gostoso.

— Meus deuses, podemos parar de brigar e só... sei lá, dar uns amassos? Uma risada grave e rouca fez o corpo dele vibrar, provocando o meu.

— É isso que você quer?

Mais do que o ar que eu respirava.

— O que você acha?

Ele se aproximou, me encurralando até minhas costas tocarem a porta fechada.

— Acho que estou seriamente apaixonado por essa sua cabecinha com hiperfoco.

Abri a boca para apontar que minha habilidade de fazer mais de uma coisa ao mesmo tempo havia melhorado de forma considerável, mas Aiden se aproveitou. A boca dele tocou a minha, e o beijo — ai, o beijo aniquilou minha habilidade recém-adquirida. Jogou para fora da janela.

Quando ele levantou a cabeça, só um pouquinho, suspirei.

— Tá bom. Você estava certa sobre uma coisa — disse ele.

— Uma? — Achei que estava certa sobre *várias*.

— É difícil, Alex, lembrar de como você estava — Aiden admitiu num sussurro. Ele passou a mão pelo cabelo bagunçado na minha nuca, me deixando toda arrepiada. — Eu odiei. Odiei cada segundo.

Coloquei a mão na bochecha dele.

— Eu sei.

— E só conseguia pensar em te trazer de volta. — Ele pressionou os lábios na minha têmpora e, depois, na minha bochecha. — Mas você tem razão. Não tenho estado *aqui* por completo.

— Não vai começar a se sentir culpado por isso também, vai?

Ele sorriu no meu pescoço, com seus lábios se mexendo contra minha pulsação cada vez mais acelerada.

— Você sempre cheia de respostinhas, né?

Passando o braço por trás do pescoço dele, sorri.

— Talvez... — A esperança ousou brotar. — Você está bem agora? Estamos bem?

— Estamos bem. — Aiden me deu um beijo delicado e continuou me beijando enquanto me levantava com um só braço e me virava. Em poucos segundos, minhas costas estavam no sofá, e ele estava em cima de mim, todo vestido e cheio de armas. — Estou bem.

— Mesmo?

Ele sorriu, relevando aquelas covinhas.

— Vou ficar.

Comecei a dizer algo, mas a mão dele deslizou pelos lados do meu corpo, traçando a linha da minha costela e subindo, e me esqueci completamente do que iria dizer. Me senti tonta de tanta ansiedade, de desejo e necessidade, e centenas de outras coisas enquanto meu coração acelerava e minha respiração ficava ofegante.

— Obrigado — ele sussurrou, e então me beijou de novo, me puxando mais perto até que nossos lábios se encaixassem. Sensações insanas atravessaram todo o meu corpo. — Obrigado.

Eu não sabia ao certo como nossa briga virou aquilo, ou por que ele estava me agradecendo, mas não ia reclamar e, de um jeito bem esquisito, aquilo parecia normal. Aiden me venerava como se eu tivesse nascido digna de um homem tão lindo e complexo, e durante toda a noite, ele me mostrou de verdade que estávamos *bem*, e que *ele* estava bem. E, por ora, aquilo era tudo o que eu precisava para encarar o amanhã.

17

Carreguei um sorrisinho bobo no rosto durante boa parte do dia seguinte. Apesar de estar com frio, coberta de lama do treinamento e cansada de usar akasha e os elementos, eu estava toda felizinha.

Só escorreguei algumas vezes, quando lembrei de Seth e do truque que ele conseguira aplicar no dia anterior. Depois que Aiden e eu... bom, quando começamos a usar nossas bocas para falar de novo, concordamos em manter o que aconteceu entre nós dois e Marcus. Não havia motivo para assustar todo mundo, e pelo jeito como Marcus reagiu, foi uma boa decisão esperar.

Marcus não jogou nada contra a parede, mas ficou tão furioso quanto Aiden.

E eu sabia que tinha sido por isso que ele trocou de lugar com Solos no treinamento.

Mas era esquisito bater no meu tio.

Toda vez que o grupo parava para descansar, Aiden ficava ao meu lado. Havia momentos em que ficava insuportável de tão quieto, todo sr. Tristonho, e eu sabia que ele estava pensando no que tinha feito com o elixir. Pelo menos, ele estava tentando, e era isso que importava.

Terminamos o dia e voltamos para a cabana, recebidos pelo aroma do cozido que Laadan e Deacon haviam preparado. Subi para tirar a sujeira do dia do corpo, e Aiden me seguiu.

Assim que chegamos ao quarto, lancei um olhar recatado para ele por cima do ombro. Pelo menos, achei que era recatado, mas provavelmente só parecia que eu estava com um cisco no olho.

Aiden sorriu mesmo assim.

— Você está me seguindo? — perguntei, retirando as botas.

Ele avançou parecendo uma daquelas panteras enjauladas que tínhamos visto no zoológico.

— Só estou aqui pra você, e acho que você precisa de mim agora.

— Engraçadinho.

Descalço, ficava ainda mais alto do que eu, e eu me sentia um hobbit na frente dele. Aiden abriu um sorriso e a covinha na bochecha esquerda apareceu.

Então, jogou uma mecha do meu cabelo para trás e abaixou as mãos, puxando minha camiseta para fora da calça cargo.

— Se não me engano, você chamou isso de "virar homem".

Aquele não era o tipo de "virar homem" que eu estava me referindo na noite anterior, porque mesmo com meu conhecimento limitado sobre o assunto, ele era excelente naquele departamento. Mas não disse nada e o encarei de baixo a cima.

Ele baixou a cabeça, e seus lábios tocaram os meus. Eu tinha certeza que estava com gosto de terra e maçã azeda, cortesia de um pirulito que chupei mais cedo, mas ele fez um som contra a minha boca, parte grunhido e parte algo mais profundo. Conforme o beijo foi se intensificando, como se ele fosse capaz de devorar todos aqueles sabores e sensações, me derreti contra o corpo dele.

— Gostei muito da sua ideia de virar homem — murmurei, agarrando a camisa dele.

Aiden riu conforme a ponta dos seus dedos passeavam pela minha barriga. O calor aumentou, perseguindo o frio na minha pele. Estendi a mão, querendo mais, sempre precisando de mais...

— Não parem por minha causa.

Estremeci com o som da voz de Apolo e me joguei para trás, tropeçando nos meus próprios pés. Aiden segurou meu braço, me equilibrando antes que eu caísse de cara no chão.

— Meus deuses — murmurei, colocando a mão sobre meu coração acelerado. Estava tão envolvida com Aiden que nem senti a presença de Apolo.

O deus estava sentado na beira da cama, com a cabeça inclinada para o lado e as pernas cruzadas. Seu cabelo loiro estava solto, emoldurando o rosto que era tão perfeito que dava medo. Olhos azuis vibrantes me encaravam, em vez daqueles olhos brancos bizarros dos deuses. Eu estava surpresa por ele ter se lembrado do quanto aquilo me assustava.

Aiden se recuperou primeiro, ficando na minha frente. Ele se enrijeceu ao ouvir o som da risadinha divertida de Apolo.

— Como você entrou aqui?

— A proteção da casa diminuiu umas três horas atrás. Por sorte, nenhum dos outros deuses percebeu, e a maioria não quer Alex morta. — Então, ele completou: — Pelo menos, por agora.

Olhei para ele com desdém.

— Bom saber.

— Dá para bater na porta da próxima vez? — Aiden sugeriu, relaxando só um pouquinho.

Apolo ergueu os ombros.

— E qual seria a graça nisso? — Ele se levantou, inclinando a cabeça para o lado. — Precisamos conversar, mas parece que vocês dois estavam lutando na lama.

— Estávamos treinando — apontei. — Como você sugeriu.

Se estava grato por termos seguido suas instruções, não demonstrou.

— Estarei lá embaixo. Por favor, não demorem dez anos.

Com isso, ele simplesmente sumiu. Um momento depois, escutamos um grito assustado lá embaixo.

Bom que ele não gostava de fazer aquilo só com a gente.

Me recostei na parede.

— Acho que envelheci alguns anos.

Aiden arqueou a sobrancelha.

— Ainda acho que deveríamos pendurar um sino no pescoço dele.

Meus lábios tremeram.

— E ainda acho que essa é uma boa ideia.

Ele olhou para porta e, depois, segurou minha mão, me puxando na direção do banheiro.

— Só temos alguns minutos. Vamos fazer valer a pena.

Mais do que alguns minutos depois, nós dois estávamos na sala de estar com todo mundo. Apolo estava se ocupando com uma tigela do cozido que Laadan e Deacon fizeram.

— Está com fome? — perguntei, após um silêncio desconfortável se arrastar.

Ele levantou a cabeça.

— Na verdade, não, mas isso aqui está uma delícia!

Laadan ficou radiante no sofá.

— Obrigada.

— A gente não conseguiu nem provar — disse Aiden. Ele estava recostado na parede, de braços cruzados.

Os lábios de Apolo se abriram num sorriso.

— Desculpa. Da próxima vez, apareço depois do jantar. — A tigela desapareceu das mãos dele, e me perguntei onde ela foi parar. — Enfim, que bom ver a gangue do Scooby-Doo junta. Fico muito feliz e coisa e tal... mas vamos direto ao ponto.

— Vamos — murmurei enquanto me sentava sobre a mesa, deixando as pernas balançarem. — Você disse que precisávamos conversar.

— Isso mesmo. — Apolo se aproximou do local onde Olivia e Deacon estavam sentados, ao lado de Laadan. Olhou para os dois por um longo momento, como se pudesse enxergar algo que nossos olhos não viam, e depois se virou. — Primeiro, preciso que você me coloque a par de tudo que o Primeiro compartilhou com você.

Jogando as pernas para a frente e para trás, mandei uma versão rápida e escrachada dos eventos. Não havia muito a contar, e Apolo não ignorou aquilo.

— Só isso? — Ele sequer tentou esconder que estava irritado e decepcionado. — Vocês dois fizeram uma ligação inquebrável que quase destruiu o mundo inteiro, e tudo o que tem para me contar é que *acha* que ele está indo para o norte, coisa que eu já sabia?

Apertei os lábios. Belo jeito de fazer me sentir um fracasso como Apôlion.

— Não é culpa dela — Aiden rebateu, com os olhos prateados reluzindo. — Ele manteve a maioria dos planos para si mesmo.

— Provavelmente, pelo medo de que ela quebrasse o vínculo uma hora ou outra — disse Marcus. — Então, a pergunta que fica é: o que fazemos com essas informações?

— E, com sorte, você tem mais informações para compartilhar? — Mantive um olhar inocente. — Seria bom, para dar uma variada.

Ele cerrou os olhos.

— Você sabe como Tânatos conseguiu nos descobrir? — Marcus perguntou.

— Sim, essa é fácil. O showzinho de akasha enquanto Alex lutava contra Aiden atraiu Tânatos até ela.

Franzi a testa ao me lembrar.

— Mas a gente está treinando com akasha desde a ocasião.

— Treinar é uma coisa, Alex. Sequer aparece no nosso radar, principalmente se você ficar dentro da área protegida que eu notei lá fora. — O olhar dele se virou para Aiden. — Usar para tentar matar alguém é como tocar uma sirene.

Estremecendo, desviei o olhar.

— Então, você está dizendo que é melhor não usar akasha?

— Tenho uma solução para isso. — Apolo estendeu a mão, e o ar ao redor dela cintilou num azul elétrico. Um segundo depois, um pequeno medalhão apareceu em sua palma, conectado a uma corrente pendurada entre seus dedos. Um sorriso metido e satisfeito se abriu nos lábios de Apolo. — Peguei o capacete de Hermes, derreti a coisa e... pronto! Um talismã da invisibilidade só para você.

Apolo entregou o colar na minha mão. Era de ouro acobreado e possuía uma asa entalhada nele.

— Rá! — eu disse. — Igual à capa da invisibilidade do Harry Potter.

Todo mundo me encarou.

Revirei os olhos.

— Enfim... Então, fico invisível se usar isso?

Apolo riu como se eu tivesse feito a pergunta mais estúpida do mundo.

— Não. Sua energia ficará escondida dos deuses. De todos, menos eu, mesmo se você usar akasha.

— Ah! — eu disse, levantando o colar. — Que útil.

130

Enquanto Aiden se aproximava para me ajudar a fechar o colar, ele perguntou:

— O que mais você conseguiu descobrir?

— Ah, sabe como é, não tenho feito nada. — Apolo nos encarou. — Consegui convencer meus irmãos e irmãs a pararem de destruir tudo por tempo o bastante para termos uma chance de consertar as coisas, mas isso não vai durar muito. A cada minuto que passa, Lucian e o Primeiro se aproximam de dominar o conselho. E, com as hordas de daímônes atacando os humanos, vão arriscar milhões de vidas inocentes para dar um basta nisso tudo.

— Não por estarem de fato preocupados com os mortais. — Coloquei o colar para dentro da camisa, ignorando como o metal era curiosamente quente. Ele ficou pendurado alguns centímetros abaixo da rosa de cristal. — Mas porque, se Lucian e Seth dominarem o conselho nas Catskills, eles estarão a um passo de dominarem os deuses, certo? Porque quem controla as cadeiras controla tudo.

Apolo não disse nada.

— Sabe, é isso que não entendo. — Deacon esticou as pernas compridas na cadeira, balançando os dedos do pé. — Sei que, se Seth e Lucian dominarem o conselho será um problema para os hêmatois, mas os deuses não devem estar tão assustados assim.

Sem dizer uma palavra, Apolo encarou o irmão de Aiden. Eu sabia que ele provavelmente estava lançando aquele olhar de Leon/Apolo que dizia *Preciso mesmo te explicar isso?*

Deacon estalou os dedos.

— Quer dizer, vocês podem se esconder no Olimpo e ficar de boa.

— Verdade — disse Luke com cautela. — Não é como se o Seth pudesse invadir o Olimpo... né?

Revirei as memórias dos outros Apôlions, e o nervosismo atravessou meu corpo, rápido e rastejante como uma cobra.

— Bom... — Apolo suspirou. — Existe, *sim*, um jeito de entrar no Olimpo.

Meu queixo foi ao chão.

— Portais?

Ele assentiu.

— Existem portais para lá. É como nos locomovemos entre o Olimpo e o mundo mortal.

— Sabe esse tipo de informação teria sido bem útil semanas atrás — disse Aiden. — Poderíamos ter colocado sentinelas de confiança guardando os portais.

— E quem são os sentinelas de confiança? — Apolo perguntou, curto e grosso. — A oferta de Lucian é tentadora o bastante para levar qualquer um para o lado dele. A maioria dos sentinelas se voltou contra o conselho, contra os deuses. Além do mais, não era necessário que nenhum de vocês soubesse disso.

Aiden parecia querer dizer mais, porém, sabiamente, ficou calado.

— E, por sorte, mantivemos as localizações dos portais em segredo, até mesmo dos Apôlions anteriores. — Apolo lançou um olhar rápido para mim. — O que você aprendeu no seu despertar?

Eu estava surpresa com a fé de Apolo na minha habilidade em bloquear o Seth. Eu duvidava que aquela fé permaneceria se eu contasse a ele sobre Seth e Hermes.

Ainda balançando as pernas, dei de ombros.

— Muita coisa é sobre a vida que tiveram, e foram muitos. É como assistir a todos os episódios de uma série que está no ar há um milênio. É difícil separar tudo. Às vezes, algo que é dito acaba liberando uma nova memória.

Um olhar insensível atravessou as feições de Apolo.

Bom, não era como se eu estivesse esperando um abraço dele.

— A maioria das informações é sobre como usar os elementos e akasha. E grego! Sei ler grego agora.

A maioria do grupo pareceu não se impressionar com aquilo, mas Aiden me encarou e abriu um sorriso reconfortante.

Sorri de volta. Ler grego era algo supermaneiro para mim.

— Bom, tudo lindo, tudo ótimo — disse Apolo, soltando um suspiro exagerado.

Dei mais impulso na mesa, com as pernas balançando.

Aiden me olhou.

— O que faremos, então? Está óbvio que os deuses esperam que a gente faça alguma coisa.

— Os deuses esperam que *ela* faça alguma coisa. — Apolo inclinou o queixo para mim.

— Mas como ela vai lutar contra Seth sem tocar nele? — Aiden se impulsionou para longe da parede e caminhou até o meio da sala. — Os deuses precisam entender isso.

— Eles entendem. — Apolo cerrou os olhos para mim. — Eu estava esperando que houvesse algo no fundo da mente dela que nos desse a resposta para esse probleminha. Mas... — Apolo bateu com a mão na minha perna. — Você precisa mesmo estar sempre balançando alguma parte do seu corpo?

Olhei feio para ele e tirei sua mão da minha perna com zero delicadeza. O contato da pele dele com a minha trazia à tona os sinais do Apôlion como nada mais fazia. E eu soube que ele notou pelo jeito com que seus olhos me encararam.

— Não está te machucando — eu disse.

— Mas é irritante.

— *Você* é irritante — rebati.

À nossa esquerda, Aiden revirou os olhos.

— Muito bem, crianças, de volta ao que interessa.

— Pensa, Alex! Tem que haver alguma coisa que possa nos ajudar... talvez com Solaris. — Apolo se aproximou, apoiando as mãos ao lado das minhas pernas, agora paradas. Por cima dos ombros dele, avistei Aiden chegando perto, mas Apolo mexeu a cabeça, bloqueando a visão. — Alex.

— O quê? — Agarrei a borda da mesa. — Olha, não estou sendo teimosa ou estúpida. Se eu pudesse me lembrar de algo útil, eu lembraria. Não é como se eu estivesse impedindo a mim mesma de...

Impedindo a mim mesma de ver ou lembrar algo muito importante, é o que eu iria dizer, mas como as outras coisas, aquela onda de familiaridade me atingiu de novo, fazendo os fios em minha nuca se arrepiarem.

Quando eu estava vinculada a Seth, havia algo que ele não queria que eu pensasse, e tinha a ver com Solaris — provavelmente, o final mórbido dos dois Apôlions. Mas, analisando a fundo, eu tinha visto uma coisa, algo que Solaris havia feito, ou... tentado fazer.

Nos momentos antes do meu vínculo com Seth, eu a vi ativar o Primeiro.

— Alexandria? — disse Apolo.

Levantei a mão, controlando a vontade de fazer *shii* para ele.

— Tem algo com Solaris, mas é esquisito. Quase como se eu não devesse saber, mas não consigo...

Descendo da mesa, passei por Apolo com um esbarrão. Sem me dar conta do que eu havia feito, caminhei até o abrigo que era o corpo de Aiden. Completamente tranquilo, ele passou o braço por cima dos meus ombros, com seu olhar desafiando qualquer um que ousasse dizer alguma coisa.

Olhei para ele, me lembrando de como Solaris se importava com o Primeiro. O amor que eu via nos olhos prateados de Aiden se refletiam nos do Primeiro. E senti — me lembrei de ter sentido — a terrível decisão que Solaris tomou — proteger os outros ao destruir o Primeiro. Uma peça de cada vez, tudo se juntou.

— Solaris tentou impedir o Primeiro, e ela fez alguma coisa... ou tentou fazer. Algo que teria funcionado, mas a ordem de Tânatos agiu antes que ela pudesse completar. — Soltei um suspiro frustrado. — Ela sabia como deter o Primeiro, como matá-lo de alguma forma, mas não sei como. Parece que a informação foi protegida ou apagada. — Decepcionada, contive um grunhido. — Pena que eu não consigo falar com Solaris.

Laadan pigarreou.

— Mas já é alguma coisa, querida. Pelo menos, sabemos que há alguma coisa.

— Espera — disse Marcus. — Solaris deve estar no Submundo, certo?

De repente, o olhar de Apolo ficou afiado.

— Ela pode estar lá, mas eu não consigo viajar até o Submundo. Hades ainda está de birra comigo.

Solos sorriu ao recostar no sofá.

— Mais uma rua sem saída.

— Na verdade, não — disse Apolo.

De repente, tive uma sensação bem ruim.

— Como assim "na verdade, não"? — Aiden perguntou, apertando o braço ao redor dos meus ombros. Apolo caminhou até a janela. O luar pálido projetava um brilho estranho ao redor dele.

— Bom, se Alex acha que Solaris pode nos ajudar, isso vale uma tentativa. E quem melhor do que a própria Alex?

Aiden se enrijeceu.

— Oi?

— Elas podem ter um papo de garotas-Apôlion — disse Apolo, com os olhos azuis dançando de alegria. — Na verdade, não estou sugerindo que a Alex...

— Espera. — Saí debaixo do braço de Aiden. — Existe a possibilidade de falarmos com Solaris? — Quando Apolo assentiu, o otimismo ganhou força. A emoção era como ficar bêbada de vinho: inofensivo no começo, mas difícil na manhã seguinte. — E posso ir até o Submundo?

O olhar de Apolo passou de mim e encarou Aiden por um momento, e eu soube que, se descesse até lá, Aiden iria também. A Alex antiga teria protestado, mas agora eu entendia por que ele não me deixaria fazer algo daquele tipo sozinha, e eu não era insana o suficiente para tentar. Eu precisaria de ajuda.

— Você poderia — Apolo respondeu.

Mal consegui conter minha empolgação. A Pequena Alex queria dar estrelinhas no meio da sala. Lá no fundo, eu sentia que Solaris saberia como deter o Primeiro. Que ela continha o conhecimento para parar tudo aquilo, porque já tinha planejado fazer antes.

Mas, então, o grande problema que envolvia o Submundo veio à tona.

— Vou precisar morrer de novo? — acrescentei rapidamente, porque eu estava certa de que Apolo adoraria a ideia de me matar naquele momento. — Porque essa parte de ter que morrer para ir ao Submundo foi um saco da última vez.

Apolo revirou os olhos.

— Morrer não é o único jeito de chegar ao Submundo, mas é o mais seguro. — Bom, aquilo parecia um baita paradoxo. — Há várias entradas para o Submundo no reino mortal — Apolo continuou. — A mais próxima de onde estamos fica no Kansas.

— Se você disser que fica no Cemitério Stull, vai ganhar um abraço — disse Luke, se encolhendo depois quando o Deus Sol se virou para ele. — Ou não... não precisa rolar nenhum abraço.

— Cemitério Stull? — perguntei, olhando ao redor da sala. Algo naquele nome me soava familiar. — Não posso ser a única que não faz ideia do que é esse lugar... além de ser um cemitério.

Aiden balançou a cabeça.

— Estou na mesma.

— Ah, que fofo — Apolo murmurou.

Eu o ignorei.

— E aí?

— Anda — Apolo disse para Luke. — Explica para eles, já que é um tópico digno de abraços.

As bochechas de Luke coraram.

— Diz a lenda que um dos portões para o inferno fica no Cemitério Stull, no Kansas.

— Ai, deuses — murmurei, me lembrando de onde eu já havia escutado aquilo. — Isso não foi um final de temporada de *Supernatural*? — Quando os meninos assentiram, revirei os olhos. — Sério mesmo? Sam e Dean estarão lá?

Luke e Deacon pareceram felizes demais com a ideia, e então Deacon revelou:

— Luke tem uma teoria.

— Tenho! — Luke abriu um sorriso. — O Cemitério Stull é um lugar bizarro com um monte de coisas sem explicação acontecendo, assim como em outros lugares também chamados de "portões do inferno". Acredito que os portões para o inferno são, na verdade, portões para o Submundo.

— Você está correto. — Uma bola de luz dourada surgiu na mão de Apolo, e ele começou a jogá-la no ar, de novo e de novo, me lembrando Seth. — O portal, na verdade, ficava lá, mas dentro de uma igreja, e Hades apareceu uma noite no Halloween e todos acharam que aquele idiota era o diabo. Meio que arruinou nosso disfarce. Tivemos que derrubar a igreja.

— Legal — eu disse, observando a bola. Ele estava a poucos centímetros de atingir a lâmpada com ela.

— Mas o portão ainda está no local onde ficava a igreja. — A bola de luz dourada subiu. — E tomamos algumas precauções, depois que uns mortais tropeçaram nele por acidente.

Arqueei as sobrancelhas.

— E o que acontece com os mortais quando eles encontram algum portal? — Aiden perguntou.

Apolo pegou a bola de luz.

— Ah, sabe como é. Acabam virando um mordedor para os cachorros do Hades. Enfim, agora os portais só aparecem para quem tem ascendência divina.

— Puros? — Marcus perguntou.

— Ah... não. — A bola desapareceu, e Apolo olhou diretamente para mim. — Eles aparecem para deuses, semideuses originais, aqueles criados ao tomarem ambrosia ou para o Apôlion.

Dei uma cotovelada no Aiden.

— Tô me sentindo tão especial.

— Podemos dizer que sim! — Ele sorriu quando eu o encarei. — Então, a gente encontra o portal e o atravessa. Parece fácil.

Apolo riu.

— Não é tão fácil assim. O portal está sendo vigiado agora, até mesmo para aqueles que podem vê-lo.

Senti um frio no estômago.

— Quero mesmo saber?

Ele abriu um sorriso, e meu coração despencou. Eu detestava quando Apolo sorria daquele jeitinho.

— Há cães do inferno e guardas.

— Ah, que belezinha!

— E, depois, têm os espíritos. A maioria não consegue passar dos espíritos. — Apolo deu um passo para trás. — Mas, se vocês passarem, o portal aparece e vocês entram no Submundo. Mas ir ao Submundo sem um guia não é apenas perigoso, também é burrice.

Então, preciso brincar com uns cachorros, derrotar uns guardas *e* chamar os caça-fantasmas?

E preciso de um guia? Beleza. Não me pareceu tão ruim assim. Eu sorri.

— Conheço a pessoa certa.

18

— Caleb — Olivia sussurrou, falando pela primeira vez. Quando assenti, ela se levantou num salto. — Quero ir.

Apolo arqueou a sobrancelha.

— Duas pessoas invadindo o Submundo e tentando encontrar uma alma específica no meio de milhões já é insano e perigoso. Ninguém mais pode ir.

Olivia virou os olhos arregalados para mim, implorando.

— Tenho que ir, então. Tem que ser eu. Preciso...

— E é por isso que não pode ser você — disse Apolo antes que eu pudesse responder. — Você estará focada na busca por Caleb, e não na missão.

Ela cerrou os punhos ao lado do corpo.

— E qual a diferença entre mim e Aiden? Ele vai estar focado na Alex!

Lancei um olhar para a pessoa em questão, mas Aiden tinha a mesma expressão que Apolo. Poderiam chorar e implorar, mas estava decidido.

— E é isso o que precisamos — Apolo afirmou, quase que delicadamente. Por um momento, poderia jurar que ele estava com pena dela. Não de um jeito ruim, mas como se pudesse sentir compaixão pela meio-sangue, o que seria incrível, já que os deuses pontuavam baixo no quesito empatia. — Não há garantias de que eles irão sequer encontrar Caleb, mas, de qualquer forma, Alex tem que voltar do Submundo com a informação que precisamos. E viva.

Alguns dos outros deuses provavelmente discordariam.

O olhar de Apolo caiu sobre Aiden de novo.

— Você daria sua vida por ela?

Não gostei nem um pouco da pergunta e abri a boca, mas Aiden respondeu sem hesitar.

— Sim.

O deus assentiu.

— Sei que você faria o mesmo, Marcus, mas Aiden seria capaz de...

Marcus parecia pouco contente, mas assentiu.

— Entendo o que você quer dizer.

Um gosto amargo subiu pela minha garganta enquanto meu coração ficava pesado. Ir ao Submundo seria loucamente perigoso, e a ideia de Aiden arriscar a própria vida me assustava pra caramba, mas olhando pela sala, eu sabia que, entre todos ali, ele era o mais habilidoso.

Percebendo que não conseguiria mudar a opinião de ninguém, Olivia não disse mais nada ao sair da sala de cabeça erguida. Senti uma pontada de tristeza, tão potente quanto o medo. Não era justo. Queria que Caleb e Olivia pudessem ter tido mais um momento juntos antes de todos os momentos futuros terem sido roubados deles.

Depois da saída de Olivia, os planos para a nossa partida foram feitos de maneira rápida. O grupo ficaria para trás, já que era o mais seguro, e eu e Aiden sairíamos para o Kansas pela manhã. Tirando o aparentemente portal para o Submundo, eu não tinha ideia do que mais existia no Kansas. Fardos de feno? Dorothy?

— Tem mais uma coisa — eu disse para Apolo depois que o grupo se separou.

Aiden ficou comigo, fechando a porta, já suspeitando o que eu queria contar para o Apolo.

— Mal vejo a hora de saber — disse Apolo num tom seco.

Respirei fundo.

— Vi o Seth ontem.

Apolo cerrou as sobrancelhas e abriu a boca, mas nenhuma palavra saiu. Melhor eu esclarecer.

— Quer dizer... — eu disse logo. — Mais ou menos.

— Mais ou menos?

Assenti.

— Ele conseguiu me puxar... de dentro da minha cabeça. Parecia real, e era como um sonho... mas não era.

As sobrancelhas dele começaram a se levantar.

— Isso não faz o menor sentido, Alex.

— Ela estava conversando com a Lea e começou a sentir uma dor de cabeça pouco antes de acontecer, assim como antes, quando estava sob o efeito do elixir. — Aiden explicou, já que obviamente eu não conseguia formar uma frase coerente. — Ela desmaiou...

— Não desmaiei — grunhi, sentindo minhas bochechas arderem.

Aiden curvou um lado da boca.

— Tá bom. De repente, ela parou de andar e falar. Durante esse tempo, ela viu Seth. Parece que ele usou Hermes para puxá-la.

— Hermes? — Apolo sibilou, tipo, de verdade, como um leão bravo. — Aquele pestinha safado.

Arqueei as sobrancelhas.

— E ainda me senti mal de ter roubado e derretido o capacete dele. — Apolo soava indignado. — Hermes não vai mais ajudar Seth.

Era difícil não rir quando Apolo ficava todo magoadinho, mas de alguma forma consegui.

— Aliás, quando você roubou o capacete dele?

Apolo deu de ombros.

— Uns dois dias atrás.

— Acha que pode ter sido por isso que ele ajudou Seth?

— Hum... — Apolo franziu o rosto. — Bem pensado. Enfim, Seth te disse alguma coisa?

Minha nossa.

— Ele não chegou a dizer nada importante. Tenho a sensação de que ele só estava testando para ver se funcionava, mas se você consegue impedir que Hermes o ajude, isso não será mais um problema.

Um músculo tensionou no maxilar de Apolo.

— Ele consegue transferir poder nesse estado?

— Não. E não consegue ler meus pensamentos. — Me recostei na parede, contendo um bocejo. — Parece mais uma encheção de saco do que qualquer outra coisa.

— É mais do que uma "encheção de saco". — Os olhos de Aiden brilharam, prateados.

— Ele chamou de "violação" — expliquei, após notar o olhar confuso de Apolo. — Mas poderia ter sido pior.

— Tipo ele fazer uma coisa dessas enquanto você estivesse no meio de uma batalha ou no Submundo? — Apolo perguntou.

— Bom... — Franzi a testa.

— Eu estava pensando... — Aiden continuou. — Sabemos que Hermes o ajudou, mas deve ter mais alguma coisa, senão Seth teria feito isso no momento em que você quebrou o vínculo. Quando você tomou o elixir, ele parecia capaz de te alcançar quando o efeito começava a diminuir, e quando passava, você estava exausta. Talvez tenha algo a ver com... o quão exausta você está.

— Faz sentido. Acho que só preciso de um sono da beleza. — Aiden pareceu indiferente. — Essa é a teoria que mais faz sentido pra mim.

— Mas faz sentido mesmo. — Apolo tombou a cabeça para o lado, com seu rosto exuberante tenso de irritação. — Vocês dois ainda estão conectados, e apesar de ter bloqueado boa parte do vínculo com os escudos, talvez ele consiga te alcançar quando você está fraca, com ou sem Hermes.

— Como um radinho comunicador de merda — murmurei.

— Exato. Principalmente se Hermes já criou o caminho até você.

Eu não gostava daquilo.

Apolo sorriu para Aiden, então.

— Nem preciso dizer, mas acho que você sabe como é importante ficar perto da Alex.

— Como se você precisasse pontuar isso — Aiden respondeu.

Apolo deu uma risadinha.

— A viagem ao Submundo não será fácil, e isso sem levar em conta a narcolepsia recém-adquirida da Alex.

Revirei os olhos. Qual parte do "eu não estava dormindo" ele não entendeu?

— Se isso acontecer de novo, mesmo que você não acredite que ele não irá arrancar alguma informação importante, preciso que tome cuidado para não deixar Seth descobrir o que você está fazendo, especialmente sua nova missão.

— Eu sei — respondi, encarando a poltrona velha ao lado do deus. — Tenho certeza que ele não sabe o que Solaris ia fazer com o Primeiro, mas ele sabe que havia *alguma coisa*. Mas, talvez, a gente dê sorte. Seth pode não conseguir fazer isso de novo.

Nenhum dos dois parecia convencido.

— Beleza, de volta ao nosso problema principal. Aquele que eu meio que posso ajudar. — Apolo caminhou até a mesa, onde encontrou um pedaço de papel e uma caneta. — O portal de Stull deve levá-los para além da entrada do Submundo, no começo do Campo de Asfódelos. Talvez não seja de fato um campo, ou talvez seja. — Ele fez uma pausa, olhando por cima do ombro. — Mudaram toda vez que fui lá. Às vezes, o lugar estava vazio. Às vezes, não. As almas que vocês encontrarem serão... relativamente inofensivas.

Me aproximei, espiando por cima do ombro dele. Ele estava desenhando um mapa. Reconheci "Estige". O resto, acho que teria reconhecido se tivesse prestado mais atenção às aulas.

— Vocês entrarão pelos túneis. Lá conseguirão descansar por algumas horas, já que as almas não conseguem acessá-los. Precisam chegar lá antes da noite cair e só saíam quando o céu ficar dourado. Se não chegarem antes da noite, descobrirão por que as almas não podem viajar pelos túneis.

Esperei que ele explicasse melhor, mas como não fez isso, troquei um olhar com Aiden.

— Vocês não vão querer perambular por *qualquer* parte do Submundo durante a noite. — A caneta de Apolo deslizou sobre o papel. — De lá, passarão pelo Campos do Luto.

— Ah, esse parece divertido! — comentei.

Apolo riu.

— Por fim, chegarão a uma encruzilhada. Um lado levará vocês ao Tártaro, e o outro, aos Campos Elísios, onde fica a Planície dos Julgamentos. Lá, é melhor ser o mais invisível possível. E não estou falando só da invisibilidade do colar.

Ele soltou a caneta e entregou o papel para Aiden.

— Posso cobrar um favor e mandar avisarem o Caleb, para que ele encontre vocês lá. Mas dali em diante...

— Estaremos por nossa conta e risco. — Quando Apolo assentiu, mordi os lábios. — Beleza.

— Espera! — disse Aiden, cerrando os olhos para o mapa. — A Planície dos Julgamentos não fica perto do palácio de Hades?

— Como disse, vocês dois terão que ser o mais invisíveis possível. Acredito que Hades estará no Olimpo, mas ele tem muitos olhos guardando o palácio. — Apolo cruzou os braços da grossura de dois troncos de árvores. — Preciso que entendam que o Submundo será perigoso. Caleb pode estar em qualquer lugar, e não será como da última vez, quando sua chegada foi notada. Vocês verão coisas que não irão entender. Situações que gostarão de intervir, mas não poderão.

Engoli em seco com seu tom de seriedade.

— Entendi.

— Entendeu mesmo? Você demonstrou pouco controle dos seus impulsos no passado, Alex. Você não será bem-vinda lá. E não apenas no Submundo. — O olhar gelado como metal dele se voltou para Aiden. — Os portões são bem protegidos.

— Nós entendemos — Aiden respondeu com calma.

Os olhos do deus brilharam em um profundo reconhecimento.

— Tenham cuidado. A maioria dos que entram nunca sai e o Submundo marca para sempre aqueles que conseguem sair.

Apolo começou a sumir enquanto nós o encarávamos, com expressões que, sem dúvidas, combinavam com a seriedade do que ele tinha dito. Pouco antes de o corpo dele ser envolvido pela poeira azul cintilante, ele disse:

— Devo muito a vocês por isso, e por todo o resto.

Era muito cedo para estar acordada e me mexendo, mas lá estava eu, de pé ao lado de um dos hummers, reluzente sob o sol da manhã.

Aiden se despedia do irmão, e eu tentava dar espaço a eles, me equilibrando sobre um pé só numa tentativa de manter os olhos abertos. Na noite anterior, Aiden declarou que era dia de "dormir cedo" e literalmente me forçou a dormir como se fosse a minha babá.

— Você precisa estar bem descansada — ele tinha argumentado e, então, ficou sentado me observando até eu pegar no sono.

E, mesmo depois de oito horas de olhos fechados, eu não queria acordar ao alvorecer. Tínhamos uma longa estrada à frente — mais ou menos nove horas e quase oitocentos quilômetros para percorrer. De avião, seria mais rápido, mas nunca passaríamos com as armas pela segurança dos mortais sem usar coação em metade dos funcionários do aeroporto. E seria muito difícil explicar por que Aiden estava pintando runas com sangue de titã dentro de um 474. Com isso, e o talismã que Apolo me deu, aquela deveria ser uma viagem de carro relativamente tranquila.

— Alexandria?

Me virei com o som da voz do meu tio e caminhei na direção dele, na varanda.

— Oi.

Ele tentou sorrir, mas pareceu forçado.

— Sei que você vai tomar cuidado, mas, sério... toma cuidado. Tá bom?

— Sempre tomo cuidado.

Marcus fez uma expressão cínica.

Incapaz de me segurar, sorri.

— Vou tomar cuidado. Juro.

Com o som dos passos de Aiden se aproximando, ele deu um passo para trás e lançou um olhar sombrio para o outro puro-sangue.

— Se qualquer coisa acontecer com ela, você está fodido.

Fiquei boquiaberta.

— Ouvi você xingar? Nunca te ouvi xingando antes. Nossa...

Em vez de responder, Marcus me abraçou. Depois, me soltou rápido e desviou o olhar, engolindo em seco.

Em poucos segundos, nos despedimos do restante do grupo.

— Tentem não libertar nenhuma alma — disse Luke, com um risinho.

— A não ser que sejam as almas do Sam ou do Dean, tá bom? — Quando riram, dei um abraço rápido em cada um e fui até Aiden que guardava a bagagem no porta-malas.

Assim que avistei o saco pesado de armas e munição, eu disse:

— Esse não.

Aiden riu.

— Relaxa. — Ele levantou a bolsa com uma só mão (uau!) e a jogou atrás do carro. — Já deixei algumas adagas separadas na frente. Pronta?

— Sim. — Olhei por cima do ombro, registrando todos aqueles que estavam na varanda. Uma dor estranha tomou conta do meu peito. Porém, por um momento, tudo estava em paz. Os pássaros cantavam. Raios brilhantes de luz cortavam as copas das árvores. Era quase como se eu e Aiden estivéssemos saindo de férias ou algo assim.

E não indo ao Submundo.

Aiden colocou a mão no meu braço.

— Vamos ver todos outra vez.

— Eu sei. — Sorri, mas tudo parecia errado. — É só que...

— O quê? — Ele fechou o porta-malas.

Balançando a cabeça, desviei o olhar dos meus amigos — da minha família. Ao me virar para o Aiden, um movimento rápido me chamou a atenção. Perto das árvores de carvalho, vi um cervo de pé em suas pernas finas e elegantes e juro que nossos olhares se encontraram. Havia algo inteligente naquele olhar — algo exótico. Então, o animal saiu correndo, desaparecendo em meio à folhagem abundante.

— Acha que ficarão bem? — perguntei, encarando Aiden.

— Eu não deixaria meu irmão para trás se não acreditasse nisso.

Havia verdade naquelas palavras. Assentindo, fui para o lado do passageiro, com meu olhar pairando na direção de onde estava o cervo. Pensei em Ártemis. Os deuses não seriam capazes de nos encontrar, mas não era um absurdo imaginar que Apolo tenha contado nossa localização para sua irmã gêmea.

Abri um pequeno sorriso, subindo no carro. Eles ficariam bem. Mais da metade era treinada e boa para caramba com adagas. Sem falar que todas aquelas brincadeiras de Deacon com o fogo estavam dando certo. Com Laadan e Marcus capazes de controlar ar, poderiam se proteger. E, se Ártemis estivesse mesmo nos arredores, teriam uma deusa das boas ao lado deles.

Colocando o cinto de segurança, repousei as mãos no colo. Os punhos cerraram. Olhei para Aiden enquanto ele ligava a ignição. O hummer rugiu, ganhando vida.

— Sabe que sou péssima em viagens longas de carro, né?

Um meio-sorriso apareceu.

— Eu me lembro.

— Você vai precisar me distrair. E muito.

Ele riu enquanto dirigia o veículo enorme pela estradinha estreita de terra, que era novidade para mim.

— Aliás... — disse Aiden, lançando um olhar para mim que me fez esquecer da seriedade da nossa missão. — Você fica bem pra caramba com uniforme de sentinela.

Um rubor quente que não tinha nada a ver com vergonha se espalhou pela minha pele.

— Você também.

— Eu sei.

Soltei uma risada.

— Nossa... A autoestima está em dia.

Os olhos de Aiden estavam claros, um cinza mesclado, enquanto focavam na estrada rural.

— Dá uma olhada no porta-luvas.

Curiosa, me inclinei para a frente e abri o trinco. Lá dentro, dois objetos pretos e brilhantes. Tirei um com cuidado, girando a coisa pesada na mão. Era uma pistola especialmente projetada. Me sentindo poderosa, conferi o clipe — balas de titânio.

Mas, a arma parecia estranha na minha mão.

— Só segurei uma dessas uma vez, fora do Covenant.

Aiden ficou em silêncio, esperando que eu continuasse. É claro que ele sabia quando foi.

— Não atirei. Hesitei.

— Você estava enfrentando sua própria mãe, Alex. É compreensível.

Assenti, ignorando o nó na minha garganta e colocando a arma de volta no porta-luvas.

— O que mais tem escondido aqui?

— Embaixo do banco — ele murmurou enquanto as rodas do hummer aplainavam o terreno. Debaixo do banco, duas adagas e uma foice.

— Tem a mesma coisa embaixo do seu?

Ele assentiu.

— O que você está esperando? Uma horda de daímônes?

— Melhor prevenir do que remediar, Alex. Não temos ideia do que ou de quem iremos enfrentar lá.

Me endireitei.

— O Seth não está por perto e, estamos protegidos. — Toquei o talismã que eu estava usando e, depois, apontei para os sinais acima de nossas cabeças.

Aiden grunhiu algo inteligível.

Arqueei as sobrancelhas, mas baixei logo em seguida. Não era como se coisas feitas para apunhalar, atirar e, no geral, matar me entediassem.

— Nossa, eu tomaria um café.

— Como se você precisasse de mais cafeína.

— Ha-ha. — Encarei a janela, mordiscando o lábio. — Cafeína é minha amiga.

— E carne vermelha... não se esqueça da carne vermelha.

Sorri com o tom provocador dele.

— Sem problemas, fica com seu peito de frango sem graça, mas em breve... muito em breve, eu te trago para o lado sombrio da carne vermelha.

Continuamos nessa provocação por um tempo, nos distraindo, e funcionou. Meus músculos relaxavam a cada quilômetro que se passava sem que fôssemos bombardeados por daímônes caindo do céu no momento em que chegamos à civilização, também conhecida como a interestadual. Quando fizemos um desvio para pegar um almoço rápido no drive-thru, pedi um hambúrguer.

Aiden pediu um sanduíche de frango grelhado... e tirou uma das fatias de pão.

Amassando o papel, eu ri.

— Por que você faz isso? É como se tivesse algo contra sanduíches com dois pães.

— Um pão é suficiente. — Ele olhou para o próprio colo, a mão no volante e a outra coberta de molho. Levantando a cabeça, ele suspirou. — Você pegou todos os guardanapos?

Olhei para ele, envergonhada.

— Talvez, mas guardei... meio guardanapo para você. — Revirando a bolsa, tirei um guardanapo e rasguei ao meio. Depois, limpei a mão dele, sem a mesma delicadeza que ele usou ao lavar as minhas de noite na cozinha.

Acho que acabei arranhando a pele dele.

Pegando o saco de papel do colo dele, puxei o outro pão e o balancei perto da boca dele.

— Alex... — Ele se esgueirou na direção da janela, evitando a perigosa segunda fatia de pão. — Para.

— Come — ordenei, segurando com as duas mãos agora, fazendo uma dancinha no ar. — Olha ele implorando: "Me come".

Ele arqueou a sobrancelha.

— Mente suja — murmurei.

Aiden cerrou os lábios, mas quando olhou para mim e meu pão dançante, ele caiu na gargalhada.

— Tá bom. Me dá o pão.

Sorrindo, o observei comer o pão e, depois, peguei uma porção pequena de fritas.

— Quer um pouco?

Surpreendentemente, ele não recusou. Mas, depois que a comida acabou e ninguém conseguiu encontrar algo decente para ouvir no rádio, comecei a ficar inquieta. Quatro horas se passaram quando chegamos numa loja de conveniência há uns três quilômetros de Des Moines, onde enchemos o tanque e nos reabastecemos com o que me parecia comida de hamster. Considerando meu encontrinho com Hades da última vez em que estive numa loja de conveniência, fiquei no carro e pedi um pacote de Doritos, mas aparentemente nachos de queijo não eram comida apropriada para o Submundo.

— Quer dirigir?

Balancei a cabeça, colocando o cinto.

— Se eu estivesse dirigindo, já teria acabado com a vida de uma família de quatro pessoas.

— Quê? — ele riu.

— Só dirigi tipo uma vez. E o carro era um inseto comparado com esse aqui. Tipo, sei dirigir, mas você não ia querer me ver pegando a interestadual.

Aiden se inclinou, segurando minhas mãos.

— Quando isso tudo acabar, vou te levar para dirigir. Você vai pilotar um daqueles caminhões ali.

Dei uma risada, observando o caminhão de dezoito rodas.

— Talvez você queira adicionar "cidade pequena" na lista de fatalidades.

— Você vai mandar bem... mais do que bem. — Ele encaixou o carro entre dois caminhões. — Quando você bota uma coisa na cabeça, sempre consegue fazer. Então, relaxa.

Apoiando a cabeça no banco de couro, sorri.

— Você sempre diz a coisa certa.

Aiden franziu as sobrancelhas.

— Não, nada a ver.

— É sério — respondi com um sorriso, segurando a mão dele com força. — Acho que você nem se esforça. Só sai naturalmente.

Duas manchinhas avermelhadas surgiram em cada bochecha dele, o que foi terrivelmente fofo. Então, me inclinei sobre o console central e beijei uma das bochechas quentes. Voltei para o meu lugar, sorrindo pelo olhar satisfeito que ele lançou para mim. O restante da viagem foi tranquila, e cheguei a dormir por uma hora antes de chegarmos em Stull.

De primeira, não percebi que estava sonhando. Tudo estava enevoado, como se eu estivesse encarando um tubo estreito cheio de neblina. Conforme o ar foi clareando e vislumbres de imagens começaram a se formar, achei a câmara circular com paredes de pedra vagamente familiar. Mas não foi o lugar que chamou minha atenção.

Foi quem estava no chão.

Apolo estava ajoelhado, com as mãos estendidas, e ele não estava sozinho. Aiden estava lá, de costas para mim enquanto segurava algo — *alguém* — próximo ao peito, o corpo inclinado sobre a figura imóvel enquanto se balançava para a frente e para trás, os ombros largos tremendo. Havia mais uma pessoa na sala, mas sua forma e sua imagem estavam embaçadas demais para distinguir.

O desconforto me atravessou como uma névoa turva enquanto eu observava Aiden, querendo chamar a atenção dele. Chamei por ele, mas eu estava sem voz. A ansiedade cresceu, e me senti gelada — gelada demais. Algo não estava certo. Senti que eu estava ali, porém descolada, como se estivesse observando os acontecimentos a distância.

Aiden estava dizendo alguma coisa, mas baixo demais para entender. Tudo o que escutei foi a resposta de Apolo.

— Sinto muito.

De repente, Aiden se endireitou e jogou a cabeça para trás, soltando um rugido cheio de dor e fúria.

Acordei com o som baixo de Aiden cantando "Saving Grace", do The Maine, batendo meu joelho no painel.

— Você está bem? — ele perguntou.

Respirando bem fundo, assenti e tirei as mechas de cabelo do meu rosto. Meu coração estava acelerado. Vi o corpo sem vida que Aiden estava segurando e entendi o grito que saiu das profundezas da alma dele.

Era eu quem estava nos braços dele.

Me recostei no banco, encarando a janela. Foi só um sonho — um sonho e nada mais. E eu sonhando coisas bizarras como aquelas? Zero surpresa. Todo o estresse e coisas incomuns acontecendo geravam uns pesadelos bem malucos, mas...

Alguma coisa naquele sonho me incomodava, deixando um frio que chegava aos ossos. Foi difícil afastá-lo dos meus pensamentos. Me acomodei no banco, observando Aiden por detrás dos meus cílios, nos imaginando indo para outro lugar — qualquer lugar que não fosse um maldito cemitério. Talvez, se estivéssemos indo para a Disney. Tá legal, melhor não. Talvez uma praia, para um fim de semana romântico e ensolarado, e eu quase conseguia avistar. Quase conseguia *sentir*.

Nós dois sendo normais, vivendo uma vida entre os humanos como já tínhamos conversado, um futuro em que não faríamos coisas desse tipo, em que eu não estaria vinculada a um Seth controlador. Teríamos uma casa, eu não conseguia imaginar Aiden num apartamento ou num condomínio. Ele iria querer espaço — um quintal — e, apesar de um cachorro estar fora de cogitação, por causa do poder que os daímônes tinham sobre os animais, aquele era o meu futuro perfeito, então teríamos um labrador que correria ao lado da cerca.

E eu teria um gato aninhado no meu colo, um gato malhado gordo que comeria os pães dos sanduíches do Aiden. Teríamos um deque para sentar de noite. Aiden ficaria lendo quadrinhos ou qualquer livro de história chato em latim, e eu faria tudo que estivesse ao meu alcance para distraí-lo.

Eu poderia viver num futuro como aquele.

— No que você está pensando? — A voz baixinha do Aiden me assustou.

— Como você sabia que eu estava acordada?

Houve uma pausa.

— Eu simplesmente sabia. Então, me diz...?

Me sentindo um pouco boba, contei a ele sobre meu futuro fantasioso. Aiden não riu. Não zombou da fantasia nem perguntou por que o gato comeria pão. Ele olhou para mim — olhou para mim por tanto tempo que comecei a ter medo de que bateria com o carro. Então, olhou para a frente, um músculo saltado no maxilar.

— Que foi? — perguntei, me encolhendo no banco. — Fui longe demais?

— Não. — A única palavra saiu rouca.

— O que foi, então?

Os olhos de Aiden estavam claros e iluminados quando encontraram os meus de novo — brilhantes e fortes como as adagas de titânio que usávamos.

— Eu te amo, só isso.

19

Kansas era... plano e cheio de mato.

Onde o olhar alcançava, não havia nada além de planícies com grama amarelada e palha alta. Distante, o horizonte parecia se mesclar com a terra, num azul-acinzentado escuro e sinistro conforme a noite se aproximava, sangrando sobre a vegetação amarronzada alta e as flores silvestres brancas.

"Pradaria", de acordo com a aula de geografia improvisada de Aiden, mas tudo o que entendi foi que estávamos dirigindo na direção da Alameda dos Tornados. Levando tudo em consideração, aquela não era a região do país mais inteligente para se estar, principalmente depois de ver a destruição recente causada pelos deuses imprevisíveis.

Cidades inteiras destruídas. Campos e ruas cobertos de entulhos. Como resultado, muitas vidas sem abrigo, e eu sabia que aquilo tinha a ver comigo — a resposta à minha incapacidade inicial de lutar contra a influência do Seth.

Era difícil ignorar, mas não podia me afogar na culpa agora ou analisar o sonho que acabara de ter. Precisava estar pronta para a batalha. Estávamos perto demais do Cemitério Stull.

Uma energia nervosa vibrava entre nós dois. Mesmo com as informações de Apolo sobre os portais e o Submundo, ninguém sabia exatamente o que iríamos enfrentar.

Cerca de dezesseis quilômetros a oeste de Lawrence, chegamos à cidadezinha isolada de Stull. Me endireitei, com os olhos grudados na janela.

Ao anoitecer, a estrada principal, que parecia ser a única estrada, estava completamente abandonada. Nenhuma das lojas estava aberta. As pessoas não passeavam pelas calçadas. Não havia nada. Cara, com certeza estávamos no interior do Kansas.

— Que bizarro... — sussurrei.

— O quê?

— Não tem uma alma na rua. — Tremi feito gelatina.

— Talvez estejam todas no cemitério. — Quando olhei feio para ele, Aiden riu. — Alex, estamos prestes a entrar no Mundo Interior. Uma cidade vazia não deveria te assustar tanto.

Chegamos a um cruzamento com três ruas, e Aiden virou à direita.

— Sabe, Luke falou que só, tipo, umas vinte pessoas moram aqui, e dizem que nenhuma delas é da Terra — eu disse, olhando para o Aiden. — Você acha que são deuses?

— Pode ser. Talvez Stull seja a casa de veraneio deles.

Dei mais uma olhada nas casas atarracadas e antigas.

— Um lugar bem peculiar para se tirar férias, mas, até aí, os deuses são estranhos mesmo.

— E como são. — Aiden se inclinou sobre o volante, semicerrando os olhos. — Olha lá.

Seguindo o olhar dele, engoli um suspiro baixinho. Mais ou menos três metros adiante na estrada, do lado direito, estava o Cemitério Stull. Nenhum portal para o inferno, mas um para o Submundo.

Sob o sol poente e a escuridão amontoada, era bizarro pra caramba.

— Espero que ninguém tente nos expulsar — murmurei enquanto Aiden passava com o hummer pela entrada apertada onde havia uma corrente. Nosso plano era deixar o carro dentro do cemitério. Ele não ficaria ali por muito tempo. O tempo no Submundo passava de um jeito diferente. Horas lá eram segundos aqui. Dias poderiam ser minutos. Semanas poderiam ser horas.

— Por algum motivo, acho que não teremos problemas com isso. — Aiden estacionou o veículo na lateral e desligou a ignição. As luzes internas se apagaram.

Encarando as lápides, estremeci.

— Você vai sair ou não vai? — Aiden já estava com a porta aberta.

Uma erva daninha rolou por uma passarela que já tinha visto dias melhores, e meus olhos arregalaram conforme a seguiam, até que bateu numa cerca.

— Preciso mesmo?

Aiden riu, fechando a porta e desaparecendo atrás do carro. Sem querer recriar aquela cena de *A noite dos mortos-vivos*, saltei e rapidamente o segui. Encontrei ele passando os braços pelas alças da mochila pesada.

Quando ele fechou o hummer e ligou o alarme do carro — *quem roubaria um carro aqui?* —, o cemitério mergulhou nas sombras escuras. Nuvens espessas e pretas como óleo bloqueavam a lua, mas meus olhos se ajustaram logo, e quase desejei que não tivessem se ajustado.

Atravessando a folhagem esvoaçante e a grama alta, havia pouco menos que cem lápides. Espalhadas entre as mais recentes, havia as mais antigas, cujas inscrições já tinham sumido havia um bom tempo. Algumas eram quadradas, outras mais verticais, parecendo pequenos monumentos de Washington, e outras eram cruzes antigas, tombadas para um lado ou para o outro.

No limiar do cemitério, havia pedras esfareladas, restos de uma construção cercada por algumas árvores. Duas fileiras de tijolos cor de areia marcavam o que um dia tinha sido a igreja, antes dos deuses a queimarem por causa da aparição do Hades à meia-noite.

O caminho era apenas uma trilha de terra com uns trinta centímetros de largura, e eu tinha quase cem por cento de certeza de que estávamos pisando em túmulos não sinalizados.

— Meus deuses, odeio cemitérios.

Aiden colocou a mão nas minhas costas.

— Gente morta não pode te machucar.

— A não ser que sejam zumbis.

— Duvido que existam zumbis por aqui.

Bufei, acionando o bastão da foice. Ele se estendeu, de um lado formando uma ponta afiada, e do outro, uma lâmina de foice sinistra como a de um ceifador.

— Só para prevenir.

Aiden balançou a cabeça, mas seguiu a trilha de terra. Por fim, o caminho desapareceu no meio de arbustos grandes e de uma grama piniquenta que ficava agarrando na minha calça. Um formigamento surgiu na minha nuca, descendo pela espinha, enquanto nos aproximávamos da fundação da igreja. Minha vontade era de olhar para trás, mas achava sinceramente que encontraria uma horda de zumbis comedores de cérebros parada ali.

Contornei uma lápide solitária e triste e fiquei ao lado de Aiden. Estávamos a trinta centímetros das pedras esfareladas.

Aiden ajustou as alças da mochila ao virar a cabeça para o lado.

— Então, viu alguma coisa...?

De repente, o vento parou. Tipo, completamente.

Uma quietude sobrenatural permeou o ar, arrepiando os pelos da minha nuca. Sob a roupa térmica preta, senti pequenas pulsações na minha pele. Um cheiro podre e almiscarado surgiu do nada. Soltei o ar pela boca, e uma pequena nuvem branca se formou.

— Beleza — sussurrei, segurando a lâmina com mais força. — Isso não é normal.

O sopro de Aiden ficou suspenso no ar também. Segurando minha mão, ele inclinou a cabeça na direção das árvores que ladeavam o que sobrou da igreja. Duas sombras escuras estavam paradas a poucos metros, quase indistinguíveis em meio à folhagem.

Meus músculos tensionaram. Guardas? Fantasmas? Não sabia o que seria pior.

— Hora do show — disse Aiden, tirando a mochila. Ele a colocou perto de uma cruz de pedra caindo aos pedaços.

Assenti.

— Eba!

As duas figuras avançaram. Estavam encapuzadas e sem forma, e percebi que seus pés — se é que tinham pés — não tocavam o chão. Os mantos num tom vermelho-escuro pairavam poucos centímetros acima da grama.

Seus braços se levantaram devagar e o tecido se moveu para trás. Um barulho estranho e crepitante acompanhou o movimento. Dedos pálidos e esguios tocaram os capuzes, os puxando.

Ai... ai, nossa...

Sob os capuzes, não havia nada além de ossos. Ossos brancos e vazios, pura escuridão onde deveria haver olhos e narinas. As bocas... os maxilares se penduravam em juntas frouxas, então as bocas estavam abertas. Não havia pele, nem carne nem cabelo. Eram esqueletos — esqueletos flutuantes malditos.

Não tão assustadores ou perigosos quanto zumbis, mas, ainda assim, bizarros.

Os encarei, querendo desviar o olhar, mas era impossível. Os olhos... eram sinistros. Apenas buracos, mas quanto mais eu os encarava, algo... algo se movia dentro deles, pontos pequenininhos de luz piscante.

Meus dedos se afrouxaram ao redor da foice.

— Posso simplesmente... explodir com akasha.

— Ideia considerada e descartada.

— Ah, fala sério.

— Usar akasha te cansa, certo? — perguntou, contido, mantendo os olhos naquelas coisas. — Que tal guardar para algo que não seja um saco de ossos?

— Ah... Bem pensado.

Os "sacos de ossos" tocaram seus mantos no mesmo momento.

Arqueei a sobrancelha.

— Espero que não fiquem pelados. Não quero mesmo descobrir se esses esqueletos tem pe...

E, então, sacaram dois bastões grossos e brilhantes. Me perguntando se iriam balançar aqueles cabos na nossa direção, admiti estar bem decepcionada com os guardas. Não era à toa que os mortais descobriram a entrada, tudo o que havia entre eles, e o portal eram duas decorações de Halloween ambulantes.

— Alex... — Aiden murmurou.

Levantei o queixo no momento em que fagulhas começaram a voar dos bastões, brilhantes e intensas em meio à escuridão. O fogo se espalhou logo, num vermelho flamejante e poderoso, cada um assumindo a forma de uma lâmina longa e mortal.

— Mas quê...? — Arregalei os olhos.

Eles voaram na nossa direção, com os ossos chacoalhando num coro horripilante. Aiden se abaixou sob a primeira lâmina flamejante. Se esquivando perfeitamente, ele deu um chute nas costas de um dos esqueletos.

O outro avançou na minha direção, passando a lâmina tão perto do meu pescoço que cheguei a sentir o calor. Desviando para o lado, balancei a foice num arco amplo. A lâmina afiada e mortal atravessou o manto e os ossos.

Num clarão de luz, a espada caiu e os ossos colapsaram numa pilha fumegante. Dando um passo para trás, avistei a mesma coisa acontecendo com o oponente de Aiden. A espada de fogo desapareceu, e não sobrou mais nada além de ossos e fumaça.

Esperei que se levantassem e fizessem alguma coisa, talvez até uma dancinha divertida, mas nada aconteceu.

Abaixando a foice, franzi a testa.

— Isso foi fácil até demais.

Aiden se aproximou de mim em passos largos, com seus olhos varrendo o ambiente.

— Nem me fala. Fica por perto, porque estou sentindo que foram só uma distração.

Um rosnado baixo percorreu o cemitério silencioso, e meu estômago se revirou. Juntos, eu e Aiden nos viramos. Não sei quem reagiu primeiro. Se foi o xingamento explosivo do Aiden ou meu grunhido, não importava.

Em meio às ruínas da igreja, havia um cão do inferno grande e perverso, que parecia estar irritado. As pedras se quebravam sob as patas carnudas do tamanho das mãos de Aiden. Garras, afiadas como as lâminas que carregávamos, brilhavam como ônix. O corpo era enorme, do tamanho de um carro popular mortal, mas as cabeças eram as três coisas mais gigantes e feias que eu já tinha visto. Eram como a mistura de um rato de esgoto com um pit bull. E os dentes... pareciam de tubarão — brancos, molhados e muito, muito afiados. Espumava saliva sob as gengivas rosadas, pingando no chão, onde o solo queimava como se a baba fosse ácida.

Seis olhos amarelos e macabros nos encaravam.

— Droga... — murmurei, me agachando. — Não corta as cabeças. São os corações que temos que atingir.

— Entendi. — Aiden girou a adaga na mão, todo durão.

— Metido.

Aiden abriu um sorrisinho.

— Qual será o nome desse aí?

As orelhas do cão do inferno tremeram. Seu corpo enorme se abaixava, preparando um ataque. Deslizei a mão até a metade da lâmina, sentindo meu coração bater forte e a adrenalina sobrecarregando meu sistema nervoso. No fundo do meu estômago, o cordão começou a se desenrolar.

Engoli em seco.

— Vamos chamá-lo de... Totó.

Três bocas se abriram num rosnado de dar calafrios, e uma onda de bafo quente e fedido nos atingiu. Senti a bile queimando o fundo da minha garganta.

— Acho que ele não gostou do nome — eu disse, me movimentando lentamente para a direita.

O corpo poderoso de Aiden ficou tenso.

— Aqui, Totó... — Uma das cabeças girou na direção dele. — Bom garoto, Totó!

Contornei a cruz antiga, me espreitando pela direita em direção ao cão do inferno. As cabeças do meio e da esquerda estavam focadas em mim, estalando e rosnando.

Aiden estalou a língua.

— Vem me pegar, Totó. Sou bem saboroso!

Quase ri, mas aquela coisa saltou da pilha de cascalho, caindo entre nós dois. O chão tremeu com o impacto. Atrás de nós, algumas lápides balançaram e caíram. Por um breve momento, parecia que Totó estava vindo direto para mim, mas no último segundo avançou para o Aiden.

Pego de surpresa, Aiden se desequilibrou para trás, com o pé preso num pedaço de pedra. Meu coração subiu para a garganta, me virando na direção deles e erguendo minha mão. Houve uma fagulha, um cheiro forte de ozônio queimado, e então uma bola de fogo lançada bem na barriga do cão do inferno.

Totó recuou, balançando as três cabeças, tão afetado como se uma abelha tivesse picado uma das suas patas. Bom, aparentemente o elemento fogo não o machucava. Bom saber.

Então, Totó se alavancou do chão, saltando no ar. Levou apenas um segundo, talvez menos, até que pousasse em cima de mim. Caí no chão, desesperada por dentro porque tinha certeza de que estava em cima de um túmulo, e rolei, esticando o lado pontudo da foice para cima.

Atingi a barriga, errando o coração de longe.

— Droga! — Liberando minha lâmina, me arrastei para trás.

As garras de Totó se afundaram na terra entre minhas pernas abertas. Me virei tão rápido que me senti tonta. Olhei para trás, mas o cão do inferno era enorme. Seu hálito podre soprou meu cabelo para trás. A saliva ácida escorreu, respingando no meu ombro. A roupa queimou, e uma dor quente chamuscou minha pele. O pânico era como um vento gelado nas minhas veias.

Aiden chamou meu nome num grito rouco, e aquilo já serviu como um alerta. Que se dane.

153

Tocando o cordão, o senti ganhando viva, brilhando num zumbido baixo e estável que atravessava meu corpo. Os sinais do Apôlion surgiram na minha pele, transformando-se em glifos. Algo brilhou nos olhos do cão do inferno, como se ele pudesse enxergar e entender os sinais.

Totó rosnou. Todas as três cabeças avançaram para baixo, na minha direção, com a precisão mortal de uma serpente. Erguendo a mão, meus dedos se afundaram na pelagem preta e opaca do bicho. O poder supremo correu pelo meu braço. A luz azul crepitou.

De repente, as cabeças do Totó se esticaram para trás num ganido.

O corpo grande ficou tenso e estremeceu. Ele caiu para o lado, com as pernas convulsionando. A ponta afiada da foice se projetou para fora do peito dele, coberta por uma escuridão pegajosa. Um momento depois, Totó não passava de uma pilha de pó azul cintilante.

Assustada, olhei para cima enquanto akasha retornava, sem ter sido usado.

Aiden estava na minha frente, com as pernas abertas e o peito estufado, o cabelo escuro bagunçado e os olhos da cor do aço, e tão rígidos quanto. Poder — um poder natural e treinado com anos de dedicação — radiava dele. Ele era uma força alta e ameaçadora, pronto para tudo, e lá estava eu, o Apôlion, caída no chão enquanto Aiden estava de pé.

Ele era um guerreiro, e eu estava maravilhada.

Aiden estendeu o braço.

— Está tudo bem?

— Sim — respondi, segurando a mão dele. Com cuidado, ele me levantou. — Obrigada.

— Não...

Segurando o rosto dele, o beijei. Um beijo longo. Profundo. Forte. Quando me afastei, seus olhos eram como piscinas prateadas.

— É só dizer "de nada". Não é difícil. Diz, vai.

Por um longo momento, Aiden ficou em silêncio, e então:

— De nada.

Meus lábios se abriram num sorriso amplo.

— Não foi tão difícil, foi?

O olhar do Aiden passou pelo meu rosto e, depois, abaixou. Ele puxou o ar com força.

— Você está ferida.

— Não foi nada. — Levantei a mão para tocar meu ombro. A queimadura já tinha passado. — Estou bem. É só baba de cachorro. Mas não chega muito perto. Estou com cheiro de cão do inferno molhado. Preciso muito...

— Lexie.

O nome — o tom da voz — não era Aiden, mas reconheci no fundo do coração e da alma. Não poderia ser, mas era. O ar ficou preso nos meus pulmões. Minhas pernas se enfraqueceram de repente, enquanto eu me virava de costas para um Aiden completamente chocado. Meu coração — *meu coração* — já sabia a origem daquela voz incrível, suave e linda.

Tropecei para trás, subitamente inundada numa emoção que apertava meu peito e tirava meu fôlego. A confusão tomava conta enquanto eu balançava a cabeça num torpor. Lágrimas chegaram aos meus olhos. Meu peito se abriu com tudo, porque aquilo não poderia ser real.

— Mãe?

20

Ela estava diferente.

Quando a vi pela última vez — quando a matei —, ela era uma daímôn, com buracos escuros no lugar dos olhos e uma boca cheia de dentes afiados, uma pele tão pálida e translúcida que as veias escuras ficavam visíveis.

Aquela imagem tinha manchado minha memória dela. Algo que eu tinha vergonha de processar. O fato de não conseguir me lembrar do quão bonita ela era me horrorizava, mas ela...

Estava linda agora.

O cabelo castanho-escuro abaixo dos ombros, emoldurava seu rosto oval. A pele era um pouco mais escura que a minha, num tom natural amendoado. Ela se parecia comigo, porém melhor — mais refinada e mais bonita —, e seus olhos tinham a cor brilhante de um verde-esmeralda. Até na escuridão, eu conseguia enxergá-los, me sentia atraída pelo aconchego neles.

Dei um passo trôpego adiante, me soltando do toque de Aiden.

— Mãe?

— Filha — disse ela, e um pedacinho do meu mundo se desfez ao ouvir sua voz. — Você não deveria estar aqui. Você não pode ficar aqui.

Não me importava com o "aqui" ou com qualquer outra coisa. Tudo o que importava é que ela era minha mãe e eu *precisava* dela — precisava de um dos seus abraços, porque eram capazes de melhorar tudo, e eu vinha precisando de um havia tanto, tanto tempo.

Subi pela inclinação, jogando a foice sobre o mato espinhoso.

— Mãe. *Mamãe...*

— Alex — Aiden chamou, a voz atormentada, e eu não entendia o porquê.

Ele deveria estar feliz por mim. Ver minha mãe de novo era algo que eu estava secretamente esperando que acontecesse quando estivéssemos no Submundo, e vê-la tão rápido, antes mesmo de atravessarmos os portões, era tão...

Então, me lembrei do alerta de Apolo. Haveria espíritos, mas minha mãe? Parei a poucos passos dela. Aquilo... aquilo era cruel demais, até mesmo para os deuses.

Ela inclinou a cabeça para o lado, com um sorriso breve e muito triste se formando em seus lábios.

— Você não deveria estar aqui. Vai embora antes que seja tarde demais.

Pisquei, incapaz de me mexer. Será que era mesmo ela? Ou algum tipo de artimanha? Com o coração acelerado, abri a boca repentinamente seca, mas então a figura dela oscilou, assim como Caleb quando estava na cela. Ela era uma sombra — então, nada de abraços — mas era mesmo ela?

Aiden subiu a inclinação atrás de mim, parando ao meu lado.

— Alex, é...

— Não diz. — Balancei a cabeça, porque não poderia lidar com aquilo no momento. Tentei enxergar aquilo de maneira objetiva e falhei. — *Por favor*, não.

A forma da minha mãe oscilou de novo.

— Você precisa sair daqui. Vai embora antes que seja tarde demais. Você não pode entrar lá. Nunca mais vai sair.

Minha garganta soltou um choro. Abaixando o queixo, fechei os olhos com força. Era ela, mas... não era. *Déjà-vu*, pensei com amargura. Eu quase conseguia ver — eu e minha mãe de pé ali, eu apontando uma arma para ela, os braços tremendo, incapazes de fazer o que precisava ser feito.

E poderíamos ter morrido naquele momento ou durante nosso tempo em Gatlinburg. Caleb poderia ter morrido lá, em vez de meses depois, dentro da falsa segurança do Covenant. Falhei na época e estava à beira de falhar de novo. E, desta vez, seria Aiden quem morreria por causa da minha incapacidade de enxergar além do que era verdade?

Aquela não era minha mãe. Era apenas uma *coisa* — um truque para nos impedir de chegarmos aos portões. Com um aperto no peito, abri os cílios molhados.

— Você não é a minha mãe — disse com a voz rouca.

Ela franziu as sobrancelhas delicadas, balançando um pouco a cabeça.

— Meu amor, não faça isso. Seja qual for o motivo que você acha que tem para fazer uma coisa dessas, não faça. Vai embora antes que você perca tudo.

Eu meio que sentia que já tinha perdido tudo.

Aiden apoiou a mão nas minhas costas, e ganhei forças com aquele gesto simples. Respirei fundo e soltei o ar devagar.

— Isso não vai funcionar. Você não é a minha mãe. Então... sei lá. Vai fazer coisa melhor.

Um suspiro cansado, igualzinho ao da minha mãe, saiu dos lábios dela.

Por um momento, duvidei de mim mesma.

Talvez fosse ela e eu estava fazendo papel de idiota. Mas, então, ela mudou.

O rosto pálido como um peixe, veias deslizando sob a pele fina de papel, como pequenas serpentes. Seus olhos afundaram, buracos negros, e quando sua boca abriu, dentes afiados a preenchiam.

— Melhor assim? — perguntou ela com a mesma voz doce.

— Meus deuses... — sussurrei, horrorizada. — Isso é tão errado...

Os lábios dela formaram um sorriso retorcido.

— Você vai ter que passar por mim e, meu amor, sabemos que não será capaz de fazer isso de novo.

Senti um frio na espinha ao entender.

— Merda...

Aiden se posicionou na minha frente. Eu o vi levantando a adaga e soube o que ele iria fazer — iria resolver aquilo por mim. Por mais que eu agradecesse o gesto e quisesse muito que ele fizesse aquilo, não poderia deixar.

Coloquei a mão no braço dele, o impedindo.

— Deixa... deixa comigo.

A risada fria da minha mãe era como um choque.

— Tem certeza? — Aiden perguntou.

Seu maxilar sisudo me dizia que ele não queria me escutar, mas quando assenti, ele deu um passo para trás e me entregou a foice que eu havia jogado no chão. Senti frio quando meus dedos envolveram o cabo. Eu odiava aquele leve tremor nos meus braços e o peso da arma.

Acima de tudo, eu odiava o que eu teria que fazer.

Minha mãe me observou, curiosa.

— Ah, meu amor, você quer mesmo fazer isso? — Ela deu um passo *através* do chão, parando bem na minha frente e rindo mais uma vez. — Matar sua mãe pela segunda vez? Espera. Na verdade, terceira.

— Cala a boca! — Aiden rosnou.

Mas aquela coisa — seja lá o que fosse — continuou.

— Ela morreu, pelo menos do jeito que importa, em Miami. E foi para te proteger. Então, também foi sua culpa. Dizem que sempre dá certo na terceira vez, né? Acha que consegue? E daí? Não ligo. Você não viu nada ainda.

Minha garganta queimou enquanto eu dava um passo vacilante para a frente, levantando o braço.

— Você não traz nada além de morte para todos à sua volta — ela continuou. — Nunca deveria ter nascido, porque você mata todos que te amam, de forma ou de outra.

As palavras me atingiram fundo, estilhaçando as profundezas do meu coração. Sem dizer uma palavra, porque eu sabia que não faria diferença, desci a lâmina num golpe.

A arma passou diretamente por ela. Uma luz opaca explodiu, e depois sua forma se dissolveu, como se ela fosse apenas uma ilusão. Em poucos segundos, era como se ela nunca tivesse estado ali, e só as palavras cruéis permaneceram.

— Bom — eu disse, um pouco desequilibrada. — Não dá pra piorar.

E então, piorou... num piscar de olhos.

Duas silhuetas apareceram atrás do que restou da construção, ganhando forma logo. Sem saber o que ou quem o portão jogaria na nossa direção, permaneci ao lado de Aiden, vendo as sombras fantasmagóricas se tornarem duas pessoas.

Aiden respirou fundo e ficou com a postura ereta. Não entendi o que aquilo queria dizer de primeira. As duas sombras eram estranhas para mim, um homem e uma mulher. Ambos altos e elegantes, com ar de puros-sangues. A mulher tinha o cabelo bem cacheado, da cor dos fios de milho, e o homem tinha cabelo escuro, com olhos surpreendentemente familiares...

Eu *já tinha* os visto antes... num porta-retratos na sala de estar da casa do Aiden — na casa dos pais dele. O homem e a mulher eram o pai e a mãe dele.

— Meus deuses — sussurrei, abaixando a foice.

Ver os pais do Aiden — a aparência dos nossos entes queridos já falecidos —, de repente, fez sentido. Não era uma luta física que guardava os portões, não como os guardas e o cão do inferno. Aquela era uma batalha emocional e mental — uma tática diferente para nos fazer ir embora, porque, se não fôssemos, teríamos que enfrentar o inimaginável.

Aiden não disse nada ao encará-los. Nunca o vi tão rígido — nem mesmo depois da primeira vez que me viu de banho tomado, após eu ter dado um soco na cara e ter o beijado logo em seguida. Ou quando as Fúrias atacaram o conselho ou, depois, que ele se deu conta de que eu havia matado um puro-sangue. Nem mesmo quando ele ficou parado sobre a minha cama, esperando eu acordar depois de ser esfaqueada por Linard.

Nunca tinha visto Aiden assim — seu rosto livre de qualquer emoção, mas os olhos chamuscando em cinza e prata. A tensão radiava de cada membro imóvel. Depois de testemunhar o que eu havia acabado de enfrentar, ele sabia que aquilo não seria bom.

E eu queria que aquilo parasse antes mesmo que começasse — queria poupá-lo da dor das palavras brutais que poderiam abrir feridas antigas. Mas, quando dei um passo à frente, ele voltou à vida.

— Não — disse ele, com a voz carregada. — Eu quero ouvir isso. — Encarei ele como se fosse louco.

— Claro que ele quer — disse o pai de Aiden. — Meu filho não é covarde. É bobo, mas não covarde. — Me virei na direção da voz. Não conseguia superar como ele falava igual a Aiden.

O sorriso da mãe dele parecia acolhedor.

— Meu filho, você não vai querer fazer isso. As respostas que você procura não existem no lugar aonde você está indo.

— Eu preciso — Aiden respondeu com dureza.

O pai ergueu o queixo.

— Não. O que você precisa fazer, a coisa certa a se fazer, é dar meia-volta e deixar este lugar. — Quando Aiden não respondeu, seu pai se aproximou e sua voz ficou dura, inflexível. — Você tem que fazer a coisa certa, Aiden. Te criamos para sempre fazer a coisa certa.

O homem semicerrou os olhos, e eu soube que estava prestes a presenciar um drama familiar épico.

— A coisa certa seria você assumir seu lugar no conselho, como foi criado para fazer.

Ai, não...

Um músculo saltou no maxilar de Aiden.

— Você acha que vai conquistar alguma coisa como sentinela? — o pai perguntou.

Eu me questionei se ele era daquele jeito na vida real. Frio. Disciplinado. Foi dele que Aiden herdou o controle quase rígido? Mas Aiden nunca deixou transparecer que aquele era o caso.

Seu pai ainda não tinha terminado.

— Você está desperdiçando sua vida. A troco de quê? Da sensação de vingança? Justiça? Você foge das suas obrigações enquanto a cadeira da sua família permanece vazia?

— Você não entende — disse Aiden. — E... nada disso importa agora.

A mudança por parte da mãe dele foi bem considerável. O acolhimento e a elegância sumiram.

— Você nos envergonha, Aiden. Você nos *envergonha*.

— Peraí... — Pisquei.

— Você não tem controle. — O nojo escorria da voz do pai.

— Te ensinamos a nunca se aproveitar daqueles que estão sob o seu comando. E olha só o que você fez.

A mãe estalou a língua.

— Você colocou a vida dela em risco, sabendo que ela poderia se ferir por causa da sua falta de controle. Como pôde ser tão inconsequente? Como fez isso com alguém que você diz amar?

Fiquei boquiaberta.

— Ah, isso não foi o...

— Você não pode protegê-la. — O pai dele apontou para mim. — Não conseguiu nos proteger. Você é um fracassado. Só não percebeu ainda, mas vai continuar fracassando até não conseguir mais.

A mãe assentiu.

— Me surpreende Deacon ter chegado tão longe. Mas, até aí, olha só para o meu menininho... um bêbado e viciado, sem nem ter dezoito anos ainda. Que orgulho!

Me virei para o Aiden e implorei:

— Você não precisa ouvir tudo isso! Pode parar agora.

O sorriso dela era frio e continuou como se eu não tivesse dito nada.

— E ela... olha o que você fez com ela. A colocou sob o efeito do elixir, tirando o autocontrole. Você é menos do que um homem.

— Sua *vaca!* — gritei, me preparando para atirar a lâmina nela, num estilo ninja.

— Vai embora agora — o pai ordenou. — Deixa este lugar. Ou o sangue dela escorrerá nas suas mãos.

Nunca na minha vida quis tanto exorcizar uns fantasmas como naquele momento. A fúria se espalhava em mim como veneno.

— Aiden, não dá ouvidos a eles. Eles não são reais. Tudo que estão dizendo é mentira. Você...

— O que estão dizendo é real. — Aiden engoliu em seco, lançando um olhar rápido para mim. — Mas não são eles que estão dizendo.

No início, não entendi, porque eu também duvidava que os pais dele fossem tão babacas em vida, mas aí a ficha caiu.

— O que minha mãe disse... somos nós.

Me virei para ele lentamente.

— O que estão dizendo? Você acha mesmo isso?

Quando Aiden não respondeu, fiquei mais horrorizada com aquilo do que com qualquer outra coisa que tinha acontecido até aquele momento. Ele pensava aquelas coisas terríveis e horrorosas sobre si mesmo? E por quanto tempo vinha carregando tudo aquilo? Anos?

— E seu irmão? — o pai disse, balançando a cabeça, cheio de preocupação. Eu queria massacrar aqueles dois.

— Ele está desprotegido agora — a mãe acrescentou. — Você deveria estar lá, e não aqui, seguindo esse plano bobo. Ele vai morrer, como nós morremos, e o único culpado será...

— Chega! — Aiden rugiu, avançando.

Não consegui ver nem sentir ele pegando a foice da minha mão, mas ele pegou. A lâmina voou em arco pelo céu escuro.

— Você vai se arrepender — disse a mãe, um segundo antes de a lâmina atravessar os dois.

Assim como a minha mãe, eles se desfizeram, virando fios finos de cor e fumaça, e então desapareceram, espalhando-se pelo ar. E como foi com a minha mãe, as palavras permaneceram.

Aiden permaneceu de costas para mim. Sem palavras, ele recolheu a foice que, com um sopro suave, desapareceu dentro do cabo tubular. Não havia mais perigo. Eram três obstáculos que deveríamos enfrentar: guardas, cães do inferno e espíritos.

Mas eu não conseguia controlar meu coração acelerado.

— Aiden...?

Ele tensionou os ombros e virou a cabeça para o lado. Seu perfil estava sisudo, com a linha do maxilar rígida.

— Pensei naquelas coisas por muito tempo. Ser um sentinela era a coisa certa para mim, era o que eu queria e precisava fazer, mas será que era mesmo o correto?

Eu não sabia o que responder.

— Mas você não está fugindo das suas obrigações nem nada disso. Você continua fazendo algo muito importante, Aiden. E um dia, se você quiser ocupar sua cadeira... você pode. — As palavras doíam mais do que deveriam, e por um motivo puramente egoísta. Se Aiden ocupasse a cadeira, não haveria chance de ficarmos juntos. Nem o futuro com a casa, o cachorro e o gato.

Mas eu não impediria Aiden se ele sentisse a necessidade de ocupar sua cadeira.

E os pais dele, ou aquela voz interior, poderiam ter razão, em certo ponto. Com uma cadeira no conselho, ele poderia fazer mais, em termos de mudar as coisas, mas...

Que inferno! Nada daquilo importaria se Seth vencesse.

— Eu poderia... — disse ele, quase para si mesmo, e eu me encolhi. — Meu irmão...

— Ele não é um viciado. — Pausei. — Tá bom, ele pode ser um pouquinho bêbado e maconheiro, mas não é um viciado. Seth é um viciado. Um daímôn é um viciado. Deacon está na cabana fazendo bifes marinados. — Aquilo o fez abrir um meio-sorriso. — Ele está em segurança.

— Sim.

Ele me encarou e soltou o ar com força.

— Eu não acho mesmo que vou causar a sua morte.

— Isso é um alívio.

Aiden fechou os olhos brevemente. Quando os abriu de novo, estavam num cinza suave.

— Devo confessar: até que foi bom calar aquelas vozes malditas, mesmo que tenha sido só dessa vez.

Dando um passo adiante, coloquei a mão no braço dele e apertei.

— Você está bem?

— Estou. — Ele inclinou a cabeça, levando os lábios até a minha testa. — Vou pegar a mochila pra gente entrar na igreja juntos. Tá bom?

Assenti, esperando fora da construção. Aiden retornou com a mochila e se ajoelhou. De dentro da bolsa, tirou um material escuro e sem forma e ofereceu para mim. Quando peguei, ele tirou mais um.

162

— Uma capa? — A vesti por cima da cabeça. — Onde você arranjou duas dessas?

Aiden se levantou, colocando a mochila nas costas.

— Você ficaria surpresa com tudo o que o pai do Solos guarda nas cabanas, mas na verdade peguei essas aqui quando estávamos em Atenas. Imaginei que poderíamos precisar.

— Você é tão esperto e organizado...

Rindo, ele vestiu sua capa e depois se aproximou de mim, segurando a borda do meu capuz. Ele me encapuzou.

— Temos que esconder esse seu rostinho lindo.

Corei.

— O seu também.

— Eu tenho um rostinho lindo? — Aiden puxou seu próprio capuz, deixando o rosto sob as sombras. — Prefiro bonitão em vez de lindo.

"Bonitão" não era uma palavra forte o bastante, mas assenti. Ele estendeu a mão, e segurei, reconfortada pelo toque firme e quente.

— Pronta? — ele perguntou.

— Sim.

Juntos, seguimos o caminho de pedras caídas e encontramos a abertura. Juntos, atravessamos a porta que um dia existiu. Não havia mais avisos ou obstáculos. Atravessamos o caminho de pedregulhos caídos e mato alto.

Esperamos.

Depois de uns dez segundos, uma corrente de energia desceu pela minha espinha. Aiden sentiu também, já que sua mão apertou a minha com mais força. Cresceu uma ansiedade dentro de mim, formando uma bola de pavor e, até mesmo, um pouquinho de empolgação.

Com sorte, minha visita ao Submundo seria diferente dessa vez.

Atrás da construção, o ar ondulou, como o calor que emanava do asfalto quente no verão. O véu que separava a verdade do mundo mortal simplesmente se abriu.

— Você consegue ver? — perguntei.

Aiden apertou minha mão.

— Sim.

O portão de ferro banhado em titânio era enorme, apoiado em algo que ninguém conseguia enxergar. Em vez de barras, havia lanças de dois dentes decoradas com imagens de touros e ovelhas pretas. Onde os dois portões se uniam, uma réplica do capacete invisível, o capacete de Hades, estava entalhada no ferro. O cheiro almiscarado ficou mais forte.

Aiden empurrou o portão. Ele abriu para trás, sem fazer barulho algum, revelando nada além de escuridão — não do tipo associado à noite, mas um vazio escuro. Um portal. E juntos, de mão dadas, atravessamos os portões para o Submundo.

21

Eu esperava cair de cara no chão após atravessarmos o vazio. Mas o terreno continuou sob os nossos pés enquanto avançávamos pela escuridão que, por fim, abriu espaço para uma névoa espessa como sopa.

Olhando por cima do ombro, tentei enxergar o portão antes que a névoa nos engolisse por completo, mas ele já havia sumido, e a névoa estava ainda mais pesada. Agarrei a mão de Aiden enquanto os tentáculos de neblina se infiltravam entre nós, nos envolvendo num tipo diferente de capa. Eu não conseguia nem ver o Aiden... ou dois palmos à minha frente. Uma pontada de pânico atingiu meu peito.

— Estou aqui. — A voz grave de Aiden atravessou o véu, e ele apertou minha mão. — Não me solta.

Por um instante, considerei usar o elemento ar para dissipar um pouco da névoa, mas ela precisava existir ali, e se desaparecesse do nada, poderíamos arrumar problemas.

Quanto mais fundo nos movíamos pela névoa, mais perturbador era não conseguir enxergar. E, então, ouvi um som além do meu coração acelerado — o barulho de algo farfalhando, como pés e capas se arrastando ao nosso redor, e um zumbido baixinho, como um gemido suave e infinito que eu não queria descobrir o que era. Seguindo o caminho nos braços de Aiden, me aproximei dele, tão perto que me surpreendi de não ter feito ele tropeçar.

Depois de vários minutos fazendo nada além de caminhar às cegas atravessando a névoa, ouvindo aquele gemido terrível se arrastando, a neblina começou a se dissipar até um caminho se revelar à nossa frente.

Respirei fundo, incapaz de soltar o braço dele. A pequena parte do Submundo, que eu já tinha visto anteriormente, não tinha me preparado.

A névoa se abriu para um céu da cor do sol poente, uma mistura de vermelho e laranja. Mas, pelo que eu podia perceber, não havia sol. Ao nosso redor, havia pessoas se movendo a esmo. Vestindo roupas simples e esfarrapadas, elas perambulavam por ali. Muitas permaneciam em silêncio, algumas gemiam baixinho, enquanto outras murmuravam embaixo das próprias capas. Mas todas com os olhos voltados para o chão. Eram pessoas novas e velhas, desde a criança mais novinha até o idoso mais velho.

Aquele... aquele lugar de espera se estendia até onde os olhos podiam ver, no limite das montanhas que Apolo tinha comentado. Eu não entendia o que aquele lugar era de verdade. Não era um limbo — disso eu sabia; já tinha passado por lá antes.

Nenhuma das almas levantava o olhar conforme passávamos por elas. Não havia guardas montados a cavalo, como tinha visto no limbo. Era como se aquelas pessoas tivessem sido jogadas ali, sozinhas e entediadas.

— Por quê? — perguntei numa voz sussurrada.

Aiden sabia o que eu estava perguntando.

— A maioria dos mortos reside aqui. — Ele me puxou ao redor de um grupo de três, amontoados na terra. — Aqueles que já foram enterrados, mas não encararam o julgamento frente a frente. Alguns podem ter feito alguma coisa em vida que faz com que temam o julgamento. Outros estão...

Uma mulher passou na nossa frente, com o olhar grudado no chão, apertando as mãos.

— Cadê meu bebê? — ela murmurava num sussurro, de novo e de novo.

— Outros estão confusos — respondi. — Não sabem que estão mortos.

Aiden assentiu de modo solene.

Então, a mulher triste simplesmente desapareceu, como se tivesse passado por um portal invisível — num momento estava ali; no outro, não estava.

Parei.

— Mas o quê...?

— Te explico, mas precisamos continuar andando. — Aiden me puxou. — Diz a lenda que algumas dessas almas deixaram o limbo e se tornaram sombras. Elas voltam ao mundo mortal e, depois, retornam para cá. Acho que nem consegue controlar isso.

Engoli em seco.

— São fantasmas.

— Achei que você não acreditasse em fantasmas. — O tom dele tinha uma pitada de humor.

Aquele era um bom momento para mudar de ideia. Enquanto espiava por baixo do capuz, percebi que havia algo macabro em algumas daquelas almas. A maioria parecia sólida e, pelo jeito como esbarravam em mim, sabia que tinham massa, mas outras tinham uma certa imprecisão cambaleante. E, quanto mais eu prestava atenção, mais elas sumiam.

O lugar era bizarro, era como andar num labirinto de pessoas desesperançosas e esquecidas. E nem tínhamos chegado aos Campos do Luto ainda. Eba! Que passeio divertido!

Um frio úmido repentino tomou conta do ar ao nosso redor. Levantei o rosto olhando para o céu alaranjado. Uma gota de água caiu, molhando minha bochecha. Então, o céu se abriu, nos encharcando com a chuva gelada em poucos segundos.

Suspirei.

— Sério mesmo? Tinha que chover?

— Pelo menos, não está chovendo ácido.

Típico Aiden, sempre vendo o lado positivo das coisas.

Puxando meu capuz mais para baixo, avancei. As almas pareciam não se importar com a chuva pesada. Talvez já estivessem acostumadas. Eu queria parar e gritar para que elas fossem para o julgamento, porque o que quer que as esperava lá não podia ser pior do que aquilo ali.

Especialmente para os pequenininhos que estavam sozinhos — não havia nada que pudessem ter feito que lhes garantisse uma eternidade no Tártaro.

Um garotinho estava sentado numa poça que a chuva já havia formado. A criança não parecia ter mais que quatro ou cinco anos. Ele movia os dedos gordinhos pela lama, desenhando um círculo, e depois várias linhas onduladas ao redor.

O sol — ele estava desenhando o sol.

Caminhei até ele, incerta do que fazer, mas precisava fazer alguma coisa — talvez convencê-lo a ir para o julgamento. Sabe-se lá há quanto tempo ele estava ali. A família dele poderia já estar nos Campos Elísios.

— Não — disse Aiden com suavidade.

— Mas.

— Lembra do que Apolo disse. Não podemos interferir.

Encarei o garotinho, lutando contra o desejo de o libertar.

— Não é certo.

O toque de Aiden na minha mão ficou mais forte.

— Eu sei, mas não há nada que a gente possa fazer.

Meu coração doeu ao observar o garotinho desenhar uma lua ao lado do sol, sem se importar com a chuva ou com as outras almas que quase o pisoteavam. Eu queria ficar furiosa e fiquei — até mesmo com Aiden, porque ele estava certo. Não havia nada que a gente pudesse fazer. E havia outros como aquele garotinho — mais almas esquecidas.

Lutando contra as lágrimas, soltei a mão de Aiden, mas não saí correndo. Acompanhei o passo dele, passando pela pobre criança e navegando o campo infinito de almas que foram esquecidas ou abandonadas.

Demoramos horas para atravessar o Campo de Asfódelos. Quando deixamos o lamaçal que batia na altura da canela, e nossas botas tocaram os caminhos de grama esparsa, estávamos encharcados e gelados, nossas capas pesadas nos puxando para baixo. A chuva, de alguma forma, entrou na minha boca, e a cada passo, meu pé escorregava para a frente e para trás. A exaustão me pegou em cheio, provavelmente Aiden também, mas ninguém reclamava. Atravessar o campo com todas aquelas almas tinha servido como lembrete de que as coisas podiam sempre ser piores.

A chuva aliviou um pouco, se tornando uma garoa constante. O céu ganhara um tom mais escuro de laranja, sinalizando que a noite se aproximava. À frente, as colinas verdes levavam a um paredão de ardósia grosso, quase impenetrável. Seria uma escalada íngreme.

— Quer parar para respirar? — Aiden perguntou sob a capa, analisando as colinas. — Me parece relativamente seguro. Podemos tirar uma...

— Não. Tô de boa. — Passei por trás dele, subindo devagar a primeira colina, ignorando a dor chata que decidiu se instalar nas minhas têmporas.

— Além do mais, quanto mais rápido chegarmos aos túneis, mais cedo poderemos descansar, certo? Estaremos seguros lá, durante a noite.

— Sim. — Aiden se pôs ao meu lado em um segundo. A mão dele saiu debaixo da capa e escorregou para dentro do meu capuz. Sua palma estava quente contra minha bochecha. O gesto foi breve, terminou rápido demais.

Seguimos viagem em silêncio, mas a preocupação me importunava. A dor de cabeça era severa, nada como a que eu tinha sentido antes de Seth dar uma aparecida, mas eu não tinha ideia de quanto tempo levaria para ela progredir. A única esperança era chegarmos a algum lugar seguro — e, de preferência, seco —, onde poderíamos passar a noite. Eu precisava dormir, quanto antes, melhor.

O céu peculiar ia escurecendo a cada colina que subíamos, nos forçando a apertarmos o passo. Atravessamos um campo de narcisos que cresciam na altura dos joelhos, as pétalas brancas luminosas carregavam um aroma incrivelmente doce. O paredão de ardósia se aproximava conforme as flores davam lugar às árvores.

Pelo menos, era o que eu achava que aquelas coisas eram.

As árvores se estendiam até o céu, os galhos pelados em sua maioria, como dedos esguios se esticando para a escuridão cada vez mais presente. Nos galhos mais baixos, frutas de cor vermelho-rubi balançavam no ar. Romãs.

Curiosa quanto ao sabor, estendi o braço para pegar uma.

A mão de Aiden puxou a minha num movimento quase doloroso. Soltei um gritinho assustado.

— Não — disse ele, duramente. Por detrás da capa, os olhos dele brilhavam, prateados. — Você não sabe nada sobre Perséfone?

Olhei feio para ele.

— Hum, ela é a rainha do Submundo. Não sou idiota.

— Não te chamei de idiota. — Ele afrouxou sua mão, me guiando pelas árvores, rumo ao último monte. — Mas estou começando a achar que você deveria ter passado menos tempo dormindo nas aulas ou fazendo sabe-se lá o quê.

— Ha-ha.

— Perséfone comeu uma romã destas árvores. Se você comer qualquer coisa deste mundo, talvez nunca consiga sair daqui.

Minhas respostinhas na ponta da língua desapareceram. Cara, eu me senti uma burra por não ter lembrado daquilo.

— Tá bom... Talvez eu devesse mesmo ter prestado mais atenção nas aulas.

Ele riu, mas o humor foi embora quando deu uma boa olhada na colina.

— Meus deuses...

Era íngreme, coberta por tufos de grama, raízes expostas, árvores com frutas pretas em formato de gota penduradas nos galhos, e o que eu, sinceramente, esperava que fossem fragmentos de rochas brancas — e não ossos, como aparentavam ser. Lá no topo, uma saliência se projetava da parede cinzenta grossa.

Suspirando, passei pelo Aiden.

— Melhor irmos logo.

Subimos a colina usando as raízes como impulso para continuarmos avançar. Não sei como Aiden conseguia, carregando aquela mochila pesada, mas ele se movia muito mais rápido do que eu.

Na metade da subida, um som de gorjeio ressoou acima da copa das árvores de frutas estranhas. Parei, levantando a cabeça. O capuz pesado escorregou para trás enquanto eu encarava através da garoa, além das árvores, o céu que agora já estava azul-escuro.

A noite caiu, e me lembrei do alerta de Apolo.

— Anda — Aiden chamou. — Precisamos nos apressar.

Agarrando uma raiz, me impulsionei para cima.

— Aquele barulho... você ouviu?

Aiden não disse nada, só continuou escalando.

Os galhos acima de nós começaram a tremer, balançando a fruta gigante. O gorjeio ficou mais alto.

— Eu... eu acho que está vindo da fruta.

Em cima de mim, aquela gota preta do tamanho de um pufe balançou — e, então, se abriu, uma... uma *perna* preta e peluda de cada vez. O centro daquela coisa tremeu — e uma fileira de olhos rubi me encarou.

— Ai, meus deuses... não são frutas. — Eu *superentendi* por que as almas não chegavam perto dos túneis.

A aranha gigante caiu da árvore, atingindo o chão sobre seis das suas oito patas. O guincho fez meu sangue gelar. Outra aranha caiu na grama... e depois outra, e mais outra. O coro apavorante engolia qualquer outro som.

Aiden escorregou pela ladeira, chutando pedrinhas soltas e ossos ao chegar do meu lado. Ele agarrou minha mão ao mesmo tempo que uma aranha caía ao nosso lado, com as presas brilhando, erguendo duas das patas e soltando um grito como unhas arranhando uma lousa.

Berrando, pulei para trás, esbarrando em Aiden enquanto a aranha gigante corria pelo chão. Aiden me jogou para o lado e sacou a adaga. Se levantando num salto, ele enfiou a lâmina até o cabo no centro da aranha.

Me apoiei nos joelhos e me levantei, avistando as milhares de patas pretas se arrastando pelo chão.

Um peso caiu sobre as minhas costas, me jogando de cara na terra solta com grama molhada. Uma dor aguda rasgou meu lábio, e senti o gosto de sangue, mas aquilo era um problema ínfimo quando senti a pressão pesada e peluda da aranha nas minhas costas.

Suas patas fincaram na capa. Ela chiava no meu ouvido. Invocando o poder adormecido dentro de mim, senti... senti nada.

Merda.

Afundando meus joelhos, me impulsionei no chão e joguei a aranha para longe. Ela caiu de costas a alguns passos de distância, as patas contorcendo no ar enquanto chiava.

— Meus deuses, eu odeio, *odeio* aranhas.

Aiden se inclinou, agarrando meus braços. Ele me colocou de pé e me puxou para a frente.

— Agora, seria um bom momento para usar akasha.

Centenas de olhos vermelhos brilhantes nos encararam.

— Não consigo. Acho que não funciona aqui embaixo.

Com as mãos nas minhas costas, ele me empurrou ladeira acima, xingando num sussurro.

— Ainda consigo sentir o fogo. E você?

Levantando as mãos enlameadas, me surpreendi, sentindo um alívio ao encontrar uma pequena fagulha.

— Sim.

— Bom. No três, a gente limpa o caminho para as pedras lá em cima... — Ele parou, atingindo com a foice uma aranha que chegou perto demais. Patas voaram para todo lado. — Está vendo a fenda naquela rocha lá?

Eu vi. Também vi umas cem aranhas entre nós e a pequena fenda.

— Aham.

— No três, acende e corre. Não para. Tá bom?

— Tá.

— Um... dois... *três*!

Me concentrando no elemento fogo, estendi a mão, e Aiden também. Bolas de chamas violeta atingiram o chão dos dois lados, se espalhando rápido e formando uma barreira.

— Vai! — Aiden ordenou, me empurrando para cima.

Tropecei pelo chão. Zero surpresa ao ver algumas das desgraçadas peludas saltando sobre o fogo. Outras correram diretamente para as chamas, mas caíram para o lado, chiando de dor. Aiden agarrou meu braço, enquanto subíamos o restante da colina molhada de chuva. Atrás de nós, aranhas invadiram as chamas. O som de suas patas correndo pelo chão me assombrariam tanto que me levariam direto a uma terapia em grupo. Alcançando em cima da saliência, meus dedos tocaram a rocha, e quase chorei de alegria.

Um dos monstros mais rápidos avançou de baixo, agarrando minha perna. Minha pegada escorregou e meu coração foi parar na boca. A força da aranha e o peso da capa me arrastaram para longe da borda.

Soltei um grito rouco quando meus dedos começaram a escorregar, mas Aiden apareceu do nada, enroscando seus braços sob os meus. Ele se jogou para trás, com os músculos poderosos tensionando e saltando sob a capa enquanto me puxava por cima da borda, com aranha e tudo. Dobrando minha perna livre para cima, virei e rolei, batendo com o salto da bota em um dos olhos da aranha. Soltando um chiado alto, ela escorregou da minha perna e caiu ladeira abaixo, carregando algumas das suas amigas consigo.

Cambaleando até ficarmos de pé, escorregamos pela fresta estreita no momento em que o grupo de aranhas chegou à borda e dava de cara com o muro.

22

Caminhamos pelo que pareceram horas por um túnel apertado e tão escuro que até meus olhos estavam tendo dificuldade em se ajustar. De vez em quando, Aiden lançava uma pequena bola de fogo, mas ninguém queria arriscar chamar atenção com a luz — vai saber o que tinha lá embaixo. Aquelas aranhas não conseguiram passar pela fresta estreita, mas, considerando nossa sorte, elas provavelmente tinham bebês que estariam mais do que contentes em nos encontrar naquele labirinto em forma de túnel.

Exaustos e ensopados até os ossos, paramos quando o túnel se abriu no que parecia ser a entrada de uma caverna. Aiden inclinou o corpo para dentro, espiando a escuridão. Ele levantou a mão quando me aproximei para olhar também.

— Vou ver o que temos aqui primeiro, tá bom? — ele pediu.

Controlei meu impulso de empurrá-lo para o lado e passar.

— À vontade. Se tiver um urso do Submundo aí dentro, deixa ele te morder primeiro.

Com um sorrisinho irônico, ele balançou a cabeça e se esgueirou para a frente, com a adaga em mãos. A pequena bola de fogo que ele lançou foi engolida pela escuridão. Permanecer do lado de fora da caverna exigiu todo o meu autocontrole.

Cansada e com as roupas encharcadas, me inclinei contra uma pedra impossível de enxergar, mas provavelmente escorregadia. Eu sequer sabia se ainda tinha todos os meus dedos. Ainda bem que Aiden me amava além da minha aparência. Tinha certeza que parecia alguém saindo, pela manhã, de uma noitada, uma noitada dos infernos.

Aiden retornou com as adagas embainhadas por enquanto.

— A barra está limpa. Acho que podemos ficar tranquilos aqui durante a noite.

Me impulsionando para longe da pedra, o segui para dentro. A entrada era estreita no início, mas depois se abria numa câmara circular — certamente, era mais seco lá dentro, o que já era um ponto positivo. A chuva escorria pela rocha por meio de algumas frestas no teto, mas o resto estava seco e razoável.

Havia também outra coisa lá dentro...

À esquerda da câmera, havia um tipo de nascente natural, formando uma piscina. Bom, dali de baixo, não dava para saber o que era. Poderia ser um tanque de ácido, mas tinha cheiro de...

— Jasmim — eu disse.

— Eu sei. — Aiden apareceu ao meu lado. Ele retirou meu capuz e, com delicadeza, passou o polegar nos meus lábios que já não estavam mais tremendo. — Estranho, né?

— Tudo é estranho aqui embaixo. — Me aproximando da piscina de água aromatizada, estendi a mão. O calor formigou a palma da minha mão. — É aquecida, mas não parece quente demais.

Aiden retirou seu capuz.

— Duvido que a gente vá ter sorte o bastante para tomar um banho... Alex, não!

Tarde demais. Eu já estava ajoelhada, afundando o dedo na água, já que sem um dos dedos eu conseguiria viver. A água borbulhou.

O ar se agitou ao meu redor quando Aiden saltou para a frente, me puxando pelos ombros.

— Tá tudo bem — eu disse a ele.

Tirando o borbulhar repentino, a água parecia agradável. Era tão límpida que dava para enxergar o fundo de pedra.

— Meus deuses, Alex, você não pode sair por aí enfiando o dedo nas coisas.

Arqueei a sobrancelha.

Ele revirou os olhos.

— Sua mente me assusta.

Sorri.

— Você gosta de como a minha mente funciona.

O calor instantâneo fez os olhos dele ficarem prateados.

— Na maioria das vezes, sim. — Ele relaxou, soltando meus ombros. — Não sei se devemos fazer uma fogueira.

Me endireitando, encarei minha roupa molhada e grudenta. Droga. Os lábios dele se contorceram.

— Pode acabar atraindo atenção indesejada.

— Aranhas — sussurrei.

Aiden assentiu.

Estremeci.

— Você é tão forte. — Ele se colocou na minha frente, inclinando a cabeça para o lado e tocando meu queixo com a ponta do dedo. — E tão corajosa, mas as aranhas te deixaram louca.

— Aquelas aranhas tinham o dobro do tamanho de um rottweiler, Aiden. Não eram aranhas normais.

— Mesmo assim, eram aranhas — ele murmurou, abaixando a cabeça. Seus lábios tocaram os meus. O toque delicado foi rápido, mas poderoso.

— Mas, se você tirar suas roupas, aposto que consigo secá-las.

Arregalei os olhos.

— Uau. Tá tentando me deixar pelada?

Seu olhar prateado encontrou o meu.

— Precisa mesmo que eu responda?

Um rubor quente e doce subiu pelo meu rosto. Quando ele ficava daquele jeito — aberto, conquistador e tão sexy —, eu estava sempre um lixo. Não estava acostumada com aquele lado dele. Acho que jamais me acostumaria, e havia algo excitante naquilo. Mas eu o encarei, presa entre as imagens se formando na minha mente e o *homem* de verdade parado na minha frente.

Aiden riu.

— Você tinha que ver sua cara agora.

Saindo do torpor, torci para que a minha expressão estivesse mais tipo Alex, a Deusa do Sexo, e não Alex, a Palhaça.

— Como estou?

Seu sorriso foi pequeno e contido.

— Fofa.

— Fofa?

— Aham. — Ele rondou as extremidades da caverna procurando por sabe-se lá o quê. — Mas, sério, se você tirar suas roupas, consigo secá-las.

Aí eu ficaria totalmente pelada. Não tinha por que ficar com vergonha perto dele, mas algo naquela ideia, naquele lugar...

Ele tirou a capa e a mochila. Como se estivesse lendo minha mente, arqueou a sobrancelha.

— Eu trouxe dois cobertores. Não são muita coisa, mas são grandes o bastante para te cobrir.

Meus lábios se abriram num sorriso. Sim, Aiden pensava em tudo.

— Você é demais.

O olhar que ele lançou por cima do ombro mostrava que ele sabia.

— Sei que a roupa molhada está te irritando.

— Tá nada. — A última coisa que eu queria era ser uma fracote resmungona na frente dele.

Aiden baixou o olhar.

— Sério?

— Sim... — Meu olhar seguiu o dele, para o ponto no meu quadril que eu estava coçando. Parei. — Tá bom. A roupa molhada está me irritando.

— Pele delicada? — Ele se aproximou, se ajoelhou e abriu a mochila.

Encarei os cachos molhados e escuros dele. Aiden revirava a mochila.

— Sim, tenho a pele sensível. Você trouxe meu creme hidratante?

— Não — ele riu. — Mas trouxe umas frutas secas.

— Delícia.

— E também granola...

— Delícia duas vezes.

— E água. — Ele levantou o queixo, com seus olhos dançando. — Desculpa. Não trouxe um lanche do McDonald's pra você.

— Bom, ninguém é perfeito.

Aiden riu de novo. Meus deuses, eu amava aquele som grave e rouco, e nunca me cansaria de ouvir. Pouco tempo atrás, Aiden quase não ria. Então, toda vez que ele fazia aquilo, eu me encantava como se fosse minha posse mais preciosa.

Ele colocou o cobertor numa parte seca e se levantou.

— Vou checar a entrada só para garantir que ficaremos seguros esta noite.

Assenti, e ele se virou sem dizer mais nada, desaparecendo na fenda da parede.

Me sentindo estranhamente atordoada, considerando o lugar onde eu estava, me virei para a nascente. Só de pensar em mergulhar na água quente, minha pele fria e suja implorava.

Mais Aiden super não aprovaria.

Tirando a capa, arranquei as botas, encarando a água como se fosse um bife suculento. Se a água fosse perigosa, com certeza teria arrancado a pele do meu dedo àquela altura, ou teria me transformado numa galinha, sei lá. Com a mente decidida, me despi rápido e mergulhei os pés na água. Suspirei quando a piscina natural espumou e borbulhou, e cuidadosamente fui descendo pelos degraus naturais. A água batia na minha cintura enquanto eu prosseguia. O calor, inebriante e agradável, se espalhava pela minha pele, penetrando meus músculos. Não fazia meus inúmeros hematomas e cortes arderem — na verdade, a água parecia acalmá-los. O aroma suave e sedutor parecia tranquilizar a dor nas minhas têmporas também.

No meio da nascente, a água batia na altura do meu peito, mas minha presença agitou a água, e a espuma esbranquiçada alcançou minha clavícula, borbulhando ao redor do meu talismã.

Fechando os olhos, soltei um suspiro. A água estava tão boa... Eu poderia passar a noite inteira ali, sentindo as bolhas massageando meus pés, subindo pelas minhas pernas.

Era um paraíso no Submundo.

Sorri, pensando que Hades mandava bem quando o assunto era spa e relaxamento.

— Alex...

A voz de Aiden me arrancou dos meus devaneios. Olhei por cima do ombro, sorrindo envergonhada.

— Não consegui resistir. Foi mal.

Ele não parecia bravo. Surpreendentemente, não parecia cansado também. Não dava para dizer que ele parecia animado, mas...

Ah...

Aiden parecia faminto.

O ar ficou preso na minha garganta, e precisei tentar algumas vezes até achar minha voz.

— Tá tudo tranquilo fora da caverna?

Com os olhos encapuzados, ele assentiu.

Mordi os lábios. É claro que estava tudo bem. Estávamos seguros naquela noite, mas minha mente não queria saber de descanso. O que era *mesmo* muito inapropriado, e eu precisava seriamente rever minhas prioridades, mas estávamos encarando o desconhecido. A jornada era perigosa, e nós dois poderíamos nos ferir. Ou pior, Aiden poderia morrer.

Ao pensar em perdê-lo, o mais puro pânico golpeou meu peito. Eu apenas não conseguiria lidar. E, por causa disso, queria dar uma pausa. Queria viver, viver o momento de verdade. E, com Aiden, aquilo sempre era possível. Era mágico, na verdade.

Respirei profunda e longamente.

— Você... você deveria entrar aqui comigo.

Imaginei que teria que implorar. Aiden estava "numa missão", e eu estava preparada para usar todas as técnicas que eu conhecia, incluindo choramingar.

Então, quando ele deu um passo para trás e tirou as botas, fiquei bem surpresa. O choque se espalhou por mim enquanto, silenciosamente, ele tirava a camisa de dentro da calça e arrancava a capa molhada por cima da cabeça.

Engoli um suspiro.

A barriga dele era pura perfeição, produto de anos de treinamento rigoroso. Parecia que alguém tinha colocado rolos de tinta sob a pele firme dele. E o peitoral...

Sim, eu não conseguia parar de encarar.

E o tempo inteiro ele me observava com um olhar intenso, como prata derretida. Senti o rubor voltando às minhas bochechas conforme meu fôlego acelerava.

Quando suas mãos tocaram as calças, me virei. Só porque eu sabia que, se continuasse olhando para ele, acabaria desmaiando e me afogando, e, bom, aquilo estragaria o clima.

As roupas caíram sobre o chão e, depois de um segundo de silêncio, longo demais, a água se agitou, borbulhando ainda mais. Com o pulso acelerado, me virei na direção dele e perdi o fôlego e o coração tudo de novo.

Aiden parecia um deus.

Muito mais alto que eu, com a água na altura do umbigo. A espuma branca envolvia as veias do seu abdômen. E pensar que eu tinha ficado em choque com a imagem de Poseidon emergindo do oceano...

Poseidon não era nada comparado com ele.

Ele flutuou pela água borbulhante, com as mãos nas laterais do corpo. Tive que jogar a cabeça para trás para acompanhar seu olhar.

— Oi — eu disse.

Ele levantou um pouco um dos lados.

— Isso provavelmente não é uma boa ideia.

— Por quê?

— Tenho a sensação que vou ficar muito distraído em poucos segundos. — Ele estendeu a mão, tocando o elástico que prendia boa parte do meu cabelo. — Na verdade, já estou distraído.

Meu coração estava tentando sair do peito.

— Mas estamos seguros aqui. Foi o que Apolo disse.

— Estamos, mas... — Com delicadeza, ele tirou o elástico e começou a arrumar as mechas espessas sobre meus ombros. Boa parte do meu cabelo afundou sob a superfície. — Mas é melhor tomarmos cuidado. Eu deveria estar prestando atenção.

Dei um passo para dentro do círculo que seus braços formaram quando começou a brincar com meu cabelo. Colocando a mão sobre o peito dele, fiquei empolgada com o jeito como ele estremeceu e respirou fundo.

— Você não consegue fazer mais de uma coisa ao mesmo tempo? Eu consigo.

Aiden soltou outra mecha do meu cabelo sobre o ombro e pegou mais uma.

— Você é tão mentirosa. Suas habilidades em fazer duas coisas ao mesmo tempo são péssimas.

— Não são nada. E não estamos falando sobre as *minhas* habilidades. — Minha mão deslizou, como se tivesse vida própria. — Acho que você consegue.

Ele segurou todo o meu cabelo, torcendo ao redor do pulso.

— E você? — Ele colocou o dedo sobre meu lábio, traçando a curva devagar. Os cílios dele se abaixaram ainda mais, e só uma pequena pontinha prateada brilhava. — Você deveria estar descansando.

— Vou descansar. — Dei um passo adiante. A água borbulhou e parou. Me alongando, coloquei o braço ao redor do pescoço dele. — Mas você deveria descansar também.

Aiden tocou meu pescoço, por cima do ombro, e então envolveu minha cintura, me segurando com força contra ele. Nossos corpos se tocavam dos pés à cabeça. Era enlouquecedor, e quando seus lábios tocaram a curva do meu queixo, meus olhos se fecharam com força. Cada músculo do meu corpo se tensionou, e então senti os sinais deslizando sobre a minha pele.

— Podemos descansar em turnos — disse Aiden contra o meu queixo, e então, do outro lado do meu maxilar. — Você dorme primeiro. Umas duas horinhas e, daí, eu te acordo. — Ele pausou, pressionando um beijo na parte sensível abaixo da minha orelha. Estremeci. — Tudo bem?

Àquela altura, eu teria concordado com qualquer coisa, então concedi.

— E, então, saímos assim que amanhecer. — Aiden abaixou um pouco a mão que segurava meu cabelo, arqueando minhas costas. O ar geladinho da caverna espalhou calafrios pela minha pele exposta. Respirei fundo quando senti os lábios dele voltarem onde meu pulso acelerava, e depois mais para baixo, perto da minha clavícula, e depois ainda mais baixo.

Então, ele se afastou, me soltando, com o peito dele subindo e descendo irregularmente, enquanto se movia até a borda da piscina.

— E você precisa descansar agora. Isso...

— Fica quieto. — Atravessei a água, ciente que, conforme eu me aproximava dele, a água que cobria meu corpo ia ficando para trás.

Aiden também estava ciente. Um músculo flexionou no maxilar dele conforme ele abaixava seu olhar.

— Você acabou de me mandar calar a boca?

— Não. — Segui Aiden enquanto ele continuava se afastando, até não ter mais para onde correr, até suas costas tocarem a boda da piscina de pedra e ele ficar encurralado. Apoiando as mãos nas laterais do corpo dele, olhei para cima.

— Tudo bem. Te mandei calar a boca, mas pedi com jeitinho.

Ele respirou fundo, demorado.

— Vou deixar passar dessa vez.

Flutuei na água, deixando minhas pernas se enroscarem nas dele.

— Para alguém que não fala muito, você fala demais nos momentos em que preferiria que não falasse nada.

A risada de Aiden parecia engasgada.

— Isso não tem o menor sentido, Alex.

Sorrindo, me aproximei e pressionei os lábios na curva forte do maxilar dele, repetindo o que havia feito com meu pulso, estremecendo cada parte minha.

— Ter sentido é superestimado.

— Você acredita que muitas coisas são superestimadas. — Aiden jogou a cabeça para trás, com as linhas fortes dos músculos em seu pescoço e ombros se tensionando enquanto ele agarrava a borda da piscina.

Por um momento, congelei em completa admiração. Não era sempre que alguém conseguia ver Aiden daquele jeito, completamente vulnerável para outra pessoa. Toquei a bochecha dele, querendo me lembrar daquele momento. A grandiosidade do que nos aguardava era um balde de água fria na minha pele e, mais fundo, na minha alma. Não havia como saber qual seria o meu futuro — qual acabaria sendo o futuro de Aiden. Muitas coisas continuavam incertas.

A voz de Apolo se intrometeu. *Só pode haver um.*

Estremeci, entendendo mais do que gostaria o que ele quis dizer. Até Seth havia entendido.

Pensei no maldito sonho que tive quando estávamos na estrada.

Talvez eu e Aiden não tivéssemos muitos anos juntos — talvez nem meses ou semanas. Talvez nem dias. E o tempo restante, passaríamos em constante perigo. Sequer a hora seguinte era garantida, e eu não queria passar todos os momentos correndo rumo ao fim do nosso tempo.

Aiden abriu os olhos.

— Alex?

Pisquei para afastar as lágrimas repentinas.

— Eu te amo. — Era tudo o que eu conseguia dizer.

Ele levantou a cabeça, com seus olhos procurando os meus, e talvez tenha visto o que eu estava pensando. Talvez ele também soubesse que, no fim, mais vidas seriam perdidas — vidas quase impossíveis de ser superadas, perdas que roubariam uma parte de nós dois. Que aquele momento juntos, talvez, nunca mais se repetisse.

Ele não tinha mais o que falar.

Aiden se soltou da parede tão rápido que a água reagiu com um borbulhar frenético. Ele — *nós* — estávamos num frenesi. Os braços dele me puxaram, a boca dele exigia, dizendo aquelas três palavras de novo e de novo, sem de fato falar. Aiden me levantou, uma mão enterrada no meu cabelo e a outra pressionando minhas coisas, nos encaixando juntos. Ele se virou e minhas costas tocaram a borda, e ele estava em todo lugar, roubando meu fôlego, meu coração, minha alma. Não houve pausa para recuperar o ar, nem controle, nem limites. Não houve cautela. Nós dois mergulhamos de cabeça. Nos braços dele, no jeito como a água borbulhava e movimentava nossos corpos, eu perdia noção do tempo, mas ganhava um pedacinho de mim mesma. Ganhei um pedaço *dele* que eu guardaria comigo pelo resto da minha vida, independentemente do quão longa ou curta ela acabasse sendo.

23

Enquanto eu dormia, Aiden conseguiu secar nossas roupas sem queimar o tecido. Se dependesse de mim, teria transformado tudo em carvão. Dormi por umas quatro horas, acordando antes dele me chamar. Me vesti e, então, me sentei ao seu lado, com um dos dois cobertores. Nós dois estávamos cheirando a jasmim, o que era melhor que o cheiro úmido do Submundo.

Aiden se deitou de lado, com o braço pesado por cima da minha cintura.

— Você poderia ter dormido mais um pouco.

Acariciei a mão apoiada sobre a minha barriga.

— Estou bem. É sua vez. Vou ficar de olho aqui, garantindo que nenhuma aranha te leve embora.

Ele pressionou os lábios na minha bochecha e soltou uma risadinha.

— Acho que, se depender de você para me salvar de uma aranha, estou ferrado.

— Eu enfrentaria uma horda de aranhas por você, querido. — Sorri com o som da risada dele de novo. — Sério mesmo.

— Isso é amor de verdade. Coisa séria — ele provocou.

— É mesmo.

Ele fez uma pausa e, depois, disse:

— Enquanto você dormia, eu estava pensando no que Apolo falou sobre ter outro deus envolvido.

Com a curiosidade instigada, inclinei a cabeça para trás para poder ver o rosto dele.

— E?

— Sei que Seth não contou quem pode ser, mas Marcus está apostando em Hermes, já que ele ajudou Seth...

— É sempre Hermes. Ele é tipo um saco de pancada dos deuses. A maior piada.

— Exato. — Aiden tirou uma mecha de cabelo úmido da minha testa. — Parece óbvio demais. E, apesar de Hermes ser conhecido pelos seus truques, as ações dele geralmente são inofensivas. Isso tudo que foi feito com o mundo, incluindo o Olimpo... É muito maior que ele, quase como se fosse algo pessoal.

Ele tinha razão.

— Aposto que ser a piada do Olimpo por milhares de anos faria qualquer coisa ser pessoal.

— Verdade, mas não sei, não — Ele bocejou. — Não consigo parar de pensar no Seth... na personalidade dele.

— Ah, meus deuses...

Um sorriso cansado surgiu.

— Quer você admita ou não, você carrega alguns traços de Apolo. Então, seguindo a lógica, Seth carregaria traços da própria linhagem também.

Havia coisas piores que ser comparada a Apolo.

— Seth é arrogante e presunçoso. Isso não ajuda muito a filtrar a lista.

— Concordando, Aiden assentiu, cansado, e apertei a mão dele. — Vai dormir. A gente pensa melhor nisso de manhã.

Aiden insistiu que não estava cansado, mas não levou mais do que alguns minutos até a respiração dele ficar profunda e estável. Continuei nos braços dele, com os olhos grudados na entrada. Eu ainda estava cansada, e a dor de cabeça voltou com tudo no momento em que acordei, se espalhando pelas minhas têmporas, mas dava para aguentar.

Pensando no que Aiden tinha dito, tive que ceder à ideia de que havia algo pessoal por trás de tudo aquilo. Mas o único problema era o fato de todos os deuses terem algum motivo maldito para causar discórdia. Apolo até já havia falado que, depois de passarem milhares de anos juntos, não tinham nada melhor para fazer que irritar uns aos outros.

Precisávamos descobrir quem estava por trás de tudo aquilo, mas o que poderíamos fazer? Ninguém conseguira derrotar um deus. Até os titãs foram presos numa tumba, mas não mortos. A morte de qualquer deus carregava consequências cósmicas. O mundo não pararia de girar, mas todos os deuses se enfraqueceriam caso um deles caísse. Era, provavelmente, a única coisa que os impedia de matar uns aos outros, mas...

Um problemão de cada vez...

Seth e Lucian eram nosso maior problema. Com sorte, encontraríamos Solaris, e ela teria a solução para impedi-los. Eu havia desistido um pouco da fagulha de esperança de salvar Seth — de consertar tudo. Eu acreditava sinceramente que, sem Lucian e a influência do éter, ele não teria feito tudo o que fez.

Mas quem era eu para absolvê-lo de seus pecados? Se um viciado em drogas matasse alguém sob influência de substâncias, seria culpado mesmo assim. Seth fez o que fez e parecia que não tinha como voltar atrás.

A tristeza se espalhava pelo meu sangue como lama, suja e pegajosa, porque não fazia sentido. Era como se eu estivesse com pena de um assassino...

Deixando os pensamentos em Seth de lado, acariciei os dedos de Aiden e me perguntei se um dia escutaria ele tocando violão de novo. Esperava que sim. Talvez até pudesse convencê-lo a cantar, porque ele tinha uma voz bonita.

Eu não sabia quanto tempo havia passado, mas não deveria ter sido mais de uma hora. O céu que aparecia entre as frestas no teto da caverna ainda estava azul-escuro, e minha dor de cabeça não parava de aumentar. Agora, ela pulsava atrás dos meus olhos.

Não adiantava me iludir. Eu sabia o que aquilo significava. Seth estava do outro lado do nosso vínculo, tentando falar comigo. O veneno do pânico correu nas minhas veias. Não era hora para ele inventar uma merda daquelas. Um exército maldito de aranhas poderia nos atacar enquanto eu estivesse com ele. Ou pior, poderíamos ser descobertos por Hades.

Me desfazendo com cuidado do abraço de Aiden, me levantei e fui até a piscina, pegando um punhado de água perfumada de jasmim e molhando o rosto. Parecia ter ajudado antes, mas eu tinha a sensação que não havia mais jeito para mim.

Me sentei, concentrada na minha respiração. Dava para sentir a corda. Ainda estava adormecida, mas a vibração era mais alta, mais poderosa. Apoiando a cabeça nas mãos, fechei os olhos com força e esperei. Sabia um pouco que não tinha como impedir aquilo.

Seth era incrivelmente forte e muito determinado quando queria algo.

Esperei a dor chegar, mas ela nunca chegou. Em vez disso, a vibração da corda ficou mais alta e mais forte até eu sentir meu corpo inteiro vibrando. Então, em meio ao ruído constante que preenchia minha cabeça, um sussurro foi crescendo até eu conseguir entender as palavras e reconhecer a voz.

Bom te ver... ou te ouvir de novo, Alex.

Seth.

Abri os olhos rápido e, ao contrário da última vez, não fui transportada mentalmente para outro lugar por Hermes. A nascente continuava ali. Eu conseguia ouvir a respiração profunda de Aiden e sentir o ar levemente gelado da caverna.

Sei que você está me ouvindo, Alex. Consigo sentir.

Isso já está começando a me irritar. Grunhi.

Por meio do vínculo, dava para sentir a presunção dele. Era como antes, quando estávamos conectados. Suas emoções fluíam em mim, e vice-versa. Se eu fechasse os olhos, aposto que poderia vê-lo na minha frente, mas não estávamos conectados.

No fundo, você ama isso, disse ele.

Hum, não? Jogando o cabelo molhado para trás, soltei um suspiro alto. *Não entendo como você consegue fazer isso. Não estamos conectados.*

Depois da nossa última videochamada, ficou mais fácil acessar a conexão. Sempre que você está se sentindo muito cansada ou emotiva, consigo te alcançar. Acho

181

que seria a mesma coisa se você estivesse sofrendo. Uma pausa. Juro ter sentido uma fagulha de preocupação. *Você está sofrendo?*

Revirei os olhos. A boa notícia era que Apolo parecia ter tido uma conversinha com Hermes.

Só estou sofrendo com você enchendo meu saco, isso conta?

A risada do Seth ainda passava aquela sensação estranha de aconchego.

Pelo menos, você não pode me bater desta vez.

Bater em Seth me pareceu uma opção viável.

Não tenho tempo para isso agora.

A curiosidade transpareceu através da conexão.

O que você está fazendo agora, Alex?

O que você está fazendo agora?

Lá vinha aquela risada de novo. Era uma risada gostosa. Não tinha o mesmo efeito que a de Aiden, mas era rica e profunda e me lembrava do Seth.

No caso, daquele Seth de antes de meter o louco e matar todo mundo.

Responde primeiro.

Bom, isso não vai rolar. Olhando por cima do ombro, vi Aiden se mexer um pouco. Fechei os olhos e foquei na conexão. Imaginei que poderia conseguir arrancar alguma informação dele.

Meio segundo depois, Seth ganhou forma nos meus pensamentos. Por algum motivo, ele só estava meio vestido. Não sei se era eu o imaginando assim ou se estava mesmo sem camisa. De qualquer forma, era muita pele dourada exposta. De leve, testei a conexão e as emoções que ela me causava. Eu não sabia se alguém poderia ser sugada para dentro dele daquela forma, então prossegui com muita cautela.

A única coisa que senti foi... calma. O que era bem...

Um calafrio repentino deslizou pela minha coluna, e então Seth disse:

Seja lá o que estiver procurando, você não vai encontrar.

O que você acha que estou procurando? Se tratando de você, nunca dá para ter certeza.

Ah, a suja falando do mal-lavado. Um tom de diversão fluiu pela conexão quando Seth disse: *Ou seria a suja falando do outro sujo?*

Quê? Fiz uma careta.

Ah, eu até que sinto saudades disso, Alex. Seth riu.

Abrindo os olhos, resisti ao desejo irracional de admitir que eu também sentia saudades das brincadeiras, da batalha de provocações que ninguém vencia. Eram estranhas as dinâmicas dos meus relacionamentos com Seth e Aiden.

Aiden me complementava, ele era o yin do meu yang, o "agora, chega" das minhas palhaçadas. Mas eu e Seth éramos muito parecidos, e, de certa forma, éramos mesmo a mesma pessoa. Se ficássemos juntos por muito tempo, provavelmente acabaríamos matando um ao outro.

Mas, sim, havia algo em mim que sentia falta daquilo... dele.

Por que você ainda não começou a gritar comigo?, ele perguntou.

Engasguei com uma risada.

Só você pra perguntar uma coisa dessas.

O quê?

Você quer que eu grite com você? Duvido que ajudaria em alguma coisa. Meus gritos não vão mudar quem você é.

Mas isso nunca te impediu de fazer nada. Mesmo sabendo o resultado e sabendo que seria inútil, você fazia mesmo assim.

Tipo agora? Ficar longe de você é inútil?

A presunção voltou, se espalhando sobre mim como uma segunda pele.

Muito inútil, ele acrescentou.

Frustrada, fechei os olhos e suspirei.

Talvez você não me conheça tão bem quanto acha que conhece, Alex.

Sei que você não se importa com ninguém além de si mesmo, mas preciso ir agora.

Pontadas de irritação acobertaram o calor da diversão e da arrogância.

Quero conversar.

Logo tensa, abri e fechei minhas mãos.

Quer conversar sobre o quê?

Sobre o quão errada você está.

Ainda bem que Hermes não havia aparecido, porque minha mão estava coçando para se conectar à cara dele.

Meus deuses... Seth, não aguento mais isso...

Eu me importo com você, disse ele, me surpreendendo.

Balancei a cabeça, querendo discordar, porque ter arrancado o meu poder de tomar minhas próprias decisões foi um jeito bem estúpido de mostrar que se importava comigo, mas era verdade. Me lembrei da noite na casa de Telly, do momento em que vi a indecisão nos olhos dele, a vulnerabilidade. Ele não queria me machucar naquela época, mas, naquele instante, eu acreditava que o que ele *precisava* foi ofuscado pelo que ele *queria*.

Eu sei, respondi, porque lá no fundo, eu sabia que ele se importava.

Me chocando ainda mais, houve uma abertura repentina na conexão. Não era como se eu pudesse ler os pensamentos do Seth, mas havia uma vulnerabilidade que nunca esteve lá antes.

Não teria dado tudo errado entre nós dois, mesmo se você nunca tivesse se conectado comigo. Não teria sido horrível.

Meu peito parecia pesado e doía, porque também havia um pouco de verdade naquilo.

Mas nunca teria sido o bastante, ele acrescentou e, de um jeito esquisito, parecia mais próximo naquele momento, como se estivesse bem ao meu lado. *Sou homem o suficiente para admitir isso. Mesmo se eu tivesse lutado por você do jeito certo, e, acredite, Aiden não é páreo para mim quando estou determinado... no fim, seus sentimentos por mim seriam as sobras. Eu seria apenas uma sobra. Você nunca seria minha de verdade. Eu sempre soube disso.*

Apertei as mãos até minhas juntas doerem.

Então, por que você quis ficar comigo? Em Catskills, você me pediu para tentar. Isso era só uma parte do seu grande plano?

Grande plano? Seth riu, mas não havia humor na risada. *Por que eu não perguntaria? Me sinto atraído por você, Alex. Não é preciso muito esforço para entender isso. E tem mais. Me sinto assim desde a primeira vez que te vi. É como funciona para a nossa raça.*

Um sentimento distante, quase triste, rastejou pela conexão.

Aquela atração entre nós... acho que você nunca entendeu ou sequer sentiu como eu. Mas, enfim, como eu disse, também me importo com você, Seth.

Havia algo físico entre nós, em parte por causa do vínculo do Apôlion, e em parte por causa da nossa atração um pelo outro. Eu já era crescidinha para admitir que o sentimento ainda existia, mas era muito fraco comparado ao que eu sentia por Aiden. Mas algumas coisas não mudam.

Eu me importo com você. As palavras foram sussurradas e soavam quebradas para mim.

Por um momento, não dissemos nada. Era como um impasse. Um impasse muito esquisito, pesado e triste.

Por favor, não faz isso, Seth.

Ele suspirou.

Alex...

Posso te ajudar.

As fagulhas de irritação chegaram ao meu estômago.

Não preciso de ajuda.

Precisa, sim. Respirei fundo. *Você é como um viciado. Viciado em éter, viciado no amor e na aprovação que você está buscando em Lucian. Você precisa de ajuda.*

Naquele momento, eu soube que tinha dito a coisa errada. A irritação virou raiva, era como estar perto demais de uma fogueira.

Não preciso da sua ajuda, Alex. O que preciso é que você entenda que não dá para fugir do destino. Que tudo será diferente, e que será melhor... se você deixar que Lucian faça o que precisa ser feito.

Seth...

E preciso que você entenda, Alex, que talvez, apenas talvez, ele se importe de verdade comigo. Que mereço isso e que ele quer o melhor para mim... para nós. Acha que consegue entender?

Minha garganta tentou engolir o nó que se formou ali.

Você merece alguém que se importe, mas...

184

Mas o quê? A voz dele queimava, me desafiando a dizer o que ele sabia que eu iria dizer.

Respirei fundo, estremecendo.

Mas não posso fazer o que você está me pedindo. Você merece, merece demais..., mas o Lucian não. Ele está te usando. E será tarde demais...

Não é tarde demais. No fim, aconteça o que acontecer, terei tudo o que quero.

Então, ele se afastou e quebrou a conexão.

24

Quando abri os olhos, Aiden continuava dormindo e, embora a corda ainda vibrasse de leve dentro de mim, Seth tinha ido embora. Me levantei e inspecionei rápido a caverna. Tudo estava na mesma — não exatamente um hotel cinco estrelas, mas seguro.

Engolindo o nó que parecia ter se tornado uma instalação fixa na minha garganta, caminhei até Aiden e me sentei ao lado dele, abraçando os joelhos. Meus deuses, eu não sabia o que era pior: Seth se perder de vez e não haver mais esperança, ou ainda ter uma parte dele ali dentro, em algum lugar. Em todo caso, pensar a respeito era inútil. Naquele momento, eu estava numa missão para descobrir um jeito de destruí-lo. Então, de que adiantava? No fim, eu não poderia permitir que Seth transferisse meu poder para ele. Muitas vidas estavam em risco caso ele não fosse detido.

Aiden devia se orgulhar do seu relógio biológico, porque, quando o céu começou a ficar alaranjado por trás das frestas no teto da caverna, ele se espreguiçou como um gato do mato acordando de uma soneca da tarde.

Ele se sentou com fluidez, e esticou o corpo para a frente, colocando as mãos nos meus joelhos dobrados. O calor emanava do seu peito nu. Ele pressionou os lábios no espaço sensível entre a minha orelha e murmurou:

— Bom dia.

— Bom dia.

— Acredita que não fomos atacados por aranhas? — Aiden se levantou e se espreguiçou de novo, esticando os braços e curvando as costas.

— Não.

Ele me olhou por cima do ombro e se abaixou, pegando sua camisa na mochila.

— Tá aguentando firme?

Assenti.

Enquanto comíamos um café da manhã rápido de ração para roedores, e nos preparávamos para sair pelo túnel, debati comigo mesma sobre o que contar a Aiden. Eu não podia esconder o fato que eu tive outra interação com Seth, mas não sabia ao certo como expressar meus sentimentos em palavras de forma que outra pessoa pudesse entender.

Quando ele me entregou a capa cheirando a mofo, eu enfim disse alguma coisa:

— Vi o Seth essa noite.

Aiden parou, com os punhos cerrados na própria capa.

— Certo.

Foquei no ombro dele.

— Sei que eu deveria ter contado antes.

— Sim. Deveria mesmo.

Um rubor corou minhas bochechas.

— Não cheguei a vê-lo. Não como foi da última vez. Ele conversou comigo através da conexão. Ele não sabe o que estamos fazendo. Chegou a perguntar, mas eu não disse nada.

— É claro. — Ele vestiu a capa com movimentos rápidos e rígidos. — O que ele queria?

Passei meu peso de uma perna para outra, desconfortável.

— Acho que ele só queria... conversar.

— Conversar? — O tom dele tinha uma pitada de incredulidade.

— Sim, ele... acho que ainda existe uma parte dele ali dentro. Sabe, uma parte que está confusa, mas que acredita de verdade que Lucian se importa com ele. — Perdi as palavras, balançando a cabeça. — Não importa. Tudo pronto?

Aiden me analisou por um momento e, então, assentiu. Cobertos pelos capuzes, deixamos nosso cantinho pacífico para trás e avançamos pelos túneis escuros e estreitos em silêncio. Como não conseguia ver o rosto nem os olhos do Aiden, não tinha como saber o que ele estava pensando, mas eu estava certeza que tinha a ver com o Seth. Era sobre ele que eu estava pensando enquanto navegava pela escuridão, apenas com nossos passos ecoando no silêncio.

Desejei ter percebido o que estava acontecendo com Seth antes de ter se tornado tarde demais, notar como o éter e o akasha estavam afetando ele. Acima de tudo, desejei ter percebido como ele precisava de alguém — alguém que o aceitasse, que o amasse até. Em vez disso, eu tinha estado tão ocupada com meus próprios problemas que não notei o que tudo aquilo estava fazendo com ele.

O que eu estava fazendo com ele.

De certa forma, eu havia falhado com Seth.

Depois de duas horas andando sem parar no escuro, um pequeno ponto de luz laranja brilhou à frente, e quanto mais avançávamos, maior o ponto ficava até enxergarmos o mundo fora da caverna.

— Finalmente — Aiden murmurou.

Ele parou na abertura irregular e espiou a ladeira que dava numa névoa opaca que cobria o céu laranja.

— Os Campos do Luto — disse Aiden. — Estamos perto da Planície do Julgamento.

— Espero que Apolo tenha conseguido avisar Caleb. — Dei um passo à frente. A grama seca se amassou sob as minhas botas. — Agora falta pouco.

E faltava mesmo, levamos apenas meia hora para descer a colina e entrarmos na névoa, que se abriu como uma fumaça agitada, revelando o vale.

O lugar era tão deprimente quanto o nome sugeria.

Árvores secas espalhadas na paisagem. Seus galhos se curvavam nas pontas, como se segurassem o peso do sofrimento que pairava no ar. Pedaços de pedras cinzas saíam da grama morta e um pequeno lago, com a água escura e imprevisível, dividia a planície.

Havia pessoas por toda parte.

Algumas estavam ao redor do lago, deitadas de maneira apática. Seus dedos mergulhados na água, seus corpos tremendo sem parar, com suspiros profundos e pesados. Outras estavam empoleiradas nas pedras, chorando copiosamente com as mãos agarradas ao peito. Poucas estavam sentadas nas bases das árvores, com os corpos em posição fetal enquanto choravam.

Os Campos do Luto eram um esgoto de mágoa e sofrimento — o destino daqueles que morreram infelizes no amor.

Não havia como passar por aquelas pessoas rápido o bastante. Apesar de ninguém nos abordar, já que pareciam perdidos demais em sua própria infelicidade para sequer nos notar, o nó que passou a manhã inteira na minha garganta cresceu rápido. Depressão era o ar que se respirava ali. A tristeza preenchia o rio. O luto enraizava as árvores mortas em seus lugares.

Até os passos de Aiden pareciam mais pesados, como se estivéssemos andando pelo Campo de Asfódelos, inundados pela chuva.

— Não quero estar aqui — eu disse, enfim, me aproximando dele.

Aiden estendeu o braço, encontrando minha mão sob a capa.

— Eu sei. Estamos quase chegando.

Um homem ergueu o rosto em prantos para o céu, soltando um grito rouco. Ao lado dele, uma mulher colapsou no chão, chorando e cuspindo palavras histéricas e inteligíveis que ninguém estava escutando. Aquilo era, provavelmente, a pior coisa sobre o lugar. Todas aquelas almas estavam ali por causa de amores infelizes, mas ninguém se importava. Elas estavam sozinhas na própria desgraça, certamente como foram em vida.

Mas não éramos parte dali, então seguimos em frente, fazendo o que aquelas pobres almas não conseguiram nem em vida nem após a morte. Avançamos, passando pelos desejos e necessidades que nunca tinham sido realizados, além do amor que foi perdido ou que nunca chegou a pertencer a qualquer um deles.

Parte do peso se desfez junto à névoa e, na nossa frente, havia uma estrada de pedras que, sinceramente, surgiu do nada conforme os céus clareavam o tom quente de laranja. Mas não estávamos sozinhos. Centenas, se não milhares, de almas viajavam pelo mesmo caminho. Todo tipo de pessoa — jovens e velhos, puros e meios — viajavam juntos rumo ao julgamento. Identificar os guardas e sentinelas era fácil, embora seus uniformes não estivessem cobertos de sujeira, assim como quando passei pelo limbo. Todas aquelas almas foram enterradas.

Eu e Aiden nos destacávamos.

Poucas almas viajantes usavam qualquer tipo de capa, já que aquela, obviamente, não era a última moda embaixo da terra. Se alguém morreu usando uma capa, eu ficaria curiosa para saber como e por quê. A maioria vestia roupas comuns. Alguns usavam boné, coisa que talvez nós devêssemos ter levado também. Uma pessoa estava arrasando com um chapéu de caubói.

Enfim, aquilo não era bom.

Os guardas de Hades estavam a postos nas laterais do caminho, em cima dos enormes cavalos pretos. Eles mantinham os viajantes em ordem e o caminho em movimento. Provavelmente era um trabalho infinito e entediante.

Nos movemos para o centro do grupo, torcendo para passarmos despercebidos em meio a massa de sentinelas altos. Alguns lançaram olhares acusatórios, mas ninguém falou com a gente. Ao som de um gemido baixinho e de cavalgadas se aproximando, meu coração acelerou enquanto eu colocava a mão sobre a adaga embaixo da capa. Senti Aiden se mover para fazer a mesma coisa.

Mas o imenso cavalo passou direto por nós, com seu cavaleiro inclinado para a frente na sela. As pessoas saíram do caminho. Caso não saíssem, teriam sido pisoteadas pelos cascos poderosos.

Um desconforto desabrochou no fundo do meu estômago, mas não dava mais para voltar atrás.

Conforme nos aproximávamos da Planície do Julgamento, era difícil não notar o brilho avermelhado se espalhando no horizonte, e quanto mais caminhávamos, maior ficava... o *fogo*.

Tártaro.

Nossa, eu não queria chegar nem perto daquele lugar. E esperava, de verdade, que não fôssemos pegos e jogados no Tártaro.

Meu coração bateu nas costelas quando entramos na Planície do Julgamento. A massa de pessoas lotando o cruzamento era enorme, e havia guardas por toda parte, posicionados caso alguém condenado ao Tártaro tentasse fugir.

Aiden ficou bem perto, ao meu lado.

— Viu o Caleb por aí?

Soltei uma risada seca observando as pessoas. A multidão era tão concentrada que eu não tinha ideia de como distinguir uma única pessoa ali.

E era difícil não encarar o palácio, que parecia perto demais. Mais parecido com uma fortaleza do que com uma casa, o palácio de Hades se estendia como as montanhas pelas quais viajamos, projetando uma sombra escura sobre a Planície do Julgamento. Quatro torres tocavam o céu laranja, uma em cada ponta da construção.

Embora eu esperasse que os Campos dos Elísios oferecessem um cenário melhor, não conseguia imaginar acordar toda manhã, olhar por uma entre as muitas janelas e encontrar... tudo aquilo.

Focando no que era importante, me juntei a Aiden na busca por uma cabeça loira conhecida.

Havia muitos loiros, mas nenhum deles era Caleb.

— E se ele não recebeu o recado? — perguntei a Aiden, com medo de dizer o nome de Apolo ali embaixo.

— Ele deve saber. — Aiden me tranquilizou, procurando logo pela pilha cada vez maior de pessoas.

— Meus deuses, quantas pessoas eles julgam aqui por dia?

Milhares, ao que me parecia.

Seguindo adiante, me dei conta de que eu não ajudava em nada na busca por Caleb. Sendo baixinha, tudo o que eu conseguia enxergar eram as nucas das pessoas. Meu desconforto cresceu ainda mais. Quanto mais tempo passávamos ali, mais perigoso ficava. Pensei no guarda que cavalgava na nossa frente. Minha boca ficou seca. Precisávamos encontrar o Caleb e tínhamos que...

A mão pesada caiu sobre o meu ombro.

Respirando fundo, meus dedos tremeram ao redor do cabo da adaga enquanto eu me virava, pronta para usar a lâmina se fosse necessário.

— Caramba, não me mete a faca. Acho que nós dois, juntos, já tivemos facadas o suficiente.

Tropecei, assimilando aquela voz familiar. Ele usava um boné de beisebol com a aba para baixo e, por cima, um capuz, mas mechas de cabelo loiro escapavam das laterais. Um sorriso aberto brilhou sob a sombra do boné.

— Caleb. — Minha voz parecia rouca.

A poucos segundos de derrubá-lo no chão com um abraço, fui impedida quando Aiden segurou meu ombro.

— Sei que você quer — disse ele bem baixinho. — Mas isso chamaria muita atenção.

— Verdade, chamaria — Caleb assentiu. — Então, vamos manter os abraços e choros no limite mínimo.

Eu estava mesmo prestes a chorar, e graças aos deuses o capuz escondia aquilo. Me afastando de Aiden, parei na frente de Caleb.

— Que bom te ver de novo.

— Estou feliz em te ver também. — Ele levantou a mão, como se fosse me tocar, mas parou. — Também é bom ver que você voltou ao normal.

Me encolhi.

— Sim, quanto a isso... desculpa.

Caleb riu.

— Tá tudo de boa. Vem, precisamos ir rápido. — Ele apontou na direção da estrada que levava ao palácio de Hades. — Estou surpreso que chegaram até aqui sem serem pegos. O Submundo inteiro está agitado por causa do que está rolando lá em cima.

— Imagino que seja por isso que as coisas estejam tão movimentadas aqui embaixo — Aiden comentou.

— Sim. — Caleb enfiou as mãos nos bolsos da calça jeans. — Um monte de sentinelas e puros passando por aqui. É um saco, sabe?

— Sim, é um saco. Então, por que deveríamos...?

Sem aviso, o chão tremeu com violência e um rugido alto e terrível ecoou, me balançando até os ossos.

Me virei, assim como todo mundo, na direção do Tártaro. O cheiro de enxofre aumentou até ficar carregado e sufocante. O medo explodiu no meu peito. Num instante, Aiden estava pressionando a mão nas minhas costas.

— O que está acontecendo? — perguntei.

— Você vai ver — Caleb respondeu, perplexo.

Lancei um olhar para ele, mas uma bola de fogo voou até chegar no Tártaro, girando e queimando conforme as chamas se espalhavam para todo lado. A bola mudou, se transformando enquanto continuava a voar pelo céu.

A figura de fogo parou por um momento.

Em cada lado, as chamas cresceram, formando asas gigantes que pareciam atingir todos os cantos do Submundo. No meio, a cabeça de um dragão surgiu. A boca se abriu, soltando mais um grito de gelar o sangue, e, assim, o bicho fez um voo rasante. O impacto balançou o chão e o rabo de fogo chicoteava pelo ar.

Então, se aquietou.

— Santo Hades — sussurrei.

— É tipo uma festa de boas-vindas para aqueles sentenciados ao Tártaro — Caleb explicou. — Acontece toda vez que um grupo chega aqui. Depois de um tempo a gente se acostuma.

— Mas que diabos... — murmurei. Nunca que eu iria me acostumar com *aquilo*.

— Vamos, temos que ir. — Caleb tomou a frente. — Pode levar anos para encontrarmos Solaris, mas sei exatamente o que...

Quatro garanhões pretos se afastaram da multidão, com seus cavaleiros altos e imponentes, vestidos de couro. *Espadas — espadas malditas —* se ergueram aos seus lados. Eles nos cercaram em questão de segundos, nos encurralando até que os três ficassem de costas uns para os ouros.

Aiden tentou pegar sua adaga, mas acabou com uma espada apontada para a sua garganta.

O olhar do guarda deixava claro que ele não teria medo de usá-la.

— Merda — murmurei.

Estávamos muito ferrados.

25

O braço do guarda nem tremeu.

— Não se mexe, ou essa será a última vez que fará isso.

Aiden congelou, e acho que parei de respirar. Estava certa que Caleb também não estava respirando, mas, até aí, ele não precisava respirar, já que estava morto. Mesmo assim, aquilo não significava que ele passaria impune. Fomos pegos. *Ele* foi pego, e eu só conseguia pensar naquele dragão que vimos. A culpa se espalhou em mim como fogo.

O guarda encarou Aiden.

— Mãos para o alto.

— Você mandou eu não me mexer, então não sei como vou levantar as mãos. — Foi a resposta seca de Aiden.

Segurei o riso, que não seria bem-vindo naquela situação.

Sem achar graça, o guarda deslizou a espada para dentro do capuz de Aiden. Ele levantou a ponta, empurrando o tecido para trás. O homem sorriu quando o rosto de Aiden foi revelado e um pequeno rastro de sangue escorria da bochecha dele.

O calor e a fúria queimavam em mim, e eu só queria chutar a bunda dele para fora do cavalo, mas a espada estava perto demais do pescoço de Aiden.

— Mãos para o alto — o guarda repetiu.

Um risinho se formou nos lábios de Aiden quando ele levantou as mãos devagar.

— Assim está bom?

— Vocês três vêm com a gente — outro guarda anunciou enquanto embainhava a espada. — Se não obedecerem, temos permissão para usar qualquer método necessário. Saibam que a morte no Submundo é igual à morte lá de cima.

Os olhos pálidos dos guardas encararam Caleb, que estava atrás de mim.

— E tem coisas piores que a morte por aqui, garoto. Você deveria ter pensado nisso.

Caleb não disse nada, mas precisávamos fazer alguma coisa. Não podíamos deixar que nos levassem para onde quer que estivessem planejando. O problema era que apenas Caleb sabia como nos tirar do Submundo, e não tinha como a gente perguntar para ele naquele momento. E eu não o deixaria lidando com aquilo sozinho.

Então, como tinha dito, estávamos ferrados.

Um guarda que estava a pé se aproximou entre os dois cavalos e veio direto na minha direção. Aiden se movimentou apenas uns milímetros, e a ponta da espada espetou seu rosto.

— Voltamos para a parte do "não se mexe". — O guarda deu uma risadinha. — Tá bom pra você?

Aiden fuzilou o guarda com o olhar, emanando calor. O sorriso do guarda ficou ainda maior em resposta.

Aquele que estava na minha frente agarrou meu capuz e o afastou. Seus olhos azuis gelados semicerram.

— São eles.

Meu coração despencou no chão. Ele falava como se estivesse nos esperando, e aquilo não era bom. Tentei manter o pânico longe do meu rosto, mas deve ter ficado evidente, porque o guarda riu ao me dar as costas.

— Desarmem todos — disse o guarda. — E, depois, temos que ir.

Foram poucos segundos para nos desarmar. Nossas capas foram retiradas, as adagas, tomadas. Pegaram a mochila de Aiden como refém. Lancei um olhar para ele, que continuava olhando para a frente, o maxilar tenso numa linha rígida. Puta merda, a situação era ruim. Caleb parecia arrependido, com os ombros caídos como se soubesse qual punição o aguardava.

Observando as costas dos guardas, me perguntei o quão rápido eu conseguiria acabar com eles para que nós três pudéssemos sair correndo. Aquilo, provavelmente, exigiria akasha, e onde Caleb se esconderia naquele lugar? Para onde iríamos? Teríamos chegado tão longe, só para perder tudo? Mal conseguia pensar direito. Uma pedra gelada de medo se acomodou no meu estômago.

Com o pavor ficando mais e mais intenso a cada passo, não podíamos fazer nada além de seguir os guardas até o palácio de Hades.

— Sinto muito — sussurrei para Caleb.

Ele deu de ombros.

— É como nos velhos tempos.

— Sim, mas dessa vez é diferente. Tem um dragão de fogo que pode...

— Calados. — O guarda que gostava de brincar com a espada cavalgou ao nosso lado. — Ou vou me certificar que nenhum de vocês consiga falar de novo.

Como fizeram com meu pai? A fúria doce e quente explodiu. Abri a boca, mas fechei após o olhar de alerta de Aiden. Fomos escoltados para o palácio em silêncio. Dois guardas a cavalo na frente, dois atrás, e um no chão, impossibilitando que fizéssemos qualquer coisa.

Então, os portões do palácio se abriram e fomos empurrados para dentro, num pátio esparso. Tudo estava acontecendo rápido demais. Meu coração batia forte; escorria suor da minha testa. Me sentia pelada sem a maldita capa, e havia um cão do inferno desgraçado dormindo com a barriga para cima, logo na entrada. Suas patas carnudas chutavam o ar enquanto ele sonhava com perseguir almas, ou seja lá o que cães do inferno sonhavam.

Os guardas desceram dos cavalos e caminharam na direção da entrada, empurrando as portas do palácio. Aiden e Caleb pareciam estar lidando com tudo aquilo muito melhor que eu, ou apenas eram melhores em fingir não estarem a um passo de surtar, mas meu amigo, provavelmente, não estava chocado com o palácio de Hades como eu estava.

Afinal, ele jogava videogame com os deuses aqui. Mas o palácio era... opulento.

Tudo era coberto de ouro e titânio — as paredes, o teto, os móveis e até o chão. Os símbolos de Hades estavam por toda parte. Touros e lanças de dois dentes entalhados em tudo, costurados na tapeçaria elegante. Espreguiçadeiras de veludo preto enchiam o grande cômodo, mas foram os tronos cobertos sobre o palanque que chamaram e mantiveram minha atenção. Pareciam feitos para um rei e uma rainha, mas havia algo próximo a eles também.

Deitados aos pés dos tronos, havia cães do inferno menores — talvez filhotinhos do inferno. Suas cabeças múltiplas apoiadas sobre as patas, enquanto escorria saliva ácida das línguas penduradas para fora da boca.

Os guardas pararam e, sem dizer nada, ajoelharam e abaixaram as cabeças. Um segundo depois, as portas de ouro e titânio, que iam do chão ao teto, se abriram. Embora Hades devesse estar no Olimpo, eu superimaginei que o deus apareceria na porta, pronto para nos jogar no fogo do Tártaro.

Com os joelhos fracos, me forcei a manter os olhos para a frente. Sentinelas não sentiam medo... tá bom, então.

Mas, conforme a figura se aproximava, percebi que não era Hades. Não era nem mesmo um cara. Era uma mulher — uma deusa.

Ela era linda — alta pra caramba, com um pouco mais de dois metros. Ondas de cabelo cacheado ruivo caíam até a cintura impossível de tão final. Seus olhos eram completamente brancos. As maçãs do rosto, altas; os lábios, carnudos; e o nariz, empinado.

E ela estava quase nua.

Seu vestido branco era leve e muito transparente. Daria para ver o tamanho do sutiã dela... se estivesse usando um, coisa que não estava. Roupas íntimas deviam ser opcionais lá embaixo.

Aiden estava encarando. Caleb também, embora parecesse bem acostumado com aquela... mulher exposta. Caramba, até eu estava olhando!

Ela atravessou o saguão, com as pernas longas dividindo a fenda na saia, mostrando só um pouquinho. Pelos deuses, senti minhas bochechas queimando, mas não conseguia desviar o olhar. Conforme ela se aproximava, seus olhos brancos brilhavam e apagavam. Dois olhos brilhantes cor de esmeralda apareceram.

Caleb relaxou ao meu lado, com um sorriso lento se arrastando em seu rosto bonito — o rosto que eu sentia tanta saudade.

— Olá, Perséfone.

Meus olhos se arregalaram diante da linda deusa. Então, ela era a infame Perséfone? Apesar de só curtir caras, eu pude ver por que Hades se apaixonou por ela, a ponto de roubá-la para o Submundo.

O primeiro guarda, não o que cortou o Aiden, levantou a cabeça.

— Nós os apreendemos conforme mandaste.

"Apreendemos" não era uma palavra reconfortante.

— Vocês três parecem surpresos. — Os lábios volumosos de Perséfone se curvaram de um jeito travesso. — Esses são meus guardas pessoais, e eles estavam de olho em vocês. Eu os estava esperando.

— Como? — perguntei, surpresa.

Perséfone sorriu.

— Eu e Caleb jogamos Mario Kart todos os dias à uma hora da tarde, e quando ele cancelou nosso compromisso, eu soube que alguma coisa estava acontecendo.

Olhei para Caleb lentamente.

Ele deu de ombros.

— Não tenho culpa se é observadora.

— E fico muito entediada quando meu marido está no Olimpo. Caleb me faz companhia.

Eu torcia para ser uma companhia de amigos, porque Hades não era conhecido por ser um cara misericordioso.

— Guardas, podem nos deixar agora. — Quando hesitaram, ela riu. — Estou bem. Por favor, saiam e não falem disso com ninguém.

Um por um, eles saíram do salão, com o cara da espada encarando Aiden como se quisesse cortar sua outra bochecha. Aiden sustentou o olhar com um risinho nos lábios.

Homens... Aff.

Quando as portas do palácio se fecharam de novo, Perséfone uniu as mãos.

— Fiz umas perguntas para uma dríade que veio ao Submundo alguns dias atrás... uma das dríades de Apolo. E não é preciso ter um hotel para descobrir que tinha algo a ver com a linhagem dele.

— É um Nobel — Caleb corrigiu, puxando o capuz e tirando seu boné.

Ela franziu a testa.

— Enfim. Imaginei que tinha alguma coisa a ver com vocês... e tive que tomar uma decisão. Ou chamava meu marido e ele vinha correndo para casa, mas aí ele ficaria nervosinho, vocês sabem como ele é. Ou eu poderia descobrir o que vocês estavam procurando. Aposto que deve ser algo muito interessante.

Aiden se endireitou ao meu lado, claramente tão surpreso quanto eu. Olhei para Caleb e sussurrei:

— Ela é confiável?

Ele assentiu.

— Ela é de boa, e na real isso facilita muito minha missão.

A deusa arqueou delicadamente a sobrancelha.

— Como assim?

— Preciso usar o Chamado das Águas.

Chamado das Águas? Nunca tinha ouvido falar daquilo e, pelo olhar de Aiden, ele também não.

— E por que você precisa dele? — ela perguntou, cruzando os braços sob os seios, como se precisasse chamar mais atenção para eles. — Se precisava ver alguém, Caleb, era só pedir.

— Eu sei. — Ele apoiou o braço sobre os meus ombros, e o buraco que tinha se aberto no meu coração, desde que ele morreu, foi preenchido. — Mas não é para mim. É para eles. Precisam usar.

Perséfone ficou quieta por um longo momento.

— Quem desejam chamar?

— Solaris — respondi.

A função do Chamado das Águas de repente fez sentido. Chamar uma alma até você.

— Precisamos falar com Solaris.

— Por causa de tudo o que está acontecendo com o Primeiro lá em cima? — ela perguntou.

Assenti.

Seu olhar brilhante flutuou até Caleb.

— E o que você planejava fazer? Entrar escondido com eles aqui, para usar?

— Esse era o plano.

A deusa balançou a cabeça.

— Se meu marido estivesse em casa e você fizesse algo tão imprudente assim, eu não seria capaz de te defender.

Um calafrio dançou na minha coluna. A última coisa que eu queria era que Caleb arrumasse confusão do tipo danação-para-a-eternidade.

— Eu sei — Caleb respondeu, apertando meus ombros. — Mas eles valem a pena o risco, e é possível que Solaris tenha informações sobre como deter o Primeiro. E é isso que Hades quer, certo? Não é isso que os deuses querem?

— A maioria deles — ela murmurou, voltando o olhar para mim e para Aiden. — Mas parece que nem todos.

Um pensamento surgiu em minha mente.

— Você sabe quem é o deus que... que está ajudando Seth e Lucian?

Ela pegou um cacho ruivo e brilhante e o enrolou em volta de um dedo elegante.

— Se eu soubesse tal coisa, me resolveria com o deus em questão. Mas raramente vou ao Olimpo, tenho pouquíssimo interesse em saber quem irritou quem agora a ponto de destruir o mundo como conhecemos.

Aiden pigarreou.

— Isso acontece com frequência, então?

Perséfone sorriu, e ao ver seu sorriso, até eu perdi o ar.

— Mais do que vocês jamais saberão. O mundo já esteve à beira da devastação total diversas vezes por um motivo ou outro. Mas agora... é como da vez que enfrentamos os titãs. É mais do que um ego ferido que pode ser remediado com um pedido de desculpas. — Ela soltou um pequeno suspiro. — Mas, enfim, não tenho nada para fazer, e, se essa tal de Solaris pode ajudar vocês, ela vai acabar ajudando meu marido também. Sigam-me.

Enquanto ela se virava graciosamente na ponta dos pés, eu estava chocada demais para segui-la de cara. Perséfone nos ajudando era algo que não estava nos meus planos.

Aiden sorriu.

— Isso é bom.

— Muito bom! — Me virei para Caleb. — Você é demais.

— Eu sei. — Ele me puxou para um abraço rápido e apertado. — Senti saudades.

No meio do abraço, engoli lágrimas de felicidade.

— Também senti saudades.

Caleb beijou minha cabeça e se afastou.

— Vamos. Hora do show.

Nós três seguimos a deusa. O pobre Aiden estava tentando olhar para qualquer lugar exceto para ela, mas ele ainda era um cara. Curiosamente, não fiquei com ciúmes. Na verdade, me diverti mais que qualquer coisa, porque ele estava se esforçando ao máximo para manter os olhos para cima.

Pegando a mão dele, dei uma apertadinha. Quando seu olhar encontrou o meu, sorri, e ele curvou os lábios para baixo, se desculpando.

Enquanto atravessávamos o corredor longo, escuro e coberto de tapeçarias de veludo preto, Caleb nos observava com uma expressão estranha.

— Que foi? — perguntei.

Ele balançou a cabeça.

— Vocês estão mesmo fazendo isso? Um relacionamento, assim, aberto para todo mundo ver?

A mão de Aiden segurou a minha com mais firmeza.

— O mundo tem problemas maiores que um puro e uma meio que se amam.

Meu coração fez uma dancinha feliz com a última parte. Só de ouvi-lo dizer aquilo — a palavra com A —, as sombras escuras das expectativas se dissipavam.

A risada rouca de Perséfone viajou na nossa direção.

— Com toda razão. Além do mais, eles não são os primeiros nem serão os últimos.

Os olhos azuis-celestes de Caleb pousaram em Aiden.

— E vocês não vão esconder esse relacionamento depois que tudo se resolver?

O tom desafiador dele me fez sorrir.

— Não vai rolar — disse Aiden para ele. — Não vai ser fácil, mas daremos um jeito.

— Que bom. — O olhar de Caleb se endureceu. — Porque, se você tratar ela mal, vou te assombrar até a morte.

Soltei uma gargalhada e Aiden também, embora soubéssemos que Caleb estava falando sério.

Soltando a mão do Aiden, engoli Caleb com meu braço.

— Isso não será necessário.

A deusa parou na frente de uma porta de bronze. Com um gesto, ela se abriu. Ainda bem que estava nos ajudando, porque eu não tinha ideia de como Caleb faria uma coisa daquelas.

Com uma lufada de ar gelado, entramos numa câmara circular. Havia muitas armas na parede: machados de batalha, lanças, espadas e alabardas. Havia itens mórbidos também, como cabeças esquecidas de animais abatidos na caça e uma sessão inteira dedicada a rabos de cavalo cortados.

Pigarreei.

— Que sala... maneira.

— É a sala de guerra do Hades. — O encanto enchia a voz de Aiden.

— Caramba.

— As armas são do meu marido, mas... — Perséfone lançou um olhar de desdém pela sala. — a maior parte das coisas são troféus do Ares, e não do meu amado. Hades tem uma certa tendência ao lado mais mórbido, mas os cabelos... — Ela apontou para os rabos de cavalo pendurados nas paredes.

— Esses são do Ares. Ele gosta de cortar os cabelos daqueles que derrota e, depois, pendura aqui para todo mundo ver. A maioria dos deuses acha perturbador, e é por isso que os guarda aqui.

Caleb arqueou as sobrancelhas.

— Um belo toque de decoração, acho.

Havia algo assustadoramente familiar naqueles cabelos. Não a coisa de cortar e pendurar nas paredes porque, graças aos deuses, aquilo era estranho para mim. Mas havia algo cutucando minha memória.

— Vocês sabem como Ares é — disse Perséfone, nos guiando mais a fundo na sala de guerra. — Para ele, tudo se resume a guerra e seus espólios. A paz, para Ares, é quase como uma castração. Ele acredita que ninguém deve dar as costas para a guerra... — Ela perdeu as palavras, dando de ombros. — Ele deve estar empolgado agora, com tudo o que está acontecendo.

— Ele deve estar igual a pinto no lixo — disse Caleb, lançando um olhar de "que porra é essa?" na minha direção.

Dei de ombros, mas a sensação estranha continuava lá, me cutucando. Será que Perséfone estava falando que ninguém deve dar as costas para *Ares*, também conhecido como "Senhor da Guerra" ou para a guerra em si?

— Chegamos.

Ela parou na frente de um pedestal de mármore. Faces demoníacas entalhavam o mármore de uma bacia, cheia de uma água de cor vermelho-rubi.

— Tudo o que vocês precisam fazer é parar aqui na frente e chamar pela alma, qualquer alma, com quem desejam falar, e ela será invocada para cá.

— Qualquer alma? — Perdi o fôlego enquanto a imagem da minha mãe dominava minha mente.

— Sim, mas só posso permitir que vocês usem uma vez. Então, escolham com sabedoria. — Perséfone deu uma risadinha. — Parece que estou naquele filme, *Indigo James e a última jogada*.

Aiden olhou para o chão, o maxilar flexionado, escondendo o sorriso. Caleb revirou os olhos.

— É *Indiana Jones e a última cruzada*.

— Ah... — Ela deu de ombros. — Dá na mesma.

Meu olhar caiu na bacia. O nome da minha mãe estava na ponta da minha língua, e eu sabia sem olhar para Aiden que ele estava pensando nos pais. Daríamos qualquer coisa para vê-los, sobretudo depois daqueles espíritos no portal.

O olhar sábio de Perséfone se virou.

— Ah, a chance de ver um ente querido é difícil de deixar passar.

— Você sabe bem — disse Aiden, baixinho.

O sorriso dela se desfez devagar.

— Sei, sim. Talvez alguns me achem egoísta pelas decisões que tomei e o impacto que elas tiveram.

Relembrando o mito de Perséfone, balancei a cabeça.

— Não. Você foi esperta. Conseguiu garantir que os dois ficariam com você. Hades *e* sua mãe.

Se ela se sentia orgulhosa pela maneira como tudo tinha terminado, a coisa toda do tempo se dividindo e as estações, não deixou transparecer — surpreendente, já que os deuses não costumavam ser uma turminha muito humilde.

Se virando para a bacia, ela uniu as mãos na frente do corpo.

— É hora de tomar uma decisão. Depois vocês precisarão ir embora.

Olhei para Aiden, que assentiu. Havia uma ponta de tristeza no olhar dele, refletindo o que eu sabia que brilhava nos meus. Caleb apoiou a mão no meu ombro. Por mais que eu quisesse ver minha mãe, por mais que eu quisesse presentear Aiden com a chance de ver seus pais, ninguém seria tão egoísta.

Me aproximando da bacia, encarei a água vermelha parada que me lembrava sangue. Na verdade, era espessa como sangue, e havia um leve cheiro metálico. Eca.

Um segundo se passou, e eu disse:

— Solaris.

De cara, nada aconteceu, e então a água tremeu como se eu tivesse soprado de leve sobre ela. Algo em mim esperava que seu rosto fosse aparecer na bacia, mas a água se acalmou de novo. Então, deu-se uma fissura repentina de energia que estremeceu as paredes e se espalhou pelo chão. Meu corpo se arrepiou, e um calafrio me atravessou. Soltei um gritinho de surpresa e me virei.

Solaris havia chegado.

26

Quando pisei no Submundo, eu realmente não sabia o que esperar. O mesmo poderia dizer em relação a Solaris. Eu não tinha ideia, e me surpreendi.

Solaris surgiu diante de Caleb. Era muito mais bonita que eu imaginava. Por algum motivo, imaginei que ela e o Primeiro estivessem condenados ao Tártaro, mas seu vestido branco estava impecável e intacto. O cabelo loiro-prateado, longo e fino, caía sobre os ombros delicados. Ela era alta e esguia, e seus olhos eram como os meus — brilhantes da cor de âmbar. Suas feições delicadas como porcelana me lembravam uma flor frágil e exótica, o que eu não esperava. Talvez fosse meu ego falando mais alto, porém eu achava que ela se pareceria comigo.

Ela era o completo oposto de mim.

Solaris olhou pela sala, com as sobrancelhas claras arqueando enquanto percebia onde estava. Surpresa e um pouquinho de medo atingiram sua expressão, mas, quando o olhar repousou em mim, uma pontada de compreensão escapuliu daqueles olhos claros. Uma sensação de familiaridade tomou conta de mim, espelhada na expressão dela.

Caminhando em frente, Solaris parou a um passo de mim, tombando a cabeça para o lado com curiosidade. Quando ela falou, sua voz era suave.

— Você é o Apôlion.

Não tinha tempo para entender como ela sabia quem eu era.

— Sou um deles.

Outra fagulha de surpresa brilhou em seu rosto, logo seguida por tristeza.

— Então, são dois novamente?

Assenti.

Ela olhou por cima do ombro.

— E nenhum desses aqui é o outro. Dá pra ver. Um deles está morto, e o outro é um puro-sangue.

Ignorei a expressão ofendida de Caleb.

— Não. O Primeiro não está aqui.

Solaris me encarou, com as sobrancelhas unidas.

— Você despertou. Posso ver os sinais do Apôlion.

— Pode? — Olhei para baixo, surpresa ao descobrir que minha pele visível estava cheia de sinais. Sequer os senti.

— Como você despertou e não está com o Primeiro? Você não está morta.

Ainda.

— É complicado. Por isso que viemos falar com você.

— Ah. — A tristeza se aprofundou e ela abaixou os cílios. — Ele é como o meu?

Os olhares de todos na sala, até mesmo de Perséfone, estavam fixos em Solaris, mas ela parecia não mais perceber a presença dos outros. Respirei fundo e lutei contra minha garganta querendo fechar. O luto de Solaris era palpável.

— Sim. — Minha voz soava rouca. — Ele é como o seu.

Se virando, ela se abraçou com os próprios braços.

— Então, não há nada que eu possa fazer por você.

Eu a encarei.

— Mas a gente nem perguntou nada ainda.

— Se ele se perdeu no éter, no chamado do akasha, não há nada que possa ser feito. — Ela baixou o queixo, fazendo seu cabelo cair para a frente, escondendo o rosto. — E não há nada que possa ser feito por você. Tentei..., mas o poder foi transferido.

— Espera! — Dei um passo na direção dela, abafando a frustração que rugia dentro de mim. — Não transferi meu poder para ele. Ele é apenas o Apôlion. Não é o Assassino de Deuses.

Solaris se enrijeceu.

— Isso não é possível.

— É, sim. Não me aproximei dele desde que despertei. Ele tem algo de éter e akasha, mas ainda é só o Apôlion. — Pausei, respirando bem fundo. — Preciso saber como impedir a transferência.

Ela permaneceu quieta.

— E acho... *sei* que você sabe fazer isso.

Ela virou a cabeça para mim.

— Não tem como. Bloqueei o conhecimento para que nenhum outro Apôlion pudesse aprender.

— Bom... vi uma coisa quando despertei. Você se virou contra ele, tentou detê-lo. Você sabia como, mas a ordem de Tânatos te encontrou primeiro.

Solaris soltou uma risada seca e quebrada.

— É isso que a história te mostrou?

Olhei para a deusa, imaginando que ela soubesse, mas parecia tão confusa quanto eu.

— Mas eu vi...

— Viu? O despertar é como os Apôlions anteriores querem que você veja. No momento da sua morte, quando ela chegar, você irá implantar suas memórias. Algumas serão como você gostaria que fossem vistas, mas não como de fato aconteceram.

Bom... que bunda de daímôn! O Seth sabia daquilo?

— O que aconteceu, então?

Ela abaixou os cílios de novo.

— Quando eu o conheci, ele não era como se tornou no final. Ele era um homem lindo e gentil que, por um acaso, era o Apôlion. — Um sorriso pequeno e triste se abriu nos lábios dela. — Realmente não entendíamos nada daquilo. Fomos os primeiros a existir na mesma geração. Ele sequer entendia por que tinha me encontrado. Era como se ele tivesse sido puxado, e eu não entendia o que estava acontecendo quando despertei. A dor... achei que estava morrendo.

Me encolhi, incapaz de imaginar passar por aquilo sem Aiden, e sem todo o conhecimento sobre o que estava acontecendo.

— Mas, quando nos conhecemos, foi como se fôssemos predestinados. Por muitos meses nós dois... conhecemos um ao outro. Eu achava que nem os deuses sabiam o que podia acontecer. — Um olhar distante se arrastou pelos olhos dela, mas sem se sobrepor à dor que ainda não havia sido curada. — Quanto mais tempo passávamos perto um do outro, mais poderoso ele ficava, capaz de controlar akasha com pouco esforço, e não se cansava. Mas foi ficando mais instável. Nunca comigo, mas eu sabia... eu sabia que era por causa de mim. Um dia...

Meu estômago revirou, e olhei rapidamente para o Aiden.

— Uma horda de daímônes atacou um dos Covenants e, durante a batalha, ele... sugou de mim. O poder que ele demonstrou foi inimaginável. O conselho se preocupou e, então... então me encontrei com oráculo.

Ah, o oráculo ataca novamente.

— Ela me disse o que poderia acontecer. Que ele poderia sugar todo o meu poder e atacar o conselho. Não acreditei nela, porque aquilo seria loucura. — Solaris riu baixinho. — Mas ela insistiu para que eu o impedisse. Disse que, se eu não encontrasse o desejo em meu coração para matar quem eu mais amava, eu deveria tomar o poder para mim.

Perdi o fôlego, e as paredes pareceram girar.

— Nunca imaginei que ele faria aquilo, mas o conselho se moveu contra nós. Eles queriam nos separar, e ninguém, por pura ingenuidade, suportava aquela ideia. Deixamos a segurança do conselho e seguimos a vida sozinhos. — Solaris balançou a cabeça. — Eles nos seguiram, mandando os sentinelas mais habilidosos. Como não tiveram sucesso, veio a ordem de Tânatos.

Ela engoliu em seco.

— Ele ameaçou o conselho na época, e eu soube que as palavras do oráculo estavam se tornando verdadeiras. Ela me deu os meios para detê-lo, mas era tarde demais.

Mordi os lábios.

— O que ele fez.

Ela olhou nos meus olhos.

— Ele jamais teria feito se o encanto pelo poder, o desejo pelo poder supremo, não tivesse tomado conta dele. Mas tomou. Antes que eu pudesse detê-lo, ele sugou meu poder. Houve um momento, logo após ele tomar meu poder, quando ainda não conseguia canalizar. Como um calcanhar de Aquiles, digamos assim, e a ordem atacou. O resto... o resto é história.

Eu não sabia o que dizer. A tristeza me subiu pela garganta. Era óbvio que Solaris amou o Primeiro, tanto que ela não disse o nome dele uma vez sequer. Eu não podia perguntar só para sanar minha curiosidade, porque sabia que falar o nome dele a causaria mais dor.

— Sinto muito — foi tudo o que consegui falar.

Solaris assentiu.

— O que o seu Primeiro está fazendo?

Contei tudo a ela — a destruição, a guerra iminente, e a esperança de que, de alguma forma, pudéssemos impedir que a história se repetisse. Se ficou surpresa, não demonstrou. Solaris apenas caminhou na minha direção.

— Bloqueei isso dele e dos outros Apôlions — disse Solaris de novo. — Nem sei como você conseguiu ver. Moiras, talvez?

Meus deuses, pela primeira vez as moiras não estavam colocando tudo nas minhas costas. Gostei da mudança.

— Talvez.

— É mais simples do que você imagina. — Solaris estendeu o braço, colocando sua mão gelada sobre a minha. — Você precisa seguir a ordem dos sinais como eles aparecem em você. No original. — Solaris apertou minha mão direita. — Θάρρος, coragem.

Então, ela envolveu sua mão na minha mão esquerda.

— Ισχύς, força.

Soltando minha mão, ela posicionou as suas na minha barriga, acima do umbigo.

— απόλυτη εξουσία, poder absoluto.

Por fim, ela estendeu o braço e tocou minha nuca.

— αήττητο, invencibilidade.

O ar saiu dos meus pulmões e Solaris assentiu.

— Você precisa pressionar sua pele contra a dele e invocar cada sinal pelo nome verdadeiro.

— Espera — disse Aiden. — Não é assim que ele transferiria o poder dela para ele?

Eu já sabia, então, quando Solaris se afastou e se virou para Aiden, eu mal conseguia olhar para ele.

— Sim — disse Solaris. — Ela precisa fazer antes que ele faça.

Aiden abriu a boca, mas estava sem palavras. Descobrimos como transferir o poder, e isso já era alguma coisa, mas seria praticamente impossível.

— Só isso? — perguntou ela. — Eu gostaria de ir embora.

Perséfone pigarreou.

— Creio que sim.

Por um instante, os olhos de Solaris encontraram os meus, e senti que nos veríamos de novo. *Mais cedo do que você imagina.* Eu não sabia de onde tinha vindo aquele pensamento — se estava enraizado em alguma possibilidade real ou se era apenas paranoia.

— Tem certeza que é isso que você quer fazer? — ela perguntou, com a voz baixa o bastante para que só eu escutasse. — O poder do Assassino de Deuses vai ser transferido para você. E, por mais que se sinta mais forte, você pode acabar se vendo incapaz de controlá-lo, e o poder pode te sufocar também.

Parecendo terrivelmente triste, como se soubesse um grande segredo, ela suspirou.

— E seja lá qual for o propósito dos deuses para te usar, assim que terminarem, o que restará de você? Como o oráculo me alertou, não podem existir dois da sua espécie em qualquer geração.

E então ela se foi, mas suas palavras finais ficaram comigo, se espalhando pelo meu coração e pela minha alma. As palavras dela não eram um alerta, mas a afirmação de um fato. Olhei para minha mão esquerda e senti que meu destino fora selado bem antes de eu saber quem eu era.

Soltei o ar, trêmula.

— Nossa, que baixo-astral. — Caleb passou a mão pelo cabelo. — Se eu já não estivesse morto, estaria me sentindo um cadinho deprimido.

— Sem dúvidas — Perséfone murmurou. — Mas gente morta, sem ofensa, costuma ver apenas o lado deprimente das coisas.

Caleb deu de ombros.

— De boa.

Todas as vezes em que vi Caleb, ele não me pareceu deprimido. Como se tivesse lido minha mente naquele momento, ele sorriu e eu me lembrei do que disse quando eu estava no limbo.

— Você disse que havia esperança para ele.

Caleb caminhou todo feliz na minha direção, parecendo tão vivo que doía só de ver. Envolvendo seus braços ao meu redor, ele me segurou com força.

— Sempre há esperança. Talvez não do tipo que você está imaginando, mas há *sim* esperança.

Não entendi de primeira, então me aninhei mais perto, sabendo que nosso tempo juntos acabaria em breve. Enquanto eu inspirava o cheiro fresco de Caleb, me dei conta que eu precisava saber de uma coisa que, provavelmente, me cortaria em pedacinhos.

Me afastando, virei para Perséfone.

— Onde está o Primeiro dela?

Um minuto inteiro se passou antes que ela respondesse.

— Ele está no Tártaro.

Pressionei os dedos nos lábios antes de o nó subir pela minha garganta. Não era bem o destino do Primeiro, mas o que ele significava. Se eu tivesse sucesso e conseguisse matar Seth, o destino dele seria o mesmo. E o meu também.

Fiquei agarrada como velcro em Caleb pelos quinze minutos seguintes. Aiden se ocupava estudando as armas e Perséfone lixava as unhas ou sei lá o quê. Enquanto nos sentávamos no chão da sala de guerra, com os joelhos colados, Caleb me contou sobre as coisas que vinha fazendo ali embaixo para passar o tempo, e contei a ele sobre como Olivia queria vê-lo. Não falamos sobre o que aconteceria no futuro. Eu estava certa de que Caleb sabia sobre todas as coisas incomuns que estavam rolando, e nem eu nem ele queríamos desperdiçar aqueles minutos preciosos.

— Você disse a ela o que eu te pedi? — ele perguntou.

Assenti.

— Ela chorou, mas acho que foram lágrimas de felicidade.

Caleb abriu um sorriso largo.

— Sinto saudades dela, mas você pode me fazer outro favor?

— Qualquer coisa — falei, e era verdade.

— Não diga a Olivia que você me viu de novo.

Franzi a testa.

— Por quê? Ela iria...

— Quero que ela siga em frente. — Caleb agarrou minhas mãos e se levantou, me puxando também. — Preciso que ela supere, e acho que ficar ouvindo sobre mim a está impedindo. Quero que ela viva, e não quero ser uma sombra em todos os passos dela.

Meus deuses, eu odiava a ideia de mentir para Olivia, mas entendi o que Caleb estava dizendo. Olivia jamais seguiria em frente sabendo que, de certa forma, Caleb estava consciente e vivo, até onde o Submundo permitia. Era como se ele estivesse ali, inalcançável, mas ainda *ali*. Sabendo disso, como ela seria capaz de superar de verdade?

Então, concordei. Prometi contar a todos que foi apenas Perséfone quem nos encontrou. Mesmo se Apolo soubesse a verdade, não importaria, contanto que Olivia não soubesse. De certa forma, aquele era um presente dele para ela.

— Obrigado — disse Caleb, me abraçando mais uma vez.

Parte de mim queria ficar nos braços de Caleb, porque ele sempre tinha o poder de manter meus pés no chão. Caleb era meu lado racional. Ele era mais que isso; tirando minha mãe, foi a primeira pessoa que amei de verdade.

Caleb sempre seria meu melhor amigo.

— Chegou a hora — Perséfone disse baixinho, e quando me afastei e olhei para ela, havia empatia em seu olhar. Uma deusa capaz de ser empática era uma anomalia.

Aiden retornou ao meu lado, colocando a mochila nos ombros antes de me devolver as armas que os guardas tiraram de mim, com minha capa nojenta. Perséfone flutuou até o centro da sala de guerra e acenou. Um buraco negro apareceu, completamente opaco.

— Esse portal irá levá-los de volta até o portal por onde entraram.

— Obrigada — eu disse para Perséfone. Ela assentiu graciosamente.

Enquanto me despedia e olhava por cima do ombro uma última vez, meu peito apertou quando encontrei os olhos azuis, tão azuis, de Caleb. Então, eu soube que a morte poderia acabar com muitas coisas, mas não cortaria os laços de uma amizade.

Caleb sorriu, retribuí com um sorriso choroso e me virei para o portal que nos esperava. Entrelaçando meus dedos nos de Aiden, atravessamos o portal, munidos do conhecimento que precisávamos, mas carregando o fardo de precisar realizar o impossível.

27

O carro estava onde o havíamos deixado e, de acordo com o relógio no painel, apenas três horas se passaram — três horas no reino mortal, quarenta e oito horas no Submundo e uma vida inteira para nós dois.

Me ofereci para dirigir o caminho de volta, mas Aiden insistiu que estava bem e eu sabia que ele queria que eu dormisse. Eu sabia que deveria — para evitar que Seth usasse a conexão —, mas não me parecia justo. Aiden devia estar exausto.

Mas era uma batalha que não venceria tão cedo, então me aninhei no banco do passageiro e tentei dormir um pouco. O único problema era que meu cérebro não queria desligar. Desde que pisei naquela sala de guerra, havia algo me incomodando. O que Perséfone disse, os rabos de cavalo nas paredes — tudo me parecia familiar, mas eu não conseguia entender como nem por quê. E era mais do que aquilo. As palavras de despedida de Solaris eram perturbadoras e ficavam cutucando minha cabeça.

Eu não conseguia entender por que Apolo me manteve viva depois que Seth deu a louca no conselho. Ou por que Ártemis impediu que Hades me levasse para o Submundo. Os deuses — ou pelo menos todos eles exceto um — temiam a transferência de poder, porque quando aquilo acontecesse Seth se tornaria imbatível. Me tirar do jogo antes que eu despertasse, ou me eliminar depois, fazia sentido.

Me manter viva não fazia.

Mas me lembrei do que Ártemis disse na loja de conveniência enquanto ela enfrentava Hades. Profecias podem mudar, e não era preciso furar a lógica para saber que, se eu me tornasse a Assassina de Deuses, a profecia mudaria.

Uma agitação desabrochou no meu peito. Será que Apolo e os outros sabiam que aquilo era possível? Me senti burra por sequer questionar aquilo. Os oráculos pertenciam a Apolo, e embora ele não tivesse todas as visões deles, a porção do que o oráculo disse a Solaris poderia ter sido compartilhada com Apolo. O que fazia sentido, já que ele estava todo empolgado com minha missão de descer para vê-la.

Eu era um pouco ingênua o bastante para esperar que aquele não fosse o caso, já que aquilo significaria que Apolo me devia algumas explicações. A outra parte era mais analítica a respeito de tudo, mais racional.

Apolo já havia falado antes que precisavam deter o deus que, obviamente, estava trabalhando com Lucian. E de que outro jeito o deteriam?

Eles precisavam do Assassino de Deuses.

O grande x da questão era que Lucian controlava Seth, e este deus — seja lá quem fosse — controlava Lucian. Logo, ele também controlava Seth e todos aqueles que seguiam meu padrasto. Então, se Seth conseguisse transferir meu poder para ele, este deus controlaria o Assassino de Deuses. Arriscado, porque Seth poderia se virar contra ele, mas no final, assim que o deus conseguisse que Seth fizesse sua vontade, eu tinha certeza que ele seria criativo o bastante para mantê-lo sob controle. Possivelmente, isso significaria manter um membro da ordem de Tânatos protegido, em segurança.

Meus músculos tensionavam em reflexo enquanto eu pensava naquilo. Nenhum cenário me parecia bom. Seth estava sendo manipulado por todos os lados e não tinha a menor ideia. Que inferno, ele se recusava a pensar que aquele era o caso!

Conforme os quilômetros entre Kansas e Illinois iam diminuindo, eu não conseguia esquecer o que Solaris disse sobre os deuses me usando, e o que aquilo poderia significar. Também não conseguia afastar a sensação que, ao aprender como transferir o poder para mim, eu havia selado meu próprio destino.

O peso repentino da mão de Aiden no meu joelho fez minha atenção virar para ele. Seus olhos estavam fixos na estrada escura.

— Você não está dormindo.

Sorri ao repousar minha mão na dele.

— Como você sabia?

— Eu só sei. — Ele me lançou um risinho breve. — No que está pensando?

Tudo estava na ponta da língua — minhas suspeitas, minhas preocupações com o que Solaris havia dito, e o que eu sabia que Apolo estava escondendo —, mas quando Aiden me olhou de novo, senti que não podia contar a ele.

Não escutou o que Solaris tinha me dito, e eu não queria colocar mais um fardo sobre ele além de todo o resto. Se minhas suspeitas estivessem corretas, se tudo estivesse levando a uma única coisa...

Respirando fundo, foquei nas linhas brancas da pista dividindo a escuridão.

— Só estava pensando em como chegar perto o bastante do Seth e transferir o poder dele para mim. Parece impossível, né?

— Não gosto disso, Alex. Vou ser sincero; acho que é loucura. Para mim, é como tentar dar um bote numa cobra. Não vai funcionar.

— Eu sei, mas que outra escolha nós temos? Além do mais, não temos que descobrir só como chegar perto de Seth. Também tem todos os sentinelas e guardas protegendo ele.

Aiden apertou minha mão.

— Vamos precisar de um exército.

Lentamente, olhei para ele.

— E de onde vamos tirar um?

— Boa pergunta. — Ele soltou uma risada curta. — O que precisamos é descobrir quantos Lucian colocou na proteção de...

— Posso pedir para Dionísio dar uma investigada. — A voz do Apolo ecoou do banco de trás.

Estremecendo, me joguei para a frente, batendo os joelhos no painel do carro. A mão de Aiden virou o volante, guiando o carro para a pista da esquerda que estava, felizmente, vazia.

Aiden xingou num sussurro.

— A gente tem que pendurar um sino em você!

Me virei sobre o banco, pronta para arrancar o sorrisinho daquele deus na base do soco. Já estava bem irritada com ele sem precisar de um ataque cardíaco.

— Você poderia ter causado um acidente!

Apolo se inclinou para mim, apoiando os braços nos recostos dos bancos dianteiros.

— Mas não causei. Aiden tem os reflexos de um cão do inferno.

Fazendo cara feia, balancei a cabeça.

— Como você simplesmente... brotou aqui?

Ele me lançou um olhar de *dããh* pouquíssimo divino.

— Esse amuleto só deixa seu poder invisível para os deuses; ele não nos repele. Você carrega o meu sangue. Posso te encontrar a hora que eu quiser.

— Nossa, nem um pouco bizarro!

Aiden o encarou pelo espelho retrovisor.

— Você quer saber o que descobrimos? — Quando Apolo assentiu, uma carranca surgiu na expressão de Aiden. — E não podia esperar até chegarmos a Apple River?

— Vejamos... — Apolo bateu no queixo com a ponta do dedo. — O mundo inteiro está à beira de um apocalipse divino. Quer que eu espere mais seis horas?

— Seis horas não vão mudar nada — Aiden respondeu, com seus olhos ficando metálicos.

— Espero que não. — Apolo virou seu olhar para mim. — O que vocês descobriram?

Cogitei dizer a ele que não descobrimos coisa nenhuma, mas não faria sentido.

— Aprendi como transferir o poder para mim.

Apolo não demonstrou reação alguma, e acho que o odiei ainda mais naquele momento.

— E você acha que consegue?

Olhei para Aiden.

— O único probleminha vai ser chegar até Seth.

— Como eu disse, posso pedir pro Dionísio dar uma investigada. Ver o que eles têm como vantagem — ele respondeu.

— Ainda não temos um exército. — Me virei sobre o banco, olhando para a frente e me sentindo puta da vida.

— Na verdade...

Me recusei a virar para trás e morder a isca.

— O quê?

Quando ele não respondeu, Aiden rosnou:

— O quê, Apolo?

— Mais ou menos uma hora depois que vocês partiram, um dos sentinelas que estava usando a cabana do Solo antes de vocês o chutarem de lá, de uma forma nada amigável, apareceu. Ele tinha novidades.

Aiden ficou imóvel, e me perguntei como ele conseguia continuar dirigindo daquele jeito.

— E você confia nesse sentinela?

O deus soltou uma risada sombria.

— Digamos que me certifiquei de que ele estava jogando no nosso time.

Curiosa, abri a boca para perguntar como, mas Apolo sorriu para mim.

— Use sua imaginação — disse ele, e minha imaginação foi para uns lugares bem esquisitos.

— Enfim — ele continuou. — A maioria dos puros-sangues está saindo dos Covenants e de suas comunidades, a caminho da universidade na Dakota do Sul. Seus guardas também. Faz sentido, a universidade fica localizada numa área basicamente remota e de difícil acesso. Os sentinelas que não se juntaram a Lucian, abandonaram seus deveres e também estão a caminho.

— Mas e os daímônes? — perguntei.

— O que tem eles? Eles sempre irão para onde os puros estão, e os puros estarão bem protegidos. Daí, temos os daímônes que Lucian está alimentando com puros. Quanto a eles, não podemos fazer nada.

Apolo se recostou no banco, olhando para o teto do carro como se nunca tivesse visto aquilo antes. Ele tocou a luz interna e ela se acendeu e, depois, a apagou. Coisas brilhantes deviam ser intrigantes para deuses também. Ele fez de novo, cerrando as sobrancelhas.

— Apolo! — gritei.

O olhar dele pousou em mim.

— Há uma grande chance que Lucian e o Primeiro tomem o controle do conselho de Nova York, então os membros do conselho e os sentinelas estão saindo escondidos do Covenant.

Meu coração acelerou.

— Meu...

— Não sei se seu pai está entre os que já chegaram à universidade, ou se ele está a caminho, ou até mesmo se está vivo... sinto muito.

Meus ombros tombaram.

— Então haverá centenas, senão milhares, de sentinelas e guardas lá. Pessoas que viram seus amigos e outros sentinelas serem mortos por aqueles que se uniram a Lucian. Pessoas que só querem colocar as mãos nele.

Aiden assentiu devagar.

— Um exército... nosso exército.

— Marcus e Solos já estão planejando a viagem para a universidade. Quanto mais rápido todos vocês chegarem lá, melhor.

Eu gostava daquele plano. E, sim, havia um motivo um pouquinho egoísta ali. Qualquer chance de ver meu pai teria sido o suficiente para mim.

— Lá seria mais seguro para Deacon e os outros — disse Aiden. — Seria melhor.

Me senti uma babaca, pensando só no que eu ganharia.

— Quando podemos partir?

— O mais cedo possível — Apolo respondeu. — Chegando na universidade, podemos apelar para aqueles que querem pôr um fim nisso tudo. Então, podemos agir contra Lucian...

— E o deus que está por trás disso tudo? — questionei, incapaz de me segurar. — Teremos que agir contra ele ou ela, certo?

Os olhos azuis vibrantes de Apolo encontraram os meus e sustentaram o contato visual.

— Sim. Teremos.

Naquele momento quis falar tudo que sabia, e a única coisa me impedindo era Aiden... além daquela parte de mim, aquela pequena parte que Laadan disse que estava crescendo, amadurecendo. *Ela* meio que entendia.

— Mas preciso checar com o Dionísio. — Apolo continuava olhando para mim, e eu sabia que eu o veria muito em breve. — Depois falo com vocês. — E então ele sumiu.

Aiden me lançou um olhar de soslaio demorado.

— Às vezes acho que odeio ele.

— Somos dois — murmurei.

Chegamos em Apple River no momento em que o céu preto estava ficando azul-escuro. A cabana estava apagada quando saímos do carro e o canto distante dos pássaros era o único som.

Aiden se esticou, curvando as costas enquanto alongava o que estava incomodando. Ele parou, me flagrando enquanto o observava do outro lado do veículo.

— Vem cá.

Ele provavelmente era a única pessoa no mundo capaz de me falar uma coisa dessas e ser atendido. Com obediência, dei a volta no carro e parei na frente dele.

— Que foi? — perguntei, segurando um bocejo.

Aiden tocou minhas bochechas e inclinou minha cabeça para trás.

— Você não dormiu nada.

— Nem você.

Um sorriso cansado apareceu.

— Eu estava dirigindo.

Coloquei minhas mãos sobre os pulsos dele. Nossos olhos se encontraram.

— Não acredito que fomos ao Submundo e voltamos.

— Nem eu. — Os polegares dele traçaram a curva das minhas maçãs do rosto. — Você foi perfeita.

— Tirando a parte das aranhas...

A cabeça dele tombou para a frente, e seu nariz tocou o meu.

— Eu não estava falando das aranhas.

— Ah, é?

Aiden riu, e o hálito dele estava quente e tentador.

— Não. Eu estava pensando no que veio depois das aranhas.

— Ah... ah! — Respirei fundo, minhas pernas ficando fracas de repente. — *Aquela* parte.

— Sim. — Os lábios dele tocaram os meus. — Aquela parte.

Comecei a sorrir, porque aquele momento foi mesmo perfeito, então Aiden me beijou e eu me derreti todinha. Havia força naquele beijo, junto ao amor e ao gostinho do que poderia ser um futuro com ele. Eu amava — *amava* — que, no meio de tudo aquilo, ainda podíamos ter momentos como aquele. Onde éramos só nós dois, sem barreiras entre a gente. O beijo ficou mais intenso, a língua dele passando pelos meus lábios, e meus dedos se afundando nos seus pulsos. Aiden soltou um grunhido grave e abafado, e eu queria...

— Vocês dois deviam arrumar um quarto — disse Apolo, do mais absoluto nada. — Ai, meus olhos...

Grunhi. Mesmo em sua verdadeira identidade, ele ainda tinha o pior timing do mundo.

214

— Meus deuses! — Aiden disparou. Ele se afastou, lançando um olhar furioso para Apolo por cima da minha cabeça. — Você tem tesão em assustar os outros, é isso?

— Você provavelmente não vai querer saber no que tenho tesão.

Fiz uma careta.

— Eca.

Aiden beijou minha testa enquanto deslizava as mãos pela minha bochecha. Deixando o braço sobre os meus ombros, ele me puxou para me proteger com seu corpo e fui apoiando a bochecha no peito dele.

— Já falou com Dionísio?

Apolo recostou na traseira do carro.

— Sim. Ele está investigando neste exato momento.

— Como podemos confiar que Dionísio não é o deus por trás disso tudo? — Contive mais um bocejo. — E que ele não irá mentir pra gente?

— Dionísio não liga muito para guerra, e ele não tem motivação para arquitetar algo assim.

— Quanto tempo até ele ter uma resposta? — Aiden perguntou.

— Ele deve retornar até o fim do dia. — O olhar de Apolo apontou para o céu azul-escuro. — Já está quase amanhecendo. Melhor vocês descansarem.

Aiden olhou para mim.

— Vamos entrar.

Me afastei dele, olhando para Apolo.

— Vou entrar já já. Preciso conversar com Apolo.

Ele hesitou, me lançando um olhar confuso. Eu odiava ter que guardar aquele segredo, mas não tinha jeito, porque se Aiden soubesse, ele impediria, e aí o mundo inteiro iria para o buraco.

— Tá tudo bem. — Sorri. — Já vou entrar.

Aiden olhou para Apolo e soltou um suspiro baixinho.

— Certo. Eu vou... acordar o Deacon ou qualquer coisa assim.

— Aposto que ele vai adorar — eu disse.

Um sorriso breve apareceu.

— Verdade.

Ao som da porta da frente se fechando, olhei para Apolo e senti a máscara que eu estava usando escorregar.

Nossos olhares se encontraram e o deus suspirou.

— Alexandria....

— Eu sabia que você estava escondendo alguma coisa de mim. Que havia um motivo maior para você querer me manter viva, quando teria sido muito mais fácil só me matar. Teria resolvido o problema com o Seth, então não entendia por que você arriscaria tudo.

Ele parecia sem saber o que dizer. Que bom — eu havia deixado um deus sem palavras. Ponto para mim! Agora, era hora de marcar o segundo ponto.

— Você precisa de um Assassino de Deuses.

Um longo momento se passou.

— Precisamos impedir que isso aconteça de novo.

— Você precisa que eu mate o deus responsável por isso.

A raiva crescia dentro de mim, mas a mágoa também, e aquela mágoa já estava doendo desde que saímos do Submundo. Eu não sabia por quê. Apolo poderia ser meu parente de sangue, mas ele era um deus, e eles todos não tinham empatia nenhuma, aquele bando de sociopatas. Ainda assim, doía muito.

A punhalada foi profunda.

Porque, no fim das contas, eu era o leão *e* o cordeiro. Eu seria a predadora e, depois, a presa. Apolo não disse, mas enxerguei o que ele não estava dizendo.

— Não podemos arriscar esse tipo de destruição de novo, Alexandria. Milhares de pessoas inocentes já morreram e *mais ainda* irão morrer. Mesmo se impedirmos o Primeiro, isso vai acontecer de novo. — Ele apoiou a mão no meu ombro. Era pesada. — Não podemos matar uns aos outros. Precisamos da única coisa capaz de nos matar. Precisamos do Assassino de Deuses... precisamos de você.

Encarei ele, estupefata.

— Você não quer que eu mate o Seth, então.

Ele riu.

— Na maioria das vezes, quero sim, mas você precisa pegar o poder dele, e, para isso, ele precisa estar vivo. Preciso que seja capaz de derrotá-lo e transferir o poder para você.

Cerrei os punhos e precisei me controlar para não agarrar aqueles cachos dourados e arrancá-los.

— Você estava mentindo pra mim esse tempo todo.

— Não, não estava. — A cara dele nem tremia.

— Mentira! Você me disse antes que eu despertasse que queria que eu matasse Seth! Lembra? Tomando refrigerante de uva e comendo bolo do Homem-Aranha?

— Eu *queria* que você matasse Seth, mas não é o que *preciso.*

Fiquei boquiaberta.

— Isso nem faz sentido!

— E, na época, eu não sabia que existia um jeito de transferir o poder dele para você — argumentou com calma. — Eu tinha minhas suspeitas. Minha irmã também, mas não tínhamos certeza. De qualquer forma, ele não pode tomar o seu poder. Se você não puder derrotá-lo e pegar o poder dele, então deve matá-lo.

Apolo fazia parecer muito simples, como se estivesse me pedindo para ir ao mercado comprar cheetos de queijo e, se não tivesse, o cheetos requeijão serviria. Insano.

— Não quero que tudo termine como você teme, mas não há muito que esteja ao meu alcance para impedir.

— Sim, porque depois que eu derrotar esse deus, isso *se* descobrirmos quem é, há uma boa chance dos deuses se virarem contra mim, porque serei uma ameaça. E aposto que eles têm um membro da ordem dando sopa, né? E, mesmo se eu não fizer nada, serão como juiz e júri de um crime que nem cometi?

Outra maldita pausa antes de Apolo dizer:

— Todo mundo morre, mas no fim das contas o que importa é pelo *que* você está disposta a morrer, Alexandria.

Meus deuses, havia algo em mim — algo enorme — que queria dar um chute nas bolas do Apolo, mas eu entendia. Por mais complicado que fosse, eu entendia. E talvez tenha sido por isso que não descontei tudo nele. A perda de uma vida, talvez duas, valia a pela segurança de bilhões. Eu podia entender aquilo, e se eu fosse totalmente imparcial — digamos, se eles não estivessem falando sobre *mim* — talvez eu até apoiaria aquela ideia.

Mas era sobre mim. Seria sobre mim.

Era muita informação. Algo que eu nem conseguia começar a processar. Me senti egoísta demais, mas também sabia que eu tinha que fazer o que precisava ser feito.

Meus deuses, eu não tinha idade o bastante nem era madura o suficiente para tomar aquele tipo de decisão.

O silêncio ficou tão intenso entre nós dois que a brisa calma balançando os galhos parecia barulhenta demais. Se eu não tivesse minhas habilidades sensitivas divinas agora, teria achado que ele foi embora. Mas ele continuava ali, esperando.

— E não tem outro jeito? — perguntei.

Ele não respondeu, e interpretei seu silêncio como um não.

Com o coração pesado, levantei a cabeça.

— O que vai acontecer se eu morrer?

Apolo não respondeu de imediato.

— Você terá a morte de uma guerreira. Isso é algo para se orgulhar, e nada irá faltar para você.

Exceto a vida, mas percebi que não adiantava argumentar.

— Você vai garantir que... que Aiden ficará bem?

Os olhos do deus encontraram os meus e ele assentiu.

Com a garganta queimando, foquei nas pedrinhas escuras no chão.

— Ele... ele teve que ver os pais mortos, Apolo. Não quero que ele me veja, tá bom? Você me garante que ele não vai ver?

— Se é o que você deseja...

Pressionei os lábios, um pouquinho aliviada por Aiden ser poupado daquele horror — talvez não de todo o horror, mas de parte dele.

— E garantirá que Marcus e o resto do pessoal ficará bem?

— Sim.

— Certo. — Engoli em seco, mas ainda me sentia engasgada. — Quero ficar sozinha por um tempo.

— Alex...

Levantei o olhar, fazendo contato visual.

— Por favor, vai embora.

Parecia que ele ainda iria falar mais alguma coisa, mas aí assentiu e simplesmente desapareceu. Não sei quanto tempo fiquei parada ali, mas, por fim, me arrastei até a varanda e me sentei nos degraus.

O ar da noite ainda estava gelado, chicoteando minhas bochechas quentes. Lágrimas queimavam meus olhos, mas eu me recusava a deixá-las cair. Chorar não iria servir para nada. Não mudaria o que iria acontecer. Ainda que, de alguma forma, eu conseguisse chegar a Seth, transferisse o poder dele para mim, antes que pegasse o meu, e destruísse o deus misterioso, eu seria sacrificada como um animal contagioso. Possivelmente, fariam o mesmo com Seth também, mesmo que não fosse mais uma ameaça. Talvez, sem minha presença para influenciá-lo, ele ficasse melhor. Com isso, só ele seria o Apôlion, como deveria ser — apenas um de nós e aquela palhaçada toda.

Esfreguei os olhos até doerem.

Em que dia estávamos? Meados de abril? Dali a menos de um mês, eu deveria estar me formando no Covenant. O que, claro, não iria acontecer. Muita coisa tinha mudado, e muita coisa não seria mais igual. Me perguntei se meu destino havia mudado também ou se aquilo sempre tinha sido parte dele e ninguém tinha me contado.

Uma ideia me ocorreu. Era insana, mas pensei em deixar aquela conexão fraca com o Seth acontecer. A dor nas minhas têmporas... Talvez eu pudesse contar a ele o que sabia. Talvez houvesse uma parte dele que ainda se importasse um pouco.

Balancei a cabeça e abaixei as mãos.

Seth provavelmente só usaria a informação como mais um motivo para meter o louco.

Respirando fundo várias vezes, tirei Seth da minha cabeça e, por algum motivo, pensei no meu pai. Suas feições endurecidas por uma vida difícil se formaram na minha mente. As maçãs do rosto largas e o queixo forte indicavam a face de um guerreiro. Não éramos muito parecidos, mas os olhos dele... eram os meus.

Tentei não pensar nele. Talvez fosse errado, mas era difícil sentar ali sabendo que ele estava nas Catskills. Era ainda mais difícil aceitar que havia grandes chances que nunca mais nos encontrássemos, sabendo o que éramos um do outro.

Abraçando meus joelhos, pensei no sacrifício que ele estava fazendo — e já tinha feito — por tantos anos. Lá no fundo, eu sabia que ele, provavelmente, queria estar aqui comigo, mas tinha um trabalho a fazer. Afinal, meu pai era um sentinela.

Eu o respeitava por isso.

Não sei por quanto tempo fiquei sentada ali, mas não demorou para que a porta se abrisse devagar. O piso de madeira rangeu conforme os passos se aproximavam.

Aiden se sentou ao meu lado, ainda com seu uniforme de sentinela. Ele olhou para a frente e não disse nada. Olhei para ele. As ondas escuras de seu cabelo estavam bagunçadas, indo para todas as direções. Uma leve sombra de barba se formava no maxilar dele.

— Não acordou o Deacon? — perguntei.

— Não. Se tivesse acordado ele, eu provavelmente nunca iria para a cama. Ele precisaria ser entretido, ou algo assim, e você sabe que essas coisas vão longe. — Aiden virou a cabeça na minha direção. — Quando Apolo foi embora?

— Há um tempinho.

Aiden ficou quieto por um momento.

— Há alguma coisa que eu precise saber?

Meu coração perdeu o compasso.

— Não.

Os olhos dele encontraram os meus e eu não sabia dizer se acreditava em mim, mas ele estendeu o braço. Me arrastei para o lado, me encaixando contra a lateral do corpo dele, enquanto ele me envolvia com o braço. Aiden apoiou a bochecha na minha cabeça e senti sua respiração.

Minutos se passaram e, só então, ele disse:

— Estamos juntos nessa, Alex. Não se esqueça nunca. Estamos juntos nessa até o fim.

28

Naquela noite, quando Apolo reapareceu, eu ainda não tinha processado nada direito. Quer dizer, como eu poderia? Passar por tudo aquilo, encarando sabem os deuses o que, sabendo que havia noventa e nove por cento de chance de morrer no fim, não ajudava muito no fator motivação. Então, decidi fazer a única coisa que eu conseguiria: não pensar no resultado.

Provavelmente, não era o método mais inteligente, mas era o único jeito de me manter sã, porque no momento eu não tinha como mudar nada daquilo.

Apolo não voltou sozinho. Quando ele brotou na sala de estar, trouxe Dionísio junto. Era a primeira vez que eu via o deus. Ele parecia um universitário festeiro, com uma camisa havaiana estampada e bermudas cargo.

Dionísio se jogou no sofá, esparramado de um jeito preguiçoso e arrogante. Seu olhar pesado passou por todas as mulheres na sala, as analisando como alguém vendo um cardápio. Quando seus olhos bizarros pousaram em mim, arqueei a sobrancelha.

Ele sorriu.

— Então, essa é o Apôlion?

— Sim, sou eu.

— Por algum motivo, achei que você seria mais alta.

Como é que é? Cruzando os braços, lancei um olhar inexpressivo para ele.

— Não sei por que as pessoas continuam dizendo isso.

Aiden se apoiou na mesa onde eu estava sentada.

— Você é *bem* baixinha.

Minha altura não era o maior dos nossos problemas. Felizmente, Marcus tomou as rédeas da conversa, direcionando-a para tópicos mais importantes.

— Tem notícias de Lucian?

O deus se espreguiçou, colocando os braços atrás da cabeça.

— Bom, cheguei o mais perto que consegui. Tem alguma coisa diferente dessa vez.

Apolo franziu a testa.

Eu não gostava quando deuses franziam a testa — em geral, significava algo muito, muito ruim.

— Como assim?

— Só pude chegar perto até *um certo limite*. Algo me impedia de me entrosar com eles, barraram até minhas tríades. — Ele mexeu os dedos dos pés. — Nenhum amuleto é capaz de fazer aquilo. Apenas outro deus é.

— Não entendi — disse. — Como um outro deus pode te bloquear?

— Um deus poderoso pode, Apolinho. — Dionísio deu uma piscadinha com um dos olhos completamente brancos. — É como dar de cara com um muro invisível. O Primeiro e os puros-sangues estão bem protegidos.

— Hermes? — perguntou Marcus, esfregando o queixo, pensativo. Dionísio riu.

— Hermes nunca conseguiria fazer uma coisa daquelas.

— Quem conseguiria? — Solos perguntou, com o olhar astuto.

— Um dos principais — o deus respondeu com um risinho.

— Como assim? — Luke se inclinou para a frente na cadeira, apoiando os braços nos joelhos. — Um dos principais?

O deus lançou um breve olhar para ele.

— Existe uma estrutura social... ou política para as coisas no Olimpo. Uma hierarquia de poder.

Do outro lado da sala, Laadan pigarreou. Ao lado dela, Olivia permanecia quieta. Ela não tinha dito nada desde que perguntou sobre Caleb mais cedo. Eu tinha mantido minha promessa a ele, por pior que fosse.

— Pode nos dar mais detalhes? — Laadan perguntou com educação. — Acredito que isso seja algo que está fora do nosso conhecimento.

— Na verdade, não — Apolo respondeu. — Vocês moldam seus conselhos assim como no Olimpo, onde cada conselho tem um líder, digamos assim. No Olimpo, é a mesma coisa.

Minha curiosidade se agitou.

— Então, quem são os principais?

Dionísio podia até não ter pupilas, mas eu tive certeza que, quando ele virou a cabeça para mim, estava encarando meus peitos. Acho que Aiden estava certo disso também, considerando o jeito como ele se enrijeceu.

— Zeus e Hera, seguidos pelo superpopular Apolo, e sua irmã Ártemis, depois Ares e Atena — Dionísio respondeu. — Por último, mas não menos importantes, Hades e Poseidon. Eles são os deuses mais poderosos, e os únicos capazes de fazer algo assim.

— Bom, não foi Hades. Ele queria me levar para o Submundo. E duvido que seja Poseidon, considerando que foi todo deus-da-água lá na ilha Divindade.

Aiden lançou um olhar para Apolo.

O Deus do Sol semicerrou os olhos.

— Sim, como se fosse eu.

— Pode ser qualquer um deles — disse Dionísio, bocejando bem alto depois. — Se o responsável está enganando todo mundo, pode ter nos enganado também. — Ele deu de ombros, como se nada daquilo fosse importante. — É o que é.

— Você sentiu alguma coisa? — Apolo cerrou os punhos quando Dionísio balançou a cabeça. — Não viu *nada* que possa nos dizer qual deus era? Nada?

— Eu não estava procurando por isso, na real. Você me mandou ver quantos guardas aquele puro-sangue idiota tinha, e eu vi.

Um músculo saltou no maxilar de Apolo enquanto ele continha um grunhido.

— Então, o que você viu?

— Nada de bom.

— Detalhes — disse Apolo, exalando pelo nariz. — Detalhes.

Me perguntei se Dionísio estava bêbado ou chapado. Meu olhar encontrou o de Deacon na outra ponta do sofá, e dava para ver que ele estava pensando a mesma coisa. Até mesmo Lea, que estava sentada no braço do sofá ao lado de Deacon, lançava um olhar de *qual é a desse cara?* para o deus.

— Ele tem aproximadamente uns mil sentinelas e guardas meios-sangues, talvez mais. Além disso, está cercado por um tipo de círculo próximo. Outros puros-sangues. E só melhora. — Ele fez uma pausa, e eu sabia que era só pelo efeito dramático. — Tem mortais com ele.

Meu queixo despencou.

— *Quê?*

— Soldados — Dionísio respondeu. — Soldados mortais, como os daquelas campanhas militares. Provavelmente uns quinhentos deles.

Quase caí da mesa.

— Como isso é possível? — Lea questionou. Então, ela fechou os olhos com força, enrugando suas feições. — Ele está usando coação.

— Não. — Marcus balançou a cabeça ao se virar para Apolo. — Nenhum puro-sangue conseguiria controlar tantos mortais. Nem mesmo se tivesse cem puros-sangues ao redor dele.

— É o deus. — Apolo parecia enojado.

Meu estômago pesou com aquele pensamento. Usar mortais daquele jeito era errado em tantos níveis. Eles nunca sobreviveriam em uma luta contra sentinelas ou guardas, independentemente de quantas armas tivessem. Éramos simplesmente mais rápidos e mais bem treinados. Mortais só seriam balas de canhão e nada mais. Era revoltante.

A raiva preencheu a sala, tão espessa que quase dava para provar no ar.

— Não entendo. — Deacon passou a mão pela cabeça, até parar na nuca.

— Como o mundo mortal não está prestando atenção em uma coisa dessas.

— Um dos mortais deve ser de patente alta no exército, alguém que pode fazer aquele tipo de convocação fazer sentido. — Apolo franziu os lábios. — Pelo menos, é o que eu faria.

— Eles devem ter declarado algum tipo de estado de emergência — Marcus acrescentou. — Nenhuma parte dos Estados Unidos ficou ilesa, e estou começando a achar que esse deus não está nem aí para a exposição.

Aiden agarrou a borda da mesa.

— Acho que está óbvio que o risco de exposição não é importante. Bom, talvez seja até planejado. — Todos os olhos se viraram para ele. — Pensem bem. Por que um deus estaria orquestrando tudo isso? Ou fazendo as vontades do Lucian? — Aiden perguntou. — Para derrotar os deuses e depois o quê? Governar o Olimpo? Ou governar o Olimpo *e* o reino mortal?

Um calafrio atravessou meus ombros. Minhas imaginações mais insanas não conseguiam nem conceber como seria se o mundo soubesse que deuses existem — e, além disso, se o mundo terminasse sendo governado por um.

— Não podemos deixar isso acontecer — eu disse.

Os olhos de Apolo encontraram os meus.

— Não. Não podemos.

Desviei o olhar porque, naquele momento, eu não queria pensar no que significava deter aquele deus.

Pigarreei.

— Será que Lucian e Seth sequer sabem?

— Isso importa? — Lea perguntou, metida como sempre.

Entortei os lábios com o tom de voz dela.

— Acho que não, mas já se perguntou quem está usando quem? E o que vai acontecer com eles no fim se o deus conseguir o que quer? Será que ele tem um plano de manter os dois por perto ou vai se livrar deles? Será que eles têm noção disso?

A maioria das pessoas na sala não poderia se importar menos — isso era óbvio —, mas Marcus caminhou até o lugar onde eu estava sentada e se apoiou na mesa, do meu lado.

— Duvido que saibam. De certa forma, não importa pelo que eles sejam responsáveis. É tudo uma tragédia.

— Será uma tragédia se eles conseguirem. — Dionísio se levantou e esticou os braços por cima da cabeça. — Bom, tô indo nessa.

Apolo assentiu e Dionísio fez uma reverência para a sala, mexendo os dois braços num floreio. E, então, ele sumiu.

Balancei a cabeça.

— Tudo bem. Quem mais acha que ele estava chapado pra cacete?

Mãos se levantaram pela sala, e sorri.

— Então, amanhã de manhã vamos para a universidade? — Olivia perguntou, enquanto brincava com um cacho de cabelo. — Vocês não acham que, se esse deus é tão calculista e inteligente, ele já não sabe que Alex estará indo para lá? Quer dizer, mesmo se estiver usando Lucian e Seth para os seus planos malignos, ele ainda vai precisar da Alex, não vai? Porque ele provavelmente está controlando Seth ou quer controlar.

Todos ficaram quietos, e me senti como uma formiguinha embaixo de uma lupa. Olhei para Apolo, mas ele estava encarando o globo em cima da mesa.

— Fazer qualquer movimento será tão perigoso quanto continuarmos sentados aqui — disse Marcus, enfim. — Mas, na Dakota do Sul, estaremos mais seguros.

— Alex estará mais segura lá também — Luke murmurou, encarando as próprias mãos.

Abri a boca, mas Lea falou primeiro.

— Bom, acho que nosso trabalho é garantirmos que Seth e esse tal deus não chegue perto de Alex.

Minha boca despencou.

Ela sorriu para mim, sabichona.

— Não podemos deixar que você dê uma de Alex psicopata de novo e acabe com o mundo.

— Errada ela não está — Deacon sorriu.

Semicerrei os olhos.

— Espera. Gente, não quero...

— O quê? — Aiden me cutucou com o cotovelo. — Não quer que a gente te proteja?

— Não é isso. — Encarei Apolo, mas, caramba, ele estava *fascinado* com aquele globo. — Se tiver um deus mirando na minha bunda...

— É uma bela bunda — Aiden murmurou, analisando a ponta da sua bota. Um pequeno sorriso em seu rosto.

Encarei ele por um momento.

— *Além do mais*, Seth está procurando por mim. Vai ser... vai ser muito perigoso. Não quero que arrisquem suas vidas por mim.

Lea riu.

— Caramba, Alex, seu ego está fora do controle. Você me conhece. Eu adoraria te jogar na frente de um daímôn a qualquer momento, mas se manter você longe deles significa salvar milhões de vidas, aí estou no seu time. Isso é muito maior que você.

— *Sei* que é maior que eu. — Minhas bochechas queimaram, e o sorriso idiota de Deacon não estava ajudando. — Também sei que você me jogaria na frente de um daímôn, mas não quero que se machuquem.

— Todos sabem dos riscos, Alex. — A voz do Marcus era séria, me lembrava dos dias no Covenant em que ele passou a maior do tempo gritando comigo. — Ninguém está aqui por obrigação.

— E ninguém aqui faria outra coisa — Olivia ofereceu um sorriso incerto. — Todos aqui perderam pessoas por causa do que está acontecendo. Temos nossos motivos para determos isso antes que aconteça de novo.

— Até eu — disse Deacon. — Não tiro minhas doze horas de sono desde que tudo começou, e isso é uma tragédia do cacete.

Aiden revirou os olhos.

— Todos estão prontos para lutar. — Laadan atravessou a sala, sorrindo ao parar do lado de Marcus. — Essa batalha não é só sua.

— Nunca foi só sua — Solos corrigiu.

— Em outras palavras... — disse Marcus, com os olhos cor de jade encontrando os meus. — Você não está nessa sozinha. Nunca esteve.

— E nunca estará — Aiden finalizou baixinho.

Nossa... Acho que eu meio que amava todo mundo naquela sala, até mesmo Lea. Lágrimas queimavam meus olhos, e abaixei o rosto para que ninguém pudesse ver. A questão era que, desde que percebi como tudo aquilo poderia acabar — e provavelmente iria acabar —, nunca me senti tão sozinha. Mas sentada ali, escutando todos eles...

— Abraço em grupo? — Deacon sugeriu.

— Cala a boca — eu disse, mas depois ri.

Aiden deslizou o braço pelos meus ombros, e tombei na direção dele. Naquela sala cheia de meios-sangues, puros-sangues e um deus, ele beijou minha têmpora.

— Você vai ter que aceitar que não vai lutar sozinha. Estaremos todos com você.

Levantei a cabeça e olhei para todos eles, sem saber o que dizer.

Luke sorriu.

— Eu sei. A gente é demais.

Ri de novo.

— E nascemos para isso — disse Olivia, dando de ombros. — Estaríamos fazendo isso daqui a um mês, de qualquer forma. Estamos prontos.

Lea abriu um sorriso para Olivia que dizia que ela estava mais do que pronta.

— Manda ver.

29

Só tive algumas horas de sono antes de o sol surgir pelas cortinas na manhã seguinte. Ter ouvido todos dizendo que estavam prontos para encarar o que entrasse em nosso caminho... mesmo horas depois, não encontrava palavras para definir o quanto aquilo tinha significado. Mas um peso invisível havia se alocado sobre meus ombros, e ele cresceu durante a noite, me pressionando contra o colchão. Eu não conseguiria parar nenhum deles — e eu não pararia, assim como eles não me parariam —, mas um milhão de pensamentos corria pela minha cabeça.

Os pensamentos giravam em torno de qualquer um deles perdendo a vida no meio daquilo tudo. Muitos já haviam morrido, e mesmo que tentasse me manter positiva, eu sabia lá no fundo que algo terrível, algo violento, nos aguardava no futuro. A morte chegou muito antes de eles prometerem encarar tudo aquilo até o fim, e estava do outro lado da porta, ou em outro estado, esperando pacientemente, porque nada era tão inabalável quanto a morte. Provavelmente, ele dispunha de todo o tempo do mundo.

Embora eu soubesse o que os aguardava — o que nos aguardava — no Submundo, eu não conseguia suportar a ideia de ver qualquer um deles partindo. Se eu pudesse, prenderia todos na cela do porão, até mesmo Aiden. Não tinha dúvidas que aquilo não terminaria bem. Juntando o que Apolo precisava de mim, o que Solaris havia alertado e o quão longe Seth parecia estar, aquilo terminaria em desastre.

Quando Aiden se mexeu ao meu lado e colocou o braço sobre a minha cintura, fiz uma careta.

— Desculpa.

Ele se aninhou mais perto.

— Pelo quê?

— Fico te acordando toda hora. — Me pressionei contra ele, olhando por cima do ombro. Dois olhos prateados me encaravam por trás do cabelo escuro bagunçado. — Sei que faço isso.

— Nem tanto. — Aiden se apoiou no outro braço. O corpo dele estava relaxando, mas seu olhar irradiava preocupação. — Conseguiu dormir um pouco?

Pensei em mentir, mas balancei a cabeça e, depois, me mexi até ficar deitada de costas.

— Vamos sair em algumas horas.

Aiden assentiu, enquanto procurava meus olhos com os seus. Entrelaçando meus dedos, tentei sorrir.

— Quanto tempo de estrada?

— Acho que umas dez horas.

Aff.

— Deacon vai no carro com a gente?

— Sim. Luke e Marcus também. Solos vai levar as garotas.

Algo se agitou no fundo do meu estômago. Eu não queria dar um nome aquilo.

— Você está bem com isso?

Aiden apoiou a mão sobre a minha, me acalmando.

— Olivia e Lea são muito boas. Você sabe disso. — Elas eram. Especialmente Lea. Ela era como a She-Ra. E Solos e Marcus haviam saído mais cedo e compraram dois celulares descartáveis para nos ajudar na comunicação.

— E você sabe que Solos jamais deixaria que algo acontecesse com elas. Laadan também não. — Enquanto falava, ele separou minhas mãos e entrelaçou seus dedos nos meus. — Temos mais de novecentos quilômetros por uma terra de ninguém para atravessarmos. Ficaremos bem.

Aquela coisa no meu estômago fez uma cambalhota.

— Não estou com medo.

— Não disse que você estava.

Semicerrei os olhos.

Aiden deu um risinho.

— Mas você está.

— Eu...

— Preciso encontrar uma câmara de privação sensorial de novo? — Quando minhas bochechas coraram com a lembrança, o risinho dele virou um sorrisão. As covinhas profundas apareceram e, em vez de meu estômago estremecer, foi a vez do meu coração. — Não tem problema, Alex.

— O quê? — Minha voz soava terrivelmente frágil, e, em vias normais, eu teria odiado aquilo, sobretudo considerando que eu era o Apôlion malvadão, mas com Aiden eu não precisava fingir. Só que, às vezes, eu esquecia.

— Sentir medo, Alex, não tem problema. O que vamos enfrentar é... assustador pra caralho.

Sorri, então.

— Você falou palavrão.

— Falei.

Mas meu sorriso se desfez logo, porque estávamos *mesmo* enfrentando algo assustador pra caralho. Umas merdas das quais Aiden não sabia nem a metade.

— Você está com medo?

Por um momento, ele não respondeu. Tudo o que eu conseguia ouvir era o tique-taque lento e constante do relógio de parede antigo, e o canto distante dos pássaros do lado de fora das paredes de madeira rústica.

— Sim.

Ouvi-lo admitindo me deixava, ao mesmo tempo, aliviada e apavorada.

— Você nunca sente medo.

Aiden balançou a cabeça, sorrindo de maneira irônica.

— Você sabe que não é verdade. Têm muitas coisas que me assustam, Alex.

Olhei nos olhos dele.

— Me conta quais.

Se espreguiçando ao meu lado, me puxou para perto, até minha bochecha tocar o peito dele.

— Tenho medo de Deacon se machucar... ou coisa pior. Tenho medo de perdermos mais pessoas. — Ele fez uma pausa e o coração dele acelerou sob meu rosto. — Morro de medo do que iremos enfrentar. Do que você terá que fazer e como isso irá te afetar.

Perdi o fôlego em negação, enquanto fincava os dedos no lençol enrolado ao redor da cintura dele.

— Vou ficar bem. — As palavras eram amargas na minha boca.

O peito dele inflou rápido.

— Não quero que você fique bem.

Levantei a cabeça para ver os olhos dele. Estavam num tom cinza-escuro, sombreados. Ele tentou sorrir, porém, como o meu sorriso de antes, o dele parecia doloroso.

— Quero que você fique mais do que bem. — Aiden tocou minha bochecha com delicadeza. — Não quero que você tenha pesadelos pelo resto da vida, que veja o rosto do Seth em vez do da sua mãe. Não quero que *isso* te assombre.

De repente, tudo pareceu real demais, e eu estava perto demais. Me sentando, abri um espaço entre nós dois, mas ainda me sentia quente e sufocada.

— Sei o que precisa ser feito.

E também sabia o que aquilo poderia significar para mim.

Ele me acompanhou, diminuindo a distância recém-adquirida. O rosto dele, aqueles lábios lindos estavam a poucos centímetros dos meus.

— Eu sei, Alex. Também sei que você vai fazer porque não posso pensar nem por um segundo que você irá falhar. Você não pode. *Você não vai.*

Com a dor e a determinação na voz dele, juntei nossos lábios. Falhar e conseguir acabariam sendo a mesma coisa.

— Olha para mim — ele pediu.

Eu não havia percebido que tinha desviado o olhar, mas senti a mão dele na minha bochecha.

Ele guiou meu queixo para cima até nossos olhos se encontrarem, e não consegui me movimentar.

— Mas também sei que matar Seth não será fácil, e não digo isso no sentido físico da coisa. Sei que lá no fundo você se importa com ele. Talvez uma parte de você até o ame.

Horrorizada com o que ele deveria estar pensando, porque ele acertou na mosca, balancei a cabeça.

— Aiden...

— Entendo. — O pequeno sorriso que surgia nos lábios dele era real. — Sei que não é a mesma coisa que sente por mim, mas isso não a torna menos forte ou importante.

— Ele... — Eu não sabia o que dizer.

Aiden tinha razão. Ainda amava um tanto Seth, e não era do mesmo jeito como me sentia em relação a Aiden, mas não era menos real ou poderoso. Mesmo depois de tudo o que Seth tinha feito, eu não conseguiria esquecer o que ele havia feito *antes*. Foi do mesmo jeito com a minha mãe, mas, no final, tirei a vida dela como estava destinada desde o princípio.

Você matará aqueles que ama...

Aiden pressionou sua testa contra a minha.

— Seth esteve ao seu lado quando você precisou de alguém. Vocês compartilham essa ligação que... que é mais do que ele se conectando com você. Quebramos a conexão, mas há algo por trás disso tudo. Ele é parte de você.

Suspirei, surpresa.

— Ele... ele fez coisas terríveis.

— Sim, ele fez. — Aiden beijou minha têmpora. — Mas ele fez coisas boas também, e sei que você não consegue esquecer como ele era antes. Sei que nada disso será fácil para você.

Matar Seth quebraria um pedaço de mim, e independentemente de quanto tempo eu permanecesse viva depois daquilo, nada me consertaria. Ele era parte de mim — uma parte um pouquinho insana, mas ainda assim... Matá-lo me mudaria de um jeito que eu não conseguiria compreender. Assim como derrotar minha mãe havia feito. Mas, desta vez, era diferente.

Apolo não queria que eu matasse Seth, ele queria que eu tirasse o poder dele. Conhecendo Seth, ele provavelmente preferiria a morte. E, se Seth descobrisse o que eu pretendia fazer, ele viria atrás de mim. Então, eu teria que detê-lo — matá-lo. Matar Seth seria o único jeito de sair daquilo tudo com vida.

—Alex? — Aiden sussurrou. — Fala comigo, *ágape mou*.

— Não tenha medo. — Minha voz saiu rouca. — Vou vou... ficar bem.

A mão dele escorregou para a minha nuca, e me segurou como se pudesse me manter ali para sempre.

— Você vai me dizer que vai ficar bem. E vai agir como se estivesse bem, mas...

Fechei os olhos com força. Aiden me conhecia muito bem. Segundos se passaram em silêncio. A verdade estava na ponta da minha língua, me queimando de dentro para fora. Eu queria contar a ele o que poderia acontecer — eu precisava mesmo contar —, mas colocar aquele peso sobre ele não era justo. Conseguimos mais tempo, mas não era o bastante.

— Você matará aqueles que ama. — Minha risada saiu seca e picada. — Odeio aquele oráculo maldito.

Os dedos de Aiden se espalharam pelo meu rosto.

— Se eu pudesse mudar isso, eu mudaria. Faria qualquer coisa para te salvar disso.

— Eu sei. — Tombei a cabeça para o lado e o beijei suavemente. — Mas o destino é sacana.

— Ou um filho da puta — disse ele, com leveza.

Eu ri, porque, toda vez que Aiden xingava, eu não conseguia me segurar. Os palavrões soavam errados saindo da boca dele, mas ainda assim elegantes, de alguma forma. Como um lorde xingando. Enfim, eu não conseguia mais falar sobre o assunto. Não queria nem pensar a respeito, mas precisaria esfregar meu cérebro para me livrar daquilo.

Me inclinando para a frente, envolvi meus braços no pescoço do Aiden e subi no colo dele.

— Podemos falar de outra coisa?

Aiden parecia querer argumentar, mas assentiu.

O encarando nos olhos, pensei nos dias em que ele costumava aparecer para me ver treinar. Aquilo me fez sorrir.

— Eu costumava achar que você era a origem do meu fracasso.

— Quê? — Ele arqueou a sobrancelha ao envolver os braços na minha cintura.

— Eu nunca acertava as coisas quando você estava por perto, principalmente quando me observava nas aulas. — Dei de ombros. — Eu queria parecer perfeita para você. Queria que você tivesse orgulho de mim.

— Eu tenho.

Pela primeira vez desde que a conversa começou, sorri para ele de verdade.

— Mas você é meio que a origem da minha força, mesmo quando eu não conseguia me concentrar por sua causa.

Aiden tombou a cabeça para o lado, fazendo seus lábios rasparem no meu rosto.

— A gente tinha o mesmo problema, então.

— Duvido.

— Você não tem ideia de como era difícil. — Aiden suspirou contra os meus lábios. — Treinar você... ficar tão perto quando tudo o que eu queria era....

Senti um frio na barriga.

— O que você queria?

Ele se aproximou, com seu hálito quente se tornando meu mundo.

— Que tal eu te mostrar?

Ah, eu gostava muito do rumo que aquilo estava tomando. Muito melhor que aquela merda terrível e sombria que queria me puxar para baixo, levando Aiden junto comigo.

— Eu topo.

Rindo baixinho, ele acabou com aquela distância minúscula, e soltei um pequeno suspiro. Se ele me beijasse daquele jeito de hora em hora, a escuridão em mim permaneceria longe. Ele destruiria todos os meus medos e provavelmente se arrependeria. Meu mundo seria quase perfeito.

Alguém bateu à porta, e nos separamos um instante antes de a porta se abrir e a cabeça despenteada de Deacon aparecer. Aiden grunhiu, mas seus olhos ficaram bem mais brilhantes.

— Bom dia! — Havia empolgação demais na voz dele para aquela hora da manhã.

Minhas bochechas queimaram enquanto eu murmurava:

— Bom dia.

Antes que qualquer um de nós pudesse dizer mais alguma coisa, Deacon entrou pela porta e se jogou na cama, saltando no ar como se fosse um projétil humano. Me joguei para o lado no último segundo. Ele pousou com as pernas sobre o irmão e a parte superior do corpo entre nós dois.

Deacon jogou os braços para trás, os dobrando ao apoiar a cabeça nas mãos e sorrir para nós.

— Parece uma pilha de filhotes.

— Uma pilha de filhotes? — Aiden arqueou a sobrancelha. — Você é tão esquisito...

— Enfim. — Os olhos acinzentados de Deacon se viraram para mim. — Interrompi alguma coisa?

Aiden revirou os olhos e eu contive o sorriso.

— Imagina, mano.

— Que bom, porque vocês precisam se vestir logo. Vamos partir em uma hora. — Deacon cruzou os tornozelos, soltando um suspiro contente. — Hora de botar o pé na estrada.

Prendi o cabelo para trás, me perguntando quanto café ele já havia tomado para estar de pé tão cedo e já tão animado.

— Você está pilhado de um jeito nada natural.

— Tô empolgado — ele respondeu. — Estou ansioso para essa viagem como se fosse uma expedição na Oregon Trail.

Arqueei as sobrancelhas.

— Pretende pegar febre tifoide como os exploradores também?

— Na verdade, eu estava pensando em quebrar uma perna ou me afogar.

— Tem sempre a opção "morrer de fome". — Meus lábios se abriram numa risadinha.

— Ou ser sequestrado por saqueadores. — Deacon arregalou os olhos, dramático. — Eles me pegariam por causa dos meus cachos dourados gloriosos.

— Já passou da hora de alguém cortar seu cabelo. — Aiden mexeu nos seus cachos já indomados e depois jogou os cobertores de lado. — Vou tomar um banho.

O olhar que Aiden lançou para mim dizia que ele não estava planejando tomar banho sozinho, e meu estômago fez um duplo twist carpado. Ele ter atravessado o quarto com seu peito nu glorioso não ajudou em muita coisa. O calor que atravessava minhas veias estava difícil de negar, mas Deacon aparentemente não iria a lugar algum.

Esperei até Aiden fechar a porta e escutar o chiado do chuveiro antes de olhar para o irmão mais novo dele.

— Que foi?

Os lábios de Deacon se retorceram para o lado.

— Precisamos conversar.

Sem a menor ideia do que iria sair da boca dele, mas positiva de que seria divertido, me arrastei na cama e deitei ao lado dele.

— Tá. Sobre o quê?

— Você precisa ficar viva.

Certo, não era o que eu estava esperando.

— Não estou planejando me matar, Deacon.

— Não, mas você tem aquele olhar de alguém que está flertando com a morte, praticamente esperando a hora. — Deacon pausou e seu olhar foi para as vigas expostas no teto. — Sei como isso é isso. Já vi no espelho por um bom tempo.

Minha boca abriu, mas não consegui encontrar as palavras.

Ele riu, seco.

— Eu odiava viver depois de ter visto o que aconteceu com meus pais e com aquelas outras pessoas. Se não fosse Aiden, eu não teria sobrevivido. Eu não deveria ter sobrevivido. Nem meu irmão. — Ele deu de ombros. — Acho que eu tinha um caso severo de culpa de sobrevivente ou algo assim. Toda vez que eu bebia ou chapava, no fundo eu desejava por uma overdose, sabe?

Enquanto eu assimilava as palavras dele, meu peito doía. Estendi o braço, colocando a mão sobre o braço dele.

— Deacon...

— Ah, estou bem agora. Acho que estou, pelo menos. Mas sabe por que nunca fui até o fim? — Deacon virou a cabeça para mim, e eu sabia o que ele queria dizer. — Eu não tinha medo de morrer, mas tinha medo do que a minha morte faria com ele.

Deacon apontou com a cabeça para a porta do banheiro, e meu olhar seguiu o dele. Eu não podia ver Aiden e sabia que ele não estava nos ouvindo, mas meu coração batia forte como se eu tivesse acabado de subir cem degraus correndo.

— Ele não superaria te perder — eu disse, engolindo em seco. — Ele é muito forte, mas...

— Isso o mataria. Eu sei. Perder você o mataria.

Um calafrio me atravessou, como se eu tivesse entrado em um congelador. Me sentando rápido, puxei meu cabelo por cima do ombro.

— Por que você está me dizendo isso?

— Você está com a mesma expressão desde que voltou do Submundo. — Houve uma pausa, e ele olhou para mim com toda a seriedade que ninguém esperava dele. Naquele momento, ele me lembrou muito Aiden. — Não importa o que fizer, não quebre o coração do meu irmão. Você é o mundo dele. E, se for embora, vai destruí-lo.

30

O hummer era o carro da festa — o carro divertido. Ou pelo menos era o que eu acreditava. Com Luke e Deacon, a viagem de dez horas até a Dakota do Sul não estava sendo tão ruim. Marcus, pobrezinho, parecia querer calar a boca dos dois garotos com fita isolante depois de duas horas de falação sobre a última temporada de *Supernatural*. Eu não estava reclamando. Então, Luke começou a falar sobre uma outra série sobre tronos e dragões, que ele tentou explicar para Aiden. Considerando que Aiden era fã de programas antigos em preto e branco, Luke não estava indo muito longe.

Marcus parecia estar com dor de cabeça, eu me sentia assim também. Não tinha nada a ver com o papo dos garotos ou com as brincadeiras de viagem ridículas — porém hilárias — que insistiam em jogar. Eu estava certa que, se Deacon se enfiasse entre os bancos da frente para socar mais uma vez o braço do irmão quando passássemos por outro fusca, Aiden iria parar o carro e estrangulá-lo.

E também estava certa que Marcus seguraria Deacon para ajudar Aiden. O homem deve ter ficado com um hematoma feio na perna depois do último soco que ganhou de Deacon.

Mas, após a quarta hora, a agitação se acalmou. A minutos de me tornar aquela criança que faz os pais ameaçarem virar o carro e voltar para casa, tentei descansar um pouco. Não era como se a paisagem tivesse muita coisa para olhar. Campos sem fim. Depois, várias montanhas. E muitas árvores. O tédio coçava minha pele enquanto eu encarava os sinais pelo carro, desenhados com sangue de titã para impedir que os deuses sentissem minha presença. Mas o fato de saber que eu estaria presa naquele veículo por mais um bom tempo não era a pior parte. A pulsação cada vez mais constante nas minhas têmporas mandava uma onda de nervos pelo meu corpo.

Seth estava ali, rondando, esperando pelo momento em que poderia aparecer e bater um papo. Algo em mim quase queria aquilo, porque pelo menos teria algo para fazer, mas eu não era tão idiota assim. Conversar com Seth não ajudaria em nada. Ele estava de um lado da cerca e eu, claramente, estava do outro.

Eu não queria pensar em nada.

Me contorcendo no banco, meus olhos encontraram os do meu tio. Sorri enquanto ele inclinava a cabeça para Deacon. O puro-sangue enfim havia dormido, com a bochecha grudada na janela. Ao lado dele, Luke encarava a paisagem, com o maxilar cerrado.

Sem querer acordar a fera falante, não disse nada e me virei de novo. Minha bota deslizou pela foice no chão. Estávamos tão carregados e bem-armados como na viagem para o Kansas.

Me acomodei no banco, esticando as pernas com cuidado, quando na verdade só queria poder balançá-las. Pelo canto do olho, avistei um sorrisinho contente do Aiden. Fiz cara feia para ele, que riu baixinho.

O tempo começou a se arrastar. Toda vez que eu olhava para o relógio no painel, poderia jurar que pelo menos duas horas já tinham passado, mas na verdade foram só vinte minutos. Quando chegamos à metade do caminho, Solos ligou para Aiden. Eles precisavam abastecer.

Aiden não ficou feliz com aquilo.

— Estamos perto demais de Minneapolis.

Em outras palavras, estávamos perto demais de uma área muito populosa. Quase todas as cidades grandes nos Estados Unidos possuíam comunidades de puros-sangues em seus arredores. E onde tem puro, tem daímôn. Aquilo também significava que haveria sentinelas e guardas — aqueles que podiam estar trabalhando com Lucian.

Mas não tínhamos escolha. Os dois veículos estavam ficando sem combustível, então, ou parávamos naquele momento ou ficaríamos sem gasolina no meio do nada e seríamos comidos por coiotes selvagens e ursos.

Estacionamos numa parada de viajantes razoavelmente grande e, imediatamente, coloquei a mão na maçaneta da porta.

— Prefiro que você fique no carro — disse Aiden, desafivelando o cinto de segurança.

Franzi a testa.

— Por quê? Tenho o talismã.

— Eu sei. — Ele me encarou. — Mas, considerando nossa sorte, alguém vai te reconhecer.

— Mas preciso ir ao banheiro.

— Segura — disse Luke, abrindo a porta do carro. — Te trago um lanchinho e água... muita água.

Fuzilei Luke com o olhar.

— Que vacilo!

Todos, exceto eu, saíram do hummer, e me joguei contra o banco, cruzando os braços. Eu entendia que não precisávamos de mais uma batalha de deuses no meio de um posto de gasolina, mas, caramba... Aiden caminhou até o outro carro enquanto Marcus abastecia. Lá estava eu, o maldito

Apôlion, e não podia sair do carro para comprar um pacote de salgadinhos. Minha nossa...

Momentos depois, Aiden voltou para o meu lado do carro. Pensei em deixar o vidro fechado, mas acabei abrindo. Ele se inclinou para dentro, apoiado sobre os braços.

— Oi — disse ele, sorrindo.

Eu sabia que estava fazendo pirraça, mas não conseguia mais sentir minha bunda.

— Olivia e Lea estão procurando o banheiro. Parece que é do lado de fora, nos fundos.

— Ai, graças aos deuses! — Me esparramei no banco.

O sorriso dele se expandiu para um lado.

— Vou pedir pro Luke trazer alguma coisa além de água.

— Você é o melhor. — Me estiquei para a frente e o beijei rapidinho. — Sério.

Passando por nós, Marcus cerrou os olhos.

— Acho que vou precisar separar vocês dois.

As bochechas de Aiden ficaram coradas enquanto ele se afastava e limpava a garganta.

Marcus parou ao lado dele, cruzando os braços.

— Especialmente quando formos dividir os quartos. Não sou inocente a ponto de achar que...

— Opa! — interrompi. — Pra que entrar nesse assunto?

Marcus me lançou um olhar brando.

— Você é minha sobrinha, e sou seu guardião.

— Tenho dezoito anos.

— E ainda é tão...

— Olivia! Hora do banheiro! — Abri a porta do carro, quase derrubando Marcus. Abrindo um sorrisinho rápido para o meu tio, me esquivei dele.

Aiden agarrou meu braço.

— Tenha cuidado.

— Claro. Além de inalar fumaça e a vontade de vomitar, é só um banheiro público.

Ele ainda parecia querer me escoltar até lá, mas Marcus também estava encarando Aiden como se quisesse o socar de novo. Aiden me soltou, e me juntei às garotas na calçada.

— O que está rolando ali? — Olivia perguntou.

Olhei por cima do ombro. A boca de Marcus estava disparando mil palavras por segundo enquanto Aiden permanecia ali, parado e quieto. Fiz uma careta.

— Nem queira saber.

— Provavelmente tem a ver com o fato de você e Aiden estarem transando — Lea anunciou, cruzando os braços.

Fiquei boquiaberta.

— Que legal — Olivia deu um tapa no braço dela. — Mais sutil impossível.

Lea deu de ombros.

— Ué? Menti? Ele é um gatinho. Se fosse eu, estaria em cima dele a cada cinco segundos.

— Tá bom. Obrigada por compartilhar essa informação.

Olivia encarou a outra meio-sangue.

— Falando em transar feito coelho, tem notícias do Jackson? Ele não estava no Covenant quando... — Ela olhou ao redor e abaixou o tom de voz. — Ele não estava lá quando Poseidon surtou.

— Não. Meu celular está sem bateria, e esqueci o carregador. — Ela cerrou os olhos para o céu nublado. — Não sei o que ele pode estar fazendo. Não éramos tão próximos como vocês imaginam. A gente não *conversava* muito.

Olivia riu.

— Não acho que ele esteja com Seth ou Lucian — eu disse enquanto virávamos a esquina da construção de cimento.

— Por quê? — Olivia puxou um cacho para trás.

— Lembra quando Jackson ficou com o rosto todo quebrado? — Paramos à porta do banheiro, e já dava para sentir o fedor. As garotas assentiram. — Tenho certeza que foi Seth que fez aquilo com ele.

— Puta merda — Olivia murmurou, passando a chave pela porta. — Por causa do que ele fez com você na aula?

Concordei. Jackson levou o treino longe demais, dando um chute no meu rosto — eu tinha uma pequena cicatriz para provar — e tinha certeza que o instrutor Romvi o coagiu a fazer aquilo. Enquanto entrava no banheiro e procurava por uma cabine minimamente decente, me perguntei se Romvi ainda estava vivo.

Romvi havia desaparecido depois que Linard me deu o último aviso do ministro-chefe Telly, e Seth perseguiu os membros da ordem, como se fossem a única ameaça real para nós. Por mais terrível que soasse, se ele tivesse morrido, eu não ficaria tão arrasada. Romvi me perseguia desde o primeiro dia.

A ida ao banheiro acabou sendo tranquila, já que eu não considerava o risco de me contaminar pelas mãos, pés e boca uma grande coisa.

De volta ao carro, com o colo cheio de doces e outros lanchinhos, estava surpresa com o fato de Medusa não ter saído da privada e tentado me devorar. Talvez a viagem não fosse ser tão ruim assim. Olhei para trás, onde Deacon e Luke estavam compartilhando nachos. Os braços de Marcus

237

estavam esparramados pelo recosto do último banco. O olhar dele estava focado na nuca de Aiden, como se pudesse perfurá-lo.

Tá bom. Talvez a viagem não fosse ser tão ruim assim *para mim*. Já para Aiden...

Me virando para a frente, encarei Aiden e ofereci um sorrisinho de compaixão.

— Quer bala?

— Por favor.

Joguei balinhas coloridas na palma da mão dele, e então peguei as verdes. Aiden sorriu para mim.

— Você sabe que não gosto das verdes?

Dando de ombros, joguei as balas na boca.

— As poucas vezes que te vi comendo bala, notei que nunca comia as verdinhas.

Deacon colocou a cabeça entre os nossos bancos.

— Isso é o que eu chamo de amor verdadeiro.

— Verdade. — O olhar de Aiden se voltou para a estrada.

Fiquei corada como uma adolescente e voltei a atenção para as balas enquanto Deacon voltava ao seu assento. Entreguei todas as vermelhas para Aiden.

Algumas horas depois, alcançamos o engarrafamento infernal em Sioux Falls, o céu havia escurecido e a noite estava a minutos de distância. Nós se formavam na minha garganta enquanto pensava na distância entre mim e a universidade evaporando. Ainda restavam umas quatro horas de viagem, mas aquilo não era nada depois de tanto tempo dentro do carro.

A universidade ficava escondida em Black Hills, na Dakota do Sul. Não tão perto de Mount Rushmore, mas numa parte conhecia como Northern Hills. Era uma floresta bastante protegida, acessível apenas por veículos como aqueles que estávamos dirigindo. As pessoas tinham que saber pelo que estavam procurando para sequer enxergar a entrada da instituição.

Nunca vi a universidade pessoalmente, mas sabia que parecia com algo saído direto da Grécia. Como todos os Covenants, os mortais acreditavam que a escola era parte de um sistema educacional de elite, só para convidados. Embora eu estivesse animada para conhecer a universidade, meus nervos estavam agitados por outro motivo.

Meu pai poderia estar lá — ou a caminho de lá.

A esperança flutuou no meu peito, e me senti tonta por alguns segundos. Não sabia o que faria se eu o encontrasse — provavelmente algo como me jogar em cima dele e torcer para não chorar feito um bebê e passar vergonha.

Eu sabia que era melhor não alimentar as esperanças. Meu pai poderia não estar lá. Poderia nunca aparecer.

Poderia estar morto.

Meu estômago se revirou e, por um momento, achei que eu fosse vomitar.

A questão, que eu continuava dizendo a mim mesma, era que eu não sabia. E não havia motivo para me preocupar de uma forma ou de outra. Eu tinha coisas mais importantes para me concentrar, tipo como diabos eu iria convencer um monte de sentinelas e guardas a colocarem suas vidas em risco numa guerra contra Seth e um deus.

O celular de Aiden tocou, e a expressão dele enquanto escutava não era das melhores.

— Que foi? — questionei, sentindo meu estômago revirar de novo. Me perguntei se estava com uma úlcera... ou se aquilo era possível, no geral.

— Entendi — disse ele ao celular e, depois, ao desligar a chamada, acrescentou: — Estamos sendo seguidos.

Me virei no banco, assim como Marcus e Luke. Os faróis do hummer de Solos estavam bem atrás da gente. Semicerrei os olhos. Vários carros para trás, havia outro par de faróis. Eu não era especialista nessas coisas, mas parecia pra caramba com outro hummer.

Sentinelas e guardas amavam dirigir aqueles carros. Aquele tipo de coisa de quanto maior, melhor — provavelmente compensando alguma questão. Mortais dirigiam hummers também, mas todos os meus instintos me diziam que aquilo tinha a ver com o Covenant, e não era nada amigável.

Merda.

— Há quanto tempo? — perguntei.

— Desde que passamos por Sioux Falls — Aiden respondeu, com os olhos no espelho retrovisor.

— Tem uma saída mais à frente. Pega ela. Precisamos sair da via principal. — Marcus xingou ao se esticar para trás, pegando uma pistola. — A boa notícia é que a estrada estará livre de mortais. A má notícia é que a estrada estará livre.

Não haveria ninguém por perto para se preocupar com exposição, se é que ainda ligavam para aquilo.

— Diz para Solos nos seguir — disse Marcus. — E ficar perto da gente.

Enquanto Aiden passava a mensagem para Solos, mantive os olhos grudados na estrada atrás da gente conforme subíamos a rampa de acesso e descíamos correndo pela estrada escura. Então, vi o que Aiden não tinha visto e o que Marcus devia ter percebido assim que Solos pegou a pista ao nosso lado.

Não era um carro, eram dois, e eu tinha certeza de que ambos estavam lotados. Merda em dobro.

Luke estava esticado para tentar ver melhor.

— Não podemos deixar que peçam reforços, gente. Isso se já não pediram. Estamos perto demais da universidade.

— Então você acha que eles estão com... Lucian? — Deacon perguntou, agarrando o recosto do meu banco.

Aiden assentiu.

— Tá tudo bem. A gente consegue.

A força nas palavras dele — a determinação em fazer todos nós vencermos a situação — era típica de Aiden. Não importa o que fosse: ele segurava a barra. Aiden podia até errar um passo ou dois, mas desviava dos golpes e nunca desistia. Nem de mim. Nem do irmão. Nem da vida. Meus deuses, não era à toa que eu amava aquele homem. Enquanto o encarava e via suas feições ficando rígidas como aço, me dei conta de uma coisa.

Na verdade, foi como ser atropelada por um caminhão de sete toneladas.

Eu precisava virar gente grande — tipo, de verdade.

Deacon estava certo. Desde que eu tinha saído do Submundo, parte de mim havia aceitado que minha morte seria inevitável, que, no fim, o destino encontraria um jeito de vencer. E acreditei. *Eu?* A garota que basicamente mandou um "se fuder" pra tudo, sobretudo para as moiras.

Puta merda...

Meio abalada, me virei para a frente. Eu era melhor do que aquilo — melhor que alguém que se afundava na autopiedade. E muito melhor do que alguém que se deixava ser controlada pelo destino. Eu não era fraca. Nunca desisti antes. Nasci para ser a guerreira mais poderosa. Então, se alguém poderia sair daquela situação sem um arranhão, esse alguém era *eu*.

Tinha que ser eu.

Porque eu era uma lutadora. Porque eu não desistia. Porque eu era forte.

Conforme a dianteira do hummer de Solos alcançou a metade do nosso carro, ouvi um som distinto de estouro e o carro deles, de repente, deu uma guinada para a esquerda.

— Puta merda! — Deacon gritou. — Estão atirando neles.

Nosso vidro traseiro explodiu. Cacos de vidro choveram para dentro do carro. Me virei e vi que Luke e Deacon estavam grudados contra o banco. Não vi meu tio.

— Marcus?

— Estou bem — ele gritou.

— Alex, abaixa — Aiden mantinha a pegada forte no volante com uma mão, enquanto agarrava meu braço com a outra, me puxando para baixo.

Marcus se levantou e retribuiu os tiros com rapidez. Pneus derraparam e o carro ao nosso lado virou de novo e voou para a frente num rugido. Eu não conseguia acreditar que estavam mesmo atirando na gente.

Então, me ocorreu. Eles não ligavam para ninguém dentro do carro. Sabiam que eu sobreviveria a uma batida de uma forma ou de outra.

Iriam continuar atirando até nos fazer bater.

Outro estouro, e a janela ao lado de Aiden quebrou. Cacos de vidro voaram de lado, bombardeando Aiden e eu. Ele se encolheu, e eu já estava de saco cheio.

— Para o carro — eu disse.

— Quê? — A mão dele pressionou minhas costas para baixo enquanto ele acelerava, aumentando a distância entre nós e o veículo cheio de inimigos.

Me contorci para levantar.

— Para o carro!

Ele olhou para mim e, sabem os deuses o que ele viu nos meus olhos, mas sussurrou um palavrão e mudou a direção bruscamente. Os outros veículos passaram correndo por nós, com os pneus derrapando no asfalto.

Antes que Aiden pudesse me interromper, abri a porta. Outro palavrão explodiu de dentro dele, e ouvi Marcus gritar:

— Mas que diabos?

Saí de dentro do hummer, me mantendo abaixada. Havia uma adaga presa na minha coxa, mas não era dela que eu precisava.

Aiden saiu pelo lado do passageiro, com os olhos focados em mim. Ele segurava uma arma.

— O que você está fazendo?

— Boa pergunta — Luke empurrou Deacon em direção ao acostamento. — Parar não me pareceu a coisa mais inteligente a fazer.

— Não acredito que estão mesmo atirando na gente. *Na gente?* — Deacon começou a se levantar. — O que que tá aconte...?

— Abaixa! — Aiden se virou, apontando para Luke. — Mantenha ele vivo ou...

— Eu sei — Luke puxou Deacon para baixo e para trás dele. — Nada vai acontecer com ele.

Mais à frente, Solos havia parado e todos saíram do carro pelo lado do passageiro.

Soltei um suspiro de alívio e, então, me esgueirei até a frente do hummer.

— Alex! — Aiden me seguiu agachado. — O quê...?

Os dois veículos deram a volta e estavam quase nos alcançando. Não havia tempo para pensar no que eu estava fazendo. Usando a velocidade que apenas os meios-sangues tinham, e o toque extra do Apólion, dei a volta no carro e saí correndo pela estrada.

Aiden soltou um palavrão.

Eu estava banhada pela luz dos faróis quando estendi a mão, conjurando o elemento ar. Era como destrancar uma porta dentro de mim. O poder saiu de dentro e se espalhou, escorregando sobre a minha pele.

O ar bloqueou a rodovia, soprando à minha frente, mais rápido e mais forte que qualquer puro seria capaz de controlar. Ventos com força de furação atingiram o primeiro hummer.

O carro empinou, com as rodas girando para o alto conforme os faróis iluminavam o céu noturno. Ele pairou ali por um segundo e, então, capotou para trás, na direção do outro veículo. Através do ar, ele foi capotando uma vez atrás da outra até que algo foi atirado pela janela, talvez uma pessoa.

Use o cinto de segurança, ele salva vidas.

O primeiro hummer parou de cabeça para baixo. O metal rangeu e grunhiu, até parar. O outro desviou para a direita, evitando a colisão direta. Fagulhas âmbar voaram.

As portas do segundo carro se abriram, e contei seis sentinelas uniformizados de preto. Eram meios-sangues, jogando para o outro time.

Um avançou, e o joguei no meio das árvores que ladeavam a rodovia com um gesto simples do punho. Um barulho nauseante de algo se quebrando com o impacto indicava que ele ficaria indisponível por um tempo.

Um segundo sacou duas adagas do Covenant enquanto vinha na minha direção.

— Venha conosco e deixamos seus amigos vivos.

Tombei a cabeça para o lado e sorri.

— Isso não é clichê pra caramba? Que tal... dê meia-volta e talvez eu te deixe vivo.

Aparentemente, o sentinela devia falar outra língua, porque ele avançou. Dei um passo para o lado, estendendo a mão e agarrando o braço dele. Balancei para baixo, levantando o joelho, fazendo contato bem acima do cotovelo. Ossos se quebraram e o sentinela gritou. Balançando ao lado dele, peguei seu outro braço e torci. As costas dele se curvaram, e a adaga caiu no asfalto.

Marcus apareceu na nossa frente. Sem nem piscar, ele enfiou a adaga no peito do sentinela. O homem não fez barulho algum.

Eu soltei e o corpo caiu no chão.

Olhei meu tio nos olhos. Um segundo depois, ele estava com a pistola estendida e apontada. Eu estava tão perto que vi a pequena fagulha saindo quando o gatilho foi puxado. Suspirando, dei meia-volta.

A bala acertou em cheio a testa de uma sentinela.

— Nossa — eu disse, cambaleando para trás.

— Eles sabem que não podem te matar. — Marcus agarrou meu braço e me empurrou para trás do hummer. — Mas querem te levar: não importa a sua condução.

242

— Estou começando a perceber isso.

Solos e Aiden estavam lutando contra dois sentinelas. Olhando para trás, vi Olivia e Lea encurralando mais dois. Minha atenção voltou para o carro amassado.

Havia meios-sangues naquele carro e, como esperado, ainda iriam lutar. Outros seis saíram de lá. Sentindo a adrenalina enrijecendo a corda, saltei para a frente, com Marcus bem atrás de mim.

Alcancei um sentinela, segurando a adaga com a mão direita. Ele mergulhou na minha direção, mas me esquivei por baixo do braço dele, mais rápida que os olhos de qualquer meio-sangue poderiam acompanhar. Me virando, atingi suas costas com a minha bota e ele caiu de joelhos. Algo dentro de mim se desligou quando o agarrei pelos cabelos e puxei sua cabeça para trás. Aqueles não eram sentinelas. Eram inimigos, como daímônes. Eu não conseguia pensar naquilo de outra forma. Desci a adaga numa morte rápida e limpa.

Ouvindo passos fortes atrás de mim, me virei e me joguei para o lado, desviando por pouco de um soco forte na cara. Saltando no ar, dei um chute giratório esplêndido do tipo espero-que-alguém-tenha-visto-isso.

O sentinela caiu no chão, agarrando o que me parecia ser um maxilar quebrado. Girando a adaga, avancei. Cara, que saudade de lutar do lado de Apolo. A gente estaria contando os pontos...

Mãos agarraram meus ombros, me puxando para trás. Caí no asfalto e deslizei. A dor atravessou minha coluna, e olhei para cima, assustada.

Um sentinela negro me encarou de cima.

— Você poderia ter facilitado... — Ele engasgou nas próprias palavras. Algo molhado e quente espirrou no ar. Seu corpo foi para uma direção e a cabeça para a outra.

Rolei até ficar de joelhos, tampando a boca para impedir a vontade de vomitar.

Olivia deu um passo para trás. Seu olhar passeava entre mim e a adaga.

— Isso... isso não parece em nada com o que aprendemos nas aulas.

Me colocando de pé, balancei a cabeça. Era a primeira vez que ela estava lutando? A primeira pessoa que matou foi outro sentinela... eu não sabia o que dizer. E não tínhamos tempo para uma sessão de terapia.

O Maxilar Quebrado estava se levantando. Ele se virou, com a adaga arqueada para baixo. Senti o chiado da lâmina afiada perto da minha barriga. O tecido rasgou, mas foi só isso que ele conseguiu.

Aiden apareceu atrás dele e agarrou a cabeça do homem pelas laterais. Num giro rápido, outro som que iria se repetir incontáveis vezes na minha cabeça mais tarde, e então o sentinela caiu.

Aiden colocou seus olhos da cor do aço em mim.

— Apesar daquela demonstração de poder ter sido sexy pra cacete, tenta não fazer de novo no meio do trânsito.

Comecei a responder, mas uma sombra se esgueirou atrás dele. Meu coração parou.

— Aiden!

Antes que eu pudesse apontar, ele se virou como o vento, atirando a adaga. Ela cravou no peito de um guarda de traje branco que estava se esgueirando. Saltando para a frente, ele puxou a lâmina antes que o guarda caísse, e então a jogou de novo, atingindo outro guarda que havia encurralado Solos.

Caramba. Aiden era um ninja fodão.

Apenas alguns minutos se passaram, e estávamos com sorte até ali, mas faróis se aproximando nos avisaram que o azar estava chegando.

— Olivia, pegue Lea e vá para o outro lado do carro.

O olhar dela caiu sobre os sentinelas no chão mais uma vez e, então, ela assentiu, obedecendo. Pegou Lea pelo braço e a puxou para onde Luke e Deacon começaram a emergir do acostamento.

Um sedã parou atrás do hummer amassado. Embainhando a adaga, corri até o carro no momento em que o motorista baixou o vidro. Um mortal de meia-idade analisou a cena em choque.

— Ai, meu Deus! — disse ele, segurando o celular. — Vou pedir ajuda... aquilo é um corpo?

Me agachei, forçando o mortal a me olhar nos olhos.

— Não há nada para ver aqui. Você não vai ver nada enquanto passa por aqui. Você irá para casa e vai... beijar sua esposa, sei lá.

O mortal piscou lentamente e então assentiu.

— Não sou casado.

Ops.

— Hum, você tem namorada?

Ele assentiu, os olhos fixos nos meus.

— Certo... então vá beijá-la e diga que... diga que a ama? — Meus deuses, eu era péssima com coação. — Enfim, vá embora. Não tem nada aqui. Segue em frente.

Conforme o carro passava, me virei e encontrei Solos me encarando boquiaberto.

— Que foi? — perguntei.

— Você acabou de usar o controle Jedi para enganar a mente dele?

Um pequeno sorriso surgiu nos meus lábios.

— Sempre quis dizer isso.

— Meus deuses... — ele murmurou, se virando.

Dando de ombros, o segui até Aiden. Ele estava parando em cada corpo, colocando dois dedos nas figuras imóveis. Observei as fagulhas voando dos dedos dele e viajando pelos corpos com uma rapidez sobrenatural. Chamas violeta cobriam os caídos e, em segundos, restavam apenas cinzas. O ar estava carregado com cheiro de zimbro, sangue, pele queimada e metal.

Dakota do Sul nunca foi tão fedida.

Quando Aiden caminhou na direção dos dois hummers, me virei e vi um corpo perto da traseira do nosso carro. Engolindo o gosto amargo que se formava na minha garganta, fui até o sentinela e me ajoelhei. Por mais que isso pareça fraqueza, não consegui olhar o rosto dele ao colocar a mão sobre o ombro imóvel. Ele também se tornou apenas cinzas.

Com o coração pesado, me levantei.

— Sinto muito.

Aiden reapareceu, segurando minha mão.

— Tudo bem?

Assenti.

— E você?

— Sim. — O olhar dele moveu para a pilha de cinzas e sua mão apertou mais forte. — Precisamos ir logo.

Do outro lado do carro, dois sentinelas estavam ajoelhados diante de Solos, na terra com cascalho. Reconheci um deles como o cara que atirei na árvore. Ambos estavam feridos e ensanguentados.

— Quem é o deus por trás disso? — Solos questionou.

Um deles levantou a cabeça e cuspiu sangue. O Cara da Árvore riu.

— Contei alguma piada? — Solos se ajoelhou na frente deles. — Acho que não. Vou perguntar mais uma vez. Quem é o deus por trás disso?

— Mata a gente porque não vamos falar. — O Cara da Árvore levantou a cabeça e repousou o olhar em mim. — Vocês não vão vencer. Eles vão mudar o mundo e, se vocês ficarem no caminho, serão destruídos.

Dei um passo adiante.

— Com "eles", você quer dizer Seth, Lucian e esse tal deus? Tem noção que nenhum deles dá a mínima para os meios-sangues, né?

O Cara da Árvore riu de novo, com o som rouco e quebrado.

— E você tem noção de que não vai conseguir fugir dele, Apôlion?

A fúria pulsou.

— Acho que estou fazendo um bom trabalho em me manter longe do Seth, babaca.

O outro sentinela arqueou a sobrancelha.

— Você acha que estamos falando do Primeiro? — Ele riu. — Você não tem ideia de onde está se metendo, garotinha. Isso é muito maior do que você e o Primeiro, maior do que um simples lugar no conselho.

Um calafrio desceu pela minha espinha, e dei um passo involuntário para trás.

— O quê?

245

Nenhum dos dois respondeu. Não disseram nada enquanto Solos os questionava sobre os planos de Lucian.

Marcus interveio, mas quando usou coação, os dois permaneceram em silêncio.

— Eles não vão falar — disse Marcus, com os punhos cerrados. — Ou é uma coação mais forte que a de um puro, ou uma lealdade cega. De qualquer forma, estamos perdendo um tempo precioso e arriscando demais.

— Não podemos deixá-los irem embora — Aiden sussurrou.

Meu coração se apertou um pouco com o fato que, dada a oportunidade, aqueles dois homens cortariam as gargantas daqueles que estavam ao meu lado. Eles eram jovens, talvez alguns anos mais velhos que eu — jovens demais para estarem ali, prestes a morrer. Mas Aiden tinha razão: não podíamos deixá-los ir.

Rapidamente, Marcus juntou Deacon e os outros, os levando para trás do hummer danificado que Solos estava dirigindo. Ainda funcionava, mas chamaria muita atenção durante o dia.

Apoiando a mão sobre o braço do Aiden, me virei para ele.

— Eu posso...

— Não. — Ele usou aquela voz que aprendi a odiar e respeitar. O tom de *sem discussão*. — Você não vai fazer isso.

Laadan, que ficou fora da luta com Deacon, se virou.

Eu também queria, porque uma execução era a última coisa que eu gostaria de ver, mas quando Aiden saiu do meu lado e caminhou até eles, me forcei a me manter firme. Se ele tinha que fazer aquilo, eu teria que testemunhar. Era o máximo que eu poderia fazer, e também o mínimo.

Aiden se moveu rapidamente. As mortes foram limpas e breves. Eles não sentiram nada. Os corpos caíram para a frente, separados das cabeças.

Não importava quão rápido e indolor fosse o método de Aiden, eu sabia que ele sentiria aquilo nas profundezas sombrias da alma por um bom tempo.

31

De volta à estrada, tentei não deixar o vento gelado que batia no meu rosto me irritar. As coisas poderiam estar piores. Pessoas com as quais eu me importo poderiam ter morrido. Poderiam ter terminado como aquelas almas infelizes que tínhamos matado feito cães raivosos.

Naquele instante, estávamos bem, com exceção do alerta bizarro que o sentinela nos deu — ou me deu.

Olhando para Aiden pela centésima vez desde que voltamos para o carro, mordi o lábio inferior.

— No que você está pensando? — disse ele, sem tirar os olhos da estrada.

Respirei fundo.

— Então, agora temos certeza que o deus é um "ele" e, aparentemente, não sei onde estou me metendo.

— Algum de nós sabe onde estamos nos metendo? — Luke comentou, seco.

— Acho que não — eu disse, encarando a estrada escura que se estendia à minha frente. — Foi só eu ou mais alguém notou que eles pareciam leais ao deus, e não a Lucian ou Seth?

— Foi o que pareceu para mim — disse Aiden.

— A não ser que a lealdade deles venha de coação. — Marcus soava exausto. — Mas não importa. Lealdade é tão ruim quanto coação. O resultado é o mesmo.

Assenti.

— Me pergunto se Lucian ou Seth sabem. Quer dizer, sei que não importa, mas os dois têm o ego do tamanho de um deus. E se eles acharem que estão no controle do exército, ou algo assim, mas na verdade não controlam nada? A coisa vai ficar feia.

— Vai saber o que eles realmente sabem... — Aiden agarrou o volante com tanta força que as juntas dos dedos esbranquiçaram. — Esse deus pode ter prometido a Lucian a posição de ministro-chefe do conselho ou sabe-se lá o quê. E Seth, bom, ele... ele vai ter tudo o que quer.

Nós quentes e desconfortáveis apertavam meu estômago. Seth tinha dito a mesma coisa, mas o que ele queria — amor e aceitação — nunca conseguiria daquele jeito. Seria uma caricatura da coisa real. Um dia talvez ele entendesse aquilo, e seria tarde demais... para todos nós.

E, meus deuses, ele merecia coisa melhor. Sei que eu não deveria pensar assim, mas pensava.

Soltando o ar baixinho, tombei a cabeça na direção da janela do passageiro e assisti ao borrão de árvores escuras. A maioria da área da Dakota do Sul era composta de pradarias, mas Black Hills era algo completamente diferente. As árvores se agrupavam, tão espessas que mal dava para ver o que havia além delas. Em algum lugar à frente, a universidade se estendia por um dos maiores prados das montanhas.

— Acham que Apolo está contando para vocês tudo o que ele e os outros deuses sabem? — A voz de Deacon quebrou o silêncio.

Eu ri.

— Estou certa que Apolo nos conta o que ele acha que precisamos saber, quando ele quer.

— Deuses são tão babacas... — Deacon murmurou, se recostando.

Marcus soltou uma risada verdadeira, e achei que o mundo estava acabando.

— Eles são arrogantes — disse ele. — O problema é esse. A arrogância causa grande cegueira.

Era meio engraçado escutar aquilo — principalmente porque eu imaginei Lucian, Seth e o deus misterioso como três ratinhos cegos, correndo de um lado pro outro — mas era verdade. Todas as partes envolvidas eram bem arrogantes. Só os deuses sabiam como eu também compartilhava um pouquinho disso.

— Nenhum deles acha que alguém vai de fato bater de frente, nem mesmo um outro deus. — Marcus suspirou. — A arrogância deles causou isso tudo.

Todos ficaram quietos depois disso, perdidos em seus pensamentos. Eu estava repassando mentalmente todos os deuses, tentando decidir quem ganhava o prêmio do mais arrogante. Sério, poderia ser qualquer um dos deuses: Hades, Poseidon, Zeus, Ares e, até mesmo, Apolo. Apesar do que Dionísio disse, aquilo poderia nem ser obra de um dos principais, mas, sim, uma divindade cansada de ser deixada de lado. Era como procurar por um cara bêbado específico numa festa cheia de caras bêbados: impossível. A boa notícia era que, pelo menos, tínhamos certeza que era um "ele". A não ser que o sentinela tivesse brincando com a gente.

Fechando os olhos, soltei o ar devagar e fiz uma careta. Minhas têmporas pulsavam com força. Era como ter uma dor de dente no rosto inteiro, e eu não tinha ideia de quanto tempo levaria até que fosse a hora de ter outra conversinha com o Seth.

Arregalei os olhos.

— Puta...

— Merda — Deacon sussurrou sobre os meus ombros.

Um silêncio pesado tomou conta, enquanto encarávamos de dentro do carro. Eu tinha certeza que a mesma coisa estava acontecendo no hummer atrás de nós. Ninguém sabia o que dizer.

O horror me envolveu. Aquilo... Não esperávamos nada daquilo.

Cerca de uma hora antes, Aiden tinha encontrado a trilha estreita que parecia uma estrada de acesso para combate a incêndios, mas era, na verdade, uma longa estrada de oito quilômetros até a universidade. Subimos a estrada sinuosa de árvores de zimbro até... uma cena que parecia ter saído de *Amanhecer violento*.

Naquele instante, os faróis dos carros iluminavam uma cena aterrorizante. Hummers queimados enchiam a lateral da estrada, apoiados em árvores igualmente carbonizadas e chão queimado. Havia meia dúzia de carcaças de carros torrados. Não dava para saber se havia corpos dentro deles, não de longe.

Engoli em seco.

— Aiden...

Ele apoiou a mão no meu braço.

— Podem ser os sentinelas que tentaram se infiltrar na universidade.

Piscando rápido, balancei a cabeça. Eu tinha uma sensação bem, bem ruim sobre aquilo. Poderia chamar de meu "sentido-aranha" ou o que fosse, mas não era bom.

— Podemos, tipo, ligar pra lá? — Deacon disse numa voz sussurrada. — Tipo, eles estão nos esperando, certo?

— Estão. — Aiden olhou para o irmão mais novo no banco de trás. — Tá tudo bem. Prometo. Não vai acontecer nada.

— Estou sem sinal — Marcus encarou o celular como se quisesse mandar o troço para o Tártaro. — Nadinha. — Ele levantou a cabeça, com os olhos duros como pedras. — Mais alguém?

Aiden conferiu seu celular.

— Nada.

Molhei os lábios voltando meu olhar para os veículos carbonizados. Meu coração batia forte e minha cabeça doía.

— Deve ter um monte de puros-sangues piromaníacos lá...

— Sem dúvidas — Aiden murmurou, arqueando as sobrancelhas.

Solos apareceu ao lado de Aiden, passando a mão pelas mechas escuras de cabelo que escaparam do rabo de cavalo. Nas sombras, a cicatriz dele era menos visível.

— Acha que o Covenant fez isso? — Ele apontou para os veículos. — A versão deles de tática de segurança?

— É possível — Aiden respondeu, mas não sei se ele acreditava em si mesmo.

— Não consegui entrar em contato com eles, então acredito que vocês também não, certo? — Quando Aiden assentiu, Solos apoiou as mãos na nuca e se alongou, curvando as costas. — Acho que conseguimos passar.

— Até onde vejo, conseguimos, sim. — Aiden se recostou, tamborilando os dedos no volante. — Teremos que ir devagar.

Enquanto observava os dois sentinelas, eu sabia que lá no fundo Aiden e Solos não queriam fazer aquilo. Não tínhamos ideia do que nos aguardava lá na frente. Poderia ser um bando assassino de ursos cinzentos ou uma legião de sentinelas esperando para nos transformar em misto-quente. Não tinha como saber.

Solos suspirou e abaixou os braços.

— Bom, vamos nessa, então.

— Não temos mesmo outra opção. — Aiden engatou a marcha. — Vamos nessa.

Assentindo brevemente, Solos voltou para o outro carro. Me encolhi no banco enquanto o hummer avançava. Desviar dos carros carbonizados não foi uma tarefa fácil. Era como pilotar um barco dentro de uma loja de porcelanas. Graças aos deuses, era Aiden quem estava dirigindo, porque eu teria causado um acidente na primeira curva mais fechada.

Mais carros queimados se estendiam na lateral da estrada, e o cheiro de fumaça foi ficando mais forte... como se cada grupo que tivesse tentado chegar à universidade, tivesse chegado um pouco mais longe que o grupo anterior. E, mais adiante, chamas alaranjadas queimavam o capô de um hummer, lambendo o ar cheio de fumaça.

Ai, aquilo não era nada bom.

— Como vão saber que somos amigos? — Deacon perguntou, pensando a mesma coisa que eu. Ele se inclinou entre os dois bancos, com o rosto pálido. — Aiden, melhor parar...

De repente, Aiden parou, mas não por causa de Deacon. Destroços estavam espalhados pela estrada de acesso, barrando a passagem. Até onde dava para ver, havia esqueletos de carros espalhados. Muitos em chamas, brilhando num vermelho infernal naquela escuridão pré-amanhecer. O cenário apocalíptico era uma visão saída de pesadelos.

— Meus deuses... — Aiden murmurou, sombrio.

Meu estômago virou do avesso enquanto eu desafivelava o cinto.

— Isso não é bom.

Ninguém disse nada por um tempo e, então, Marcus falou:

— Vamos ter que andar daqui pra frente.

— Quantos quilômetros? — perguntei.

— Estamos a uns cinco quilômetros de lá. — Aiden desligou a ignição, deixando os faróis acesos.

Descemos do hummer, lançando olhares ansiosos para todos os carros queimados que nos cercavam, sentindo que tínhamos dirigido com um grande alvo nas nossas costas.

Rapidamente, nos armamos com adagas, foices e pistolas. Enquanto eu encaixava uma arma, olhei por cima do ombro e vi que o grupo de Solos estava fazendo a mesma coisa.

Parecia que estávamos nos preparando para a guerra quando nos juntamos entre os dois hummers. De certa forma, estávamos — estávamos nos preparando aquele tempo todo. Estávamos em guerra.

Um calafrio, de repente, serpenteou sob a minha pele. Formamos um círculo, os nove, em silêncio, exceto pelas fivelas de titânio sendo fechadas, adagas sendo embainhadas. Éramos nove. Mas, de alguma forma — de algum jeito que eu não sabia explicar, mas tinha certeza que era verdade — sabia que não sairíamos em nove. Com aquela percepção fria, olhei para o rosto de todos ao meu redor. Uns eram ainda desconhecidos; outros, inimigos até pouco tempo; e poucos, eu considerava amigos desde o começo.

E, então, havia o Aiden.

Respirei fundo, querendo esquecer a sensação fatalista que estava habitando meu coração. Mas as faces sombrias daqueles ao meu redor basicamente me diziam que eu não era a única pensando naquilo.

Unidos, os nove se viraram. Chamas horrendas bruxuleavam e iluminavam a estrada adiante. Não tínhamos ideia do que nos esperava, além de um grande desconhecido, e provavelmente um gigantesco chute na cara. A gravidade daquilo estava me matando — *nos* matando.

Estufei o peito.

— Soltem o Kraken! — Vários pares de olhos se viraram para mim. — Que foi? — Dei de ombros. — Sempre quis gritar isso desde que vi o filme. Me pareceu o momento perfeito.

Aiden riu.

— Viram só? É por isso que eu amo ele! — eu disse ao grupo. — Ele ri das bobagens que saem da minha boca.

Em resposta, Aiden se aproximou e beijou minha têmpora.

— Continua falando que me ama — ele murmurou. — E vamos traumatizar alguns desses caras pra vida inteira.

Fiquei roxa feito uma beterraba.

Alguém pigarreou. Outra pessoa grunhiu, mas eu estava sorrindo ao levantar meu olhar de volta à estrada. Piadas à parte, todos estavam esperando que alguém desse o primeiro passo, então eu dei. E todos avançamos.

Nossos olhos se adaptaram à escuridão, mas permaneci ao lado de Aiden, que ficou perto de Deacon e Luke, enquanto caminhávamos com cuidado entre os cascos dos veículos. Não olhei para dentro de nenhum deles, me recusei, porque havia um certo cheiro no ar...

A noite estava terrivelmente silenciosa com exceção dos nossos passos. Na Dakota do Sul, eu esperava ouvir o rugido assustador de um leão da montanha, com os passos rápidos de pequenas criaturas e o berro de pássaros que provavelmente conseguiriam carregar um bebê, mas não ouvi nada.

Silêncio mortal.

O clima bizarro não passava conforme íamos fazendo progresso, avançando uns três quilômetros. Os carros destruídos ladeando a estrada não ajudavam. Havia muitos deles.

— Meus deuses... — Lea sussurrou, parando ao lado de uma das pilhas carbonizadas. — Ai, meus deuses...

Disse a mim mesma para não olhar o que, obviamente, a deixou horrorizada, mas era raro eu dar ouvidos àquela voz da razão. Me virei e quase botei as balinhas que comi no carro para fora.

Atrás do volante torrado de um hummer, havia um corpo... ou o que tinha restado dele. Dedos queimados e escuros ainda agarravam o volante. Nada mais no corpo era reconhecível. Poderia ser um homem, uma mulher ou uma hidra. E não estava sozinho. Restos carbonizados estavam no banco do passageiro... e no banco de trás.

Alguém puxou o ar com força.

— As placas estão queimadas, mas dá para ver que são de Nova York.

— Meus deuses — mais alguém disse.

O grupo foi andando para trás, conferindo as placas dos carros menos danificados, mas eu já sabia no meu coração. Aqueles não eram sentinelas de Lucian que tinham chegado para lutar. Eram pessoas — puros e meios-sangues inocentes — buscando abrigo.

No banco mais distante do hummer, algumas das roupas ainda restavam, apenas trapos de tecido, mas a cor era um verde profundo. Capas do conselho, percebi devagar.

Capas do maldito conselho.

De repente, me dei conta de que foi bom termos saído dos nossos carros porque aquelas pessoas... elas foram encurraladas. E a estrada inteira não passava de um cemitério.

— Precisamos ir — Aiden ordenou e meu coração parou. — Precisamos sair agora.

Lea deu meia-volta.

— Mas vamos para onde? Esse era...

Uma bola de fogo iluminou a escuridão à frente, projetando um brilho sinistro sobre os destroços e o chão queimado e retorcido. Ela passou pelo carro onde eu estava, batendo numa pequena árvore de zimbro, a cobrindo com chamas e fumaça espessa e amarga.

Saltei.

— Puta...

Tudo aconteceu rápido demais. Bolas de fogo pareciam cair do céu, chovendo sobre nós. Todos se espalharam, se dividindo em grupos menores enquanto nos movíamos para fora da estrada, num terreno irregular. A mão encontrou a minha — *Aiden* —, e eu estava correndo com ele e com seu irmão. Luke estava atrás da gente. Em segundos, perdi todos os outros de vista.

32

Estávamos correndo, fugindo.

O fogo ainda caía, respingando sobre a terra, estremecendo o chão. Era o puro caos enquanto subíamos as pequenas colinas, nos jogando no chão toda vez que o céu se iluminava e mais uma bola de fogo enchia o ar.

E onde diabos estava o Apolo-que-surge-do-nada quando se precisava dele? Claro que ele brotava quando eu estava prestes a beijar o Aiden, mas não, quando *precisávamos* de verdade, ele não dava as caras.

Comecei a voltar, mas Aiden me segurou.

— Precisamos encontrar Marcus! E Olivia! Laadan...

— Não. — A pegada dele ficou mais forte. — Você não vai correr pro meio da confusão!

No chão, ao meu lado, Luke gemeu.

— Acho que... meu braço está pegando fogo.

— *Quê?* — Rolei na sua direção, agarrando a camisa dele por trás, sabendo que Deacon estava tentando ultrapassar o irmão. Virando Luke de costas, me encolhi quando outra bola de fogo caiu perto da gente. — Meus deuses...

O braço direto dele estava num tom brilhante e sobrenatural de vermelho, do cotovelo até o punho. Pedaços da pele já tinham começado a formar bolhas. Ele me ofereceu um sorriso torto.

— Bem que eu estava querendo pegar um bronze mesmo.

Encarei ele, e Deacon nos contornou, agarrando a frente da camisa de Luke. Antes que o meio-sangue de cabelo cor de bronze pudesse dizer uma palavra, Deacon deu um beijo nele. Caí de costas para o lado, ofegante.

Então, Deacon levantou a cabeça com os olhos arregalados.

— Nunca mais me assusta assim. Tá bom?

Luke assentiu lentamente.

— Qual é a dos irmãos St. Delphi e a atração por meios-sangues, hein? — Solos grunhiu, chegando pela colina ao nosso lado. Laadan estava com ele, com o cabelo se soltando do lenço amarrado na cabeça. As calças estavam sujas e chamuscadas. — Não me entendam mal — ele continuou. — Sendo meio e tudo mais, superapoio o amor igualitário, direitos igualitários, que se lasque a lei da ordem de raça e blá-blá-blá.

— Só temos bom gosto — Aiden respondeu, olhando por cima do ombro para o sentinela meio-sangue. — Diferente de certa pessoa...

Solos riu.

— Sabe onde Marcus e as garotas estão? — perguntei, encarando o céu tranquilo por enquanto. — Você os viu?

Ele assentiu.

— Eles estão do outro lado da estrada, dentro de uma vala. Estão bem. — Solos olhou para Laadan. — Ela salvou meu bundão rosado, sabiam? Uma bola de fogo estava caindo na direção da minha cabeça, e ela empurrou para longe com ar.

Laadan balançou a cabeça.

— Não foi grande coisa.

— Foi coisa pra caramba...

Um grito profundo estilhaçou o ar, como um coro de gritos de guerra. Um som que eu nunca havia escutado antes. Não era humano; não era animal, mas uma mistura bizarra e repulsiva dos dois. De repente, ficou óbvio o que estava chegando.

Autômatos de Hefesto.

Não fazia sentido. Eles deveriam estar *protegendo* os Covenants. Será que haviam nos identificado como ameaça? Bom, obviamente, sim, já que estavam tentando nos carbonizar. Mas aquelas pessoas nos carros... duvido que atacariam primeiro e fariam perguntas depois. Ia contra todo o propósito de tê-los ali, transferindo membros do conselho para a universidade, a não ser que...

Olhei para Aiden.

— O deus... é Hefesto?

Aiden abriu a boca, mas o chão tremeu com o peso da tempestade se aproximando. Depois do topo da colina, a poucos metros de distância, sombras altas e imponentes marcharam de trás das árvores. Quando surgiram sob um feixe de luz da lua, puxei o ar, a respiração trêmula.

Santa bunda de daímôn...

As coxas grossas como troncos de árvore e patas largas eram feitas de titânio. Pelos escuros e opacos cobriam seus peitos largos e braços musculosos. Cada cabeça era como a de um touro — dois chifres e um focinho reto, que caía sobre uma boca cheia de dentes e presas poderosas.

— Meus deuses — Ouvi Laadan sussurrar.

Havia mais de uma dúzia deles, formando uma linha impenetrável entre nós e a universidade, e duvidei que estavam agindo como protetores, como deveriam.

Um dos autômatos maiores abriu a boca e gargalhou bem alto.

— Aposto que ele tem bafo — murmurei.

Deacon assentiu.

— Sem dúvidas.

Então, ele abriu a boca mais uma vez, cuspindo fogo. Uma bola se formou, bem na direção da vala do outro lado da estrada. As garotas se espalharam pela colina.

O primeiro tiro veio de Solos, direcionado àquelas monstruosidades. Então, Marcus se levantou e Aiden também, disparando suas armas. Balas de titânio atravessaram o ar, atingindo os autômatos, mas sem os deter.

Foi lançado fogo contra o nosso grupo e nos separamos. Minha mão estava no gatilho, apertando sistematicamente contra qualquer coisa que se parecesse uma versão maluca de um minotauro. E eles devolviam os tiros com... hum, fogo.

Chamas se espalharam pelo chão e contornei o incêndio. Os autômatos correram na nossa direção, cuspindo fogo e, depois, lutando.

O primeiro alcançou Marcus, o atingindo com a lateral do braço musculoso. Marcus voou vários metros para trás, caindo com um grunhido. Outro estava na minha frente e mergulhei sob seu braço aberto. Me levantando, apontei a arma para a nuca do autômato e disparei. Sangue prateado e gosma respingaram nos arbustos enquanto o autômato caía e virava poeira.

Bom, aquele era um jeito de matá-los. Tipo zumbis...

Me virei, percebendo que as adagas seriam completamente inúteis, e as pistolas só serviriam se conseguíssemos atingi-los por trás. Com o coração acelerado, me joguei no chão quando outra bola de fogo veio na minha direção. Merda. Aquilo era ruim — pior que ruim. Era um pesadelo ganhando vida. Horrorizada até a alma, congelei por um instante no chão seco e queimado. Pedrinhas espetavam minha barriga e minhas coxas. Curiosamente, senti cada uma delas como se fossem pontas de faca quente.

Tudo ficou em câmera lenta, e o ar parou nos meus pulmões.

Marcus estava de pé outra vez, lutando junto com Lea, avançando com suas foices, arrancando os braços de um autômato. Mas aquele bicho continuava na cola deles. Solos estava tentando manter Laadan fora da linha de fogo. Fuligem cobria as bochechas coradas de Aiden, enquanto ele lançava tiros de fogo contra as criaturas. Deacon segurava uma arma, se mantendo perto de Luke. Olivia estava encurralada em algumas árvores.

Apressada, relembrei a premonição que tive mais cedo. Eles iriam morrer, todos eles. Como aqueles corpos queimados nos carros, virariam carvão, e assim seria o fim de cada um.

Algo estalou dentro de mim — algo primitivo e absoluto. O poder correu através do meu corpo e minha pele formigou com a aparição dos sinais. O campo de batalha sombrio de repente se iluminou com tons de âmbar. Recebi a onda de energia quase desconhecida, apesar de parecer veneno nas minhas veias. Meu cérebro desligou e eu não era mais a Alex.

Eu era o *Apôlion*. Era o começo e o fim.

Mechas soltas de cabelo começaram a flutuar sobre a minha cabeça, e poderia jurar que por um momento o tempo parou de verdade, enquanto eu me levantava. A foice e a adaga caíram dos meus dedos, e então cerrei os punhos.

Nossa, era como no Donkey Kong.

Voei por cima da terra destruída na direção de Olivia enquanto ela tentava se virar sozinha. Mergulhei sob o autômato, me colocando entre ele e Olivia, o empurrando com um chute em seu peito. Ele caiu sobre um joelho, batendo nas árvores próximas.

Um poder absoluto — implacável e forte, tão puro quanto mortal — se espalhou sobre a minha pele. Me afastei, conjurando o quinto e último elemento. Uma luz azul intensa explodiu da palma da minha mão.

Akasha emanou de mim, arqueando pelo ar como um raio, chegando ao alvo e o atingindo pra valer. O céu crepitou e esquentou. Num segundo, o autômato estava de joelhos; no segundo seguinte, ele não passava de uma pilha de poeira brilhante.

— Meus deuses — Olivia soltou um sussurro rouco.

Outro autômato tomou o lugar do que caiu, balançando com a mão de metal que tilintava sem parar. Saiu fogo da boca aberta. Girei, segurando a parte mais larga do braço dele e torcendo. O grito rouco de dor se perdeu no som do metal, com um trovão de balas encontrando mais um autômato.

A criatura levantou seu rosto de touro e mostrou suas presas gigantes.

— *Faz-me o favor.* — Coloquei a mão sobre a testa enorme dele.

Uma luz azul se espalhou pela cabeça, descendo pelo corpo, iluminando o crânio e a estrutura óssea metálicos. Por um momento, era como um raio-x ou uma água-viva — uma água-viva bem perturbadora — e, assim, a luz azul-cobalto irradiou pelos olhos e pela boca aberta. O bicho *implodiu* — de fora para dentro, virando apenas poeira.

E, então, o caos se instalou de verdade.

Os autômatos — cada um daqueles touros bizarros que restaram — se viraram para mim. Eles se moviam rápido, com as pernas de metal batendo e tilintando. Saía fogo da boca deles como uma versão pobre de um dragão. Eles vinham de todas as direções, como mísseis teleguiados anti--Apôlion que diziam "Matar Alex".

Eles soltavam fogo, ofuscante e intenso. Nada existia além das chamas. Nenhum som. Nenhuma imagem. Meu mundo ficou vermelho e laranja.

Alex? A voz dele surgiu através da conexão pulsante.

Ignorei ele e o jeito como sua consciência se deslizava para a minha. *O que você está fazendo?*

Continuei ignorando o chamado do Primeiro. Fui tomada por um instinto num nível profundo e milenar a que não estava acostumada. Os sinais do Apôlion fluíam pela minha pele enquanto eu levantava as mãos. O fogo parou a centímetros de mim, formando um círculo de chamas. Eu sentia o calor, mas não me queimava. Soltei o elemento ar, suave e constante, e o fogo bruxuleou uma vez, duas, e se apagou.

Os autômatos pararam, bufando alto.

Meus braços se levantaram para os lados, com os dedos abertos, e o ar vibrou com poder e expectativa. Uma luz azul crepitou pelas pontas dos meus dedos, esperando... esperando...

Um dos autômatos, o maior dos que restavam, avançou. Com o som do rugido sombrio, akasha se tensionou e comprimiu, assim como a conexão entre mim e Seth.

Soltei.

A explosão de poder saiu de mim, rolando como ondas de tempestade. As ondas atingiram o autômato mais próximo a mim. Emanou luz azul das órbitas oculares da criatura e das presas abertas. Um segundo depois, ele implodiu. O poder atingiu mais quatro, os derrotando antes que a efusão de akasha se acalmasse.

Enquanto a poeira brilhante caía sobre o solo seco, a exaustão tomava conta de mim. A ligação com Seth ainda parecia aberta, apesar do mundo estar pintado de azul e preto de novo. Aquela era a primeira vez que eu usava akasha como um mata-mosca, e eu não estava preparada para o cansaço que vinha em seguida. Minhas pernas tremeram sob o meu peso, e lutei para me manter de pé. Peguei minhas adagas e percebi, como uma completa idiota, que eu havia as jogado longe num surto egocêntrico do tipo "sou a maioral" e "quem precisa de adagas quando se têm dedos mágicos de akasha?".

Por sorte, os outros ainda tinham suas armas, e os autômatos estavam distraídos comigo. Marcus derrubou um deles com um tiro certeiro na nuca. Aiden balançou sua foice como um executor, arrancando a cabeça de outro.

Um dos autômatos me alcançou e corri — err, cambaleei — para o lado e caí de costas. E, quando estava de bunda no chão, não quis mais levantar. Parecia um bebê, completamente exausta. Patética — eu precisava aprender a me controlar.

O autômato soltou um grunhido gutural.

Me arrastei para trás como um siri, aumentando a distância entre nós. Quando eu estava certa de que terminaria com um bronzeado bem intenso, Lea surgiu do mais absoluto nada, fincou a ponta afiada da sua adaga do Covenant na nuca do autômato e puxou o braço para o lado.

Meus olhos se arregalaram com a poeira ventilante caindo na ponta das minhas botas.

— Uau.

Lea tombou a cabeça para o lado e olhou feio para a gosma pingando da lâmina.

— Nossa, que nojo.

— Sim — eu disse lentamente, olhando em volta.

Contei oito, e, por fim, Lea. Nove. Todos nós continuávamos de pé. Machucados e exaustos, mas lutando. Soltei uma risadinha fraca.

— Meus deuses.

O som do metal esmagado, junto ao barulho molhado e carnudo de osso e músculo, continuou enquanto o restante dos autômatos era derrotado em golpes menos explosivos.

Lea se abaixou na minha direção e balançou os dedos.

— Vai ficar sentada aí pelo resto da noite ou vai se levantar? Porque pode ter certeza que eu não vou te carregar.

Sorrindo com fraqueza, levantei a mão no mesmo instante que uma sombra escura surgiu atrás de Lea. Meu coração foi parar na garganta, com o medo se acumulando no meu peito. Aquele pico de emoção deixou Seth desperto, e eu podia sentir que ele estava prestando atenção apesar de eu o estar ignorando.

— Lea! — gritei assim que meus dedos tocaram os dela. Ela se virou, engolindo o ar.

Encontrando uma reserva de energia, me levantei, mas — *meus deuses* — era tarde demais. Conjurei akasha, mas era como mergulhar a mão num poço vazio. Não havia mais anda, mas eu era o Apôlion, e deveria haver alguma coisa que eu pudesse fazer — tinha que haver, mas antes que eu pudesse usar o elemento ar para tirar Lea do caminho, aconteceu.

O autômato agarrou a cabeça dela pelos lados e torceu. O barulho dos ossos quebrando foi ensurdecedor, alto como um trovão. Os dedos dela se abriram e a adaga escorregou deles. O som... chicoteou dentro de mim, roubando meu ar e me revirando por dentro de maneira dolorosa. O som... ficaria comigo para sempre.

Lea estava no chão na minha frente, um amontoado sem força, sem movimento, nada além de pele. Meu cérebro não conseguia processar o que tinha acabado de acontecer. Assim como tinha sido com Caleb, a negação veio com tudo, com muita força, tão potente que eu me *recusava* a acreditar.

Alguém surgiu detrás do autômato, e houve uma explosão de poeira brilhante, mas eu não sabia quem era e não me importava. Naquele momento, os autômatos poderiam cair matando em cima da gente e eu não me importaria.

Éramos nove...

Meu coração vacilou e, depois, começou a bater rápido demais. O mundo girou ao meu redor, um caleidoscópio de tons opacos com flashes intensos de âmbar. Alguém estava chamando meu nome; aquela voz grave, quase frenética, misturada com a vibração baixa de Seth.

Eu queria calar as duas vozes, porque aquilo não era real. Não poderia ser, e num momento de realidade dolorida e gritante, eu não conseguia entender como pude ficar tão surpresa. Era como se nunca tivesse visto a morte antes. Como se a morte não pudesse nos tocar. Como pude ficar tão surpresa? Cada um deles estava ali sabendo que era perigoso, que qualquer momento poderia ser o último. E a alguns quilômetros atrás eu sabia que a morte estava chegando, sabia tanto que dava para sentir o sabor amargo na ponta da minha língua.

Caí de joelhos, com as mãos tremendo enquanto eu tocava os ombros de Lea e, com delicadeza, a deitava de costas. Do ângulo estranho que a cabeça dela pendia, a cor pálida tomava conta da sua pele bronzeada. Até o jeito como seus olhos...

Meus dedos tremiam ao tirar as mechas ruivas da testa gelada dela. Meus deuses, como um corpo conseguia gelar tão rápido? Não me parecia possível nem certo. E, com certeza, não era justo.

Os olhos lindos cor de ametista de Lea — olhos que eu tinha invejado quando criança — estavam fixos no céu escuro. Não havia brilho algum neles, nenhuma luz própria. Não havia nada.

Lea se foi, como Caleb e minha mãe, como todas aquelas pessoas naqueles carros. Ela estava... eu não conseguia terminar a frase. Aquela palavra não poderia ser retirada.

Afastei as mãos, as colocando sobre o queixo. Os outros estavam se aproximando da gente. Alguém chorava baixinho. Vozes se levantaram, se lamentando, e, então, houve um silêncio. Perdi o fôlego de novo.

Alguém se ajoelhou ao lado de Lea. Uma adaga do Covenant foi colocada cuidadosamente no chão, e palavras suaves foram murmuradas em grego antigo. Uma prece pela morte de uma guerreira — um hino entoado durante um enterro.

Levantei a cabeça e meus olhos encontraram aqueles profundos e tumultuados olhos cinzentos. O rosto de Aiden estava bem pálido; o horror tomava suas feições, espelhando as minhas. Os olhos dele estavam secos, mas a raiva e a tristeza queimavam dentro deles. Ele balançou a cabeça. Meus cílios pareciam encharcados.

Eu não podia ficar parada ali. Simplesmente, não conseguia.

Me levantando, cambaleei passando por Marcus e Olivia. Depois por Luke e Deacon, além de onde Laadan e Solos estavam. Continuei andando, sem ideia de onde eu estava indo e o que eu iria fazer.

Alex?

Cerrei os punhos com o som da voz de Seth. Uma fúria flamejante rugiu dentro de mim como um trem descarrilado. Ele não tinha quebrado o pescoço de Lea como se fosse apenas um galho, mas havia sangue nas mãos dele, não havia?

Não quero falar com você agora.

Ele ficou em silêncio — por enquanto.

Com o estômago queimando, lágrimas escorriam pelas minhas bochechas. Eu ainda estava um pouco em choque, por mais estúpido que fosse aquilo. Os nove estavam *vivos*. Ainda resistíamos. Estávamos rindo. E, então, Lea se foi. Num estalar de dedos, sem nenhum aviso.

Meus deuses, eu e Lea nunca fomos as melhores-amigas-para-sempre, mas nos conhecíamos havia muito tempo. Eu a respeitava, provavelmente por mais tempo do que imaginava, e a recíproca era verdadeira. Havia muita coisa entre nós a ser resolvida — a ser consertada —, mas não tínhamos mais tempo. E, embora tivéssemos passado a maior parte do nosso tempo juntas nos odiando, ela foi ao meu resgate quando eu precisava e se manteve firme.

Perceber aquilo doía tanto que se igualava à dor de ter perdido.

— Alex — disse Aiden detrás de mim.

Balancei a cabeça.

— Não posso... não posso fazer isso agora. — Minha voz falhou. — Preciso de alguns minutos.

Ele hesitou, e senti sua mão no meu ombro. Me soltei e continuei andando, respirando fundo, apesar de sentir que não havia ar o suficiente nos meus pulmões. Eu não podia me dar ao luxo de perder a cabeça como tinha feito após a morte de Caleb. Não podia me desconectar de tudo e me autodestruir. Precisava lidar, mas...

Que droga! Me curvei para a frente, apoiando as mãos nos joelhos. A vontade de vomitar era forte, mas não estava saindo nada.

Será que eu tinha pedido desculpas por ter sido uma idiota com ela quando éramos crianças? Acho que não. Fechei os olhos com força e vi o corpo de Lea caído no chão lá atrás.

Alex? Houve uma pausa, e a ligação ficou firme. *O que está acontecendo?*

Me sentei — provavelmente, caí — pela segunda vez naquela noite. De olhos fechados, mantive os escudos de pé, mas segui o vínculo com Seth. Eu não sabia como me sentir em relação àquilo. Talvez fosse a raiva tomando espaço demais para que eu sentisse qualquer outra coisa.

Era isso que você queria?, perguntei.

Seth não respondeu logo.

Não sei do que você está falando. Consigo sentir suas emoções. Algo aconteceu. Cala a boca!

Não sei o que me pegou — a quase-sinceridade no tom de voz dele ou o fato de ele ter matado a irmã de Lea, minha mãe ter matado a família dela e, por causa do que Seth e eu éramos, ela perdera a vida. Num instante, botei tudo para fora.

Cala a boca! Só cala a boca! Está feliz agora, Seth? Conseguiu o que você queria disso tudo?

Lágrimas desciam pelo meu rosto, velozes e furiosas. Meus braços balançaram — meu corpo inteiro tremia para manter os escudos de pé. Eu não podia abaixá-los, não com Seth dentro da minha cabeça daquele jeito. Ele saberia onde eu estava e, assim, haveria mais mortes.

Joguei a cabeça para trás e não tinha mais palavras, apenas tristeza, culpa e raiva. As três coisas saíram de mim num grito que não fazia barulho fora do meu corpo.

Para, disse ele.

Senti uma pressão ao meu redor, quase como se Seth estivesse colocando os braços em volta de mim, me abraçando.

Você precisa se acalmar porque assim vai destruir um monte dos meus neurônios. Respira fundo algumas vezes. Se acalma. Tá bom?

Vários momentos se passaram, e eu respirava ofegante durante eles. Fiquei sentada ali, de olhos fechados, vendo nada e sentindo nada. Nada daquilo parecia real.

Quem morreu?, Seth perguntou, e pude notar, pelo tom, que ele esperava o pior.

Lea. Até a voz dentro da minha mente soava atônita. *Ela está morta, como toda a família dela.*

Seth não disse nada. Talvez ele soubesse o significado. Afinal de contas, quando estávamos conectados antes, ele viu muito do meu passado, e provavelmente sabia que eu não tinha ideia de como lidar com aquilo. Talvez ele estivesse até pensando a mesma coisa que eu — que nossa conexão tinha tirado tudo de Lea, incluindo a sua vida. Eu duvidava que, mesmo que ele estivesse pensando aquilo, faria alguma diferença. Seth continuaria fazendo o que estava fazendo. E eu também. Ele não disse nada, e abracei meus joelhos, tentando desesperadamente não sentir a dor da perda de novo. Seth não falou mais enquanto a pressão estranha dentro de mim aumentava.

Éramos inimigos jurados, a partir daquele momento mais do que nunca, mas minha perda era dele também. Quando eu sofria, ele sofria. Era como tínhamos sido feitos, e mesmo uma morte que ele havia causado indiretamente não mudava aquilo, nem quebrava o que havia entre nós dois.

Nada quebraria.

33

Não sei por quanto tempo fiquei sentada ali, mas quando abri os olhos de novo, o céu ainda estava escuro, a presença do Seth havia ido embora. Em algum momento, senti ele partindo. Achei que ele tivesse sussurrado alguma coisa antes da conexão se desfazer, mas eu só podia estar ouvindo coisas, porque não fazia sentido.

Pensei ter escutado ele dizer que sentia muito.

Claro que, eu estava perdendo a cabeça. Seth raramente se desculpava, e considerando a necessidade dele por poder e aceitação que tinha resultado naquilo tudo, eu duvidava que ele sentia remorso.

Respirando fundo, quase engasguei na fumaça amarga remanescente. Eu sabia o que precisava fazer — me levantar e seguir em frente. Ficar sentada ali a céu aberto, esperando mais autômatos chegarem, não era seguro.

Levantei e me virei, limpando a terra das minhas calças. O grupo continuava ao redor do corpo de Lea. Olivia estava sentada ao lado da meio-sangue caída, segurando as mãos dela. Deacon e Luke a acompanhavam; o meio-sangue segurava seu braço queimado.

Secando minhas bochechas com as mãos, parei ao lado de Aiden.

Olivia levantou a cabeça, com seus olhos brilhando sob o luar.

— Ela não sentiu nada, sentiu?

Balancei a cabeça.

— Não. Acho que não.

Ela assentiu, e depois pegou a adaga de Lea, segurando perto do corpo ao se levantar.

— O que... o que faremos agora?

Quem respondeu foi Solos.

— Precisamos andar rápido. Não sabemos se mais autômatos irão chegar e estamos dando bobeira aqui.

— Ainda acha que a universidade é um lugar seguro? — Marcus perguntou, coçando o queixo. A palma de sua mão ficou vermelha. Me dei conta que ele estava sangrando.

Comecei a caminhar na direção dele, mas ele me dispensou com um gesto.

— Estou bem. É só um arranhão — disse ele, rígido. — Como podemos saber se a universidade ainda está de pé? Os autômatos podem ter queimado tudo e...

E todas aquelas pessoas... Minha cabeça afundou ao olhar para Lea. Alguém precisava fechar os olhos dela.

Os meus estavam queimando.

— Precisamos descobrir. — Aiden passou a mão pelo cabelo. — Estamos a pouco mais de um quilômetro do campus.

Luke balançou a cabeça.

— Pode haver mais deles. Cara, pode haver uma dúzia ou mais na próxima maldita colina, e estaríamos caminhando para lá às cegas.

— Ou pode não haver nada além de um campo vazio e a maldita universidade — Aiden rebateu, com o maxilar tenso. — Até onde sabemos, esses autômatos poderiam estar aqui para deter qualquer um que tentasse chegar no campus... ou para impedir que as pessoas fossem embora.

— Ou o campus pode ter sido destruído — Deacon respondeu, com a mão na cintura.

Solos deu um passo à frente, apoiando a mão no ombro de Deacon.

— Não acredito que o campus inteiro tenha sido destruído.

— Com todos aqueles autômatos, tudo é possível. — Luke estendeu seu braço machucado, olhando na direção em que eu presumia que estava o campus. — Mas precisamos ver. Já chegamos até...

— Espera! — a voz de Olivia se ergueu em meio às vozes dos caras. — Eu não estava perguntando sobre seguir ou não para a universidade. Estava falando sobre o que faremos com a Lea.

O silêncio predominou de novo, e me virei para Aiden.

— Não podemos deixá-la aqui.

A dor flamejou naqueles olhos acinzentados intensos. Ele estendeu a mão me chamando, e fui, colando meu corpo no lado dele. Meus dedos afundaram na camisa queimada dele, encontrando pequenos buracos no tecido.

— Não podemos — sussurrei.

Ele apertou o braço ao meu redor.

— Eu sei.

— Não podemos... levá-la conosco — disse Solos. — Não temos ideia do que iremos enfrentar.

Olivia explodiu como uma bomba nuclear, segurando a adaga como se estivesse considerando perfurar os olhos de Solos.

— Não podemos deixá-la aqui assim. Isso é tão errado que eu nem preciso explicar!

Brilhou empatia no rosto cicatrizado de Solos.

— Eu sei, mas...

264

— Enterramos nossos mortos, nossos guerreiros. — O lábio inferior de Olivia tremeu. — Não os deixamos para trás apodrecendo.

Laadan apoiou a mão pálida na pele de Olivia, mas ela estava inconsolável.

— Não me importo com o que teremos que enfrentar ou com o que nos espera. Não podemos apenas deixá-la aqui. — O olhar dela se virou para mim. — Precisamos enterrá-la.

— Com o quê? — Solos perguntou, delicadamente. — Não temos pás, e esse chão é duro feito pedra.

Olivia puxou o ar e se virou. Seus ombros magros balançaram enquanto Luke a envolvia com o braço bom.

— Aiden, precisamos fazer alguma coisa — Deacon implorou. — Não sei o que, mas alguma coisa.

Me afastando de Aiden, olhei para as minhas mãos. Não sabia quanto de energia eu ainda tinha ou se conseguiria usar o elemento terra para criar... para criar uma cova, mas valia a pena tentar. Não podíamos deixar Lea jogada ali.

— Não sei se isso vai funcionar. — Joguei meu cabelo para trás, sem a menor ideia do que tinha acontecido com meu rabo de cavalo.

Aiden franziu a testa, preocupado.

— Tem certeza que consegue?

Assenti.

— Onde você acha que devemos enterrá-la, Olivia?

Ela levou alguns segundos para se soltar de Luke e processar o que eu estava perguntando. Olivia olhou ao redor e pareceu reconhecer que não havia um local adequado ali. Ela saiu andando e eu a segui. Paramos perto de duas árvores de zimbro que permaneceram intocadas pelo fogo e pela batalha. O aroma doce contrastava com aqueles cheiros ácidos e metálicos.

— Aqui vai funcionar — disse ela, limpando a garganta. — Não é grande coisa, mas as árvores... ela gostava das árvores.

Olhei para ela.

Olivia se virou devagar para mim e soltou uma risada rouca engasgada.

— Tá bom. Lea não era muito das árvores ou da natureza.

— Não. — Eu sorri e *doeu*. — Ela provavelmente está pensando *Que porra é essa?* agora.

Ela piscou.

— Acha mesmo?

— Sim, tipo, quando eu estava lá embaixo esperando, não sabia o que estava rolando aqui em cima, mas talvez seja diferente para ela. — Lembrei do oráculo que encontrei, e então da mulher velha. — Parece que é diferente para todo mundo, mas sei que ela não está sentindo dor.

Olivia assentiu lentamente.

— Essa é uma coisa que percebi sobre a morte. As pessoas se vão para nós, mas não necessariamente, entende? Existe, *sim* uma vida após a morte, só que é um tipo diferente de vida. — Ela fez uma pausa. — Queria ter virado amiga dela antes dessa merda toda. Lea... era muito legal depois que você passava daquela pose de metida.

Esfreguei a têmpora, sentindo um vazio inacreditável no meu peito.

— Queria ter sido menos escrota com ela.

— Quê?

Balançando a cabeça, abaixei o olhar.

— Longa história.

Olivia parecia querer insistir, mas não forçou.

— Ela vai reencontrar a família.

— Sim, ela queria isso. — Meus olhos estavam começando a queimar de novo, e eu sabia que, se chorasse mais uma vez, não iria conseguir parar e ficaria completamente inútil. — Tá bom. Eu consigo.

Respirando fundo, me ajoelhei e coloquei as mãos na terra. Fechei os olhos, balançando os dedos sobre as folhas secas até tocar o solo. Eu já tinha feito o chão se mover antes, quando lutei contra Aiden, por isso imaginei que seria capaz de fazer aquilo.

Vislumbrei o solo se soltando e abrindo caminho sob os meus dedos. O chão tremeu de leve e minha confiança desabrochou. Criei a imagem de uma cova decente. Na minha cabeça, o solo era mais escuro — um marrom mais rico — quanto mais fundo eu ia. Senti o aroma úmido e terroso do solo escavado.

Quando abri os olhos, o chão estava mesmo aberto. Montes de terra fresca se empilhavam dos dois lados do buraco circular de sete palmos de profundidade. Vendo que já estava fundo o bastante, me sentei e limpei minhas mãos trêmulas nas coxas. Me sentia seca por dentro e um pouco quebrada. Eu, com certeza, não conseguiria me levantar por um bom tempo.

Todos começaram a fazer sua parte. Alguém encontrou cobertores em uma das nossas mochilas, e Lea foi embrulhada. Quando o corpo dela foi colocado na cova, Marcus me ajudou a levantar. Ele me entregou uma garrafa d'água, junto com as adagas que derrubei.

— Obrigada — murmurei, bebendo a água antes de embainhar as adagas. Então, lembrei de uma coisa. — Peraí! Alguém tem moedas?

Aiden apalpou os bolsos, assim como restante dos caras. Ninguém tinha nada, e meu estômago despencou.

— Enterrá-la não faz muita diferença — eu disse. — Isso é pra gente. Mas ela precisa da passagem para Caronte. Ou vai ficar presa lá embaixo.

— Podemos trazer moedas depois — Solos sugeriu.

— Não! — O pânico borbulhou em mim. — Precisamos fazer alguma coisa. Acreditem, ela precisa das moedas agora.

Laadan deu um passo adiante, tocando a própria nuca.

— Tenho isso — disse ela, tirando um colar e o puxando de dentro da camisa. — Os pingentes são moedas de ouro antigas. Elas devem valer mais que o suficiente.

Meus músculos relaxaram, cheios de alívio.

— Obrigada.

Ela sorriu ao entregar o colar para Marcus, que desprendeu duas das moedas.

Abrindo o cobertor, ele as colocou nas mãos de Lea.

Respirei fundo, tentando acalmar o nó ardente cada vez maior na minha garganta. Aiden parou ao meu lado, envolvendo meus ombros com seus braços. Me virei para ele, apoiando a bochecha em seu peito. O subir e descer ritmado da respiração dele me tranquilizou.

Solos encontrou dois galhos grossos e os espetou no chão, em cima da terra mexida, depois que Laadan e Marcus usaram o elemento ar para tampar a cova. Deacon e Luke juntaram algumas pedras, que colocaram ao redor dos galhos. Não era exatamente uma lápide, mas serviria por ora.

Ficamos ao redor do túmulo improvisado de Lea enquanto Laadan murmurava uma prece na língua antiga. Não percebi que estava chorando até sentir o polegar de Aiden secando minhas lágrimas. Era inevitável pensar em quantas outras vezes teria que fazer aquilo antes de tudo acabar — e quem secaria as lágrimas do Aiden quando o túmulo fosse o meu.

O sol começou a nasceu quando chegamos ao muro do campus da universidade, projetando uma luz prata alaranjada que se estendia pelo prado nas montanhas. Passamos o último quilômetro da viagem num silêncio solene. Não teve conversa, piadas ou risada. Conversar parecia inapropriado depois da perda que sofremos. Sabia que não era só eu que acreditava que Lea estava, ou estaria, num lugar muito melhor — um lugar onde a luta não podia mais alcançá-la, onde o futuro não era mais precário e onde estava reunida com as pessoas que amava.

Isso ajudava um pouquinho.

Mas, quando avistamos o muro externo de pedra, a gente sabia que as coisas só iriam ladeira abaixo.

Partes inteiras da estrutura exterior de mármore estavam completamente destruídas ou quase desabando. Era como se alguém tivesse brincado com uma bola de demolição ali.

— Meus deuses — Marcus murmurou. — Acho que isso é um problema.

Arqueei a sobrancelha para o meu tio.

— Sério?

A parte mais sinistra de tudo aquilo eram as centenas de árvores depois do muro. Todas tombadas, com os galhos tocando o chão, as raízes expostas e esbranquiçadas, como se tivessem sucumbido a um vento poderoso.

— Nunca vi nada assim — disse Laadan, mexendo a cabeça devagar, de um lado para o outro. — É como se uma grande mão invisível tivesse arrancado todas as árvores do chão.

Caminhei até uma delas, colocando a mão sobre o tronco. Eu meio que esperava que a árvore caísse, mas ela estava estável.

— Que esquisito. — Me virei para Aiden. — Alguma ideia do que pode ter causado isso?

— Não faço ideia. — Ele franziu a testa para o sol nascente. — Mas, em breve, teremos uma resposta. Precisamos seguir em frente.

Continuamos, os oito muito atentos e esperando desesperadamente que a universidade estivesse segura e inteira. Parecia quase pedir demais.

O segundo muro estava melhor. Algumas partes danificadas, mas o portão continuava de pé e trancado. Sinal de boas notícias, imaginei. Mas como iríamos passar por aquele muro de seis metros de altura?

Cruzei os braços doloridos.

— Antes que alguém venha com a ideia, não vou abrir um buraco nesse muro.

Aiden lançou um sorrisinho sarcástico por cima do ombro enquanto se aproximava do portão de titânio com Marcus e Solos. As pontas de lança afiadas no topo chamaram minha atenção, e imaginei cabeças decapitadas espetadas naquelas coisas.

Dei de ombros.

Luke apoiou o braço nos meus ombros.

— Tudo bem aí?

— Claro.

Ele arqueou as sobrancelhas.

— Você está parecendo uma versão Apôlion com aviso de pouca bateria.

Quase ri.

— Com sorte, a gente vai conseguir recarregar em breve. Como está seu braço?

— Não tão ruim quanto imaginei. — Luke apertou meus ombros e soltou. — Acho que Deacon está com bolhas nos pés.

Ao ouvir seu nome, Deacon se agarrou nos ombros dele.

— Meus pés *estão* cobertos de bolhas.

— Seus pobres pezinhos lindos — Luke provocou.

Do portão, Solos levantou a mão, nos silenciando. Meu coração acelerou enquanto eu pegava as adagas presas na calça. Luke empurrou Laadan e Deacon para trás de nós, e dei um passo à frente.

— O que está acontecendo? — perguntei baixinho.

A luz do amanhecer ainda não tinha atingido o portão, e tudo o que eu conseguia ver eram as sombras de mais árvores retorcidas.

Marcus pigarreou.

— Olá! — ele chamou, e sua voz ecoou pelo que parecia ser uma eternidade. — Nós... nós viemos em paz.

Revirei os olhos e murmurei:

— Uau...

Meu tio me olhou feio e então continuou:

— Sou Marcus Andros, o diretor do Covenant da ilha Divindade. Tenho sentinelas comigo, e o...

Armas sendo engatilhadas fizeram um som metálico que calou a boca de Marcus e provavelmente parou os corações de todo mundo. Nem uma sombra sequer se moveu além do portão.

— Virem e abaixem as armas agora — veio uma voz sombria detrás de nós.

Ai, mas que merda, viu?

Meus olhos se levantaram, encarando Aiden por um breve segundo, e então, porque eu não queria mesmo levar uma chuva de balas de titânio, me virei e torci para que o poço de poder dentro de mim não estivesse completamente seco.

Dois sentinelas estavam atrás de Deacon e Laadan, com as armas pressionadas nos rostos pálidos deles. Mas havia mais que aqueles dois. Mais de uma dúzia de sentinelas nos cercava, formando um meio-círculo. Todos seguravam pistolas e pareciam mais que prontos para usá-las.

Estávamos cercados.

34

— Abaixem as armas — o sentinela repetiu. Ele era alto e mais velho, talvez na casa dos quarenta anos, e aparentemente estava acostumado a ser obedecido.

Meus deuses, seria possível uma situação ruim ficar ainda pior?

Aiden foi o primeiro a abaixar as adagas, as colocando no chão ao lado dos pés. Então, ele se levantou devagar, erguendo as mãos. Eu sabia que ele estava carregando mais armas e torci para que os outros homens não percebessem. Fazendo o mesmo, me livrei das adagas, mas deixei a pistola presa atrás da minha calça só por precaução.

O sentinela no comando avançou, mantendo a arma apontada para Solos, o que achei meio engraçado. Entre nós quatro, ele deveria estar com a arma apontada para mim.

Então, percebi que ele não sabia quem eu era. Relaxei um pouco, porque, se estivessem no Time do Mal, com certeza teriam fotos do meu rosto coladas nas paredes do quarto. Marcus se preparou para falar de novo, mas o sentinela cerrou os olhos como um alerta.

— Escutei quando você se identificou e disse que veio em paz, mas, por favor, me diga por que deveríamos acreditar nisso.

Boa pergunta. Olhei para o meu tio com as sobrancelhas arqueadas.

— Somos parte do grupo que escapou da ilha Divindade — disse Marcus.

— Bom, obviamente — o sentinela respondeu.

Eu meio que gostei daquele cara, independentemente da arma apontada pra gente. Um músculo se flexionou no maxilar de Marcus.

— Não estamos trabalhando com Lucian e o Primeiro. Não sei como provar isso, mas viemos de longe até aqui e já perdemos uma pessoa do grupo, cortesia dos autômatos que guardavam este lugar. Não somos o inimigo aqui. Queremos a mesma coisa que vocês: deter Lucian e o Primeiro. O sentinela Mathias estava a caminho para cá. Ele deveria ter chegado com notícias sobre a nossa viagem.

— Se este sentinela deveria chegar aqui nas últimas vinte e quatro horas, então ele está entre aquelas pobres almas depois do portão. — O olhar do líder passeou por nós. — Há mais de um dia ninguém atravessa aquele ponto, o que me deixa curioso para saber como o seu grupo conseguiu.

Eu não conhecia o sentinela que tinha chegada à cabana enquanto eu e Aiden estávamos no Submundo, mas era uma pena saber que estava entre os mortos.

— Eles se voltaram contra vocês, então? — Aiden perguntou com calma. — Não estavam protegendo o campus?

De primeira, não achei que o meio-sangue fosse responder, mas ele respondeu.

— Os autômatos estavam protegendo o campus até um dia atrás e, aí, começaram a lançar fogo contra aqueles que buscavam abrigo aqui. Tentamos detê-los e acabamos perdendo metade do primeiro muro e muitas vidas. Então, mais uma vez, estou curioso para saber como um grupo de adolescentes e dois puros-sangues sem treinamento conseguiram passar por eles.

— Eu sou o Apôlion — respondi, estufando o peito. — Isso ajudou um pouco.

Todas as armas se voltaram para mim, e me perguntei se aquela tinha sido a melhor coisa a se dizer. Pelo canto do olho, vi Aiden começando a se mover na minha direção.

— Tudo bem — acrescentei logo, mantendo as mãos na frente do corpo. — Sou o Apôlion do bem, que *não quer* acabar com o conselho e matar os deuses.

O sentinela no comando não pareceu aliviado ou impressionado. Em vez disso, parecia irritado, como se quisesse colocar uma bala no meio da minha testa. O que não era bom, porque eu estava certa que Aiden já estava calculando o tempo que levaria para ele sacar sua pistola e derrubar aquele sentinela.

Balas estavam prestes a voar — assim como o sol começava a nascer também, e aquilo estragaria um nascer do sol tão lindo, não?

— Metade dos sentinelas e guardas que se associaram ao Primeiro está te procurando, e você veio para cá? — A raiva brilhou nos olhos do sentinela. — Está com vontade de morrer?

Ainda bem que não mencionei que eu e Seth ainda estávamos meio que conectados.

— Na verdade, não estou com vontade de morrer. Mas você pode atirar em mim se isso te fizer se sentir melhor, mas não vai me matar.

Ele parecia estar a segundos de descobrir.

Respirei fundo, tentando controlar meus nervos.

— Olha, entendo sua relutância para me abrigar. Entendo mesmo, mas vocês precisam de mim; precisam de *nós*, porque derrotamos aqueles autômatos e podemos proteger vocês. Sem falar que sou a única capaz de parar isso tudo. Então, se vocês nos jogarem aos lobos, estarão selando o próprio destino.

O sentinela se enrijeceu, mas não disse nada.

— E você precisa entender que isso não é sobre um puro-sangue sedento por poder. É maior que isso. Apenas um deus poderia mudar a vontade daqueles autômatos. Nem Lucian, nem o Primeiro. E esse deus vai acabar com qualquer um que ficar no caminho dele.

Abri meu melhor sorriso, aquele que geralmente me livrava dos problemas ou irritava a pessoa com quem eu arrumaria o problema.

— E esse deus não é a única coisa com a qual vocês precisam se preocupar. Há outro, que atende pelo nome de Apolo, sim, *aquele* Apolo; e ele vai ficar bem chateado se vocês nos mandarem embora. Veja bem, somos meio que parentes e ele gosta de mim.

Alguém murmurou um palavrão.

Meu sorriso ficou ainda maior.

— E só mais uma coisa: se vocês machucarem qualquer um dos meus amigos, vão se arrepender seriamente. Entendido? Então, vamos ficar de boa e nos tornar melhores amigos para sempre.

— Acho que devemos deixá-los entrar — disse um dos sentinelas.

— Me parece uma boa ideia. — Havia uma pitada de humor sombrio no tom de Aiden. — Enquanto isso, vocês bem que poderiam tirar a arma da cara do meu irmão.

Ninguém se mexeu por um segundo, e esperei seriamente que aquele cara não tivesse percebido meu blefe. Eu não estava certa do quanto poderia fazer ali meus poderes de Apôlion, mas felizmente ele levantou a mão e as armas sumiram.

Soltei um suspiro aliviado.

— Espero não me arrepender disso — anunciou o sentinela, recolocando a arma na cintura. Então, para a minha surpresa, ele estendeu a mão oferecendo um cumprimento. — Meu nome é Dominic Hyperion.

Arqueei as sobrancelhas ao apertar a mão dele. Ele tinha um aperto firme.

— Hyperion? — disse Marcus. — Que sobrenome interessante...

Dominic abriu um sorriso irônico.

— Parece que alguém tinha um bom senso de humor, pegando o sobrenome de um titã.

— Creio que sim — murmurei, aliviada ao ver que meus amigos não estavam mais com armas apontadas para seus rostos.

Passando por mim, Dominic parou no portão.

— Quer dizer que vocês derrotaram mesmo os autômatos?

— A não ser que mandem mais, vocês estão livres deles por enquanto — Solos respondeu.

— Isso é bom. — O meio-sangue fez uma pausa. — Vocês mencionaram que perderam uma pessoa?

Olivia pigarreou.

— Sim. Ela só tinha dezoito anos, estava treinando para ser uma sentinela. Seu nome era Lea.

Dominic abaixou o rosto.

— Meus sentimentos pela sua perda. Só os deuses sabem como entendemos o que vocês estão passando. — Dito isso, ele se virou de volta ao portão. — Me acompanhem, por favor.

— Então, você pode mesmo deter o Primeiro? — outro sentinela perguntou. Ele era mais novo que Dominic, mais ou menos da idade de Aiden. Notei um brilho nos olhos dele quando assenti. — Bom, acho que muita gente além desses portões vai ficar feliz em ouvir isso.

— Sério? — perguntou Aiden, que de repente já estava ao meu lado. Colocou o braço sobre os meus ombros, e lancei um olhar curioso para ele.

Os olhos do sentinela quase saltaram do rosto ao notar o braço exageradamente possessivo de Aiden.

— Você é um... e você é uma...

Ai, nossa.

Aiden sorriu, com os olhos cinza-escuros.

— Somos o quê?

— Não. Nada. É só que... — O sentinela olhou para outros meios-sangues igualmente estupefatos. Ninguém foi ao socorro dele. — Não é nada. Deixa pra lá. Temos problemas maiores, né?

— Sim, problemas *maiores*... — Aquilo foi um aviso claro e frio na voz de Aiden enquanto ele me guiava.

O portão estava se abrindo quando Aiden tirou as mãos do meu ombro, deslizando pelas minhas costas, causando uma onda de arrepios. Dominic entrou primeiro, seguido por Marcus e depois Solos.

Eu parei, me virando para o sentinela de olhos esbugalhados.

— Você disse que outras pessoas ficariam felizes em ouvir que sei como deter o Primeiro? Quem seriam essas pessoas?

Meus deuses, o cara olhou para o Aiden antes de me responder.

— Antes dos autômatos se virarem contra nós, alguns grupos conseguiram chegar aqui, vindos de outros lugares, incluindo das Catskills.

Meu coração parou.

— Membros do conselho e sentinelas?

Quando ele assentiu, quase balancei os braços feito um fantoche. Eu não havia me permitido considerar que meu pai era um daqueles cadáveres queimados na estrada, mas saber que algumas pessoas chegaram na universidade em segurança acendeu uma fagulha de esperança no meu peito. Não diminuiu a dor de perder Lea, mas era algo que ajudaria a seguir em frente.

Era alguma coisa, e aquilo já era melhor do que nada.

Conforme o amanhecer se arrastava pelo prado cheio de vegetação, lançando luz sobre as pequenas flores silvestres azuis, chegamos ao nosso destino. O campus da universidade era grande, se espalhando entre duas montanhas como se fosse uma cidadezinha em cima de uma rede. Eu tinha imaginado o lugar como qualquer outra faculdade em tamanho e atmosfera, mas era ali que as similaridades terminavam.

A luz do início da manhã refletia nas construções grandes de pedra, projetadas como os coliseus antigos. Os pátios eram cheios do que me pareciam ser todas as flores e árvores conhecidas pelo homem, perfumando o ar. Estátuas das Musas guardavam um prédio acadêmico, enquanto esculturas dos Doze Olimpianos ladeavam o caminho. Dormitórios que pareciam miniarranha-céus se erguiam ao fundo, abrigando potencialmente centenas de alunos.

Era muito parecido com a ilha Divindade, mas numa escala tão maior que senti uma pontada no peito.

No meio do campus, havia o que presumi ser o prédio do conselho, e era para lá que estávamos indo. Os músculos nas minhas pernas doíam, e visões de camas dançavam na minha mente, mas me forcei a continuar em vez de me sentar no meio do caminho e cair no sono.

Bustos dos Doze Olimpianos foram esculpidos na estrutura de mármore e pedra. Era circular, como um anfiteatro coberto, e um tremor gelado desceu pela minha espinha. Eu não sabia o que havia de tão assustador em prédios do conselho, mas sempre me davam calafrios.

Enquanto subíamos os degraus, vi a estátua de Têmis e quase ri. A balança dela estava equilibrada, mas a favor de quem?

Não parecia haver ninguém andando por ali quando entramos no saguão bem iluminado. Os alunos provavelmente ainda estavam dormindo, isso se ainda estivessem tendo aulas. Nossa, eu nem sabia em que dia estávamos. Poderia ser final de semana e eu não saberia.

Dominic nos levou até outro grupo de estátuas, mas naquele ponto eu já estava cansada de vê-las e, é claro, chegamos a um lance de escadas infinito. Nem mesmo aquela maldita universidade tinha dinheiro para instalar um elevador.

Foi enquanto atravessávamos um corredor largo e vi os guardas de pé na frente de uma porta dupla trancada com titânio que soube onde estávamos indo.

— A sala do diretor — eu disse.

Dominic assentiu para os guardas, e eles se movimentaram como um só, abrindo as portas pesadas. O primeiro vislumbre da sala já me trouxe várias lembranças. Era quase idêntica à de Marcus. Exuberante. Espaçosa. Um monte de móveis de couro que pareciam caros, incluindo uma mesa antiga que provavelmente fazia alguém se sentir poderoso e todo especial.

Havia até um aquário embutido na parede atrás da mesa, com peixes vibrantes nadando de um lado para o outro.

Olhei para Marcus e vi que a expressão dele estava impressionantemente neutra. Meses atrás, eu teria acreditado que Marcus apenas não sentia nada, mas naquele momento eu o conhecia melhor. Ver o escritório trouxe a ele memórias antigas, tanto boas quanto ruins pra caramba, e senti muito por ele.

Uma porta se abriu à nossa esquerda, e um homem alto com cabelo loiro-acinzentado e olhos azuis bem marcantes entrou na sala. Ele estava vestido como Marcus costumava se vestir — um garoto propaganda para um clube de golfe. Atrás dele, uma figura menor entrou e fiquei boquiaberta.

— Diana — Marcus exclamou, e então avançou.

Um sorriso largo e lindo se espalhou no rosto da ministra. Eu a conheci no Covenant de Catskills, ela havia sido a ministra que foi contra Telly, não votando a favor da minha condenação para ser mandada à servidão.

Então, sim, eu gostava daquela mulher.

Marcus segurou as mãos dela e parecia que ele queria fazer mais — talvez puxá-la em seus braços, abraçá-la e beijá-la como um homem que achava que nunca a veria de novo.

— Estou tão... grato de ver que você chegou aqui em segurança. — A voz do Marcus saiu ríspida e pesada com emoções não ditas. Ele estava *muito* a fim daquela mulher. — Muito grato.

As bochechas da mulher ficaram coradas.

— Assim como estou em te ver aqui.

O diretor pigarreou.

— Eu não sabia que você já conhecia minha irmã, diretor Andros.

Irmã? Putz... que *climão*.

Marcus soltou as mãos da Diana e encarou o homem.

— Somos... amigos, diretor Elders. Ela é uma mulher adorável, e embora eu gostasse de listar todos os atributos brilhantes dela, não é para isso que estamos aqui.

Arqueei as sobrancelhas lá no alto.

Os lábios do diretor tremeram, como se ele quisesse sorrir.

— Também estou muito grato em ver que vocês chegaram aqui em segurança. São poucos os que conseguem ultimamente.

— Foi o que vimos e ouvimos. — Marcus colocou as mãos para trás, me fazendo lembrar dele numa sala muito parecida com aquela, prestes a me repreender por alguma idiotice que eu teria feito.

Ele fez uma rápida rodada de apresentações. O diretor pareceu notavelmente surpreso quando Marcus anunciou o nome do Aiden. Ele tombou a cabeça para o lado.

— Já ouvi esse nome antes. Um puro-sangue que usou coação contra outro puro para proteger uma meio-sangue?

Merda. Com tudo o que estava rolando, esquecemos que Aiden era o Inimigo Público Número Dois.

Aproximei os dedos das minhas adagas, mas Aiden falou, com a voz contida e calma.

— Sim, sou eu. E, para que não haja dúvidas, se o senhor está procurando remorso ou culpa, eu não tenho. Faria tudo de novo.

O diretor sorriu, então.

— Fique calmo, sentinela. Neste momento, não poderia me importar menos com o que você fez. Não é uma questão... agora. E tenho certeza que a maioria dos membros do conselho vai concordar comigo.

Não gostei do jeito como ele enfatizou o *agora*.

— Obrigado pela hospitalidade — disse Marcus, obviamente tentando abafar aquela tensão. — Espero que possamos retribuir de alguma forma.

Meu tio era tão diplomático...

O diretor da universidade assentiu.

— Por favor, comece explicando como conseguiram passar pelos autômatos.

Marcus e Dominic inteiraram o diretor e Diana, contando as principais partes sobre como chegamos até ali inteiros. O rumo da conversa logo mudou quando Dominic anunciou que eu poderia deter o Primeiro.

Fiquei inquieta, surpresa por estar superdesconfortável com todos os olhares em mim. Geralmente, eu amava ser o centro das atenções. Não tinha ideia de quando aquilo havia mudado.

— Eu consigo deter Seth — disse, por fim. — Não será fácil, mas sei como.

— E como seria isso? — o diretor perguntou. — Até onde nossa história ensina, o Primeiro tem controle total sobre o Segundo, e se vocês dois se aproximarem, ele pode transferir seu poder para ele, se tornando o Assassino de Deuses.

Cruzando os braços, encarei o olhar curioso do diretor Elders.

— Bom, obviamente o Primeiro não tem controle total sobre mim. E há um jeito de reverter a transferência, o impedindo de se tornar o Assassino de Deuses. E, se ele não for o Assassino de Deuses, Lucian não terá nenhuma arma de verdade para se proteger.

Diana se apoiou sobre a mesa de carvalho, franzindo a testa.

— Mas você teria que se aproximar dele para fazer isso, correto?

Assenti.

— Sim. Viemos até aqui na esperança de encontrarmos outros dispostos a... lutar por isso. Nós oito não conseguiríamos furar o exército que Lucian tem ao redor dele, para eu poder chegar até Seth. Precisamos de um exército nosso.

O diretor Elders olhou para Dominic, que deu de ombros.

— Temos muitos sentinelas e guardas aqui, além de meios-sangues que estão recebendo treinamento avançado. E também desejamos o mesmo fim. Isso precisa acabar antes que mais inocentes morram, então podem recrutar aqueles que desejarem se juntar a vocês.

Bom, aquilo foi surpreendentemente fácil.

— Haverá alguns, muitos talvez — o diretor continuou. — Mas ninguém será forçado a se juntar a causa, Apôlion.

Achei aquilo engraçado, considerando como meios-sangues eram forçados à servidão ou uma morte prematura, mas em algum momento da minha vida eu tinha aprendido a calar a boca. Mais ou menos.

— Tudo bem — eu disse. — Enquanto uma meio-sangue, jamais forçaria pessoas a fazerem algo que colocaria suas vidas em risco.

O diretor arqueou as sobrancelhas.

— Entendido. — Ele olhou para o resto do meu grupo. — Imagino que queriam se reunir com os sentinelas e guardas da universidade o mais cedo possível, mas parece que estão precisando de banho, comida e camas antes disso. Enquanto descansam, o sentinela Hyperion e eu organizaremos as coisas para vocês.

— Certo — eu disse, me perguntando se minha concordância significava alguma coisa. Eu queria conversar com os sentinelas naquele momento, mas sabia que, se eu dissesse aquilo, Aiden e os outros concordariam. Precisávamos descansar, mal conseguíamos ficar de pé. — Isso seria ótimo.

— Há muitos quartos disponíveis para vocês descansarem — disse o diretor. — O sentinela Hyperion irá levá-los.

Incapaz de segurar a pergunta por muito mais tempo, me virei para Diana.

— Os sentinelas que chegaram das Catskills, você sabe o nome de alguns deles?

— Conheço alguns, sim — disse ela.

Então, me dei conta. Meu pai provavelmente não era mais conhecido como sentinela.

— E os servos?

Não entendi se a expressão magoada de Diana significava que ela sabia ao que eu me referia, ou se sabia que meu pai foi um servo em Catskills.

— As coisas estavam bem caóticas quando saímos de lá. Alguns servos foram trazidos para cá, e aqueles que pareciam não estar mais sob a influência do elixir fugiram para as florestas. Alguns ficaram para trás. Os servos podem estar em qualquer lugar.

— Ah — sussurrei.

Eles poderiam estar em qualquer lugar; meu pai poderia estar em qualquer lugar. Senti a mão de Laadan nas minhas costas enquanto eu respirava fundo.

— Como estava o Covenant quando vocês saíram?

Uma sombra sinistra tomou conta do rosto de Diana.

— Os muros não foram quebrados, mas era questão de tempo. Lucian e o Primeiro queriam tomar Catskills. Não importava que o conselho não estivesse mais lá. É uma declaração de poder, e quem quer que sente no conselho governa nossa sociedade. É a lei.

Era uma lei incrivelmente estúpida que não significava nada para mim.

— Posso fazer uma pergunta? — Diana rebateu. Quando assenti, ela continuou. — Se você conseguir transferir o poder para si mesma, o que vai acontecer?

Com a pergunta inesperada, pisquei.

— O que vai acontecer com Seth? Ele continuará vivo. Acho que ele ainda será o Apôlion, porém mais fraco. O jogo viraria. As profecias... — Balancei a cabeça. — As profecias mudariam.

— E o que aconteceria com você?

Dava para sentir todos os olhos em mim de novo, sobretudo os de Aiden.

— Eu me tornaria a Assassina de Deuses.

Ela franziu a testa, confusa.

— Por favor, não se ofenda, mas um Assassino de Deuses não é a última coisa que os deuses querem?

— Eu imaginava isso, com exceção do deus que está trabalhando com Lucian. Esse deus, claro, tem seus motivos. Falando nisso, deve ser o Hefesto, considerando que foi ele quem criou os autômatos. — Joguei aquilo na esperança de uma mudança de assunto. — Mas não sei os motivos dele. Quer dizer, ele ajudou a me manter longe do Primeiro, né?

Aiden assentiu.

— Sim, ajudou.

— Não faz sentido, mas quando os deuses fazem algum sentido? — Forcei uma risada. — Acho que ele estava cansado de ser piada para todo mundo.

— Mas e os outros deuses? — ela insistiu. — Não devem estar contentes com essa ideia.

Vendo que não tinha como ignorar a pergunta dela, suspirei.

— É o que Apolo quer. E o que os deuses querem.

Aiden se virou todo para mim, assim como metade da sala. Senti vontade de me esconder embaixo da mesa.

— Depois que eu me tornar a Assassina de Deuses, eles querem que eu acabe com o deus responsável. — Levantei a cabeça, repousando o olhar no busto de mármore de Zeus. — Os olimpianos querem que eu mate um deles.

35

Aquela conversa afundou como o *Titanic*. Todos ficaram bem impressionados. Aiden e Marcus soltaram alguns xingamentos, e as outras pessoas suspiraram surpresas.

Eu entendia a vibe "Puta merda" da situação. Os deuses lutavam entre si havia milênios, mas nunca foram tão sérios a ponto de quererem matar uns aos outros, não desde a queda dos titãs. Mas as coisas estavam diferentes. Este deus, surpreendentemente um que ninguém esperaria, passou dos limites. Apesar de muitos mortais terem morrido, era mais provável que os deuses estivessem preocupados com o fato de Hefesto querer usar o Assassino de Deuses contra eles.

Então, sim, as coisas estavam diferentes.

Assim que o choque passou, Dominic nos levou até o primeiro dormitório e nos mostrou os aposentos. Não era parecido em nada com os da ilha Divindade. Cada suíte do dormitório era composta de dois quartos unidos por uma sala de estar compartilhada e um banheiro.

Fomos deixados para escolhermos os quartos por contra própria. Antes que Marcus pudesse bancar o paizão de todo mundo, Aiden reivindicou uma suíte para nós, quase me arrastando para dentro. Antes mesmo de a porta fechar, ele se aproximou até que nossos rostos estivessem a centímetros de distância. Eu sabia que ele estava bravo — os olhos frios da cor de nuvens de tempestade, a linha rígida no maxilar e os movimentos duros praticamente o entregavam. Isso e o fato de que ele não olhou muito para mim desde que saímos da sala do diretor.

— Toma um banho primeiro. Depois, precisamos conversar — disse ele com a voz baixa, sem deixar brecha para discussão. Ele desapareceu no quarto dele antes mesmo que eu pudesse concordar.

Olivia apertou os lábios.

— Alguém não parece feliz.

— Posso dividir o quarto com você? — Eu só estava meio que brincando.

Ela recostou na porta da suíte do outro lado da minha, sorrindo levemente. Os cabelos volumosos caíam ao redor do rosto dela. Sombras profundas desabrochavam sob seus olhos.

— Meu quarto é seu quarto, mas, falando sério, você precisa conversar com ele. Está claro que ele não sabia tudo aquilo que você disse. Ninguém ali sabia.

Cocei meu queixo sujo.

— Eu... eu nem sei se deveria ter dito aquilo.

— E faz diferença?

— Acho que não. Só não queria deixar todo mundo preocupado.

— Entendo. Aposto que ele entende também, mas há coisas que você não pode esconder daqueles que te amam. — Olivia se virou, abrindo a porta da suíte dela. — Conversa com ele.

Não era como se eu tivesse outra escolha.

— Obrigada.

Ela assentiu e entrou no quarto.

Soltando um suspiro alto e irritante, entrei no meu. Meu olhar caiu imediatamente na cama enorme, e grunhi.

— Banho em primeiro lugar. Ataque de pelanca épico em segundo, desculpas sinceras em terceiro, e depois cama.

Recém-saída do banho, fiquei animada ao ver que alguém encontrou uma calça jeans e uma camisa limpa para mim. Provavelmente Aiden, enquanto eu abusava de toda a água quente. Era a cara dele, mesmo quando estava chateado comigo. Sozinha por alguns momentos, me sentei na cama e cruzei as pernas. As paredes do quarto tinham um tom bonito de amarelo amanteigado, enquanto a porta e as janelas eram emolduradas com titânio, assim como a cabeceira e a pequena mesa de canto. Na parede mais distante, havia uma pintura de Ártemis caçando com seu arco e flecha, emoldurada em titânio também.

Era como se esperassem que daímônes fossem aparecer do nada embaixo das camas.

Mas analisar a decoração não era o motivo de eu estar sentada como uma estátua de Buda. Desde que Seth apareceu depois da morte de Lea, ele tinha ficado curiosamente quieto. Como se tivesse ido embora, na verdade. A corda continuava ali, mas a presença inconfundível dele tinha ido embora. Como tinha sido antes do meu despertar, quando minha mente e meu corpo eram só meus.

Fechando os olhos, me concentrei na corda. Ela estava ali, pulsando suavemente e quase imperceptível. Mas nada de Seth.

Franzi todo o rosto, me concentrando. Aquela ligação telefônica de longa distância maluca deveria funcionar dos dois lados. Talvez fosse loucura minha iniciar o contato, mas um Seth quieto significava uma Alex bem nervosa. Não era do feitio dele. Ele estava tramando alguma coisa. Só podia.

Seth? Chamei o nome dele de novo... e de novo.

Em algum momento, escutei o chiado baixinho do chuveiro e, depois, parou. O som abafado da porta se fechando surgiu minutos depois. Aquele foi o tempo em que fiquei sentada ali, parecendo um fracasso da meditação.

A porta para a sala de estar se abriu, e Aiden entrou trazendo um prato de frutas e fatias de peru.

— Trago presentes em forma de comida... o que você está fazendo?

— Nada. — Fiquei corada ao dar tapinhas no espaço ao meu lado. — Estou morrendo de fome. Obrigada. — Estava também surpresa com ele me levando comida.

Aiden se sentou ao meu lado, colocando o prato entre nós dois. Ele cheirava a sabonete e especiarias. Movendo algumas fatias, ele encontrou um pedaço grande de peru mais tostado.

— Aiden...

— Come primeiro.

Franzi a testa, mas ele segurou a carne da ave perto demais e minha boca salivou. Pegando da mão dele, passamos os minutos seguintes devorando o peru e as frutas. Enquanto eu perseguia um morango maduro escorrendo na tigela, ele se inclinou e colocou uma mecha escura de cabelo molhado atrás da minha orelha. Levantei o rosto e nossos olhos se encontraram. Todo o ar fugiu dos meus pulmões. Aiden provavelmente estava prestes a me esculhambar, mas aquele olhar prateado... uau, simplesmente uau.

Aiden se recostou, me observando, analisando o rubor que eu sabia que estava se espalhando feito febre nas minhas bochechas.

— Antes de prosseguir a conversa, o que você fez com os autômatos foi incrível. Não tive a oportunidade de te dizer, mas queria que você soubesse.

Pisquei.

— Sério?

— Sim. Aquele tipo de poder... foi sensacional e elegante. Foi incrível demais.

Meu olhar caiu para o prato vazio.

— Se eu não tivesse ficado esgotada, daria para salvar Lea.

Os dedos dele tocaram meu queixo, levantando meu rosto.

— Não se culpe pelo que aconteceu com ela. A morte da Lea não foi sua culpa. E, se você não tivesse usado seu poder, todos nós poderíamos ter morrido.

Assenti. Aquelas palavras não eram tão fáceis de engolir quanto eram fáceis de dizer.

— Terminou? — Aiden apontou para o prato e a tigela. Colocou a louça na mesa quando assenti de novo. Um silêncio se arrastou. Ele ficou olhando para mim até eu me contorcer. Em seguida, suspirou. — Por que você não me contou, Alex?

— Eu não queria te preocupar — respondi. Ele semicerrou os olhos.

— Que palhaçada. — Eu saltei, arregalando os olhos. — Estamos juntos nessa... situação de merda, se lembra? Faríamos qualquer coisa um pelo outro, estou correto? — Ele não me deu chance de responder. Estava com tudo. — A gente se ama. E pode me chamar de idiota ou antiquado, mas acho que isso significa não guardar segredos um do outro, sobretudo segredos potencialmente perigosos que a outra pessoa deveria saber.

Minhas bochechas queimavam por outro motivo. Tudo o que ele disse era verdade. Eu o mantive no escuro com a melhor das intenções, mas ele tinha razão.

— Sinto muito, de verdade. Eu deveria ter te contado quando descobri.

As sobrancelhas dele se abaixaram.

— Quando você descobriu? Espera. Foi quando estávamos no Submundo, certo? Você estava diferente quando voltamos.

Caramba. Ele era bom.

— Foi quando eu estava conversando com Solaris. As peças meio que se encaixaram, e então eu confrontei Apolo. Ele confirmou que os outros deuses queriam que eu me tornasse a Assassina de Deuses para conseguir deter o deus responsável.

Aiden xingou num sussurro.

— Às vezes, tenho vontade de socar aquele desgraçado.

— Bem-vindo ao clube.

Ele ficou em silêncio por alguns momentos.

— Eles esperam que lute contra Seth e transfira o poder para você. E depois esperam que você lute contra este deus?

Assenti.

— Não gosto disso. Não quero que você faça isso. — A raiva queimava no olhar dele. — É perigoso demais; cada parte disso. Além do fato de Seth poder transferir seu poder para ele, nenhum deus morreria tão fácil. É insano.

Era mesmo, mas quando alguma coisa na minha vida foi sã? Me aninhei mais perto dele.

— Mas precisa ser feito, Aiden. Mesmo se conseguirmos deter Lucian e Seth, esse deus vai tentar alguma coisa de novo. Pensa em todas as pessoas que morreram.

— Eu não... — Ele hesitou.

— Você não o quê?

Ele levantou a cabeça, com as feições rígidas.

— Eu ia dizer que não me importo. Não quando você pode morrer fazendo isso. Não me importo.

Eu não tinha ideia do que responder e sabia que não era fácil para Aiden admitir aquilo. Caramba, não era fácil para qualquer pessoa admitir

282

aquilo. Mas era a verdade, e às vezes a verdade não era bonita ou ética ou justa. Só era o que era.

Aiden tombou a cabeça para trás e suspirou.

— E se eu te pedisse para não fazer isso?

Abri a boca, surpresa, mas nenhuma palavra saiu.

Ele balançou a cabeça.

— Sei que não posso te pedir isso. Sei que é incrivelmente egoísta. Não responde, tá bom?

Lágrimas saíram como se fosse do fundo da minha garganta, e senti que não seria capaz de contê-las. Mas, por um milagre, consegui. Eu sabia que precisava contar a ele que havia uma grande chance de não sobreviver a tudo aquilo. Não era como se eu estivesse desistindo, porque Deacon meio que tinha me dado o chute no traseiro que eu precisava, mas aquilo não mudava a possibilidade.

Aiden soltou um som do fundo da garganta ao estender o braço para mim. Eu fui, subindo no colo dele. Seus braços me envolveram, me apertando com tanta força contra seu corpo que eu conseguia sentir o coração dele batendo. Eu não poderia dizer aquilo para ele agora. Acho que nunca conseguiria.

E aquela era a questão sobre verdades e segredos. Às vezes não precisávamos saber a verdade. A mentira era mais saudável que a verdade e, enquanto alguns segredos libertam as pessoas, outros podem destruí-las.

De olhos fechados, eu não me sentia bem com aquilo. A culpa ocupava meu estômago como um punhado de pedras afiadas, mas aquele segredo não deveria ser compartilhado.

Enfim, o toque de Aiden se afrouxou e as mãos dele passaram para os meus ombros. Ele afastou meu corpo, com seu olhar procurando meu rosto.

— Você tem tido alguma dor de cabeça?

Grata pela mudança de assunto, balancei a cabeça.

— Não desde que... Lea morreu. Seth apareceu, mas foi embora. Tipo, ainda sinto a corda, mas está estranho. É como se ele tivesse entrado de férias.

Aiden arqueou a sobrancelha.

— Ele está tramando alguma coisa.

Um pequeno sorriso surgiu em meus lábios.

— Justamente o que eu estava pensando.

— Mentes brilhantes pensam igual. — Ele acariciou meu lábio usando o polegar. — Você deve estar exausta.

Dei de ombros.

— Você também.

— Melhor descansarmos um pouco. — A mão dele voltou para o meu ombro. — Marcus não vai ficar feliz com você dormindo aqui.

— Eu sei.

Ele se recostou na cabeceira, com os olhos pesados.

— Provavelmente, teremos que voltar a dormir separados.

Fiz beicinho.

Aiden riu.

— Eu disse dormir separados, Alex. O que tenho em mente não envolve dormir.

— Ah... — Um calor se espalhou por mim como se eu tivesse acabado de sair do banho quente. — *Ah.*

Um sorriso lento puxou os lábios dele, e suas mãos desceram dos meus braços até minha cintura. Aquele calor vertiginoso se espalhou pelo meu corpo inteiro.

— O pensamento está lento aí, hein?

Eu ri e me senti... bem por rir. Me inclinando para a frente, pressionei a testa na dele.

— Desculpa. Não tenho a mente poluída como certas pessoas.

— Se você acha. — As mãos dele me apertaram com mais força. — É o que veremos.

Aiden se movimentou tão rápido que num segundo eu estava no colo dele, e, no segundo seguinte, estava deitada com ele por cima de mim. Ele abaixou a cabeça até seus lábios tocarem os meus suavemente. Aquele toque rápido demais quase acabou comigo.

— Eu te amo — disse ele, e aquelas foram as últimas palavras ditas por um bom tempo.

36

Aiden não saiu da cama, então acho que toda aquela coisa de dormir separados não começaria naquele dia. Não era como se eu estivesse reclamando. Depois de... bom, não dormirmos, e depois de termos dormido por algumas horas, seguidas de mais um pouco da coisa de "não dormir", ouvimos uma batida à porta.

Nos entreolhamos rapidamente.

— Hum, será que é melhor eu atender, já que esse é meu quarto?

Aiden assentiu e comecei a me levantar, mas ele segurou meu braço.

— Melhor colocar uma roupa antes.

— Ah! Ha ha! — Ri e comecei a procurar pelas minhas roupas. — Bem lembrado.

— Aham.

Saltando pelo quarto, enfiei minhas pernas no jeans.

— Já vai!

Eu tinha certeza que Aiden estava se divertindo com a cena, e meu rosto estava vermelho feito um pimentão quando cheguei à porta. Abrindo o suficiente para conseguir passar, avistei Dominic.

— Oi! — eu disse, torcendo para que meu cabelo não entregasse que eu tinha feito travessuras na cama.

A expressão dele permaneceu neutra.

— Desculpe por te acordar, mas novas pessoas chegaram. Uma delas, acredito, trabalhava como instrutor na ilha Divindade.

— Sério? Nossa. Onde estão?

— No momento, com o diretor — ele respondeu. — Seu tio já está ciente. Passei no quarto do sentinela St. Delphi, mas...

— Ah. Sim, hum... — Certeza que minha cara estava pegando fogo. — Ele tem o sono pesado.

— Aposto que tem. — Dominic deu um passo para trás. — Se quiser se juntar ao seu tio, estarei esperando ali fora. Não precisa ter pressa. Seu tio também... tem o sono pesado.

Nooossa... e então, minha ficha caiu. Eca. Eca. Eca.

Correndo de volta para o quarto, fechei a porta e me recostei nela.

— Meus deuses, que climão. Você escutou?

Aiden estava de pé ao lado da cama, abotoando as calças. Meus olhos ficaram presos no que seus dedos estavam fazendo e naquele abdômen.

— Sim. Ele não disse quem era?

Eu não estava com sede, mas minha boca estava seca.

— Não. Só que era um instrutor. Acha melhor a gente ir conferir?

— Claro. — Os músculos saltaram quando ele ergueu os braços, vestindo a camiseta. — Acho que será bom ver um rosto conhecido.

Eu achava que seria bom mesmo se ele tirasse aquela camiseta, mas o que eu sabia? Depois de passar uma escova no cabelo, peguei uma adaga, enfiei no bolso de trás e puxei a camiseta para cobrir o cabo.

Adagas. Nunca saía de casa sem elas.

Era fim de tarde e o ar parecia curiosamente frio quando encontrei Dominic e meu tio. Até onde eu sabia, estávamos bem alto nas montanhas, eu estava certa de que era começo de maio, e fiz uma nota mental para encontrar um calendário o mais rápido possível.

— Quem pode ser? — eu disse, me sentindo um pouco tensa.

— Não sei — disse Marcus.

Apertei o passo para acompanhar aqueles monstros de pernas longas.

— Você sabe de algum instrutor que tenha conseguido fugir?

— Muitos não estavam no campus quando Poseidon atacou.

— Verdade. Eles estavam no meio das férias. — Enfiei as mãos nos bolsos do jeans. — Então, pode ser qualquer um.

Marcus olhou para mim, com a sobrancelha arqueada.

— Pode mesmo.

Tirei a mão dos bolsos.

— Por que Diana não veio?

Meu tio me encarou e eu sorri.

--- Enfim, espero que seja alguém que conheço. — Comecei a colocar as mãos de novo nos bolsos, mas Aiden segurou meu punho.

Ele franziu a testa.

— O que deu em você?

— Do que você está falando?

— Você parece agitada.

Soltei minha mão.

— Sei lá. Só estou animada.

— Ah, que ótimo — Marcus murmurou.

Lançando um olhar para ele, tentei manter meus movimentos contidos. Não era uma agitação. Era mais um nervosismo, mas eu não tinha motivos para estar nervosa. Bom, tirando o óbvio, mas aquilo era diferente. Os sinais do Apôlion estavam sangrando pela minha pele, se movimentando devagar, formando glifos.

As escadas não me mataram desta vez. Como sempre, dois guardas estavam a postos no fim do corredor, na frente das portas do diretor. Eles se afastaram enquanto abriam as portas, e entramos. A curiosidade começou a superar o nervosismo em algum momento no meio da escada.

Meu olhar passeou pela sala, encontrando o diretor Elders primeiro, e depois no canto mais distante da sala, à janela oval, a figura de pé sob a luz, de costas para nós.

Eu e Aiden paramos, enquanto Marcus caminhou até a mesa. Eu não sabia se o diretor Elders queria a gente ali.

— Diretor Andros — disse Elders, com uma leve reverência. — Obrigado por se juntar a nós. Nosso recém-chegado ficou muito feliz ao ouvir que alguns dos seus colegas do Covenant da ilha Divindade chegaram ao campus.

O homem na janela se virou devagar, e reconheci o cabelo escuro e fino, com a pele em tom de oliva e os olhos quase da cor de obsidiana. Meu queixo foi parar no chão.

— Isso só pode ser brincadeira — eu disse.

O instrutor Romvi abriu um sorriso apertado.

— Fico feliz em te ver também, srta. Andros.

Bom, sabia que minhas suspeitas de membros da ordem terem fugido do Seth e dos sentinelas estavam corretas.

Um deles estava ali, de pé na minha frente.

Aiden e Marcus se aproximaram de mim, sacando suas adagas. O pobre diretor da universidade parecia estar prestes a ter um infarto.

— Guardas! — ele gritou, indo para trás da mesa como se aquilo pudesse o proteger caso partíssemos para a briga.

As portas se abriram e os dois guardas entraram, analisando a sala. Dominic estendia sua adaga também.

— O que está acontecendo?

Nada daquilo era necessário. Eu não era mais uma aluna em sala de aula. Eu era o Apôlion e estava completamente recarregada. Deixa o Romvi tentar alguma coisa. Eu ficaria mais do que feliz em chutar a bunda dele para fora da janela.

— Ele é um membro da ordem de Tânatos, que tentou matar Alex. — A fúria tomou conta de Aiden, e achei que alguma coisa pegaria fogo. — Ele não é o que consideramos um colega amistoso.

Instrutor Romvi uniu as mãos na frente do corpo.

— Pelo que me lembro, não fui eu quem executou a ação, que foi bem-sucedida, devo acrescentar.

Ah, aquilo era a coisa errada a se dizer.

A postura de Aiden dizia que ele estava prestes a quebrar tudo.

— Sim, correto, mas você é um membro da ordem e você...

— Tem a habilidade de matar o Apôlion? — Romvi interrompeu. — Sim. Eu tenho. Mas sou muito mais coisas. Estúpido não é uma delas. Me parece que a srta. Andros possui muitos deuses ao lado dela, e a única missão verdadeira da ordem é servir aos deuses.

— E isso significa me matar? — eu disse, cruzando os braços.

Ele me encarou.

— Na época, sim.

— E não mais? Quer que eu acredite nisso?

Romvi tombou a cabeça para o lado.

— Estamos do mesmo lado, srta. Andros.

Aquela sensação de nervosismo de quem tomou cafeína demais voltou, dando um nó no meu estômago. As runas estavam indo à loucura.

— E que lado é este, Romvi?

— O único lado possível — ele respondeu. — Na guerra, há apenas um lado verdadeiro para se estar, e este é o lado que vence. E, não se confunda, srta. Andros, estamos em guerra.

— Você nunca me pareceu do tipo filosófico — disse Aiden.

O sorriso de Romvi não se desfez.

— Aposto que, para você, não parecia mesmo, Sr. Delphi.

Aiden respondeu algo, mas eu não estava ouvindo. Aquela sensação esquisita bateu de novo, aquela que senti quando estava na sala de guerra do palácio de Hades. Aquele sentimento estranho, insistente, como se houvesse algo do qual eu deveria me lembrar, que eu deveria enxergar. Era muito mais forte naquele momento.

— Em tempos como este, devemos deixar as rixas pessoais de lado. — Romvi não havia se aproximado, mas eu me sentia... sufocada pela presença dela. — Precisamos trabalhar juntos.

— Estamos sempre em guerra — murmurei, me sentindo muito, muito esquisita.

Romvi arqueou a sobrancelha com frieza.

— Você se lembra do que ensinei. Fico muito feliz.

Então, um pensamento estranho preencheu a minha mente. Quando eu e Romvi treinamos juntos certa vez, o que ele me disse? Que eu deveria cortar o cabelo. Algo a ver com vaidade, mas me lembrei da sala de guerra claramente e do que Perséfone havia dito.

Ele gosta de cortar os cabelos daqueles que derrota e, depois, pendura aqui para todo mundo ver.

Descruzei os braços devagar. Meu coração acelerou. Romvi me observava com curiosidade, como se estivesse esperando por alguma coisa. Memórias do que Perséfone havia falado se juntaram logo. *Para ele, tudo se resume a guerra e seus espólios.* O que mais Perséfone tinha dito sobre ele? Sem guerra, ele não era ninguém.

— Não se deve dar as costas para a guerra — eu disse, passando as mãos para as minhas costas. — Também lembro de você dizendo isso.

Também me lembrei de Perséfone falando sobre...

Romvi baixou o olhar.

— Não. Não se deve dar as costas para a guerra. Acredito que é por isso que estamos aqui hoje. Os tolos deram as costas, apesar de a guerra sempre ter existido.

De repente, aquele sentimento esquisito e contundente e os sinais fizeram sentido. Não era nervosismo nem agitação. Não mesmo. E os autômatos. Só havia um deus que podia controlá-los — eles eram criaturas feitas para *lutar*. Havia um exército de mortais protegendo Lucian. Aquilo fazia sentido agora.

Filho do daímôn.

Me movimentando rápido como um relâmpago, saquei a adaga do Covenant do meu bolso de trás. Com velocidade e precisão perfeita, atirei a adaga para o outro lado da sala.

A lâmina afiada afundou no peito de Romvi antes que ele pudesse respirar de novo.

— Que diabos? — Marcus explodiu, se virando para mim. — Qual é o problema...?

Aiden virou os olhos arregalados.

— Alex...? Puta merda...

O diretor da universidade correu até Romvi, mas parou bruscamente. E Marcus e Aiden se acalmaram, porque Romvi continuava de pé.

E ele estava rindo.

Marcus deu um passo para trás.

— Mas quê...?

Os guardas e Dominic trocaram olhares, e depois correram até o diretor, o cercando e o escoltando até a porta.

A risada de Romvi diminuiu.

— Eu estava começando a achar que você não era tão esperta assim, srta. Andros.

Então, um brilho azul envolveu o corpo de Romvi, rodopiando pelo corpo dele até não conseguirmos mais enxergar o homem por trás daquele brilho sinistro e divino. Então, o brilho diminuiu, relevando o que estava por trás.

Ares era impressionante.

Com mais de dois metros de altura, ele era quase um Godzilla em peso e porte. Tinha mais músculos que um lutador profissional, era como Apolo, mas tomando esteroides.

Ele vestia calças de couro e uma túnica perfurada pela adaga do Covenant, ainda em seu peito.

289

Faixas serpenteavam seus bíceps, mas quando ele levantou o braço, percebi que não eram faixas.

Eram serpentes de bronze, pulsando e deslizando pelos braços dele.

— Puta merda — sussurrei.

Estendendo o braço, Ares colocou a mão forte no cabo da adaga e a puxou. Ela virou poeira na mão dele.

— Isso não foi muito legal, srta. Andros. Os deuses e o conselho temem o Primeiro, mas quem está atirando adagas em um deus por aqui?

Dizer que eu não estava com medo seria uma mentira deslavada. Ares era o Deus da Guerra e da Discórdia. Exércitos tremiam aos pés dele, e nações caíram sob sua fúria. Os filhos dele eram deuses do terror e da devastação. Não havia uma coisa nele que não mandasse uma pontada de medo direto para mim ou para qualquer outra criatura viva.

Devia ser ele o deus que fazia parte da linhagem de Seth, o deus que estava trabalhando nos bastidores com Lucian.

Estávamos muito ferrados.

Pelo menos agora eu entendia como Romvi tinha conseguido acabar comigo dia e noite, de domingo a domingo. Minha ficha caiu. Eu estava treinando com *Ares*. Meus deuses...

O olhar frio e apático dele passeou por nós.

— Silêncio? Ninguém vai se encolher diante de mim? Implorar misericórdia, como milhares já fizeram antes? Que decepção... Mas teremos tempo para isso no futuro.

— Como? — Marcus perguntou, engasgado.

— Como o quê? — Ares arqueou as sobrancelhas escuras. — Como eu estava bem embaixo do nariz de vocês esse tempo todo? Do mesmo jeito que fiz com Apolo, presumo. Eu o evitei sempre que ele estava por perto, e assim ele nunca me sentia. O Garoto de Ouro tinha suas suspeitas, certeza, mas... bom, ele não é muito esperto, né?

— O que você quer? — Fiquei orgulhosa que a minha voz não fraquejou.

Ares limpou a poeira das mãos.

— Ah, você sabe. Apenas... tudo. E, para conseguir tudo, preciso que você se ligue ao Primeiro.

Ciente que Marcus e Aiden estavam se movendo para trás de mim, ergui a cabeça.

— Isso não vai acontecer.

Ele suspirou.

— Eu estava esperando não ter que usar o clássico "senão" no fim das contas, mas parece que vou ter que usar, sim. As coisas podem ser fáceis, indolores. Você sabe quem eu sou, do que eu sou capaz. Apólion ou não, você não consegue nem começar a pensar em me derrotar. Eu sou o Deus da Guerra. Conecte-se com o Primeiro, senão...

Mantive minha guarda.

— Senão o quê? Você vai ficar parado aí e me encarar até a morte? Você não pode me matar. E não pode me forçar a conectar com o Primeiro.

O sorriso que se abriu nos lábios dele mandou uma onda gelada para cima de mim.

— Você está certa *e* errada. Não posso te matar, mas posso te submeter à minha vontade e te fazer desejar estar morta. E posso matar todos que você ama.

Ares estendeu o braço e várias coisas aconteceram em questão de segundos. O guarda mais perto dele foi lançado pela sala, atravessando a janela pela qual eu queria empurrar Romvi/Ares. O segundo guarda se moveu na direção dele e Ares cerrou o punho. O guarda caiu no chão, com sangue escorrendo do nariz, da boca e dos ouvidos. Dominic foi o próximo. Ele foi lançado para trás, com o corpo se contorcendo e se debatendo no ar. Ossos quebravam por baixo da pele dele. Ele se tornou apenas um mingau quando caiu no chão. Então, Ares se virou para o diretor da universidade.

O deus girou o punho e a cabeça do homem virou para o lado.

O estalo do osso quebrando ecoou pela sala.

Aiden começou a me cercar, e o terror verdadeiro roubou meu fôlego. Numa pontada de horror, o imaginei no lugar de Dominic, assim como Marcus. Ares iria *matá-los*. Tudo aconteceu rápido demais, mas eu não podia permitir aquilo.

Fiz a única coisa que eu podia fazer.

Estendendo o braço na direção da porta, conjurei o elemento ar e o usei contra Aiden e Marcus. A lufada de vento foi tão forte que não puderam fazer nada além de se renderem.

Meus olhos encontraram os de Aiden por um segundo, antes que ele fosse empurrado para fora da porta junto com Marcus. Quando vi o puro horror nos olhos prateados dele, eu soube que havia uma boa chance de ele nunca me perdoar por aquilo.

As portas pesadas se fecharam com uma batida, se trancando por dentro.

— Você é mesmo uma estraga-prazeres — disse Ares, rindo baixinho. — Eu estava muito animado para arrancar o coração do St. Delphi na sua frente. Mas isso pode ficar para depois.

Me virei lentamente, com o ar preso na garganta. Ares deu uma piscadinha.

— Agora, somos só nós dois.

— Nossa, isso não é nem um pouco bizarro.

— Ah, isso é a sua cara. Brincar quando está com medo. — As botas grandes bateram com força no chão quando ele deu um passo à frente. — Ou... como chamam mesmo? Ser *debochada*?

Meu peito subiu bruscamente enquanto batiam na porta. A camada grossa de titânio abafava as vozes deles.

— É como alguns chamam.

— Hum... — Ares tombou a cabeça para o lado, com as sobrancelhas arqueadas. — Sabe o que eu acho desse seu deboche todo? É uma tentativa frustrada de mascarar como as coisas te afetam. Que foi? — Ele sorriu. — Você parece muito surpresa. Acha que não te conheço? Que não venho te observando há tanto tempo quanto Apolo? Olha, eu só sou mais esperto que ele. Afinal, sou um grande estrategista.

— O Deus da Guerra andou me stalkeando? Nossa, agora me senti especial. Geralmente, os outros deuses são conhecidos por esse tipo de bizarrice, mas você? Uau!

Ele riu de novo, mas sem emoção.

— Você é engraçada. E muito bonita também. Eu vejo o porquê de Seth gostar tanto de você.

— Imagino que, como você está aqui, Seth não deve estar muito longe.

Ares apenas sorriu, e as batidas na porta continuavam.

— Como você me encontrou, aliás? — perguntei, ganhando tempo. Tempo pra quê? Eu não sabia.

— Ah, tenho comparsas por toda parte, garotinha. Formas de burlar esses talismãs idiotas. — Mais um passo, e ele estava a apenas meio metro de mim. — Você está tremendo — ele sussurrou.

Eu estava?

— Você foi ao Submundo recentemente. Se importa de explicar o motivo?

Senti minha garganta fechando.

— Bom, se você não sabe, parece que não tem comparsas *por toda parte*, né?

Ares deu uma risada.

— Que engraçadinha. Você vai me contar o que estava fazendo lá, ou isso vai terminar com você perdendo a habilidade de falar. Sua escolha.

Não recuei, embora todos os meus instintos me mandassem.

— Achei que isso fosse terminar comigo implorando pela morte. Como poderei fazer isso se não vou mais conseguir falar?

Ele riu de novo.

— Você é tão simplória, garotinha. Há outros jeitos de implorar pela morte sem precisar de palavras.

— Mesmo? — Minha voz embargou um pouco e me encolhi.

Os olhos completamente brancos dele brilharam.

— Já vi de tudo nas minhas batalhas. O jeito como um corpo se encolhe quando quer morrer. O grito silencioso por liberdade. Tem os olhos também, que falam mesmo quando a língua para de funcionar. E há a alma que apodrece quando a morte é desejada, mas a desvantagem é que essa opção carrega um cheiro forte.

Minhas veias gelaram, transformando meu sangue em raspadinha. Naquele momento, eu sabia que, independentemente do quanto eu lutasse, aquilo... seria uma desgraça.

— Então, a não ser que você queira sentir essas coisas por experiência própria, é melhor me contar o que estava fazendo no Submundo e, depois, se submeter.

Engoli em seco, me encolhendo enquanto as batidas na porta continuavam.

— Não sou muito fã dessa coisa de submissão.

— Talvez seja melhor repensar isso. — Ele soava tão civilizado quanto suas palavras sugeriam. — Encare as coisas racionalmente, garotinha. Tudo o que estou pedindo é que você se ligue a Seth. Permitindo que ele faça o que foi criado para fazer. Só isso. Ele vai cuidar de você. E você sabe. Como isso pode ser tão ruim?

— Ele vai arrancar tudo o que sou de mim mesma.

— E daí? Você estará feliz e viva. Não vai querer mais nada. — Ele abaixou o queixo, quase como se estivesse brincando. — Até posso deixar as pessoas que você ama vivas. Todo mundo ganha.

— Menos os deuses, que querem te derrotar, e as milhares, senão milhões, de pessoas que irão morrer.

Ele deu de ombros.

— Consequências da guerra.

— Isso é doentio — eu disse.

— É a verdade.

Meu estômago queimou.

— Por que... por que você está fazendo isso?

— Por que não? — Ele tocou meu queixo com um dedo comprido. — Por muito tempo os olimpianos ficaram sentados em seus tronos fazendo nada. Deixando o mundo inteiro ser infestado por filhos de semideuses e mortais enquanto ficávamos reclusos no Monte Olimpo. O mundo deveria ser nosso.

Balanceia cabeça.

— O mundo pertence à humanidade.

— O mundo pertence aos deuses! — ele rugiu, os olhos crepitando. — A mim e a qualquer outro deus que enxergue a verdade. O mundo pertence a nós.

Meus dedos se contorceram por vontade própria.

— Por que você não me leva logo até Seth? Pra que tentar me convencer?

— Bom, não posso simplesmente te levar pra lá, posso?

— Você não pensou direito nisso, né? — Forcei uma risada. — Você podia apenas me derrubar e me enfiar num carro. Pra que passar por tudo isso?

Ele cerrou as sobrancelhas e um músculo saltou no maxilar dele.

— Tem alguma coisa aí. Você *não pode* me forçar a ir com você. — Meu pulso acelerou. — Não é?

O deus estava fervilhando.

— Você é o Apôlion. Por isso, não posso te forçar, mas tenha em mente, garotinha, que eu posso e vou te machucar.

— A "garotinha" não está botando muita fé em você... — A coragem alimentou minha ousadia, o que geralmente não era uma boa combinação. — Ou você é como aqueles vilões que insistem em fazer um discurso longo, desnecessário e chato? Que pena... Achei que você era um tipo de deus mais-ação-menos-papo.

Ares abriu os lábios.

— Você não tem ideia. As regras que protegem o Apôlion são como todas as coisas na natureza... equilibradas. Apesar de você não poder ser forçada com coação ou pelas minhas mãos, você pode ser convencida de outras maneiras.

— Você é um vendedor péssimo, não está me convencendo a merda nenhuma.

Ele soltou um grunhido profundo e grave.

— Se submeta, ou que assim seja.

Encarei aqueles olhos brancos sinistros.

— Vai pro inferno.

Por um momento, ele quase pareceu decepcionado, como um pai se sente quando a filha é muito idiota para entender alguma coisa, mas então abriu um grande sorriso.

— Acho que Seth não vai gostar disso, mas, ah, que seja.

— O que você...?

Ares avançou, ficando na minha frente em meio segundo. Todos os pensamentos sobre Seth sumiram, e o instinto bateu. Conjurei akasha, sabendo que não o mataria, mas torcendo para que o mandasse de volta para o Olimpo com o rabo entre as pernas, mas não foi o que aconteceu.

Ele me agarrou pelo punho e apertou com o que provavelmente era uma leve pressão, mas a pontada de dor me fez perder a concentração.

— Você não vai gostar dos meus métodos de persuasão, garotinha.

Então, ele empurrou, e bati na porta com força o bastante para arrancar o ar dos meus pulmões. Infelizmente, o discurso de dr. Evil não era só pompa. Mas, se ele podia me machucar, eu podia aguentar. Eu não iria me submeter. Havia muita coisa em risco. Muitas vidas. Eu podia lidar com aquilo, e só podia esperar que ele se esquecesse de Aiden e Marcus quando terminasse, ou que seguissem o plano e metessem o pé dali.

Consigo lidar com isso.

Me empurrando para longe da parede, girei para a direita e estendi o braço, mas o lugar onde estava o peito dele agora estava vazio, e cambaleei para a frente.

— Errou.

Rodopiei, o encontrando atrás de mim. Me agachando, dei uma rasteira nele e... atingi apenas o ar.

— Pode continuar com isso se quiser.

Olhando para cima, ele estava recostado na porta de braços cruzados. Agora, eu estava começando a ficar irritada. Me levantando, peguei impulso e empurrei contra o ar, girando para dar o chute giratório perfeito que...

Braços me pegaram no ar por trás, e soltei um grito de surpresa.

Ele me segurou como se eu fosse um saco de arroz.

— Eu sou o Deus da Guerra, garotinha. Não há nenhum golpe que você saiba, nenhum método de batalha ou manobra que eu não conheça.

Merda.

— Sempre estarei um passo à frente. Sempre serei mais esperto. Você não pode lutar contra mim.

Jogando a cabeça para trás, atingi o ombro largo e duro dele. Então, balancei as pernas, mas Ares me soltou. Cambaleando para ficar de pé, vi que ele não estava mais na minha frente.

Merda em dobro.

Rodopiando, chutei o nada. Virei de novo e, de repente — *meus deuses* —, as mãos dele estavam na minha garganta, me levantando do chão enquanto eu chutava e o arranhava, assustada e distraída demais para conjurar akasha de novo.

— Quando eu terminar, você vai desejar a morte. — Os dedos dele afundaram, me impedindo de respirar. — Você vai implorar de todas as formas que eu listei. Você teve sua escolha. Já se divertiu. Agora, a brincadeira acabou.

Por um segundo de pânico, achei que ele tivesse esmagado minha traqueia, e eu disse a mim mesma, mais uma vez, que eu podia lidar com aquilo. Mas de repente eu estava voando para trás. Bati no aquário. Cacos afiados de vidro atravessaram minhas costas, enquanto água e peixes escorriam ao meu redor.

Bati no chão de lado. Peixinhos listrados em rosa e azul se debatiam no piso de mármore. Puxando o ar contra a dor, apoiei as mãos para me levantar. Grunhi enquanto cacos de vidro cortavam a palma da minha mão. Sangue misturado com água.

Consigo lidar com isso.

Me levantei ofegante, erguendo a cabeça.

Ares estava de pé na minha frente. Sem uma palavra sequer, ele deu um tapa no meu rosto com as costas da mão. Vi estrelas, como uma dúzia de fogos de artifício explodindo ao mesmo tempo. Bati na cadeira de couro atrás da mesa. Minha boca estava cheia de sangue quando me apoiei na beirada do móvel. Algo estava cortado. Minha bochecha? Meu rosto inteiro? Eu não tinha ideia. E, por cima da dor pungente, eu podia ouvi-los atrás da porta.

Consigo lidar com isso.

Agarrando o teclado, o arranquei do fio e girei, mirando na cabeça dele. Ares pegou o teclado e o partiu no meio como se fosse um galho.

Cambaleei para trás, tateando algo às cegas. Adagas e espadas estavam penduradas na parede, mas ele já estava em cima de mim antes que eu pudesse pegar qualquer uma delas.

Ares me levantou como se eu fosse uma gatinha indefesa. Antes que eu pudesse me libertar, antes que pudesse provar aquele gosto puro do medo se formando no fundo da minha garganta, ele me virou no ar, batendo minhas costas na quina da mesa que havia virado de cabeça para baixo.

Ouvi e senti um estalo. Uma dor brusca veio como trovão, e cada terminação nervosa pegou fogo de uma vez. Meus sentidos estavam sobrecarregados enquanto eu escorregava pelo chão, com os olhos fixos no teto.

Algo se abalou dentro de mim. Eu podia sentir. Uma dor escaldante me atravessava como um tiro. Eu estava molhada e quente por dentro, e se eu não fosse o Apôlion — se fosse apenas uma meio-sangue ou uma mortal —, eu sabia que o que Ares fez teria sido fatal.

Mas eu não iria morrer e não podia me mexer. Algo em mim quebrou feio. As pontas dos meus dedos estavam dormentes, e eu não sentia meus pés, mas sentia *todo o resto*. E percebi que, se alguém sabia o lugar certo para quebrar a espinha e imobilizar alguém, garantindo que a pessoa continuasse sentindo tudo, este alguém era Ares.

Consigo lidar com isso — meus deuses, consigo lidar com isso.

Ele se ergueu por cima de mim, sorrindo, com os olhos brancos.

— Isso pode acabar agora, pequena. Só diga as palavras.

Minha garganta estava travada, e minha língua parecia pesada demais. Usei todas as forças para soltar as palavras.

— Vai... se fuder...

O sorriso sumiu do rosto dele, e então, ele se movimentou rápido como um raio. Dor... por toda parte. Outro osso quebrado — talvez minha perna, ou o joelho, mas eu não tinha certeza. Minha boca se abriu para gritar, mas o que saiu foi um gemido molhado e quente.

Eu... eu consigo lidar com isso. Eu precisava... eu precisava.

Quando ele quebrou minha outra perna, e depois cada costela — uma de cada vez —, a dor se tornou meu mundo. Não havia como escapar dela

— não dava para respirar nem escondê-la. A consciência estava indo embora de mim, e lutei contra a névoa, porque, quando ele terminasse comigo, se é que terminaria, ele partiria para Aiden e Marcus, e toda a universidade. Ele era o Deus da Guerra, e destruiria tudo.

Mas a dor... ela me apodrecia por dentro. Atingia cada partezinha de humanidade que eu ainda tinha; onde eu ainda era a Alex, a dor tomava conta. Eu não conseguia aguentar. Não conseguia lidar com aquilo. Meus escudos quebraram e a corda fez barulho, mas a vibração crescente foi abafada pela dor terrível, e a desesperança cada vez maior se afundava em mim como garras afiadas, arrancando todo o meu senso de existência.

Eu não era tão forte quanto tinha imaginado, ou talvez tivesse atingido meu limite porque queria apagar — queria *morrer*. Não havia orgulho naquilo. Não havia propósito. Minha alma estava fragmentada e eu estava quebrada ao meio.

Ares agarrou meu braço quebrado, me arrastando até o meio da sala, por cima dos cacos de vidro e peixes mortos e do sangue daqueles que já tinham morrido ali. Aquela onda fresca de dor não era nada em comparação com todo o resto, mas pelo canto do olho, vi Ares pegando uma adaga. Ele se ajoelhou por cima de mim, com os lábios curvados. Havia uma lâmina na mão dele, e as coisas ficariam muito, muito piores.

— Diga as palavras.

Eu estava estilhaçada e fraca. Ele venceu, e eu queria morrer, mas não podia, e não tinha outro jeito — gritei quando o primeiro golpe da lâmina me perfurou.

Com outro golpe afiado, minha visão ficou âmbar por um momento, e depois voltou ao normal, mas alguma coisa... alguma coisa estava diferente. Uma sensação desconhecida estremeceu ao redor dos ossos quebrados e músculos cortados. Não vinha de mim, mas era parte de mim. Eu estava gelada, e a sensação era de metal, fúria, escuridão e infinitude.

Não vinha de mim, porque qualquer parte minha que ainda restava havia se encolhido, esperando e torcendo que aquilo acabasse. Eu havia desistido, me acovardando pela dor como um cão abatido. Eu queria que acabasse. Queria experimentar a paz da morte.

Mas a fúria aumentou e, enquanto Ares se curvava sobre mim segurando a adaga com a ponta vermelha, eu soube que a fúria estava sendo filtrada pela conexão entre o Primeiro e eu.

Era Seth.

Ele estava bravo por eu não ter ido com Ares? Ou por eu ser tão fraca a ponto de desejar a morte? Ou era outra coisa, algo mais profundo que o lado em que cada um de nós defendíamos, porque Seth... Seth tinha que estar sentindo tudo aquilo. Ele tinha que saber, e aquele último fragmento do meu ser se recusava a acreditar que ele toleraria aquilo. Eu sofria, então ele sofria.

O deus riu com frieza.

— Estava pensando: se eu arrancar a cabeça de um Apôlion, será que cresce de volta? Acho que vamos descobrir, né? Espero que goste.

Algo em mim morreu bem ali, talvez não uma morte física, mas uma num nível parte mental, parte emocional. Eu estava morta. Quando tudo aquilo terminasse, eu não seria a mesma.

Madeira e metal se partiram, e eu sabia que a porta enfim havia sido arrombada. Enquanto o deus descia a adaga em mim, um corpo o atingiu. A lâmina atingiu o chão ao lado do meu pescoço. Antes que eu pudesse dar minha próxima respirada dolorida, os três se movimentaram por cima de mim, numa espécie de dança doentia e macabra. Ares. Aiden. Marcus. Eles se moviam rápido demais para acompanhar. Os três estavam muito próximos.

Um raio explodiu, banhando a sala numa luz branca, brilhante como o sol. A presença de outro deus preencheu a sala, e eu estava cega. Tentei respirar de novo e sibilei. Um calor molhado se espalhou pelo lado esquerdo do meu corpo, empoçando o chão como chuva. Meu sangue? Ou de outra pessoa? Deuses... deuses não sangravam como nós.

Houve um rugido desumano e Ares se virou, com sua atenção seja lá no que fosse estava atrás de mim. Num instante, o Deus da Guerra estendeu os braços. Uma onda de choque atravessou a sala destruída. Madeira estraçalhada e móveis quebrados voaram pelo ar, junto com corpos caídos e sem vida... e Marcus e Aiden.

Uma chuva vermelha parecia cair do teto.

Chamaram meu nome, mas parecia distante. Tentei me sentar, para ver Aiden e Marcus, para saber se estavam bem, mas eu não conseguia me mexer nem respirar. Mãos me tocaram, mas minha pele estava desassociada do meu corpo. Ouvi gritos ao fundo e queria que todos se calassem — que simplesmente *calassem a boca*. Meu corpo inteiro parecia escorregadio quando fui levantada: minha cabeça pendia para o lado.

Onde estavam eles — onde estavam Aiden e Marcus?

O horror dominou a dor, e se misturou com a fúria de Seth. Os sinais se espalharam pela minha pele, e a corda vibrava com violência. Havia vozes, muitas vozes, e uma ecoou com clareza, e eu não sabia se ela tinha sido dita em voz alta ou só nos meus pensamentos.

— Vamos, Alex.

E, depois, nada.

37

Não sentia nada, e depois a dor voltou, começando com os ossos quebrados nos meus dedos dos pés e se arrastando para cima, pelas panturrilhas e pelos joelhos fraturados, escorregando pela minha pélvis pulverizada em ondas de dor fumegantes. Quando o fogo alcançou minha cabeça, tentei gritar, mas meu maxilar estava travado. O grito saiu mesmo assim, silencioso, mas cheio de uma fúria que tinha gosto do sangue acumulado na minha boca.

Morte... meus deuses, implorei pela morte de novo e de novo na minha mente. Uma prece implacável e contínua para que qualquer deus que estivesse me ouvindo acabasse com aquilo, porque a dor estava arrebentando minha sanidade.

Mas a dor não diminuiu. Ela queimava. Permanecia. Continuava a me apodrecer de dentro para fora até eu conseguir abrir os olhos.

No início, minha visão não focava. O que eu enxergava era uma névoa azul, mas quando minha vista clareou, não entendi o que eu estava vendo.

Talvez eu tivesse enlouquecido.

Eu estava encarando um céu — o azul mais brilhante que já tinha visto. Como as águas profundas do oceano, intocadas e puras. Nenhum céu tinha aquela cor. E eu estava na sala do diretor, onde Ares... onde ele...

Não conseguia pensar naquilo. Não conseguia pensar em nada.

O ar cheirava a jasmim, como... como a piscina no Submundo, onde estive com Aiden.

Aiden...

Meus deuses, eu não sabia o que havia acontecido com ele, se Ares tinha machucado ele e Marcus. Eu não sabia onde estava ou como tinha chegado ali. Tudo o que eu sabia era a dor. Ela estava em cada fibra dos meus músculos, cada osso fraturado e vaso rompido, mas aquilo... aquilo não era verdade. Mas havia uma coisa que eu sabia.

A corda — a conexão entre mim e Seth — havia desaparecido.

Não havia mais vibração. Fúria. Nenhuma presença externa misturada com a minha. Meus deuses, eu não sentia nada além da dor.

— Alexandria...

Não percebi que meus olhos se fecharam de novo até me forçar a abri-los após ouvir o som de uma voz vagamente familiar. De primeira, não o enxerguei, nem nada além daquele céu lindo e surreal.

Uma sombra se projetou por cima de mim e uma forma apareceu, bloqueando o céu. Segundos depois, a imagem do homem se formou. Alto e largo, com cabeça cheia de cabelo cor de mel, o homem tinha o rosto de um anjo.

Pelo amor dos deuses, eu não teria um segundo de paz? Tânatos.

Os lábios do deus se curvaram um pouquinho para o lado, como se soubesse o que eu estava pensando, e me perguntei se estava mesmo morta, se alguém havia mentido sobre toda aquela coisa de Apólion-não-pode--morrer, porque eu estava encarando o Deus da Morte Pacífica.

Até aí, minha morte, se é que eu estava mesmo morta, foi qualquer coisa menos pacífica. Ele veio para atender minhas preces? Para acabar com a dor?

Se abaixando, Tânatos tombou a cabeça para o lado ao ficar em cima de mim.

— Consegue me ouvir?

Tentei abrir a boca, mas não conseguia.

— Pisque se conseguir — disse ele com uma gentileza surpreendente. Pisquei. — Fomos inimigos no passado, mas não estou aqui para te machucar. Estou cuidando de você até Apolo retornar com Esculápio, seu filho.

Apolo? Filho de Apolo? Fui tomada pela confusão enquanto respirava fundo, me arrependendo de imediato. A dor se espalhou pelo meu peito.

Tânatos se moveu para tocar minha testa, mas parou de modo brusco.

— Está tudo bem. Você está no Olimpo.

Olimpo? Como aquilo poderia significar que estava *tudo bem*?

— Bom, na frente do Olimpo, se quiser uma resposta mais técnica. — Ele olhou por cima do ombro, suspirando delicadamente. — O que você fez ao enfrentar o Ares? Poucos fariam; nenhum mortal, semideus e, certamente, nem mesmo o Apólion. Você poderia ter se submetido a ele. Teria se poupado de tanta dor.

Tânatos se inclinou para mais perto, me encarando com os olhos brancos que não possuíam pupilas nem íris.

— Você se manteve firme, e respeito isso. E também admiro.

Talvez, se eu não estivesse sentindo que meu corpo tinha sido quebrado em milhões de pedacinhos, eu até poderia apreciar aquela declaração. O ar com cheiro de jasmim se agitou, e outras duas sombras surgiram no local onde eu estava deitada... na grama, percebi tardiamente. Minhas costas estavam molhadas e eu não estava esperançosa o suficiente para acreditar que era orvalho em vez do meu sangue... ou de outra pessoa. Não. Não podia ser de outra pessoa, porque aquilo significaria que Aiden ou Marcus...

Apolo entrou em foco e, em vez de lançar aquele olhar enxerido dos deuses, me encarou com olhos que combinavam com o céu atrás de seus

300

ombros. Um sorriso pequeno, quase triste, se formou nos lábios dele, o que achei estranho, já que era raro ele demonstrar qualquer emoção.

— Eu não conseguiria te curar no reino mortal. O estrago foi muito grande — disse ele e, pela primeira vez, Apolo foi direto ao ponto. — Precisei te trazer para cá, o mais perto possível do Olimpo. Todo o éter cercando minha casa irá ajudar Esculápio.

Eu queria perguntar sobre Aiden e Marcus, mas quando enfim consegui abrir a boca, apenas um gemido baixinho saiu.

— Não tente falar — disse Apolo. Ele recuou, abrindo espaço para outro deus. — Meu filho irá te curar. — Um risinho irônico contorceu os lábios dele. — E sei que, se você pudesse, diria alguma coisa do tipo "quantos filhos você tem?" e minha resposta seria "muitos".

Sim, eu estava meio curiosa, e também me perguntando se aquilo significava que Esculápio era meu parente, mas o que queria mesmo saber era o que havia acontecido com Aiden e Marcus.

Esculápio tomou o lugar de Tânatos. Ele não era parecido em nada com Apolo. Uma barba cheia cobria seu rosto, dificultando que eu adivinhasse sua idade, mas as linhas finas se espalhando pelos cantos dos olhos brancos o faziam parecer muito mais velho que o próprio pai. Meus olhos se moveram para Apolo, e fui confortada ao ver que ele ainda estava ali. Ele não me deixou sozinha com Tânatos e um desconhecido.

Por fim, Apolo teve misericórdia de mim.

— Da última vez que vi Aiden e Marcus, estavam bem. Mas não voltei lá desde que te trouxe para cá.

Fechei os olhos e engoli em seco. Não era uma confirmação de que os dois estavam cem por cento bem, mas já era alguma coisa para eu me agarrar.

— Você conhece a história do meu filho? — Apolo perguntou.

Como não fiz nada, Esculápio riu.

— Ele ama contar essa história.

— A mãe mortal dele faleceu durante o parto, e quando ela estava deitada na pira para ser cremada, eu o arranquei do útero. — Enquanto Apolo falava, seu filho examinava meus vários ferimentos com um olhar que misturava nojo e desafio. — Dei ele ao centauro Quíron, que o criou na arte da medicina. Claro que, tendo meus genes, ele já tinha uma certa habilidade em curar.

É claro.

— Mas minha irmã pediu para Esculápio trazer Hipólito de volta à vida, e juntando a irritação de Hades com isso e a choradeira de Afrodite, Zeus matou meu filho com um raio. — Um músculo saltou no maxilar de Apolo. — Então, matei Ciclope, garantindo que Zeus não teria mais raios.

Então, tá booom...

— Acabei sendo banido do Olimpo por um ano — Apolo continuou, levianamente. — Mas, no fim, Zeus ressuscitou meu filho para garantir que não haveria mais rixas comigo. — Ele pausou. — Você deve estar se perguntando qual é a moral da história, não é? *Sempre* encontro um jeito de cuidar dos meus.

Antes que eu pudesse processar o que aquilo significava, o filho dele colocou as mãos no meu peito. Sob circunstâncias normais, eu não ficaria feliz com a ideia de ser apalpada, mas um calor inacreditável tomou conta de mim. Da ponta dos pés até meu crânio fraturado, um calor inebriante e maravilhoso invadiu cada poro.

O deus fechou os olhos.

— Isso pode doer.

O quê? *Não*, quis gritar, porque não aguentaria mais, porém o calor estourou minha pele e gritei *mesmo*.

Uma fúria quente brotou em mim, se espalhando sem controle e abrasando cada célula. Meu corpo quebrado se levantou do chão.

Esculápio ficou confuso e franziu a testa.

— Tem mais alguma coisa aí...

Pela segunda vez em sei lá quantos minutos, fui puxada para um buraco, perdida num mar escuro cheio de nada.

Quando abri os olhos, minha visão estava clara, tinha sido levada para um aposento circular com paredes de mármore. Pássaros cantavam um verso suave e lírico em algum lugar fora daquele cômodo. Uma mesa estava no meio de um pequeno palanque. Sobre o móvel, havia uma jarra cheia de um líquido cor de mel. O ar pesado e aromático soprava pela pequena abertura na parede, balançando o dossel branco pendurado sobre a cama na qual eu descansava.

Uma cama? Obviamente, era uma melhora em relação a estar deitada na grama, mas a confusão me perturbou. Me apoiei sobre os cotovelos e estremeci quando uma dor atravessou meu corpo inteiro.

Eu estava curada, mas...

As memórias de Tânatos, Apolo e seu filho se encaixaram. Eu estava no — perto do — Olimpo.

Nunca na vida achei que eu respiraria aquele ar rico em éter dos deuses, mas lá estava eu. Um zumbido baixinho de empolgação vibrou nas minhas veias. Eu queria sair correndo da cama para investigar. Diziam que o Olimpo era o lugar mais lindo em toda existência, ainda mais lindo que os Campos Elísios. Criaturas míticas passeavam livremente ali, e plantas que não floresciam mais no mundo mortal, cresciam com alturas surpreendentes no Olimpo. Era uma experiência única na vida...

A empolgação foi tomada pela inquietude. Eu não estava ali para aproveitar a vista. Não era como se eu estivesse de férias e Apolo fosse aparecer para fazer um passeio comigo usando arco com orelhinhas de rato. Aquilo não era a Disney, e eu estava lá porque Ares...

No fundo da minha mente, e no centro da minha existência, havia uma coisa escura e feia que cresceu e apodreceu, uma frieza distinta que nenhuma quantidade de ar quente poderia reprimir. Meus pensamentos voltaram para Ares, e meu coração ficou pesado. O mais puro terror se formou no fundo da minha garganta, com gosto de bile.

Mas, meus deuses, não era apenas Ares, ou a ideia de enfrentá-lo de novo. Era a dor que havia me infeccionado e apodrecido, a dor que me quebrou em pedaços e me fez implorar pelo fim — pela morte. Embora eu nunca tivesse dito as palavras em voz alta, eu sabia que Ares tinha sentido. Estava nos meus olhos, minha alma tinha sido exposta.

Ares sabia. Seth sabia.

A vergonha, junto a algo sombrio, cresceu dentro de mim, se contorcendo e me engasgando como uma erva daninha. Implorei pela morte.

Eu. Alex. O Apôlion todo-poderoso. A garota que era derrubada, mas se levantava e pedia mais. Eu estava treinando para ser uma sentinela, uma guerreira feita para ignorar o medo. Eu já havia experienciado dor antes, tanto física quanto mental. Eu até já esperava.

Mas Ares me quebrou ao meio.

Uma vulnerabilidade pura se espalhou em mim. Me sentindo enjoada, puxei o cobertor macio até o peito. Meus deuses, eu me sentia... me sentia como uma impostora na minha própria pele. O que Aiden acharia se descobrisse? Ele jamais imploraria ou desistiria como eu tinha feito — meus deuses, e se Aiden não estivesse bem? E se Apolo tivesse mentido?

Comecei a jogar o cobertor para o lado, mas parei. A indecisão caiu sobre mim. O que eu estava fazendo? Onde eu iria para exigir respostas? Meu punho cerrou no cobertor, até eu achar que iria desfazer todo o trabalho árduo de Esculápio.

Eu não conseguia me mexer.

Estava congelada pelo... pelo quê? Medo. Angústia. Vergonha. Confusão. Ansiedade. Centenas de emoções rodopiavam em mim como um tornado. Minha respiração entrava e saía dolorosamente. A pressão desabrochou do nada, empurrando meu peito ainda dolorido. Aquilo era pior do que como eu havia me sentido depois de Gatlinburg, multiplicado por um milhão.

Eu não conseguia respirar.

Imagens da luta na sala do diretor passaram pela minha cabeça como um álbum de fotos perverso. As manobras que sempre chegavam tarde demais. Os chutes e socos que nunca acertavam. Ser pega e jogada como se eu fosse apenas um saco de arroz. Minha espinha quebrando, e todos os ossos em seguida, e depois a adaga...

O som de Aiden e Marcus batendo nas portas, desesperados para entrar, me assombrava. Tantas memórias do Ares acabando comigo vinham numa onda contínua que evidenciava como eu não era tão boa assim. Como pude achar que seria capaz de enfrentar Ares, o Deus da Guerra? Como qualquer um de nós pôde?

E implorei pela morte. Não conseguia respirar.

A pressão comprimiu meu peito de novo e eu soltei o cobertor, pressionando a mão sobre minha pele melada de suor. Saí da cama cambaleando, caindo de joelhos no chão gelado de granito, e, depois, pressionando a testa nele. O chão frio pareceu ajudar, como na noite em que bebi a poção.

Não sei por quanto tempo fiquei daquele jeito — minutos ou horas —, mas o chão tinha uma habilidade incrível de me estabilizar. Uma exaustão profunda me atingiu, do tipo que uma guerreira só sente no fim da batalha, quando já está pronta para entregar a espada e desaparecer pela eternidade.

Em algum lugar na sala, uma porta se abriu, raspando contra o mármore. Não levantei a cabeça nem tentei me sentar, e sabia como eu pareceria para quem quer que estivesse ali: como um cão acovardado no canto. Aquela era eu.

— Lexie?

Meu coração parou.

— Lexie? Ai, meus deuses, meu amor.

Congelei de novo, assustada demais para olhar e descobrir que aquela voz não era realmente da minha mãe, que era um tipo de ilusão maldosa. Um tipo diferente de pressão afundou meu peito. Uma esperança frágil brotou.

Braços quentinhos me envolveram num abraço gentil e dolorosamente familiar. Respirando com fúria, senti o cheiro dela — *o cheiro dela*. Baunilha.

Levantando a cabeça, espiei pelas mechas de cabelo e perdi o fôlego, junto com a habilidade de formar um pensamento coerente.

— Mãe?

Ela sorriu, passando as mãos pelas minhas bochechas. Era ela — o rosto oval e a pele um pouco mais escura que a minha, lábios abertos num sorriso amplo e os olhos no tom mais brilhante de verde. Ela estava como da última vez que a vi em Miami, na noite antes do ataque de daímôn que a transformou num monstro viciado em éter, antes de eu ter que matá-la.

Aquela pressão afundou até eu não conseguir respirar, pensar ou ver qualquer coisa além dela.

— Meu amor, sou eu, sou eu mesmo. — A voz dela era como me lembrava; suave e melodiosa. — Estou aqui. — A encarei até aquele rosto lindo começar a balançar.

Algo em mim não me deixava permitir aceitar aquilo, aquele *presente*, porque, se não fosse real, seria muita crueldade. Os espíritos guardando os portões do Submundo já tinham quase me enganado.

Mas as mãos dela estavam quentes, e os olhos cheios de lágrimas. O cheiro era o dela, e a voz era a dela. Até o cabelo escuro caindo em ondas abaixo dos ombros, como era antes.

Então, ela se ajoelhou e chegou perto, pressionando sua testa contra a minha. A voz dela estava embargada com lágrimas.

— Lembra do que eu te disse naquela noite?

Lutei para conseguir falar.

— Que você me amava?

— Sim. — O sorriso dela estava marejado. — Eu te disse que, com ou sem propósito, você era uma garota muito especial.

Meus deuses...

— E você me disse que, como sua mãe, eu era obrigada a te dizer aquilo. — Ela riu, e o som pareceu ter ficado preso na garganta dela. — Na época nem eu sabia o quão especial você era.

Era ela — de verdade.

Me aproximando num clamor, joguei os braços ao redor dela, quase a derrubando no chão. Com uma risada suave, ela me envolveu num abraço forte — o abraço que eu vinha sentindo falta e precisando por tanto tempo. Minha mãe dava os melhores abraços do mundo.

Ela me apertou com força. E me agarrei a ela enquanto ela fazia cafuné em mim. Lágrimas queimavam o fundo da minha garganta e enchiam meus olhos. A emoção transbordou do meu peito até eu sentir que meu coração ia explodir. Eu vinha desejando aquele momento pelo que me parecia uma eternidade, e não queria mais soltá-la.

— Como isso é possível? — Minha voz estava rouca e abafada. — Não entendo.

— Apolo achou que te faria bem depois de tudo o que aconteceu. — Ela se afastou um pouco. Lágrimas molhavam os olhos dela, e odiei aquilo. — Ele cobrou um favor de Hades.

Apolo parecia ter muitos favores à sua disposição.

— Senti muita saudade. — Ela colocou a mão na minha bochecha e sorriu. — Queria ter estado ao seu lado quando você perdeu o Caleb e quando enfrentou o conselho. Queria mais do que qualquer coisa.

Um nó quente se formou na minha garganta.

305

— Eu sei, mãe, eu... eu sinto muito. Eu...

— Não, meu amor, não ouse se desculpar por tudo o que aconteceu comigo. Nada daquilo foi culpa sua.

Mas *era* minha culpa. Claro, não fui eu quem a transformou numa daímôn, mas saímos da segurança da ilha Divindade por causa do que eu me tornaria. Ela sacrificou tudo — a própria *vida* — por mim, e eu fiquei conectada com Seth depois que despertei, causando eventos horríveis e catastróficos pelo mundo inteiro, e os deus retaliaram. Como aquilo poderia não ser minha culpa?

— Olha para mim — disse ela, segurando os dois lados do meu rosto e me forçando a levantar a cabeça. — O que aconteceu em Miami não foi culpa sua, Lexie. E você fez a coisa certa em Gatlinburg. Você me deu paz.

Matando ela — minha mãe.

Ela pressionou os lábios e respirou fundo, trêmula.

— Você não pode se segurar a esse tipo de culpa. Ela não pertence a você. E o que aconteceu depois que despertou estava fora do seu controle. Você quebrou a conexão no fim. Isso é o que importa.

As palavras dela eram tão sinceras que eu *quase* me convenci, mas eu não queria passar aquele tempo com ela falando sobre as coisas terríveis que aconteceram. Depois de tudo o que aconteceu, eu só queria que ela me abraçasse.

Suprimir a culpa era como tirar calças apertadas. Eu podia respirar agora, mas as marcas ficaram na minha pele.

— Você está feliz? — perguntei, me aninhando mais perto.

Minha mãe me abraçou de novo, apoiando o queixo na minha cabeça, e fechei os olhos, quase capaz de fingir que estávamos em casa e que havia um coração de verdade batendo embaixo do meu rosto.

— Sinto sua falta, e de outras coisas também, mas estou feliz. — Pausando, ela puxou meu cabelo para trás. — Há paz, Lexie. Do tipo que apaga boa parte das coisas negativas e deixa mais fácil lidar com tudo.

Senti tanta inveja daquele tipo de paz...

— Te observo quando posso — disse ela, dando um beijo no topo da minha cabeça. — Não é algo que nos recomendam fazer, mas quando posso, dou uma olhada. Quer me contar sobre aquele puro-sangue?

Meus olhos arregalaram, e meu rosto corou.

— *Mãe...*

Ela soltou um riso suave.

— Ele se importa tanto com você, Lexie.

— Eu sei. — Meu coração apertou quando levantei a cabeça. — Eu amo ele.

Os olhos dela se iluminaram.

— Você não tem ideia de como fico feliz em saber que encontrou amor no meio de toda essa...

Tragédia, completei silenciosamente. Envolvendo as mãos nos pulsos finos dela, meu olhar repousou na janela. A brisa balançava galhos finos. Flores cor-de-rosa estavam desabrochadas, com as pétalas em forma de gota molhadas de orvalho. As encarei por um tempo obsceno de tão longo antes de voltar a falar.

— Às vezes, me pergunto se é certo, sabe? Se eu deveria sentir felicidade e amor quando todos estão sofrendo.

— Mas você *também* sofreu. — Ela guiou meu olhar de volta para o dela. — Todo mundo, sem importar o que esteja acontecendo ao redor, merece o tipo de amor que aquele homem sente por você, especialmente você.

Corando de novo, me perguntei o quanto minha mãe tinha visto. Torta de climão bem servida.

— E esse tipo de amor é mais importante que qualquer coisa agora, Lexie. É o que vai te manter sã. É o que vai te lembrar de quem você realmente é.

Respirei fundo, mas o ar ficou preso.

— Tantas pessoas morreram, mãe.

— E muitas outras vão morrer, meu amor, e não há nada que você possa fazer quanto a isso. — Ela pressiona os lábios contra a minha testa. — Você não pode salvar todo mundo. Não é sua missão.

Eu não sabia como me sentir em relação àquilo. Será que ser o Apôlion era mais sobre morte e destruição que sobre salvar vidas?

— Consegue ficar de pé? — ela perguntou.

Assentindo, me apoiei sobre os pés e me encolhi quando a dor se espalhou pelas minhas pernas. Minha mãe pareceu ficar preocupada, mas eu dispensei com um gesto.

— Estou bem.

Ela se levantou, mantendo a mão no meu braço.

— Você deveria se sentar. Apolo disse que levaria um tempo até que... que você se sentisse normal.

Me sentir normal não era uma possibilidade, provavelmente nunca mais, mas me sentei na beirada da cama e observei minha mãe flutuando até o palanque e a mesa. Ela não caminhava — nunca caminhou. Minha mãe tinha uma graciosidade intrínseca que sempre desejei ter herdado. Em vez disso, eu pisoteava por aí como uma vaca, na maior parte do tempo.

Ela pegou o jarro e um copo que estava atrás dele.

— Ele quer que você beba isso.

Arqueei as sobrancelhas, desconfiada. Se aprendi uma coisa nos meus últimos dezoito anos, era que beber ou comer algo dos deuses era uma coisa a ser feito com muita, muita desconfiança.

— O que é isso?

Minha mãe serviu o líquido num copo que parecia um cálice antigo e voltou até a cama. Sentando, ela me entregou.

— É um néctar de cura que o filho de Apolo preparou para te auxiliar na recuperação. Você não pode ficar aqui pelo tempo necessário para se curar por completo, mas isso vai ajudar. Mesmo para você, tem éter demais no ar. Vai te sufocar.

Sufocamento me parecia uma ideia fantástica, mas encarei o cálice com cautela.

— Tá tudo bem, Lexie. Entendo sua hesitação, mas isso não é um truque para te enganar.

Com uma boa dose de trepidação, peguei o cálice e cheirei. O aroma era um misto de mel com algo terroso. Como eu sabia que aquela era minha mãe, e podia sentir aquela verdade no fundo do peito, bebi do copo. Fiquei aliviada ao descobrir que tinha um gosto doce, e não gosto de bosta.

— Beba devagar — minha mãe alertou. — Vai te deixar sonolenta.

— Ah, é? — Franzi a testa para o cálice.

— Quando você acordar, estará de volta no mundo mortal.

Um vento gelado preencheu meu peito.

— Isso não é um sonho, é?

— Não. — Minha mãe sorriu ao estender o braço, pegando a mecha de cabelo que sempre caía para a frente e colocando para trás. — Isso não é um sonho.

Soltando o ar aos poucos, tomei mais um gole. Havia muito que eu queria dizer. Muitas vezes, desde que ela morreu, fantasiei em vê-la de novo e tinha criado uma lista enorme de coisas que eu gostaria de dizer para ela, começando com um monte de desculpas por ter saído escondida, falado palavrão, arrumado brigas e por ter dado tanto trabalho a ela. Naquele momento, era engraçado e estranho. Quando abri a boca, a emoção engasgou aquela lista, a apagando por completo. As palavras que saíram foram:

— Sinto muito sua falta.

— Também sinto sua falta, mas estou ao seu lado o tanto quanto posso. — Ela me observou beber o néctar de cura. — Quero que você me prometa uma coisa.

— Qualquer coisa — eu disse, falando sério.

Um pequeno sorriso surgiu.

— Aconteça o que acontecer, não importa o que você tenha que fazer, quero que você se perdoe de toda a culpa.

Eu a encarei.

— Eu...

— Não, Lexie. Você precisa se liberar da culpa e precisa superar o que Ares fez.

Abaixando o copo, desviei o olhar e balancei a cabeça de leve. Superar como Ares havia me destruído, como eu havia implorado pela morte? Impossível.

— Você... viu?

— Não. — Ela segurou minha mão e apertou. — Mas Apolo me contou.

A risada que saiu de mim foi incrivelmente amarga.

— É claro que ele contou. E onde estava Apolo quando enquanto eu levava uma surra, aliás?

Um olhar magoado se formou no rosto dela, e me arrependi logo do que disse.

— Desculpa — sussurrei. — Ele provavelmente estava fazendo alguma coisa importante de deus. — Ou correndo atrás de dríades.

— Tudo bem. — A mão dela deslizou pela minha bochecha, e me surpreendi ao notar que meu rosto não doía mais. — Apolo se preocupa muito com você. Eu também.

— Estou bem. — A mentira pareceu falsa até mesmo para os meus ouvidos.

Ela tombou a cabeça para o lado e suspirou.

— Não queria essa vida para você. Queria te poupar dessa escuridão.

— Eu sei. — Olhando para ela, absorvi suas feições.

Meus deuses, ela era tão linda... Era muito mais do que um bom DNA divino. Era algo que emanava de dentro para fora; a bondade, o amor e tudo o que eu aspirava ser. Aos meus olhos, ela brilhava. E a vida dela terminou cedo demais. Ela merecia muito mais, e eu queria poder dar aquilo a ela. Mas eu não era capaz, então dei a única coisa que podia.

— Prometo — eu disse a ela. — Prometo que vou superar.

Ela sorriu.

— Quero matar Ares pelo que ele fez com você.

Engasguei com a bebida. Acho que nunca ouvi minha mãe dizendo que queria matar alguém, exceto quando ela virou uma daímôn. Daí, ela quis matar todo mundo. Uma dor diferente preencheu meu peito. Sem querer pensar naquilo, mandei os pensamentos para longe.

Contendo um bocejo que veio do nada, terminei o que restava da bebida. Minha mãe pegou o copo e se levantou, colocando de volta na mesa. Quando ela se virou, eu já estava deitada.

— Caramba — murmurei. — Esse troço é... forte mesmo.

Correndo de volta até a cama, ela se sentou ao meu lado.

— É, sim. Queria ter mais tempo com você, meu amor.

— Não podemos? — Tentei levantar o braço, mas ele parecia pesado como cimento. O pânico se rastejou pelo meu peito. Eu não estava pronta para me despedir dela. Não era justo. Eu *precisava* dela agora, mais do que nunca. Havia algo dentro de mim que me assustava. — Tem muitas... muitas coisas que ainda preciso te dizer, que ainda preciso te perguntar.

Com um sorriso que torceu meu coração, ela acariciou minha bochecha.

— Teremos tempo depois.

— Mas não estou pronta. Não quero te deixar. Por favor... — Estranho. Esqueci o que eu estava dizendo.

Aparentemente, o néctar estava fazendo efeito.

Conforme minhas pálpebras ficaram pesadas demais para se manterem abertas, eu a ouvi dizer:

— Estou muito orgulhosa de você, Lexie. Nunca se esqueça de que tenho orgulho de você e te amo. — Houve uma pausa e, então, a voz dela disse, segundos antes de eu pegar no sono: — Não perca a esperança, meu amor. O paraíso te espera no final.

Agradecimentos

É necessária uma aldeia para escrever um livro — obrigada, Kate Kaynak, Rich Storrs, Marie Romero, Traci Inzitari, Anna Masrud e Rebecca Mancini. Sem vocês, Alex seria apenas um brilho nos meus olhos. Agradeço a Kevan Lyon por ser a melhor agente; minha assistente, Malissa Coy; e minha editora, Wendy Higgins.

Agradeço imensamente a meus amigos e família por aturarem meus prazos de escrita malucos, o que significa eu não poder fazer nada além de escrever. Obrigada, Cindy Husher e Stacey Morgan, por me convencerem tantas vezes a não desistir da escrita. A Molly McAdams, por escrever um blurb incrível, e um "muito obrigada" enorme para minha equipe de leitores beta por me falarem que está um lixo... quando está um lixo.

Nada disso seria possível sem meus leitores. Obrigada por lerem e curtirem a série Covenant. Sei que muitos autores dizem isto, mas eu tenho os melhores leitores do mundo. Vocês são demais.

ESTA OBRA FOI COMPOSTA EM ADRIANE TEXT POR BR75 E IMPRESSA
EM OFSETE PELA GRÁFICA BARTIRA SOBRE PAPEL CHAMBRIL AVENA
PARA A EDITORA SCHWARCZ EM ABRIL DE 2025.

A marca FSC® é a garantia de que a madeira utilizada na fabricação do papel deste livro provém de florestas que foram gerenciadas de maneira ambientalmente correta, socialmente justa e economicamente viável, além de outras fontes de origem controlada.